# 옛시조
## 인물 보람

유권재

# 옛시조
# 인물 요람

한국학술정보㈜

# 서 문

　오늘날까지 널리 애송되고 끊임없이 창작되어 현대문학의 한 갈래
로서도 그 위상을 정립한 시조는 과거 오랜 세월 구전되어 내려오다가
한글 창제 후 국문으로 기록된 것들이 많아 구체적으로 그 형성 연원
을 밝힐 수는 없으나 대체로 고려 후기 또는 말기로 보는 것이 보편적
인 인식이다. 옛 시조집에 삼국시대나 고려 전기에 지었다는 시조도
몇 편 전하지만 모두 후대인의 의작으로 볼 수밖에 없고 고려 후기에
이르러 후대인의 의작으로 볼 수 없는 작품들이 등장하기에 이 시점을
시조의 형성기로 보는 것이다. 또한 '시조(時調)'라는 명칭도 조선 후기
에 나타나는데 그 어원을 '시절가조(時節歌調)'에서 찾을 수 있으며 이
는 그 시대에 유행하는 노래였음을 뜻한다. 그 전에는 '단가(短歌)'라
했는데 이 명칭도 언제부터 사용되었는지 확실치 않다.

　이렇게 인위적이기보다는 오랜 세월에 거쳐 민족의 정서적 호흡을
기반으로 형성된 시조는 고려 말의 정치사회적 격변기를 거쳐 조선
사회로 이어지는 과정에서 한시보다도 더욱 다양한 내용과 표현을
담을 수 있을 뿐만 아니라 격조 높은 시가로서의 가능성이 충분히
실험되었기에 조선전기의 사대부문학으로 자리 잡았으며 조선시대
전반에 걸쳐 신분이나 성별과 계층을 망라하여 대단한 발전과 융성
을 보게 되었다. 그러나 일본의 조선강점에 이은 민족문화말살정책으
로 우리문자인 한글을 기반으로 하는 문학으로서의 시조는 자연히
쇠퇴할 수밖에 없었다. 이에 육당 최남선 선생을 비롯한 선각자들의
열정어린 노력으로 다시 회생하여 노산·가람·월하 선생 등의 대시

인들에 의해 새로운 중흥을 맞아 현재에 이르렀다.

이와 같이 시조는 우리 민족 고유의 정형시로서 전통의 민족정서를 우리의 언어·문자와 가락으로 담아내었고 작금에 이르러서는 현대인의 정서를 수용하고 용해시켜 새로운 창조적 미래를 지향하고 있다.

이러한 시점에서 이 책을 엮은 뜻은 온고지신(溫故知新)의 자세로 시조의 뿌리를 더욱 튼실하게 하고 나아가 우리 문학의 현재와 미래를 보장할 수 있는 중추로 성장할 수 있도록 작으나마 밑거름이 되었으면 하는 바람에서이다.

이 책은 여러 사료를 통해 전하는 시조작가의 발자취와 작품을 중심으로 엮어보았다. 특히 작가의 삶과 시대상을 세세히 조명함으로서 작품의 실체적 의미에 최대한 접근해보려고 노력했다. 이에 따라 작가의 생몰연대와 활동시기를 고려하여 작가를 나열하였고 작품의 창작배경이 되었을 수도 있는 주요 역사적 사실과 작가의 두드러진 작품을 예시하여 소개하고 해설하였다. 아울러 실명으로 전하는 모든 작가를 이 책에 소개하고자 하였으나 소개된 182명을 제외한 다른 실명작가에 대하여는 전하는 기록을 확인할 수 없어 아쉬움을 금할 수가 없다. 그리고 무명씨의 빼어난 절창 역시 책의 성격상 다루지 못해 아쉽지만 다음 기회를 기약하고자 한다.

나름대로 노력하였지만 여러모로 부족하다는 것을 잘 안다. 그러면서도 이 책이 시조의 인물사적 정리 및 주요 작품에 대한 독자의 접근과 이해를 도울 수 있는 나침반의 역할이라도 되었으면 하는 바람을 가져 본다.

2008년 봄
보라매 寓居에서
유 권 재

# 차 례

# Ⅰ. 고려·조선 초의 대표적 인물과 시조

## 1 최 충(崔 沖)

성종 3년(984)~문종 22년(1068)

고려의 문신·학자로 문교(文敎)의 진흥과 사학(私學) 발전에 크게 공헌하여 해동공자(海東孔子)로 칭송되었으며 유학(儒學)을 확립시켜 그 정통이 안향(安珦)에게 계승되었다. 자는 호연(浩然) 호는 성재(惺齋)·월포(月圃)·방회재(放晦齋) 본관은 해주(海州)로 아버지는 주(州) 향리인 온(溫)이다.

1005년(목종8) 과거에 장원급제하여 한림학사(현종 조)·형부상서 중추사(刑部尚書中樞使, 성종 조)·문하시중(門下侍中, 문종 즉위) 등을 역임하고 1053년(문종7) 중서령(中書令)으로 퇴관한 후로는 사학(私學)을 일으켜 여생을 보냈다.

당시 고려사회는 현종대를 거치면서 거란의 침입과 숭불정책으로 유학에 대한 관심이 약화되고 관학인 국자감의 교육은 부진한 상태였기에 관직에서 물러난 후 유학의 보급과 유교적 지식에 밝은 관리의 양성을 목적으로 송악산(松岳山) 아래 자하동(紫霞洞)에 교사(校舍)를 마련하고 악성(樂聖)·대중(大中)·성명(誠明)·경업(敬業)·조도(造道)·솔성(率性)·진덕(進德)·대화(大和)·대빙(待聘)의 9재(九齋)로 나누어 9경(九經;周易·尚書·毛詩·儀禮·周禮·禮記·春秋左氏傳·春秋公羊傳·春秋穀梁傳)과 3사(三史;史記·漢書·後漢書)를 중심으로 하고 시부(詩賦)와 사장(詞章)을 가르쳤다. 매년 여름철에는 귀법사(歸法寺)의 승방 등을 빌려 학생 가운데 과거에 급제했으면서도 아직 관직에 나아가지 않은 자를 교도(敎導)로 삼아 학생들을 가르쳤다. 때때로 관료나 학자가 찾아오면 학생들과 더불어 각촉부시(刻燭賦詩)라 하여 초에 금을 긋고 시를 지어 그 성적을 발표하고 소작(小酌)을 베풀었는데 진퇴(進退)의 절도와 장유(長幼)의 질서가 분명하여 종일토록 수창 (酬唱)하는 모습이 많은 사람들의 감탄을 자아냈다고 한다. 최충의 명 망과 법도를 갖춘 교육 때문에 과거급제를 목표로 하는 많은 학생들 이 모여들어 9재학당은 성황을 이루었으며 이곳의 학생은 시중최공도 (侍中崔公徒)라 불렸다. 뒤에 시호를 따서 문헌공도(文憲公徒)라고 불 렸다. 이에 다른 저명한 유학자들도 문헌공도를 모방하여 11개의 사 학을 개설, 문헌공도를 포함하여 사학십이도(私學十二徒)를 이루었다.

문장과 글씨에 뛰어나 "白日은 西山에 지고 黃河는 東海로 들고~" 등 2수의 시조와 개성의 <귀법사제영석각(歸法寺題詠石刻)> 원주의 <거돈사원공국사승묘탑비(居頓寺圓空國師勝妙塔碑)> 등의 글씨가 전 한다.

정종 묘정에 배향되었다가 뒤에 선종 묘정에 배향되었으며 해주 문헌서원(文憲書院)에 제향되었다. 시호는 문헌(文憲).

白日은 西山에 지고 黃河는 東海로 든다
古來 英雄은 北邙으로 가단 말가
두어라 物有盛衰니 恨흘 줄이 이시랴

(출전: 樂學拾零, 海東歌謠)

백일은 서산에 지고 황하는 동해로 든다
고래 영웅은 북망으로 가단 말가
두어라 물유성쇠니 한할 줄이 있으랴

"해는 늘 서산으로 넘어가고 황하의 물은 항상 동쪽 바다로 흘러드네. 이처럼 예와 지금의 영웅들이 다 죽음의 길을 밟아 북망(北邙)으로 간단 말인가. 두어라, 모든 만물이 성(盛)하면 쇠(衰)할 때가 있으니 이를 슬퍼한들 무슨 소용이 있으랴."

자연의 섭리에 따라 필연적으로 순응할 수밖에 없는 인간의 본모습을 서술한 작품으로 전반적으로 무상감(無常感)을 느끼게 하는 작품이다.

초장은 당(唐)시인 왕지환(王之渙, 688-742)의 <관작루에 올라> 첫 구절에서 시상을 도입한 것으로 보인다.

白日依山盡(백일의산진) 해는 산에 붙어 넘어가고
黃河入海流(황하입해류) 황하는 바다로 흘러 들어간다
欲窮千里目(욕궁천리목) 천리 먼 풍경을 끝까지 보고 싶어
更上一層樓(갱상일층루) 다시 누 한 층을 더 올라간다.
- 王之渙 <관작루에 올라>

## 2 정 지상(鄭 知常)

?~인종13년(1135)

고려 전기의 문신이자 시인. 서경(西京)인으로 초명은 지원(之元)이며 호는 남호(南湖)이다.

1114년(예종9)에 과거에 급제하여 1127년(인종5) 좌정언(左正言) 때 척준경(拓俊京)이 대궐을 범한 죄를 들어 그를 탄핵하고 그와 그 동조자들을 유배케 하였으며 1129년 좌사간(左司諫)에 올라 윤언이 등과 시정(時政)의 득실을 논하는 소(訴)를 올리기도 하였다.

묘청(妙淸)·백수한(白壽翰)의 음양비술(陰陽秘術)을 깊이 믿어 한 때 묘청·백수한과 함께 3성(三聖)의 칭호를 듣기도 하였던 그는 북

쪽의 금나라를 정벌하고 칭제건원(稱帝建元)을 하자는 논의와 서경천
도(西京遷都)를 하자는 주장이 강하게 일어났을 때 묘청과 함께 서경
천도를 주장했는데 중앙문벌귀족의 중심세력인 김부식이 이를 강력
히 반대해 두 사람은 정치적으로 서로 대립하던 중, 1135년 묘청이
인종의 서경천도 뜻이 미약해지자 난을 일으켰다. 관군 총사령관으로
반란진압에 나선 김부식은 먼저 정지상·김안·백수한 등이 반역의
동조자로 규정하였고 개경에 있던 그는 즉시 체포되어 곧바로 궁문
밖에서 죽임을 당하고 말았다. 이런 처사를 두고 후에 이규보는 <백
운소설>에서 "시중(侍中) 김부식과 학사(學士) 정지상은 문장으로 한
때 이름을 나란히 했다. 두 사람은 알력이 생겨 서로 사이가 좋지 못
했다"라고 적고 김부식이 자기에 의해 피살되어 음귀(陰鬼)가 된 정
지상에 의해 죽었다는 설화를 실었다.

　불교와 도학을 사상적 기반으로 지니면서 풍수도참설에도 관심이
많았던 그의 문집으로 <정사간집(鄭司諫集)>이 있었으나 전하지 않고
20수가량의 시와 7편의 문장이 <동문선>·<파한집>·<백운소설>·
<고려사> 등에 실려 전한다. 시는 절구에 능했다고 하나 현재 전하는
것은 율시가 더 많다. 객관적이고 사실적인 묘사보다는 섬세하고 감
각적인 표현에 뛰어났다. 문자의 수식과 조탁(彫琢)에 비중을 두는 만
당시풍(晩唐詩風)을 이루면서도 세속의 번거로움과 갈등을 초월한 맑
고 깨끗한 세계를 그렸다. 고사의 인용이 적으며 감각을 통해 섬세하
고 구체적으로 전달되는 그의 시세계를 두고 후에 홍만종은 입신(入
神)의 경지에 이르렀다고 평했다. 그러나 시어(詩語)가 너무 다듬어져
만당시풍의 시가 가지는 단점도 지니는데 이를 두고 최자는 "웅휘(雄
輝)하고 깊은 대작(大作)은 없다"라고 평했다. 최치원 이후 고려 전기
한시문학을 주도했던 시인으로 평가받는다.

雨歇長堤 草色多ᄒᆞ니 送君南浦 動悲歌을
大同江水 何時盡고 別淚年年 添綠波ㅣ라
勝地에 斷腸佳人이 멋 멋친 줄 몰니라

(출전: 靑丘永言)

[우헐장제 초색다하니 송군남포 동비가를
대동강수 하시진고 별루년년 첨록파라
승지에 단장가인이 몇몇인 줄 몰라라]

雨歇長堤草色多(우헐장제초색다) 비 갠 긴 둑에 풀빛 더욱 진한데
送君南浦動悲歌(송군남포동비가) 남포에 임 보내며 구슬픈 노래를
부르네
大洞江水何時盡(대동강수하시진) 대동강 물이 언제 마르겠는가
別淚年年添綠派(별루년년첨록파) 해마다 푸른 물결 위에 이별의 눈
물을 더하니

이는 작자의 한시 <송인(送人)>이다. 따라서 위 시조는 청구영언에
소개되어 있으나 후세 사람들이 한시를 풀고 종장을 첨가하여 시조화
한 작품으로 추측되어 온전한 시조작품으로 보기에는 무리가 있다.

## 3 우 탁(禹 倬)   고려 원종 4년(1263)~충혜왕 복위 3년(1342)

고려 말기의 학자. 자는 천장(天章)·탁보(卓輔)이며 호는 역동(易
東)이다. 본관은 단양(丹陽)으로 아버지는 천규(天珪)이며 충렬왕 4년
(1278) *향공진사(鄕貢進士)가 되었다.

과거에 급제하여 영해사록(寧海司錄)으로 부임했을 때 영해지방의
사람들이 팔령신(八鈴神)을 극진히 섬기는 등 폐해가 심하자 신사(神
祠)를 철폐하기도 했다는 기록이 <고려사>열전에 전해지는 바와 같
이 그는 유학에서 인정할 수 없는 민간신앙 행사인 음사(陰祀)를 타
파하는데 아주 강경한 자세를 보였기에 거기에 따른 설화 및 일화가
일찍부터 문헌에 올랐다.

충선왕이 즉위(1308)하고 벼슬이 감찰규정(監察糾正)으로 있을 때
왕이 부왕의 후궁인 숙창원비와 밀통한 사건이 일어나자 흰 옷을 입
고 도끼와 돗자리를 들고 궐내로 들어가 극간(極諫) 한 뒤 벼슬에서
물러나 예안현(禮安縣;지금의 경북 안동)으로 돌아갔다.

후에 충숙왕이 그 충의를 깨닫고 여러 차례 부른 끝에 다시 나아
가 성균좨주(成均祭酒)로 일하다가 은퇴하여 다시 예안에 은거하면서
주역(周易)을 연구·정리한 최초의 학자가 되었다.

안동의 역동서원과 구계서원에 제향 되었으며 다음과 같이 시조 2
수가 전해진다. 시호는 문희(文喜).

春山에 눈 노기는 부람 건듯 불고 간듸업다
져근 듯 비러다가 무리 우희 불이고져
귀 밋틔 히 무근 서리를 녹여볼까 ᄒ노라
　　　　　　　　　　　(출전: 樂學拾零, 靑丘永言)
[춘산에 눈 녹인 바람 건듯 불어 간데없다
적은 덧 빌어다가 머리 위에 불리고져
귀 밑의 해묵은 서리를 녹여볼까 하노라]

ᄒ 손에 가시를 들고 쏘 ᄒ 손에 막디 들고
늙는 길 가시로 막고 오는 白髮 막디로 치랴트니

> 白髮이 제 몬저 알고 스럼길로 오더라
>
> (출전: 樂學拾零, 海東歌謠)
>
> [한 손에 가시들고 또 한손에 막대 들고
> 늙는 길 가시로 막고 오는 백발 막대로 치려했더니
> 백발이 제 먼저 알고 지름길로 오더라]

이 작품들은 후대인이 '탄로가(歎老歌)'라고 불렀듯이 늙음을 한탄하는 심정을 표현한 것으로 귀 밑의 서리라고 묘사한 흰 머리칼을 봄바람을 빌어다가 녹이겠다거나 늙음이 오는 것을 가시나 막대로 막겠다는 표현이 기발하다.

이렇게 시조가 늙음을 한탄하는 내용으로 전개되지만 결국 이 두 시조의 주제는 세월이 흘러 늙음을 맞는 것을 사람의 힘으로 막을 수 없으니 헛된 노욕에 사로잡히지 말고 천리(天理)를 따라야 한다는, 즉 자연의 이법에 순응해야 함을 말하는 것이라 할 수 있다.

＊향공진사

> 고려시대 과거제도에서 지방의 시험에 합격하여 중앙의 과거에 응시할 수 있는 자격을 갖춘 사람.
> 향공진사라는 말은 고려에서 처음 과거시험을 시행했던 광종대에 나타나는데 이때는 어떻게 선발했는지 분명하지 않다. 향공진사의 선발제도는 현종대 이후 차츰 정비되어 갔다. 즉 <u>계수관(界首官)</u> 단위로 시험을 보아 합격하면 다시 국자감(國子監)에서 시험 본 후 합격해야 향공진사가 되었다.
>
> ▶계수관(界首官): 고려와 조선 초기에 있었던 지방제도의 한 형태로 그 뜻을 크게 2가지로 보아왔다. 하나는 지방의 행정구획을 의미하는 것으로 지방의 중심이 되는 대읍(大邑)을 가리킨다. 즉 고려 때는 경(京)·목(牧)·도호부(都護府)가, 조선 초기에는 부(府)·목·도호부가 이에 해당한다. 다른 하나는 군현을 거느리는 대읍의 수령을 가리키는 것으로 고려 때는 3경의 유수(留守)·8목의 목사(牧使)·4도호부의 도호부사(都護府使)가 이에 해

당하고 조선 초기에는 부윤(府尹)·목사·(대)도호부사가 이에 해당한다. 계
수관의 기능은 지방에서 인재를 뽑아 올리는 일[鄕貢選上], 지방 범죄자를
추문하는 일, 도량형 통일, 권농, 조세와 역역을 수취하는 일 등이었다.

## 4  이 조년(李 兆年)  고려 원종 10년(1269)~충혜왕 복위 4년(1343)

고려후기 충렬왕·충선왕·충숙왕·충혜왕 4대에 걸쳐 왕을 보필
한 문신으로 자는 원로(元老) 호는 매운당(梅雲堂)이며 본관은 경산
(京山; 지금의 경북 성주)으로 아버지는 경산부(京山府) 이속(吏屬)인
장경(長庚)이다.

충렬왕 20년(1294)에 향공진사(鄕貢進士)를 거쳐 문과에 급제한 후
안남서기(安南書記)·예빈내급사(禮賓內給事)·협주지주사(陜州知州
事) 등을 거쳐 비서랑(秘書郞)이 되었다.

1306년 비서랑으로 왕을 따라 원나라에 들어갔을 당시 왕유소(王
惟紹)·송방영(宋邦英)의 이간으로 충렬왕과 충선왕 두 부자간의 다
툼이 치열했는데 그는 진퇴(進退)를 삼가고 왕의 곁을 떠나지 않았으
나 억울하게 연루되어 유배를 당했다가 풀려나와 13년간 고향에서
은거했다.

상왕이었던 충선왕으로부터 심양왕(瀋陽王)의 지위를 물려받은 고
(暠)가 고려왕위를 넘보고 원나라에 무고함으로서 1321년 연경(燕京)
에서 돌아오지 못하고 5년간 억류당하고 있을 때는 발분(發憤)하여
홀로 원나라에 들어가 왕의 정직함을 호소하는 글을 올리기도 하였

으며 충숙왕이 환국한 후 감찰장령·군부판서 등을 역임하였다.

이후 충혜왕이 복위하여 정당문학 예문관 대제학(政堂文學 藝文館 大提學)을 내리고 성산군(星山君)에 봉해졌으나 충혜왕의 방탕함을 충정으로 간해도 듣지 않자 벼슬을 버리고 고향 경산(지금의 성주)로 돌아가 은거하다가 졸하였다.

사후에 성산후(星山侯)를 추증하여 충혜왕의 사당에 함께 모셨으며 그의 곧은 성격과 맑은 마음을 대변하듯 시조 '다정가(多情歌)' 1수 가 후세에 전해지고 있다.

梨花에 月白ᄒ고 銀漢이 三更인지
一枝 春心을 子規야 알냐마는
多情도 病인 양 ᄒ여 줌 못 일워 ᄒ노라
　　　　　　　　　(출전: 樂學拾零, 靑丘永言)
[이화에 월백하고 은한이 삼경인 제
일지 춘심을 자규야 알랴마는
다정도 병인 양 하여 잠 못 들어 하노라]

배꽃에 달이 밝고 은하수도 삼경이 되어 기울어지니 모든 것이 고 요한데 자기는 해소될 수 없는 정감 때문에 두견새와 함께 잠 못 이루 는 밤 마당에 나와 밤 깊도록 서성이는 지은이의 모습이 시조 속에 투 영된다.

이 시조는 고려의 시조 중 손꼽히는 걸작으로 배꽃과 달빛 그리고 소쩍새의 울음소리를 연상케 하는 등 시각과 청각이 함께 어우러지 는 절창이다.

그리고 이 작품에서 작자의 심경은 정치를 비판하다 낙향하여 충 혜왕의 잘못을 걱정하는 것으로 이해할 수 있고 이러한 현실 참여의

지는 우 탁의 작품과 대조적이라고 할 수 있겠다.

## 5  성 여완(成 汝完)  충선왕 1년(1309)~조선 태조 6년(1397)

고려 말의 문신. 호는 이헌(怡軒)이며 본관은 창녕(昌寧)으로 조선 초 태종대에 영의정을 지낸 성석린의 아버지다.

1336년 문과에 급제하여 정당문학(政堂文學)에 이르렀다.

<태조실록>에 있는 그의 졸기(卒記)를 보면 27세에 문과에 급제하여 충주목사 등을 거쳐 공민왕 20년(1371)에 민부상서(民部尚書)가 되었고, 신 돈이 주살되자 그 일당으로 몰려 유배당했다가 후에 풀려나와 우왕 때 창녕부원군에 봉해졌지만 이방원에 의해 정몽주가 자신의 집 부근 선죽교에서 살해되자 고려의 국운이 이미 기운 것을 깨닫고 포천의 왕방산에 들어가 은둔하였다.

조선 개국 후 태조가 시중(侍中) 벼슬을 내렸으나 고사하였으며 성품이 간결하여 화려한 것을 좋아하지 않았고 자식들을 법도 있게 가르쳤다.

신돈의 개혁정치에 동참했으나 기존세력의 반대에 부딪쳐 실패하고 어려움을 당했으며 나중에 정당문학으로 발탁되었지만 이성계의 왕조창업에 참여하지 않고 고려왕조에 절의를 지킨 인물이다.

창녕의 물계서원(勿溪書院)에 제향 되었으며 그의 집터에 비각이 세워져 전한다. 시호는 문정(文靖)이며 은거할 당시 심정을 읊은 시조 1수가 전해지고 있다.

일 심거 느지 퓌니 君子의 德이로다
風霜에 아니 지니 烈士의 節이로다
世上에 陶淵明 업스니 뉘라 너를 닐니오

(출전: 樂學拾零)

[일 심어 늦게 피니 군자의 덕이로다
풍상에 아니 지니 열사의 절이로다
세상에 도연명 없으니 뉘가 너를 알리오]

이 작품은 예로부터 선인들이 군자의 꽃이라 하여 귀히 여기던 국화에 빗대어 기울어가는 고려왕조를 떠받칠만한 절개 있는 충신열사가 없음을 탄식하는 글이다.

그리고 작품에 등장하는 도연명은 중국 진나라가 망하자 벼슬을 팽개치면서 그의 명시 '귀거래사(歸去來辭)'를 남기고 고향으로 돌아가 죽을 때까지 자연 속에 묻혀 은사(隱士)로 살면서 시와 술로 여생을 보낸 시인이다. 따라서 작자도 역시 그 시점에서 도연명의 행적을 따르고 싶은 심정을 이 작품에 표현한 것이라 볼 수 있다.

## 6 최 영(崔 瑩)

충숙왕 3년(1316)~우왕 14년(1388)

고려 말의 명장으로 고려 평장사(平章事) 유청(惟淸)의 5세손이다.

일찍이 16세 때 사헌부 간관(司憲府 諫官)을 지낸 부친 원직(元直)으로부터 "너는 마땅히 황금 보기를 돌같이 하라"는 유훈(遺訓)을 받은 후 평생의 좌우명으로 삼고 실천하였다.

어려서부터 기골이 장대하고 용력이 출중하여 문신가문에 태어났으면서도 병서를 읽고 무술을 익히어 무장의 길을 걸었다.

공민왕 원년(1352)에 조일신(趙日新)의 역모를 진압하여 이름을 알렸으며 왜구(倭寇)를 토벌하고 홍건적(紅巾賊)을 퇴치하는 등 공을 세워 벼슬이 대호군, 전리판서에 이르렀다.

공민왕 14년(1365)에는 왜구가 교동 · 강화도를 노략질할 때 동서강도 지휘사로 있다가 신 돈의 참언으로 계림윤에 좌천되었으나 공민왕 20년 신 돈이 처형되자 다시 찬성사가 되었다. 우왕 2년(1376)에는 홍산(鴻山)싸움에서 왜구를 크게 무찔러 철원부원군에 봉함을 받았다.

이러한 모든 전쟁에서 승리한 공로와 경륜으로 우왕 14년(1388)에 문하시중(門下侍中)의 지위에 올랐으나 그 해 명나라가 *철령위(鐵嶺衛)를 설치하려 하자 요동정벌을 주장하고 팔도 도통사가 되어 이성계와 함께 위화도에 주둔했다가 이 성계의 위화도 회군으로 실각하여 고봉(高峰;지금의 고양)에 유배되었다가 참수되었다.

성격이 청렴강직하고 전투에서는 물러남이 없는 기개와 용맹을 지닌 우국충신이었으나 그의 죽음으로 정권은 신진 군벌에게 완전히 넘어가 고려왕조의 명운이 결정적으로 기울게 되었다. 시호는 무민(武愍).

綠耳霜蹄 슬지게 먹여 시닉물에 씻겨 트고
龍泉雪鍔 들게 ᄀ라 다시 샌혀 두러메고
丈夫의 爲國忠節을 세워 볼가 ᄒ노라
                              (출전: 樂學拾零, 靑丘永言)
[녹이상제 살찌게 먹여 시냇물에 씻어 타고
용천설악 들게 갈아 다시 뽑어 둘러메고
장부의 위국충절을 세워 볼까 하노라]

22

위 작품에서 느낄 수 있듯이 최 영의 시조는 그 표현이 평이하여 작자의 의중이 작품 전반에 그대로 노출되어 있다. 어려운 한자어가 둘 나오는데 '녹이상제'는 녹이와 상제라는 중국 명마(名馬)의 이름으로 좋은 말을 뜻하고 '용천설악'은 용천이라는 검의 이름과 날카로운 칼날의 의미인 설악의 합성어로 좋은 칼을 의미한다. 따라서 우리는 이 작품에서 충성스러운 군인으로서의 기개와 각오를 쉽게 엿볼 수 있다.

＊ 철령위

> 고려 말기에 명나라가 철령(북한 고산군과 회양군 경계에 있는 고개) 이북의 땅을 차지하기 위해 설치하려고 했던 직할지.
> 1387년(우왕13) 12월 명나라는 우리나라 철령 이북의 땅이 원나라에 속하였으므로 원나라를 정복한 자신의 나라에 귀속되어야 한다고 주장하면서 철령위를 설치하여 철령 이북을 요동도사의 관할 아래 둘 것을 결정했다. 이에 대해 고려는 크게 반발하고 명이 요동의 봉집현(奉集縣)에 철령위지휘사사를 설치해놓고 황성(黃城)을 중심으로 한 민호를 초무(招撫)하는 데 집착하고 있는 기회를 틈타 요동정벌을 단행했다. 그런데 이 거사는 이성계(李成桂)가 위화도(威化島)에서 회군(回軍)을 감행함에 따라 실패로 끝나고 말았다. 그러나 이후 명나라는 우리 지역에 철령위를 설치하려던 방침을 변경하여 만주(滿洲)에 두었으므로 철령위로 인한 분쟁은 다시 일어나지 않았다.

## 7 이 색(李 穡)
충숙왕 15년(1328)～조선 태조 5년(1396)

문신이며 성리학자인 선생은 려말 삼은(三隱) 중 한 사람으로 자는 영숙(潁叔) 호는 목은(牧隱)이며 본관은 한산(韓山)으로 아버지는 찬성사 곡(穀)이다.

어려서부터 총명하여 14세에 성균시(成均試)에 합격하였으며 1353년(공민왕2) 원나라 정시에 합격하고 귀국하여 내서사인(內書舍人)·밀직제학 동지춘추관사(密直提學同知春秋館事)가 되자 이로부터 국정에 참여하게 되었고 판개성부사 겸 성균대사성(判開城府事兼成均大司成)이 되어 정몽주·김구용 등과 명륜당에서 학문을 강론하며 성리학을 발전시켰다.

고려 말의 학문과 정치에 큰 자취를 남긴 거목으로 1373년 한산군(韓山君)으로 피봉 되었으며 1377년 추충보절동덕찬화공신(推忠保節同德贊化功臣)의 호를 받고 우왕의 사부(師傅)가 되었다. 정몽주가 피살되자 관련되어 금천(衿川) 등지로 유배되었다가 다시 돌아와 태조조에 한산백(韓山伯)으로 피봉되었다. 학문이 깊어 문하에 권근(權近)·김종직(金宗直)등을 배출하였고 유학의 진흥에 힘썼으나 후에 불교를 섬긴 점이라든가 고려·조선 양조를 섬긴 점 등은 세상의 비난의 대상이 되었다.

저서로 <목은유고>·<목은시고> 등이 있고 가전체(假傳體) 설화인 <죽부인전(竹夫人傳)>과 시조 1수가 전한다. 장단 임강서원(臨江書院)·청주 신항서원(莘巷書院)·한산 문헌서원(文獻書院)·영해 단산서원(丹山書院) 등에 제향되었다. 시호는 문정(文靖).

白雪이 ᄌᆞ자진 골에 구루미 머흐레라
반가온 梅花ᄂᆞᆫ 어닉 곳이 퓌엿ᄂᆞᆫ고
夕陽의 홀로 셔 이셔 갈 곳 몰나 ᄒᆞ노라
(출전: 樂學拾零, 靑丘永言)

> [백설이 잦아진 골에 구름이 머물레라
> 반가운 매화는 어느 곳에 피었는고
> 석양에 홀로 서 있어 갈 곳 몰라 하노라]

고려 500년의 사직이 종말을 고하고 조선이라는 새 왕조가 창건되는 격동의 시대를 산 사람의 심경을 이 한 수의 시조에 잘 표현하고 있다.

백설이 잦아지고 구름이 낀 골짜기는 작자가 당면한 현실을 적절하게 묘사했으며 그와 반대 이미지에 해당하는 매화에 내포된 의미가 새 시대의 갈망일까, 아니면 현 시대의 안정일까, 그 의미를 한정할 수 없기 때문에 많은 것을 생각하게 한다.

그리고 종장에서는 석양의 풍경을 도입하여 기울어진 고려 왕조를 암시하고 그 시대상황에 맞는 처신에 대하여 '갈 곳 몰라'하는 작자의 내면적 갈등을 잘 묘사하고 있다.

## 8 원 천석(元 天錫)

고려 충숙왕 17년(1330)~?

고려 말의 은사(隱士)로 자는 자정(子正) 호는 운곡(耘谷)이며 본관은 원주(原州)다. 원주(原州) 아전층의 후손으로 종부시령(宗簿寺令)을 지낸 윤적(允迪)의 아들이다.

문장과 학문으로 경향간(京鄕間)에 이름을 날렸으나 출세를 단념한 채 한 번도 관계(官界)에 나가지 않고 고향에서 농사를 지으며 평생을 은사(隱士)로 지냈다. 군적(軍籍)에 등록될 처지가 되자 그것을 모면하기 위해 진사(進士)에 합격했다. 그는 이방원(뒤의 태종)의 스승을 지낸 적이 있어 태종이 즉위 후 여러 차례 불렀으나 나가지 않았고 치악산에 있는 그의 집으로 친히 찾아왔으나 피신하여 만날 수 없기에 계석(溪石)에 올라 집 지키는 할머니에게 선물을 하사하고 돌아갔는데 후세 사람들이 이 계석을 태종대라 불렀으며 지금의 치악산 각림사(覺林寺)에 위치하고 있다. 태종이 세종에게 왕위를 물려주고 나서야 백의(白衣)를 입고 서울로 와 태종을 만났다고 한다. 비록 향촌에 있었으나 여말선초의 격변하는 시국을 개탄하며 현실을 증언하려 했다. 만년에 야사(野史)를 저술해 궤 속에 넣은 뒤 남에게 보이지 않고 가묘(家廟)에 보관하도록 유언을 남겼다. 증손대에 와서 사당에 시사(時祀)를 지낸 뒤 궤를 열어 그 글을 읽어보았는데 멸족(滅族)의 화를 가져올 것이라 하여 불태웠다고 한다.

　문집으로는 <운곡시사(耘谷詩史)>가 전한다. 이 문집은 왕조 교체기의 역사적 사실과 그에 관한 소감 등을 1,000수가 넘는 시로 읊은 것으로 제목도 '시사(詩史)'라 했다. 야사는 없어졌으나 이 시가 하나의 증언으로 남아 있어 후세의 사가들은 모두 원천석의 증언을 따랐다. 시조는 1수가 전한다

興亡이 有數하니 滿月臺도 秋草ㅣ로다
五百年 王業이 牧笛에 부쳐시니
夕陽에 지나는 客이 눈물계워 하노라
　　　　　　　　　　　(출전: 樂學拾零, 靑丘永言)
[흥망이 유수하니 만월대도 추초로다
오백년 왕업이 목적에 부쳐시니
석양에 지나는 객이 눈물겨워 하노라]

　길 재의 '오백년 도읍지'와 더불어 '회고가(懷古歌)'로 불리는 이 시조는 작자가 옛 서울인 송도를 찾아가 목동의 피리소리만 들려오는 가을 풀만 무성한 옛 대궐 터 만월대를 바라보면서 지난 날 고려 왕조를 회고하면서 망국의 슬픔을 노래한 것이다.

　이 시조에서 작자 자신이 옛 왕조의 유신(遺臣)으로 시적 화자임에도 불구하고 종장에서 3인칭에 해당하는 '객'을 도입함으로서 자신의 슬픈 감정을 객관화 한 표현이 이채롭다.

## 9　이 지란(李 之蘭)

충혜왕 1년(1331)~태종 2년(1402)

　고려 말 조선 초의 장군·공신. 본성은 퉁[佟]. 본명은 쿠룬투란티무르[古倫豆蘭帖木兒]. 자는 식형(式馨) 본관은 청해(靑海)이며 아버지는 여진의 금패천호(金牌千戶) 아라부카[阿羅不花]이다. 이성계와 결의형제를 맺었다. 부인은 태조비 신덕왕후 강씨(神德王后姜氏)의 조카딸인 혜안택주 윤씨(惠安宅主尹氏)이다.

　아버지의 직위를 물려받아 천호가 된 후 1371년(공민왕20) 부하를 이끌고 귀화하여 북청(北靑)에 거주하면서 이씨 성과 청해를 본관으로 하사받았다.

　1380년(우왕6) 이성계가 아기바투[阿其拔都:阿只拔都]가 지휘하는 왜구를 섬멸한 황산대첩에서 활약했고 1385년 함주에서 왜구를 격파하는 등 무공을 세워 선력좌명공신(宣力佐命功臣)에 봉해지고 밀직부사가 되었으며 1388년 위화도회군에 참가하여 1390년(공양왕2) 밀직사

가 되었다. 이어 서해도에서 왜구를 격파하여 지문하부사·판도평의
사사를 역임했다. 1392년에는 명나라를 도와 건주위 여진추장 월로티
무르[月魯帖木兒] 정벌에 참가하여 명에 의해 청해백(靑海伯)에 봉해
졌고 그 해 조선이 건국하자 개국공신(開國功臣) 1등에 책록되어 청
해군(靑海君)에 봉해졌으며 참찬문하부사에 올랐다. 1393년(태조2) 경
상도절제사로 왜구를 막아냈으며 동북면안무사가 되어 갑주·공주에
성을 쌓고 이 지역을 진무했고 1397년에는 도순무순찰사 정도전(鄭
道傳)과 함께 동북면의 주·부·군·현의 경계를 정했다.

1398년 제1차 왕자의 난 때 문하시랑평장사로서 이방원을 도와 정
사공신(定社功臣) 2등에 책록되고 1400년(정종2) 제2차 왕자의 난 때
다시 공을 세워 좌명공신(佐命功臣) 3등에 책록되었으나 태조가 영흥
에 은거하자 전투과정에서 많은 사람을 죽인 것을 속죄하고자 중이
되었다.

이성계가 일찍이 "투란(豆蘭)의 말달리고 사냥하는 재주는 사람들
이 혹시 따라갈 수가 있지만 싸움에 임하여 적군을 무찌르는 데는
그보다 나은 사람이 없다"라고 할 정도로 용장이었다. 태조 묘정에
배향되었다. 시호는 양렬(襄烈). 시조 1수가 전한다.

楚山에 우는 범과 沛澤에 잠긴 龍이
吐雲 生風ᄒ여 氣勢도 壯ᄒ시고
秦나라 외로운 사슴은 갈 곳 몰나 ᄒ노라
                              (출전: 樂學拾零, 樂府)
[초산에 우는 범과 패택에 잠긴 용이
토운 생풍하여 기세도 장할시고
진나라 외로운 사슴은 갈 곳 몰라 하노라]

"초나라 산속의 범 같은 항우와 패땅 못가에서 용같이 일어난 유방

이 맞붙어 구름을 토하며 회오리바람을 일으키니 그 기세가 장관이다. 이런 형국에 진나라를 잃게 된 자영이 어찌할 바를 모르는구나."

이 시조는 중국의 역사적 사실에 고려 말의 정세를 비유한 작품으로 여기에서 항우와 유방의 기세는 이성계를, 이에 쫓기어 갈 바를 몰라 하는 진나라 자영은 멸망해 가는 고려 왕조를 비유하고 있음을 쉽게 알 수 있다.

## 10  정 몽주(鄭 夢周)

고려 충숙왕 복위 6년(1337)~조선 태조 1년(1392)

고려 말의 충신이며 삼은(三隱)의 한 사람으로 초명은 몽란(夢蘭)·몽룡(夢龍) 자는 달가(達可) 호는 포은(圃隱) 본관은 영일(迎日)이다.

인종 때 지주사(知奏事)를 지낸 습명(襲明)의 후손으로 아버지는 성균관 복응재생(服膺齋生) 운관(云瓘)이다. <영일정씨세보>에 의하면 아버지나 할아버지, 증조할아버지가 산직(散職)인 동정직(同正職)과 검교직(檢校職)을 지냈는데 이는 그의 집안이 지방에 거주하는 한미한 사족이었음을 보여준다.

1360년(공민왕9) 문과에 응시하여 삼장(三場)에서 연이어 첫자리를 차지해 제1인자로 뽑혀 1362년 예문검열을 거쳐 전농시승(典農寺丞)·예조정랑(禮曹正郎) 등의 벼슬을 하였고 명나라와 일본에 사신으로 갔었다.

려말 이성계의 세력에 대항하여 쇠퇴한 고려를 부흥시키려 할 때 방원(조선 태종)이 그의 뜻을 들어보려고 주연을 베풀어 <하여가(何如歌)>를 읊었으나 그는 서슴없이 <단심가(丹心歌)>로 대답하여 하는 수 없이 선죽교에서 죽이고 말았다.

이 즈음 그의 어머니는,

> 가마귀 싸호는 골에 白鷺(백로)1야 가지마라
> 셩낸 가마귀 흰 빗츨 시올셰라
> 淸江(청강)에 조히 시슨 몸을 더러일까 ㅎ노라
>
> (출전: 靑丘永言)
>
> [까마귀 싸우는 골에 백로야 가지마라
> 셩 낸 까마귀 흰 빛을 세울레라
> 청강에 좋이 씻은 몸을 더럽힐까 하노라]

와 같이 성미가 호방하며 강직하고 충효(忠孝)로 일관함으로서 격동기에 '가마귀'의 누를 입을지도 모를 아들을 걱정하는 어머니의 마음을 시조로 지어 주었던 것이다.

사후 권근의 건의로 태종 5년(1405) 대광보국숭록대부(大匡輔國崇祿大夫), 영의정, 수문전 대제학(修文殿大提學)·감예문춘추관사(監藝文春秋館事)·익양부원군(益陽府院君)에 추증되었다. 조선시대에 주자성리학에 대한 이해가 심화되면서 도통(道統) 중심의 문묘종사(文廟從祀) 논의가 활발히 전개되었다. 이때 도통의 기준을 주자학의 학문적 공적으로 한 공적론(功積論)과 의리명분으로 한 의리론(義理論) 사이에 논쟁이 벌어졌는데 결국 주자학의 학문적 성숙이 심화되면서 후자를 대표하는 정몽주를 문묘에 종사하는 것으로 정리되어 1517년(중종12) 문묘에 배향되었으며 개성의 숭양서원(崧陽書院) 등 13개 서원에 배향되었다. 시문에 능하여 시조 <단심가(丹心歌)>를 비롯하여 많은 한시가 전하며 서화에도 뛰어났다. 문집으로 <포은집>이 전한다. 시호는 문충(文忠).

이 몸이 주거 주거 一百 番 고쳐 주거
白骨이 塵土되어 넉시라도 잇고 업고
님 向흔 一片丹心이야 가싈 줄이 이시랴
(출전: 樂學拾零, 靑丘永言)
[이 몸이 죽어 죽어 일백 번 고쳐 죽어
백골이 진토되어 넋이라도 있고 없고
님 향한 일편단심이야 가실 줄이 있으랴]

이렇게 정 몽주는 이 방원의 회유에 죽어서 '백골이 진토'가 되더라도 고려왕조에 대한 일관된 충성심은 변치 않는다는 극단적인 표현을 써가며 옹골찬 그의 면면을 보여주면서 자신의 비극적 운명을 결정지어 버린다.

이와 같이 그 절박한 상황에서도 격조 높고 울림이 크며 다양하면서도 묘미 있는 표현을 보면 이 시대에 이미 시조가 사회지배계층에 튼튼히 뿌리내렸음을 알 수 있으며 조선시대의 시조는 이미 이러한 기반을 물려받아 대단한 발전을 보게 된 것이다.

## 11  이 존오(李 存吾)  충혜왕 복위 2년(1341)~공민왕 20년(1371)

고려의 문신으로 자는 순경(順卿) 호는 석탄(石灘)·고산(孤山) 본
관은 경주(慶州)다.

공민왕 9년(1390) 20세 때 국자진사(國子進士)로 신경동(新京東) 문
과에 급제하여 수원서기(水原書記)를 거쳐 사관(史官)을 지낼 때 정
몽주·박 상애 등과 벗하여 학문을 토론했다. 이어 감찰규정(監察糾
正)에 제수(除授)되었으며 26세(1366)에 우정언(正言)이 되었을 때 신
돈이 집권하여 왕의 총애를 믿고 전횡을 일삼자 분연히 항소하니 왕
이 이에 노하여 소장(疏狀)을 불사르고 그를 불러들였다.

이 때 신돈이 왕과 호상(胡床)에 마주앉아 있는 것을 본 그는 큰
소리로 꾸짖어 "노승(老僧)이 어찌 그리 무례한가"하니 신돈이 황겁
(惶怯)하여 호상에서 내려앉았다. 왕은 더욱 진노하여 그를 순군옥(巡
軍獄)에 가둬 죽이려 했는데 스승 이목은(李牧隱)이 극력(極力) 구명
(救命)함으로서 장사감무(長沙監務)로 폄출(貶黜)하였으니 공민왕 15
년의 일이다.

이후 은퇴하여 공주(公州) 석탄(石灘)에서 지내다가 울분으로 병을
얻어 31세에 졸하였다. 그 후 신 돈이 처형됨으로 인하여 판삼사 대
사성(判三司 大司成)에 추증되었으며 자헌대부 계림군(資憲大夫 鷄林
君)에 가증(加贈)되고 충신정문(忠臣旌門)이 특하(特下)되어 현 공주
와 부여 군계(郡界)에 입정(立旌)되었다.

무장(茂長;전북 고창군 무장면 교흥리)의 충현사(忠賢祠)를 비롯하
여 부여(夫餘)의 의열사(義烈祠), 공주(公州)의 충현서원(忠賢書院), 여

주(驪州)의 고산사(孤山祠)에 제향되었으며 시조 2수가 전해지는데 그 중 신 돈과의 관계를 풍자한 시조 1수를 소개한다.

구름이 無心튼 말이 아무도 虛浪ᄒ다
中天에 떠 이셔 任意로 ᄃᆞ이면서
구퇴야 光明ᄒᆞᆫ 날빛츨 ᄯᅡ라가며 덥ᄂᆞ니
　　　　　　　　　　　　(출전: 樂學拾零, 靑丘永言)
[구름이 무심하단 말이 아마도 허랑하다
중천에 떠 있어 임의로 다니면서
구태여 광명한 날빛을 따라가며 덥나니]

이 작품은 표면으로 나타나는 뜻이 너무 명백하기 때문에 도리어 그렇게 노래한 속셈을 짐작해보지 않을 수 없게 한다. 이럴 때는 작가가 겪은 시련이나 고민을 유추해 보는 것이 시조를 이해하는 지름길이 될 것이다.

앞서 언급했듯이 이존오는 공민왕 때에 신돈을 규탄하다가 역으로 화를 입고 시골에 은거하다 젊은 나이에 울분으로 세상을 떠난 사람이다.

그러므로 우리는 이 시조에서 햇빛을 공민왕으로, 구름을 신돈으로 대비시켜 보면 신돈을 비난하는 작자의 심중을 들여다 볼 수 있을 것이다. 아울러 조선시대로 접어들면서 시대상을 표출하는 시절가조(時節歌調)로서의 시발점을 이 조년의 시조에 이어 여기서 찾아볼 수 있다.

**12  조 준(趙 浚)**  충목왕 2년(1346)~태종 5년(1405)

고려말 개혁파 사류의 대표적인 인물로서 조선왕조의 개창과 문물 제도의 정비에 핵심적인 역할을 했다. 자는 명중(明仲) 호는 우재(吁齋)·송당(松堂)이며 본관은 평양으로 충렬왕 때 재상을 역임한 인규(仁規)의 증손이며 아버지는 판도판서 덕유(德裕)이다.

1374년(우왕 즉위) 문과에 급제한 후 좌우위호군(左右衛護軍)·강릉도안렴사(江陵道按廉使)·사헌장령 등을 거쳐 전법판서(典法判書)가 되었다. 1382년 도통사(都統使) 최영(崔瑩)의 천거로 경상도에 내려가 왜구토벌에 소극적인 도순문사(都巡問使)를 징벌했다. 이듬해 밀직제학을 지낸 뒤 도검찰사(都檢察使)로 강원도에 쳐들어온 왜구를 물리쳐 그 공으로 선위좌명공신(宣威佐命功臣)에 올랐다. 이후 두문불출하며 경사(經史)를 익히고 윤소종(尹紹宗) 등과 함께 우왕의 폐위를 도모했고 1388년 위화도회군으로 권력을 장악한 이성계(李成桂)에게 중용되어 지밀직사사 겸 대사헌에 올랐다. 철저한 제도개혁과 체제정비를 통해 고려 말기의 사회혼란을 해결하려 한 그는 이성계·정도전(鄭道傳) 등과 전제개혁을 협의하고 그 구체적인 방안을 제시하여 지지를 얻어 그해 7월 최초로 전제개혁의 필요성을 상소했으며 아울러 관제·국방 등 국정 전반에 걸친 개혁을 주장했다. 이어 전제개혁에 반대하는 조민수(曺敏修) 등을 탄핵하여 유배시켰으며 창왕을 폐하고 공양왕을 옹립하는 데 참여했다.

1390년(공양왕2) 전제개혁을 단행하여 구세력의 경제적 기반을 붕괴시키고 조선왕조 개창의 토대를 마련했다. 1392년 정몽주(鄭夢周) 일파의 탄핵을 받아 체포되었다가 정몽주가 살해되자 풀려나와 찬성사·판삼사사가 되었으며 그해 7월 이성계를 추대하여 조선 개국 후 개국공신 1등으로 평양백(平壤伯)에 봉해졌다. 그 뒤 문하우시중을 거쳐 문하좌시중·오도도통사(五道都統使)가 되었으며 <경제육전(經濟六典)>을 편찬하는 등 신왕조의 체제 정비에 크게 기여했다. 그러나 세자책봉·요동정벌 등을 둘러싸고 정도전과 대립하게 되어 자연히 이방원(李芳遠)과 정치적 입장이 가까워지게 되었다.

1398년(태조7) 제1차 왕자의 난이 일어나자 정종이 왕위에 오르는 것을 도와 정사공신(定社功臣) 1등에 봉해졌다. 1400년(정종2) 판문하부사로 있으면서 한때 투옥되었으나 이방원에 의해 석방되었으며 그해 11월 이방원을 왕으로 옹립하여 좌정승·영의정부사가 되고 평양부원군(平壤府院君)이 되었다.

태조의 묘정에 배향되었으며 시호는 문충(文忠)이다.

夕陽에 醉興을 계워 나귀 등에 실려시니
萬里 溪山이 夢裡에 지내여다
어듸셔 數聲漁笛이 좀 든 날을 찌와다
　　　　　　　　　(출전: 樂學拾零, 靑丘永言)
[석양에 취흥을 계워 나귀 등에 실려시니
만리 계산이 몽리에 지내여다
어디서 수성어적이 잠든 나를 깨웠다]

술을 醉케 먹고 오다가 空山에 자니
뉘 나를 찌오리 天地 卽 衾枕이로다
狂風이 細雨를 모라다가 좀 든 날을 찌와다
　　　　　　　　　(출전: 樂學拾零, 靑丘永言)
[술을 취케 먹고 오다가 공산에 자니
뉘 나를 깨우리 천지 즉 금침이로다
광풍이 세우를 모라다가 잠든 나를 깨웠다]

위 두 수 공히 술과 관련되었는데 술과 함께 유유도일(悠悠度日)하는 낭인(浪人)의 모습을 연상할 수 있을 만큼 태평하고 한가롭다.

"석양에 취흥을 못 이겨 나귀 등에 실려 산과 계곡을 꿈속이듯 지나치는" 모습이나 "술 취해 인적 없는 산중에 잠이 드니 천지가 금침(이부자리와 베개)"이라는 작자는 상당한 애주가이며 낙천적 성격의 소유자임에 틀림없겠다.

## 13 길 재(吉 再)
공민왕 2년(1353)~조선 세종 1년(1419)

고려 말의 유학자로서 자는 재부(再父) 호는 야은(冶隱)·금오산인(金烏山人)으로 이색·정몽주와 더불어 삼은(三隱)의 한 사람이다. 본관은 해평(海平)으로 아버지는 지금주사(知錦州事) 원진(元進)이며 어머니는 토산(兎山)의 사족(士族)으로 판도판서(版圖判書)에 추증된 김희적(金希迪)의 딸이다.

11세에 냉산(冷山) 도리사(桃李寺)에 들어가 글을 배우기 시작했다. 18세에는 상산사록(商山司錄) 박분(朴賁)에게서 <논어>·<맹자> 등을 배웠다. 그 뒤 박분과 함께 송도에서 당대의 석학이던 이색·정몽주·권근(權近) 등의 문하에서 주자학을 배웠다.

1374년(공민왕23) 국자감에 들어가 생원시에 합격하고 1383년(우왕9)에는 사마감시(司馬監試)에 합격했다. 이후 학문에 정진하여 권근이 "내게 와서 글을 배우는 사람은 많지만 길재가 독보(獨步)이다"라고 하여 큰 기대를 걸었다 한다.

　1386년 진사시에 급제하여 청주목사록(淸州牧司錄)에 임명되었으나 사양하고 부임하지 않다가 1387년 성균학정(成均學正)이 되고 다음해에는 순유박사(諄諭博士)를 거쳐 성균박사(成均博士)에 올랐다. 이때 태학의 여러 학생들과 귀족의 일반 자제들까지도 그에게 배우기를 청하여 이들을 가르쳤다. 이 무렵 이방원(李芳遠;太宗)과 같은 마을에 살았으며 성균관에서도 같이 공부하여 교분이 매우 두터웠다. 1389년 (창왕1) 종사랑(從事郞)·문하주서(門下注書)가 되었으나 이성계(李成桂)·조준(趙浚)·정도전(鄭道傳)이 새로운 왕조를 세우려는 움직임을 보이자 이듬해 늙은 어머니를 모셔야 한다는 이유로 벼슬에서 물러나 고향인 선산(善山) 봉계(鳳溪)로 돌아왔다. 이후 1391년(공양왕3) 계림부(鷄林府)와 안변(安邊) 등의 경사교수(經史敎授)로 임명되었으나 나아가지 않았다. 그해 우왕이 강화도에 유배되어 있다가 강릉으로 옮긴 후 살해되자 전에 모시던 왕을 위하여 채과(菜果)와 혜장(醯醬) 등을 먹지 않고 3년상을 지냈다.

　새로운 왕조에 참여할 뜻이 없었던 그는 고향에 머물면서 늙은 어머니를 봉양하고 후진을 양성하며 학생들과 더불어 경전(經傳)을 토론하고 성리(性理)의 강구에 힘썼다.

　1400년(정종2) 세자 방원이 태상박사(太常博士)에 임명했으나 "여자에게는 두 남편이 없듯이 신하에게는 두 임금이 있을 수 없다"는 내용의 상소를 올려 사양했다. 이에 정종이 권근에게 자문(諮問)한 끝에 그 절의를 높이 여기고 예를 다하여 대접하고 집에 돌아가 조신(操身)할 것을 허락하고 그 집안의 세금과 부역을 면제해주었다. 이듬해에 어머니에 이어 큰 아들이 죽자 당시 일반사람들이 행하던 불교식을 일체 배제하고 주자가례에 따라 장례를 치루었다.

　1403년(태종3)에는 지군사 이양(李楊)이 길재를 방문했다가 그의 농토가 메말라 생산이 별로 없는 것을 안타깝게 여겨 좋은 전답을 선사했으나 사는 것을 충당할 수 있을 만큼 조그마한 땅만 차지하고 나머

지는 되돌려 보냈다. 이후 스승 박분과 권근이 죽자 심상(心喪) 3년을
행했다.

　1419년(세종1)에 세종이 그의 아들 사순(師舜)을 부르자 "내가 고
려에 향하는 마음을 본받아 네 임금을 섬기라"고 당부했으며 그 해
5월에 졸했다.

　그의 주자학에 대한 이해가 어떠했는지 구체적으로 알 수 없으나
대체로　효제(孝悌) · 충신(忠信) · 예의(禮義) · 염치(廉恥)를　앞세우고
이의 실천을 중시하는 것이었다. 주자학을 가르치고 그것을 근엄하게
실천하여 효를 다하고 공손했으며 사당(祠堂)의 제도와 제향(祭享)의
의례 등은 주문공가례(周文公家禮)를 따랐다. 전형적인 유학교육을 실
시하여 정몽주에게서 이어받은 학통을 김숙자(金叔滋)에게 전하고 이
는　다시　김종직(金宗直) · 김굉필(金宏弼) · 정여창(鄭汝昌) · 조광조(趙
光祖)로 이어졌다. 세종이 좌사간대부(左司諫大夫)를 증하고 그의 절의
를 기리는 정문(旌門)을 세웠다. 금산 성곡서원(星谷書院), 선산 금오서
원(金烏書院), 인동 오산서원(吳山書院)에 제향되었다. 저서로는 <야은
집> · <야은속집>이 있고 그의 언행록으로 문인 박서생(朴瑞生) 등이
엮은 <야은언행습유록(冶隱言行拾遺錄)>이 전하며 1741년(영조17) 에
충절(忠節)이라는 시호가 주어졌다.

五百年 都邑地를 匹馬로 도라드니
山川은 依舊ᄒ되 人傑은 간 되 없다
어즈버 太平烟月이 꿈이런가 ᄒ노라
　　　　　　　　　　　　　(출전: 樂學拾零, 靑丘永言)
[오백년 도읍지를 필마로 돌아드니
산천은 의구하되 인걸은 간 데 없다
어즈버 태평연월이 꿈이런가 하노라]

원 천석의 '흥망이 유수하니'와 더불어 회고가(懷古歌)라고 잘 알려진 이 시조는 작자가 옛 서울(송도)을 찾았다가 지난 날 고려 왕조의 영화를 회고하면서 그 무상함을 노래한 것이다.

여기서 '어즈버'는 슬픔을 나타내는 감탄사로서 현대어의 '아아!'로 해석할 수 있어 망국의 유신(遺臣)인 작자의 장탄식이 오늘 날까지 귓가에 쟁쟁하게 들려오는 듯 하다.

## 14 이 직(李 稷)

공민왕 11년(1362)~조선 세종 13년(1431)

조선 초기의 문신으로 자는 우정(虞廷) 호는 형재(亨齋)며 본관은 성주(星州)다.

정당문학을 지낸 조년(兆年)의 증손으로 아버지는 문하평리(門下評理) 인민(仁敏)이고 고려말의 권신(權臣) 이인임(李仁任)의 조카이다.

1377년(우왕3) 문과에 급제한 후 경순부주부·사헌지평·성균사예·예문제학 등을 역임했으며 1392년(태조1) 조선 건국에 참여한 공로로 개국공신 3등이 되고 성산군(星山君)에 봉해졌고 1393년 도승지·중추원학사에 임명되어 7월에는 권중화(權仲和) 등과 함께 음양산정도감(陰陽刪定都監)의 일을 맡아보았다.

1397년(태조6) 대사헌이 되었으며 이후 서북면도순문찰리사(西北面都巡問察理使)·참찬문하부사(參贊門下府事)·삼사좌사·지의정부사 등을 지냈다. 태종을 추대한 공로로 1401년(태종1) 좌명공신(佐命功臣) 4등에 책록되었으나 곧 마가(馬價) 문제로 성주에 안치(安置)되었으며 명나라에 사은사로 갔다 온 뒤에도 양천현(陽川縣)에 안치되었다.

1402년 참찬의정부사·대제학을 거쳐 1403년 판사평부사(判司評府事)가 되어 계미자(癸未字) 주조를 관장했다. 그 뒤 이조판서·동북면도순문찰리사·찬성사·대사헌을 거쳐 1408년 다시 이조판서에 임명되었고 1410년 천릉도감제조(遷陵都監提調)로서 경원부(慶源府)에 가 덕릉(德陵)과 안릉(安陵)을 함흥부(咸興府)로 옮겼다.

1412년 성산부원군(星山府院君)에 봉해졌으며 1414년 우의정이 되어 사은사로 명나라에 다녀왔으며 1415년 충녕대군(忠寧大君)의 세자책봉에 반대하다가 탄핵을 받아 성주에 안치되었다가 1422년(세종4) 딸이 태종의 비가 되자 풀려나 도제조(都提調)로서 <신속육전(新續六典)>의 편찬작업에 참여했다.

1424년 영의정이 되었으며 이듬해 *진하사(進賀使)로 명나라에 다녀왔고 1426년 좌의정이 되었다가 다음해 사직했다. 1428년 기자(箕子)의 사당에 비를 세울 것을 주장했으며 상정소제조(詳定所提調)로서 <육전>5권·<등록(謄錄)>1권을 올렸다.

저서로는 <형재시집>이 있고 성주 안봉서원(安峰書院)에 제향되었다. 시호는 문경(文景).

> 가마귀 검다 ㅎ고 白鷺야 웃지 마라
> 것치 거믄들 속조차 거믈소냐
> 것 희고 속 검을손 너 쑨인가 ㅎ노라
>                          (출전: 樂學拾零, 靑丘永言)
> [까마귀 검다 하고 백로야 웃지 마라
> 겉이 검은들 속조차 검을소냐
> 겉 희고 속 검을손 너뿐인가 하노라]

고려 유신의 한 사람으로 새 왕조의 벼슬을 하면서 두 왕조를 섬
긴 자신의 양심을 피력한 작품으로 볼 수 있겠다.

겉으로는 결백하고 선량한 체하면서도 속으로는 간사하고 음흉한
위인을 까마귀와 백로에 비유하여 자신과 정치적으로 반대편 인사들
을 비난하는 한편, 자신의 정치적 입장을 합리화하고 정당화 하는 의
도가 짙게 배어 있는 작품이다.

＊ 진하사

> 조선시대 중국에 보냈던 사신(使臣) 중 하나로 동지사(冬至使)·사은사
> (謝恩使) 다음으로 자주 보냈던 사신으로 중국에 등극(登極)·존호(尊號)·
> 존익(尊謚)·책립(冊立) 등의 일이 있을 때 보냈다. 정기적이 아닌 수시로
> 보냈으며 표자(表咨) 등 사대문서와 조공품을 가지고 갔다.
> ▶동지사(冬至使): 조선시대에 해마다 동지에 정기적으로 명과 청에 보내
> 던 사신으로 정조사(正朝使)·성절사(聖節使)와 함께 삼절사(三節使)라 했다.
> ▶사은사(謝恩使): 조선시대 중국 명나라와 청나라에 보냈던 사신의 일종
> 으로 해마다 정기적으로 보냈던 사신이 아니라 고마운 일에 대한 감사의
> 답례로 수시로 보내던 임시사행이다.

## 15 이 방원(李 芳遠)
고려 공민왕 16년(1367)~조선 세종 4년(1422)

조선의 제 3대왕(태종. 재위 1400~1418)이다. 이름은 방원(芳遠) 자
는 유덕(遺德) 아버지는 태조 이성계(李成桂)이며 어머니는 신의왕후
한씨(神懿王后韓氏)이다. 비는 원경왕후(元敬王后)로 민제(閔齊)의 딸
이다.

태조의 아들들이 대개 무인으로 성장했지만 이방원은 무예나 격구보다는 학문을 더 좋아했다고 한다. 성균관에서 수학하고 1383년(우왕9) 문과에 병과로 급제했다. 1388년(창왕 즉위) 정사 이색(李穡)의 서장관(書狀官)으로 명나라에 다녀왔다.

1392년(공양왕4) 3월 이성계의 낙마사건을 계기로 정몽주(鄭夢周)를 중심으로 한 고려의 중신들은 이성계파의 인물들을 유배시키고 그간의 개혁법령을 폐지하는 등 반격을 시도했을 때 수하를 동원하여 정몽주를 살해함으로써 대세를 만회했으며 이성계를 왕으로 추대하는데 크게 기여했다. 그러나 정도전(鄭道傳)·조준(趙浚) 일파의 견제로 조선 건국 후 개국공신에도 들지 못했다. 정도전과 조준은 신진사류 중에서도 급진적인 개혁을 추구한 인물로 이들의 정책은 이전의 권문세가나 이색을 중심으로 한 온건파의 불만을 야기했다. 이러한 때에 강비(康妃) 소생의 어린 방석(芳碩)이 세자로 책봉되고 자신의 세력기반인 사병마저 혁파될 상황에 처하자 정변을 일으켜 정도전·남은(南誾) 등을 제거하고 정치적 실권을 장악했다. 이후 정종을 즉위시키고 정사공신 1등이 되었으며 개국공신에도 추록되었다.

1400년(정종2)에는 동복형제인 방간(芳幹)이 주동이 된 제2차 왕자의 난을 진압하고 세자로 책봉되었으며 11월에 정종이 양위의 형식으로 물러나자 왕위에 올랐다.

태종의 즉위 초반에는 구세력과 공신 및 온건개혁파를 등용하고 안렴사제 복구 등 복고적인 정책을 집행하기도 했으나 곧이어 하륜과 함께 이색 계열의 인물을 중용하여 지속적으로 개혁을 추진했다. 그리하여 중앙행정기구는 의정부와 그 아래의 6조로 통합했으며 속아문제도(屬衙門制度)를 실시하여 각종 관아를 모두 6조 휘하에 소속시켰다. 또 재상권을 약화시키기 위해 6조직계제(六曹直啓制)를 시행하고 사간원을 독립시켰다. 지방제도 정비에서는 군현통폐합과 특수

촌락·임내(任內)의 혁파를 계속하고 경기좌우도를 통합하여 경기도로 했으며 양계지역의 장관도 도순문사(都巡問使)에서 도관찰사(都觀察使)로 바꾸어 도의 장관을 통일시켰다. 또한 행정체제의 혼돈을 방지하기 위해 지명에 붙은 주(州)자를 모두 유사한 글자로 바꾸었으며 감무(監務)도 현감으로 바꾸어 수령의 명칭에 일관성을 기하고 임무와 고과규정을 정비했다.

태종은 군사제도에서도 사병을 완전히 혁파하고 군정체제를 정비하여 왕을 발령자로 하고 병조를 군정기관으로 하는 조선 군제의 전통을 수립했다. 지방군을 정비했으며 수군을 증설하고 죽은 자에 대한 복호와 완휼규정을 마련했다. 병선 건조와 개조에도 힘을 기울여 거북선을 만들어 실험하기도 했다. 또 양천불명자를 보충군으로 재편했으며 양반·유생·노비 등을 망라하는 잡색군(雜色軍)을 조직하여 총동원체제를 이루었다. 한편 사전(私田)에 대한 국가의 지배를 강화하여 공신전에도 1/10의 세를 내게 했으며 공신전의 전수를 제한하는 등 여러 가지 방법으로 사전을 군자전으로 이속시켜 사전액수의 감소를 꾀했다. 그리고 재정절감을 위해 불필요한 관원을 도태시켰으며 저화 통용 진흥책을 시행했다.

사회정책으로는 호적과 군적을 정비하고 호패법과 인보법을 제정했으며 적서의 구분은 더욱 엄격히 하여 서얼차대와 *한품서용(限品敍用)규정을 마련했고 1413년에는 노비중분법(奴婢中分法)의 시행으로 오랜 노비소송을 종결시켰다. 한편 유교적 사회질서의 정착을 위해 <가례>를 보급하고 군현의 음사(淫祀) 등 비유교적 풍습을 이사(里社)로 대체했으며 문묘를 중건하고 *홍무예제(洪武禮制)를 준용하여 예제와 조관복제(朝冠服制)를 정비했다. 반면 억불책을 강화하여 1406년 사원혁파를 단행하고 이로써 얻어진 노비와 전토를 국고에 환속시켰으며

1417년에는 서운관(書雲觀)에 소장된 각종 비기도참서를 소각했다.

교육·문화 방면에서는 성균관과 5부학당(五部學堂)에 대한 지원을 강화하고 세자도 성균관에 입학하게 함으로써 성균관의 위상을 높였다.

1403년 주자소를 설치하여 계미자(癸未字)를 주조했으며 1413년 즉위 이후 개혁사업의 바탕이 된 <경제육전>을 재편찬하여 <원집상절(元集詳節)>과 <속집상절(續集詳節)>2권을 완성했다. 또한 1414년에는 정도전이 편찬한 <고려사>를 하륜을 시켜 개찬하게 했으며 권근·하륜에게 <삼국사>를 편찬하게 했다.

태종은 통찰력이 뛰어나고 예리한 인물이었으며 무엇보다도 탁월한 면은 정치력과 결단력이었다. 문제를 판단하는 데는 명분이나 인연 및 과거의 감정에 얽매이지 않고 현실적으로 생각하며 신속하게 결단을 내리는 능력이 있었다. 그 예로 배향공신을 책정할 때 그때까지 역적으로 규정되어 있던 정도전과 남은을 선발하게 했으며 자신에게 항거한 죄로 유배시켰던 황희(黃喜)를 세종에게 추천하여 중용하게 했다. 또한 장인 민제의 가문이 외척으로 성장하면서 이들이 양녕대군을 지지하고 그 주위에 수구파가 결집하자 장인과 처남들을 과감하게 제거했으며 1418년 왕세자 제를 폐하고 충녕대군을 세자로 책봉하여 2개월 후 선위한 후에도 세종의 장인 심온(沈溫)을 병권남용의 죄를 들어 전격적으로 처형을 단행하는 등 일련의 사실에서 위의 면모를 엿볼 수 있다. 그러나 이후에도 군정과 중요한 정사는 직접 처리하면서 세종의 치세를 위한 토대를 닦았다. 세종대의 흥륭도 실은 태종의 업적이 있었기에 가능한 것이었다.

시호는 공정성덕신공문무광효대왕(恭定聖德神功文武光孝大王)이며 묘호는 태종이다. 능은 서울특별시 서초구 내곡동에 있는 헌릉(獻陵)이다.

> 이런들 엇더ᄒ며 저런들 엇더ᄒ리
> 萬壽山 드렁츩이 얼거진들 긔 엇더ᄒ리
> 우리도 이ᄀ치 얼거져 百年까지 누리이라
>
> (출전: 樂學拾零, 靑丘永言)
>
> [이런들 어떠하며 저런들 어떠하리
> 만수산 드렁츩이 얽어진들 어떠하리
> 우리도 이같이 얽어져 백년까지 누리리라]

하여가(何如歌)라고 불리는 이 시조는 정 몽주를 회유하고자 지어진 것으로 잘 알려져 있다. 직설적으로 속내를 드러내지 않고 상대방에게 "이런 저런들 어떠하냐"는 식으로 세상 둥글둥글 모나게 살지 말라는 암시를 주면서 함께 동참하기를 넌지시 권한다. 이 때가 방원의 나이 25세였고 이 소리를 듣는 정 몽주의 나이가 55세였으며 이에 대한 정 몽주의 답은 우리에게 잘 알려진 '단심가(丹心歌)'였다.

＊ 한품서용

> 고려와 조선시대에 신분이나 출신에 따라 일정 품계 이상의 관직에 오를 수 없도록 규정한 제도.

＊ 홍무예제

> 중국 명태조에 의해 편찬된 예서로 고려 후기에서 조선 전기 태종 때까지 예조의 의식 등에 많이 활용되었으나 세종 때에 이 예제에 대해 이의와 논란이 많아 당시의 문신인 허조 등에게 제례작업을 명하자 당시 우리나라에서 관행되어 온<홍무예제>를 참작하고 그밖에 <두씨통전>·<동국고금상정예>등 이전에 예에 관련하여 만들어진 서적을 수집하여 <국조오례의>를 제정토록 하여 성종 5년(1474) 신숙주·정척 등에 의해 비로소 완성·발행되었다. 이렇게 <국조오례의>가 발행되자 홍무예제는 점차 소멸되었다.

## 16  정 도전(鄭 道傳)

고려 ?~태조 7년(1398)

　조선의 개국공신으로 자는 종지(宗之) 호는 삼봉(三峰) 본관은 봉화(奉化)다.

　향리집안 출신으로 고조할아버지는 봉화호장 공미(公美)이고 아버지는 중앙에서 벼슬하여 형부상서를 지낸 운경(云敬)이다. 어머니는 우연(禹延)의 딸로서 노비의 피가 섞여 있었다. 어려서 경상북도 영주에서 살다가 아버지를 따라 개경에 와서 아버지의 친구인 이곡(李穀)의 아들 색(穡)의 문하에서 정몽주(鄭夢周)·이숭인(李崇仁)·이존오(李存吾)·김구용(金九容)·김제안(金齊顔)·박의중(朴宜中)·윤소종(尹紹宗) 등과 함께 유학을 배웠다.

　1362년(공민왕11) 진사시에 급제하였고 태상박사가 되었다가 후에 이성계의 추천으로 성균대사성(成均大司成)이 되었다가 조준 등과 이성계를 추대한 공으로 개국공신 훈 1등을 받았고 삼도 도통사가 된 후 건국사업에 크게 이바지하여 새 나라의 문물제도와 국책의 대부분을 결정하였다. 한양천도 당시에는 궁궐과 종묘의 위치 및 도성의 8대문 및 성안 48방(坊)의 이름 등을 모두 그가 지었으며 <조선경국전(朝鮮徑國典)>·<경제문감(經濟文鑑)>·<경제문감별집> 등을 지어 치국의 대요와 관제 등 모든 제도와 문물을 제정하였고 <납씨가(納氏歌)>·<문덕곡(文德曲)>·<정동방곡(靖東方曲)>·<신도가(新都歌)> 등의 악장을 지어 태조의 공덕을 찬양하였는데 이 악장은 조선 5백년간 궁중에서 연주되었다. 또한 려말 배불론자의 주동자로 철두철미 불교의 말살을 기도하고 유교로서 문교(文敎)를 통일시키고자 하여 유교를 국시로 삼고 그 발전에 힘썼다.

　계비 강비의 막내아들인 방석(芳碩)을 세자로 세우고 여러 왕자를 제거하려 함을 정안군 방원(芳遠)이 알고 야밤에 기습하여 그를 죽였다.

태조의 명으로 <고려사(高麗史)> 37권을 편찬하였으나 전하지 않고 유집으로 <삼봉집(三峰集)>이 있다. 시호는 문헌(文憲).

> 仙人橋 ᄂ린 믈이 紫霞洞에 흘너 드러
> 半千年 王業이 믈소릐 ᄲᅮᆫ이로다
> 아히야 古國興亡을 무러 무슴 ᄒ리요
>                           (출전: 樂學拾零, 靑丘永言)
> [선인교 나린 믈이 자하동에 흘러들어
> 반천년 왕업이 믈소리 ᄲᅮᆫ이로다
> 아희야 고국흥망을 물어 무엇 하리요]

이 작품에서 작자는 '선인교'나 '자하동'이라는 고려의 수도 개성에 위치한 구조물과 지명을 초장에 도입함으로서 중장의 '반천년 왕업'이 5백년 고려왕조라는 것을 암시한다. 아울러 나라가 망했다는 사실에 변함없는 물소리의 자연현상을 대비시켜 인간사의 무상하고도 덧없음을 감성적으로 표현하면서 독자에게 지난 일을 회고하여 무엇 하겠느냐는 관조와 순응의 자세를 은연중 강요한다.
이렇듯 우리는 조선이 개국되었음에도 불구하고 옛 고려를 기억하며 그리는 민심을 희석하여 방관과 체념의 민심으로 유도하고 싶어하는 작자의 의도가 저변에 깔려 있음을 알 수 있다.

## 17  맹 사성(孟 思誠)

고려 공민왕 8년(1359)~조선 세종 20년(1438)

조선 세종 때의 명상(名相)으로 자는 자명(自明) 호는 고불(古佛)이며 본관은 신창(新昌)이다.

고려 말에 전교부령(典校副令) 희도(希道)의 아들로 온양(溫陽)에서 태어나 어려서 권근에게 수학하였으며 최영(崔瑩)의 손녀사위이다.

1386년(우왕12) 문과에 급제해 춘추관검열·전의시승·기거랑·사인·우헌납·수원판관·내사사인 등을 역임했다.

조선에 들어와 예조의랑·간의우산기상시·간의좌산기상시·공주목사를 지냈다. 태종초에 좌사간의대부·대언·이조참의를 거쳐 1407년(태종7) 예문관제학으로 진표사(進表使)의 시종관이 되어 명나라에 다녀왔다. 다음해 한성부윤이 되고 이어서 사헌부대사헌·판충주목사·풍해도도관찰사·이조참판·예조판서를 역임했으며 1417년 생원시의 시관(試官), 왕이 친림한 문과 복시의 *독권관(讀卷官)이 되었다. 이조판서·예문관대제학·의정부찬성사를 거쳐 1427년 우의정 1432년 좌의정을 지내고 1435년 관직에서 물러났다.

음률에 밝아 관습도감제조(慣習都監提調)인 그가 1411년 판충주목사로 임명되어 외직으로 나가게 되자 예조는 선왕(先王)의 음악을 복구하기 위해 서울에 머물도록 건의했으며 풍해도(豊海道;황해도의 조선초기이름) 도관찰사로 임명되었을 때도 영의정이던 하륜(河崙)이 서울에 머물면서 악공(樂工)을 가르치게 해달라고 건의했다. 우의정으로 있을 때 <태종실록>편찬에 감관사(監館事)로 참여했다.

출입할 때는 소를 즐겨 탔다 하며 통소를 즐겼고 조선의 대표적인

청백리의 한분으로 시호는 문정(文貞)이다. 시조는 '강호사시가'라고
명명된 연시조 4수가 전해진다.

江湖에 봄이 드니 미친 興이 졀로 난다
濁醪 溪邊에 錦鱗魚 安酒ㅣ로다
이 몸이 閑暇ㅎ옴도 亦君恩이샷다

(출전: 樂學拾零, 靑丘永言)

[강호에 봄이 드니 미친 흥이 절로 난다
탁료 계변에 금린어 안주로다
이 몸이 한가하옴도 역군은이샷다]


江湖에 녀름이 드니 草堂에 일이 업다
有信흔 江波는 보내느니 브람이로다
이 몸이 서늘힘옴도 亦君恩이샷다

(출전: 樂學拾零, 靑丘永言)

[강호에 여름이 드니 초당에 일이 없다
유신한 강파는 보내느니 바람이라
이 몸이 서늘하옴도 역군은이샷다]


江湖에 ㄱ을이 드니 고기마다 슬져 잇다
小艇에 그믈 시러 흘니 씌여 더져 두고
이 몸이 消日히옴도 亦君恩이샷다

(출전: 樂學拾零, 靑丘永言)

[강호에 가을이 드니 고기마다 살져 있다
소정에 그물 실어 흘리띄워 던져두고
이 몸이 소일하옴도 역군은이샷다]


江湖에 겨울이 드니 눈 기픠 자히 남다
삿갓 빗기 쓰고 누역으로 오슬 삼아

> 이 몸이 칩지 아니ᄒ옴도 亦君恩이샷다
>
> (출전: 樂學拾零, 靑丘永言)
>
> [강호에 겨울이 드니 눈 깊이 자히 남다
> 삿갓 빗기 쓰고 누역으로 옷을 삼아
> 이 몸이 춥지 아니하옴도 역군은이샷다]

이 시조는 춘하추동 사계절의 태평성대를 4수로 노래한 것으로 일명 '강호사시가'로 불려 지는데 작품의 첫수에서는 시냇가에서 낚시하는 모습을 소재로 하였고, 둘째 수에서는 초당(草堂)에서의 한거(閑居)를, 셋째 수에서는 가을에 배를 타고 고기잡이 하는 것을, 넷째 수에서는 눈 내린 시골을 배경으로 하여 소박한 생활을 즐기는 것으로 소재를 삼았다.

네 수의 각 초장을 살펴보면 첫째 수는 계절의 변화에 따른 지은이의 정취를 표현하였고 둘째 수는 자연 속에서의 한가함을 나타냈다. 이렇게 이 두 수는 주로 자연에서 느낀 감흥을 읊은데 비해 셋째 수와 넷째 수는 자연의 정황을 그대로 옮겨 놓음으로서 마음의 여유를 시각적으로 생생하게 전달하고 있다. 또한 네 수 모두 한가한 안빈낙도의 생활이 임금의 은혜(亦君恩이샷다)라고 마무리함으로서 은둔하는 가운데서도 변치 않는 충성, 즉 연군지정을 피력하고 있다.

이와 같이 이 작품은 '亦君恩이샷다'로 반복되는 후렴이 특징이며 자연애를 주제로 임금의 은혜를 기린 작품이다. 즉 자연의 아름다움과 현실 속에서 일어나는 현상을 표현하면서 궁극적으로는 충의사상을 노래한 것으로 그 뒤 수 없이 쏟아져 나온 서경시의 한 전형이 되었다. 또한 이 작품은 최초의 연시조라는 문학사적 의의까지 겸하고 있다.

50

* 독권관

> 조선시대의 관직. 과거(科擧) 가운데 최종 시험(試驗)인 전시(殿試)의 시험관(試驗官)으로 시험(試驗)을 감독(監督)하고 글장을 채점하며 어전에서 우수한 것을 낭송했다.


## 18 황 희(黃 喜)
고려 공민왕 12년(1363)~조선 문종 2년(1452)

조선 초기 국가의 기틀을 마련하는 데 노력한 유능한 정치가일 뿐만 아니라 청백리의 전형으로서 조선왕조를 통틀어 가장 뛰어난 재상으로 꼽히고 있다. 초명(初名)은 수로(壽老) 자는 구부(懼夫) 호는 방촌(尨村) 본관은 장수(長水)며 아버지는 판강릉대도호부사(判江陵大都護府使) 군서(君瑞)이다.

1376년(우왕2) 음직(蔭職)으로 복안궁녹사(福安宮錄事)가 되었다가 1383년 진사시에 합격했다. 1389년(창왕1) 문과에 합격했고 이듬해 성균관학관(成均館學官)이 되었다.

1392년 고려가 망하자 70여 명의 유신들과 함께 두문동(杜門洞)에 은거했다. 그러나 태조의 요청과 백성만이라도 구제해야 한다는 두문동 동료들의 천거로 다시 벼슬에 나가 성균관학관과 세자우정자(世子右正字)를 겸임했다. 이후 직예문춘추관·사헌감찰·우습유(右拾遺)를 지냈다. 그 뒤 좌천·면직·소환을 반복했고 1399년(정종1) 경기도도사(京畿道都事), 1400년 형조·예조·병조·이조의 정랑을 차례로 역임했다.

1401년(태종1) 지신사(知申事) 박석명(朴錫命)의 추천으로 도평의사

사경력(都評議使司經歷)이 되었고 이후 승추부도사(承樞府都事)·대
호군·지신사·대사헌·병조판서·예조판서를 거쳐 1415년 이조판서
가 되었고 1416년 세자 양녕대군(讓寧大君)의 폐위에 반대했으며 이
듬해 평안도도순문사 겸 평양부사가 되었다. 1418년 세자의 폐위가
결정된 후 태종의 미움을 사서 서인(庶人)으로 교하(交河)에 유배되
었으며 곧 남원으로 이배되었다가 1422년(세종4) 과전(科田)과 고신
(告身)을 환급받고 의정부좌참찬을 거쳐 다시 예조판서에 올랐으며
1423년 강원도 지방에 흉년이 들자 관찰사로 파견되어 선정을 폈다.
1427년 좌의정이 되었으나 1430년 재주 감목관 태석균(太石鈞)의 치
죄(治罪)에 관여하다가 사헌부의 탄핵을 받고 물러나 파주 반구정(伴
鷗亭)에 은거하다가 1431년 복직되어 1449년 관직을 물러날 때까지
18년 동안 영의정으로 세종을 도와 국정을 이끌었다.

도량이 넓고 생활이 청렴한 명신으로 모두 우러러 현상(賢相)이라
칭송하여 1452년(문종 2) 세종묘에 배향되었고 1455년(세조1) 순충보
조공신남원부원군(純忠補祚功臣南原府院君)에 추증되었다. 상주 옥동
서원(玉洞書院)과 장수 창계서원(滄溪書院)에 제향되었고 파주의 반
구정에 영정이 봉안되었다. "江湖에 봄이 드니 이 몸이 일이 하다"
등 농촌생활의 진미를 노래한 시조 3수가 전해지며 저서로 <방촌집>
이 있다. 시호는 익성(翼成).

대쵸 볼 불근 골에 밤은 어이 뜻드르며
벼 뷘 그르헤 게는 어이 느리는고
슬 닉쟈 체쟝스 도라가니 아니 먹고 어이리
　　　　　　　　　　　　　　　(출전: 海東歌謠)
[대추 볼 붉은 골에 밤은 어이 듯드르며

52

> 벼 벤 그루에 게는 어이 나리는고
> 술 익자 체장사 돌아가니 아니 먹고 어이리]

시골 풍광이 고스란히 묻어나는 정감어린 작품이다.

대추는 붉어졌고 밤도 아람이 벌어 툭툭 떨어지는데 벼 벤 논바닥에는 참게가 설설 기어 다닌다. 이렇듯 가을 들녘의 고즈넉한 농촌 마을을 묘사하면서 열거된 사물들이 모두 술안주 감이라. 게다가 술도 익었고 체 장사까지 다녀갔으니 술 거를 체는 준비 됐을 터, 더불어 술 한 잔 나누고 싶은 생각이 절로 나게 하니 작자의 호방하고 넉넉한 성품을 미루어 짐작할 수 있겠다.

이어서 농촌생활을 잘 표현해 놓은 "江湖에 봄이 드니~"라는 시조 한 수 더 짚어보기로 한다.

> 江湖에 봄이 드니 이 몸이 일이 하다
> 나는 그믈 깁고 아희는 밧츨 가니
> 뒷 뫼헤 엄 기는 藥을 언제 키랴 하느니
> (출전: 樂學拾零, 青丘永言)
> [강호에 봄이 드니 이 몸이 일이 하다
> 나는 그믈 깁고 아이는 밭을 가니
> 뒷 뫼에 엄 기는 약은 언제 캐려 하나니]

농촌에 봄이 오니 할 일이 참 많아진다.

지난 해 쓰던 헌 그물을 꺼내 손질하랴, 텃밭 일구랴 바쁜 터에 뒷산에 '엄 기는(움이 돋아 커가는)' 약초도 캐야겠고.

이렇듯 작자는 봄의 분주함을 익살스럽고도 여유 있게 표현해 놓았다. 작자의 성품도 참 느긋하겠다.

## 19  김 종서(金 宗瑞)    공양왕 2년(1390)~조선 단종 1년(1453)

조선 단종 때의 충신. 자는 국경(國卿) 호는 절재(節齋) 본관은 순천(順天)으로 도총(都摠) 제추(制錘)의 아들이다.

1405년(태종5) 문과에 급제하여 상서원 직장(直長)·행대감찰(行臺監察)을 거쳐 1419년(세종1)에 사간원우정언이 되었다. 이어 광주판관(廣州判官)·봉상판관(奉常判官)·의주삭주도(義州朔州道)의 진제경차관(賑濟敬差官)을 지냈으며 1426년 이조정랑 1427년 사헌부집의·황해도경차관 등에 올랐다. 1433년(세종15)에는 좌대언(左代言)으로서 이부지선(吏部之選)을 맡았다. 이 무렵 북쪽 변경에서 여진족의 침입이 끊이지 않아 같은 해 12월 함길도도관찰사 1435년 함길도병마도절제사가 되어 7~8년간 북쪽 변방에서 여진족을 무찌르고 비변책(備邊策)을 올리는 등 6진(六鎭;종성·회령·경원·경흥·온성·부령)을 개척하여 국토확장에 큰 공을 세웠다. 이로써 1416~43년에 걸쳐 개척된 압록강 방면의 4군(四郡;여연군·자성군·무창군·우예군)과 함께 우리나라의 국토가 두만강·압록강 상류까지 넓어졌다.

1440년 서울로 돌아와 형조판서·예조판서를 지내고 그 후 충청·전라·경상 3도의 도순찰사를 거쳐 1446년 의정부우찬성으로 임명되어 판예조사(判禮曹事)를 겸하였다. 1449년 8월에 달달(達達;Tatar) 야선(也先)이 침입하여 요동지방이 소란해지자 평안도도절제사로 파견되었다가 이듬해 돌아왔다.

그가 6진을 개척한 용장으로 잘 알려져 있지만, 한편으로는 <고려사(高麗史)>·<고려사절요(高麗史節要)>·<세종실록>의 편찬작업을 책

임지는 등 학자·관료로서의 능력도 갖추고 있었다. 1451(문종1) 좌찬성 겸 지춘추관사(知春秋館事)로서 편찬한 <고려사>는 본래 1392년(태조1) 정도전(鄭道傳) 등이 편찬한 것을 세종 때 몇 차례(1421, 1424, 1442) 개수한 끝에 완성한 것이었다. <고려사>편찬이 어려움을 겪었던 것은 조선 왕조 건국의 정당성을 확보할 필요가 있었던 차에 정도전 등 몇몇 개인의 가문을 지나치게 부각시키는 등 공정치 못하다는 여론이 있었기 때문이었다. 이에 따라 김종서·정인지(鄭麟趾)·이선제(李先薺)·정창손(鄭昌孫) 등이 1449년부터 개찬에 착수하여 1451년에 세가(世家) 46권, 지(志) 39권, 표(表) 2권, 열전(列傳) 50권, 목록(目錄) 2권의 *기전체(紀傳體)의 정사(正史)로 <고려사>가 완성되었다. 같은 해 10월 우의정으로 승진, *편년체(編年體) 고려사 편찬을 건의하여 이듬해인 1452년(단종 즉위년) <고려사절요>편찬에 참여했다. 같은 해 <세종실록>편찬의 책임관으로 임명되었으나 계유정난(癸酉靖難;세조의 왕위찬탈사건)으로 위의 사서들에서 그의 이름은 모두 삭제되었다.

그는 세종 때부터 임금의 신임을 받는 관료로 문종도 죽음을 앞두고 영의정 황보인(皇甫仁) 좌의정 남지(南智) 등과 함께 우의정인 그에게 어린 단종을 부탁했다. 그러나 수양대군(首陽大君)은 자신의 뜻에 가장 장애가 되는 인물로 그를 지목하고 제거하고자 하였다. 수양대군은 한명회(韓明澮)·권람(權擥) 등의 모사(謀士)를 얻은 뒤 홍달손(洪達孫)·양정(楊汀)·유수(柳洙) 등 무사들을 규합하여 1453년(단종1) 10월 13일에 거사하기로 하고 이날 제일 먼저 양정·임운 등에 의해 자택에서 그와 그의 아들 승규(承珪)가 살해되었고 이후 수양대군은 자신의 뜻을 이루게 된다. 이후 1680년(숙종6) 강화유수 이손(李巽)이 김종서의 억울함을 논하였으며 1719년(숙종45)부터 후손들이 다시 등용되기 시작하였고 1746년(영조22)에 복관되었다.

종성의 행영사우(行營祠宇)에 제향되었으며 "장백산에 기를 꽂고~"·

"삭풍은 나무 끝에 불고~" 등의 시조가 전한다. 시호는 충익(忠翼).

> 長白山에 旗를 꽂고 豆滿江에 물 싯기니
> 셕은 져 션븨야 우리 아니 스나희냐
> 엇더랴 麟閣畵像에 뉘 얼골을 그릴고
>
> 　　　　　　　　　　　　(출전: 樂學拾零, 靑丘永言)
>
> [장백산에 기를 꽂고 두만강에 말 씻기니
> 썩은 저 선비야 우리 아니 사나이냐
> 어떻다 인각화상에 뉘 얼굴을 그릴고]

　　작자가 함길도 도관찰사가 되어 여진족을 무찌르고 두만강 강가에
6진을 설치하여 만주의 옛 땅을 다시 찾고자 하였을 때 이를 무모한
짓이라고 반대한 대신들이 있었다. 그로 인해 뜻을 이루지 못한 울분
을 노래한 것으로 대장부의 기개가 엿보이는 작품이다.
　　종장의 '인각화상'에서 인각은 기린각(麒麟閣)으로 중국 한나라 때
공신(功臣)의 초상을 그려 걸어놓는 사당으로 이 곳에 초상이 걸리면
무한한 광영으로 여겼다 전한다.

> 朔風은 나모 긋틔 불고 明月은 눈 속에 춘듸
> 萬里 邊城에 一長劍 집고 셔서
> 긴 프룸 큰 흔소릐에 거칠 거시 업세라
>
> 　　　　　　　　　　　　(출전: 樂學拾零, 靑丘永言)
>
> [삭풍은 나무 끝에 불고 명월은 눈 속에 찬데
> 만리 변성에 일장검 짚고 서서
> 긴 파람 큰 한소리에 거칠 것이 없세라]

'호기가(豪氣歌)'로 잘 알려진 이 시조 역시 위에 소개한 작품과 더불어 작자가 함길도 변방(만리 변성 즉, 6진)에 근무할 당시의 작품으로 남성적인 힘이 용솟음친다.

특히 종장의 '긴 파람(길게 부는 휘파람) 큰 한소리(크게 한 번 외치는 소리)'에 거칠 것 없는 남성의 웅혼한 기상과 칼날같은 비장함이 삭풍을 헤치고 날아들어 가슴을 겨누는 듯한 느낌을 지울 수 없다.

＊ 기전체

편년체(編年體)·기사본말체(紀事本末體)와 함께 동양에서 사서편찬법의 정통을 이루는 형식으로 전한(前漢) 때에 사마천(司馬遷)이 편찬한 <사기>에서 시작하여 후한(後漢)의 반고(班固)가 편찬한 <한서(漢書)>에서 그 정형이 완성되었다. 이후 중국 역대 왕조의 정사(正史)로 편찬된 25사가 모두 기전체로 편찬되었다. 체재는 본기(本紀)·열전(列傳)·표(表)·지(志)로 이루어져 있으며 표·지가 빠진 것도 있다. 본기는 천자(天子)의 전기(傳記)·국가의 대사를 천자 재위의 연월에 따라 기록하고 열전은 신하의 세가표(世家表)·전기(傳記)·외국의 것을 나란히 기록했다.

본기·열전이 통상 실리므로 이를 따서 기전체라고 했다. 표는 연표(年表)·세계표(世系表)·인명표(人名表)가 있다. 지는 본기·열전에 들어가지 않는 사회의 중요사항을 서술하고 그 과목(科目)은 때에 따라 늘거나 줄기도 하지만 예(禮)·악(樂)·천문(天文)·오행(五行)·식화(食貨)·형법(刑法)·지리(地理)·관직(官職) 등의 통치제도와 문물·경제·자연현상을 내용별로 분류하여 기록했다. 기전체는 하나의 사건에 관한 자료가 본기·열전·지 등에, 그리고 지에서도 경우에 따라서는 여러 지에 분산·기록되어 있어 사건의 전모를 이해하기 어려운 점이 있지만 군주와 신하의 권선징악을 평하는 감계주의적(監戒主義的) 역사의식을 기술하는 데 적합한 체제이다.

우리나라에서는 김부식(金富軾)의 <삼국사기>가 현전하는 기전체 사서 가운데 가장 오래 되었다. 고려가 멸망한 뒤 관찬사서인 <고려사>가 기전체로 편찬되었다. 조선 후기에는 학자 개인에 의해서도 고려 이전의 역사가 기전체로 편찬되었는데 16세기 오운(吳澐)의 <동사찬요(東史纂要)> 17세기 후반 허목(許穆)의 <동사(東史)> 18세기 후반 이종휘(李鍾徽)의 <동사> 등이 있다.

＊ 편년체

사마천(司馬遷)이 기전체를 창출하기 전까지 역사책에 사용되었는데 연도를 따라 사건을 기록하는 이른바 연대기 형식이다. 그 때문에 <수서(隋書)> 경적지(經籍志) 편에는 편년체의 역사책을 사부(史部) 고사류(古史類)로 분류하고 있는데 고사체라고도 한다. 대표적인 편년체 역사서로는 <춘추(春秋)>·<자치통감(資治通鑑)>이 있다. 중국에는 서력과 이슬람력처럼 통일된 연대표기법이 없었기 때문에 두 왕조 이상 병존하는 시대를 기록하려면 어느 왕조든 하나를 정통으로 인정하지 않을 수 없었다.

## 20 하 위지(河 緯地)   고려 우왕 13년(1386)~조선 세조 2년(1456)

조선 세종조 때 집현전 학사로 사육신(死六臣)의 한 사람이다. 자는 중장(仲章)·천장(天章) 호는 와은당(臥隱堂)·단계(丹溪)며 본관은 진주로 아버지는 군수 담(澹)이다.

1435년(세종17) 생원시에 합격하고 1438년 식년문과에 장원급제하여 집현전부수찬에 임명되었으며 1444년에는 집현전부교리로서 오례의주(五禮儀註)의 상정(詳定)에 참여했다.

1446년 동복현감(同福縣監)으로 재직하던 형 강지(綱地)가 탐간죄로 투옥되자 관직을 사임하고 전라도로 내려가 형을 보살피다가 1448년 집현전교리로 복직했고 이듬해 춘추관사관으로 <고려사>개찬에 참여했다. 1450년(문종 즉위)에는 사헌부장령이 되어 대신들의 비리를 적극적으로 공격하여 대간의 직분을 다했고 이듬해 직집현전이 되어 수양대군(首陽大君)을 보좌하여 진설(陣說)의 교정과 역대병요

(歷代兵要)의 편찬에 참여했다.

1453년(단종1) 수양대군이 병서 편찬에 참여했던 학사들의 품계를 올리려 하자 종신(宗臣)이 함부로 사은(私恩)을 베푸는 것은 있을 수 없는 일이라 하여 반대했다. 이에 집현전직제학으로 전보되자 사직하고 향리로 내려갔다. 이듬해 집현전부제학으로 복직하여 춘추관편수관으로 <세종실록>의 편찬에 참여했고 경연시강관(經筵侍講官)으로 단종에게 경사를 강론했다. 1455년(세조1) 예조참의로 재직 중 수양대군이 왕위에 오르자 예조참판으로 승진했으나 세조의 녹을 먹는 것을 수치로 여겨 그해부터의 봉록은 취하지 않고 별실에 쌓아두었다. 세조가 왕권강화를 위해 *서사제(署事制)를 폐지하고 *육조직계제(六曹直啓制)를 시행하자 주제(周制)를 들어 서사제의 부활을 주장했다. 이에 세조는 그의 관(冠)을 벗기고 장(杖)을 쳤으나 끝까지 뜻을 굽히지 않았다.

1456년 성삼문(成三問)·박팽년(朴彭年)·이개(李塏)·유성원(柳誠源)·김문기(金文起)·유응부(兪應孚) 등과 함께 비밀리에 단종복위를 추진하여 명의 사신을 위해 베푸는 연회에서 세조와 측근관료들을 제거하기로 했다. 그러나 계획에 차질이 생겨 거사가 연기되자 모의에 참여했던 김질(金礩)이 세조에게 이 사실을 알려 복위운동이 발각되고 주모자로 체포되었다. 국문(鞫問)을 받으면서도 당당한 기개를 굽히지 않다가 거열형(車裂刑;말이 끄는 수레로 죄인의 사지를 찢는 형벌)을 당했다. 남효온(南孝溫)은 <추강집(秋江集)>에서 그의 인품에 대해 "사람됨이 침착하고 조용했으며 말이 적어 하는 말은 버릴 것이 없었다. 공손하고 예절이 밝아 대궐을 지날 때는 반드시 말에서 내렸고 길바닥에 물이 고였더라도 그것을 피하기 위해 금지된 길로 가지 않았다"라고 평했다.

1691년(숙종17) 신원되었으며 이조판서에 추증되었다. 노량진 민절서원(愍節書院), 선산 월암서원(月巖書院), 홍주 노운서원(魯雲書院),

연산 충곡서원(忠谷書院), 의성 충렬사(忠烈祠) 등에 제향되었다. 시호는 충렬(忠烈).

客散 門扁ᄒ고 風微 月落ᄒᆯ 제
酒甕을 다시 열고 詩句 흣부르니
아마도 山人 得意ᄂᆫ 이쑨인가 하노라

(출전: 樂學拾零, 靑丘永言)

[객산 문경하고 풍미 월락할 제
주옹을 다시 열고 싯귀를 흣부르니
아마도 산인 득의는 이뿐인가 하노라]

"손님 모두 돌아간 후 문을 닫고 가느다란 바람에 달빛이 떨어질 때 술항아리 다시 열고 싯귀를 읊조리니 속세를 떠나 산에 사는 사람의 마음을 비로소 알겠다"의 내용처럼 작자는 자연 속에서 모든 세상사를 잊고 유유자적하는 산인(속세를 떠난 사람)의 마음을 유추하고 이를 갈망하는 속내가 작품 저변에 깔려 있음을 알 수 있다. 따라서 이는 곧 난마처럼 얽혀버린 현실정치로부터 도피하고 싶은 작자의 심경을 은연중에 피력한 것이리라.

✳ 서사제

　의정부서사제(議政府署事制)를 이르며 이는 6조의 상위기구로 6조에서 올라온 건의나 정책을 직접 의정부에서 심의하고 합의 의결하여 왕에게 보고하고 승인을 받는 제도. 즉 6조가 왕이 아닌 의정부의 직할임.

✳ 육조직계제

　6조의 상위기구가 의정부이긴 하나 6조의 건의나 정책이 의정부의 심의·의결을 거치지 않고 왕에게 직접 보고되어 6조와 왕이 직접 연결됨.

## 21 유 응부(俞 應孚)

?~세조 2년(1456)


조선 초기의 무장으로 사육신(死六臣)의 한 사람이다. 자는 신지 (信之)·선장(善長) 호는 벽량(碧梁) 본관은 기계(杞溪)다.

일찍이 무과에 급제하여 세종과 문종의 총애를 받았다. 첨지중추원 사·경원절제사를 지내고 1452년(단종 즉위) 의주목사 1453년 평안좌 도절제사 등을 역임했으며 1455년(세조1) 동지중추원사에 임명되었다. 세조 즉위 후 왕권이 강화되고 신권이 약화되어가는 상황 속에서 세조의 불의의 찬탈에 대한 저항이라는 대의(大義)가 내세워지고 있 을 때 그는 전·현직 집현전 출신인 성삼문(成三問)·박팽년(朴彭 年)·이개(李塏)·하위지(河緯地)·유성원(柳誠源) 등과 함께 단종복 위를 모의했다. 세조가 상왕(上王;단종)을 모시고 명나라 사신을 창덕 궁에 초청하여 벌인 연회에서 성승(成勝)과 함께 별운검(別雲劍)을 맡게 되자 그 자리에서 세조와 측근관료들을 제거하고 상왕을 복위 시키기로 했다. 그러나 세조가 연회 당일 별운검을 폐지하도록 명하 였으며 왕세자도 병으로 참석하지 못하게 되었다. 그는 그대로 거사 할 것을 주장했으나 성삼문 등의 만류로 모의를 뒤로 미루게 되었다. 이때 모의에 참여했던 김질(金礩)이 이 사실을 세조에게 밀고함으로 써 단종복위 계획은 실패로 끝나고 그를 포함한 주모자 6명은 체포 되어 형살(刑殺)되거나 자살했으며 이에 연루된 70여 명이 화를 당했 다. 이때 세조가 국문하면서 그에게 "너는 무엇을 하려 했느냐"라고 묻자 "한 칼로 족하(足下;세조를 가리킴)를 죽이고 본 임금을 복위시 키려 했다"고 대답하여 극심한 고문을 받고 졸했다.

그는 학문에 뛰어나 당시 소위 절의파 학자로 알려졌고 용모가 엄장하여 힘이 세고 활을 잘 쏘았으며 효성이 극진했다. 청렴결백하여 고관의 자리에 있으면서도 끼니를 거르고 멍석으로 방을 가리고 살았다 한다.

1691년(숙종17) 12월 사육신을 국가에서 공인함으로써 복관되었으며 1791년 2월 절의숭상의 범위를 더 넓혀 단종을 위하여 충성을 바친 여러 신하들에게 어정배식록(御定配食錄)을 편정할 때 사육신의 한 사람으로 재차 확인되었다. 병조판서에 추증되어 노량진 민절서원(愍節書院), 홍주 노운서원(魯雲書院), 연산 충곡서원(忠谷書院), 영월 창절사(彰節祠), 대구 낙빈서원(洛濱書院) 등에 제향되었다. 시호는 충목(忠穆).

간밤에 부던 브람 눈 셔리 치단 말가
落落長松이 다 기우러 가노미라
흐믈며 못다 핀 곳치야 닐러 므슴 하리오
                              (출전: 樂學拾零, 靑丘永言)
[간밤에 부던 바람 눈서리 치단 말가
낙락장송이 다 기울어 가는구나
하믈며 못다 핀 꽃이야 일러 무삼 하리오]

이 작품은 충성스러운 노 대신으로부터 선비에 이르기까지 세조 일파의 계유정란에 반대하던 사람들에 대한 무자비한 숙청을 한탄하는 심경을 그린 작품으로 '간밤에 부던 바람'은 세조 일파의 정변, '눈서리 치단 말가'는 정변으로 인한 정치사회의 분위기, '낙락장송'은 김 종서와 같은 충성스러운 노 대신, '못다 핀 꽃'은 세조의 정변에 반대하는 신진 정치가 및 선비들로 볼 수 있겠다.

## 22 박 팽년(朴 彭年)

태종 17년(1417)~세조 2년(1456)

조선 초기의 학자로 사육신(死六臣)의 한 사람이다. 자는 인수(仁叟) 호는 취금헌(醉琴軒) 본관은 순천(順天) 아버지는 판서를 지낸 한석당(閑碩堂) 중림(仲林)이고 어머니는 김익생(金益生)의 따님이다.

1434년(세종 16) 알성문과에 급제하여 성삼문 등과 함께 집현전학사가 되었다. 1438년 삼각산 진관사(津寬寺)에서 *사가독서(賜暇讀書)를 했고, 1447년 문과중시(文科重試)에 급제했다. 문종이 왕위에 오른지 2년 만에 죽으면서 그를 비롯하여 황보인·김종서·성삼문 등에게 어린 단종의 보필을 당부했다.

1453년(단종1) 우승지·부제학을 거쳐 1454년 좌승지·형조참판을 지냈고 1455년 충청도관찰사로 나가 있을 때 신권의 지나친 강대화와 왕권약화를 우려한 왕실세력 중 수양대군이 김종서·황보인·정분(鄭苯) 등을 축출하면서 단종을 폐위시키고 왕위에 오르자 세조에게 올리는 문서에는 '신(臣)'이라는 글자대신 '거(巨)'라는 글자를 쓰고 녹봉에도 일체 손을 대지 않았다고 한다. 1456년(세조2) 다시 형조참판에 기용되었다.

세조의 집권과 즉위 과정에서 집현전 출신의 관료가 요직에 많이 등용되었으나 의정부서사제도(議政府署事制度) 대신 육조직계제(六曹直啓制)를 실시하는 등 왕의 전제권을 확립하려는 조치에 대해 집현전 출신의 유신들은 즉각 반발했다. 세조의 전제권 강화와 독주에 불만을 품은 일부 유신들은 마침내 세조를 몰아내고 단종을 복위시켜 관료지배체제를 구현하려 했다. 당시 형조참판으로 있던 박팽년은 성삼문·이개·하위지·유성원 등 대부분 전·현직 집현전 유신들과 함께 세조를 제거할 계획을 세웠다.

　1456년 6월에 창덕궁에서 상왕인 단종 앞에서 명(明)의 사신을 접대하는 기회를 이용하여 왕의 호위를 맡은 성승(成勝)·유응부 등이 세조와 그 추종자들을 없애기로 하였으나 그날 아침 갑자기 세조가 이들의 시위(侍衛)를 취소시켰으므로 거사를 후일로 연기했다. 이에 모의에 참여했던 김질(金礩) 등이 불안을 느끼고 이를 밀고해 성삼문 등 주모자들과 같이 체포되었다. 그의 재능을 아낀 세조가 사람을 보내어 회유하려 했으나 세조를 '나으리'라고 부르면서 끝내 뜻을 굽히지 않다가 심한 고문을 당하고 옥사했다. 얼마 후 아버지 중림, 동생 대년(大年), 아들 헌(憲)·순(珣)·분(奮) 등 3대가 처형되었으며 어머니·처·제수 등도 대역부도(大逆不道)의 가족으로 노비가 되었다.

　1691년(숙종17)에 신원(伸寃)되어 관작이 회복되었으며 1758년(영조34)에는 이조판서에 추증되었다. 또한 1791년(정조15)에는 단종에 대한 충신들의 어정배식록(御定配食錄)에 올랐다. 남효온(南孝溫)이 <추강집(秋江集)>에 사육신전을 적어 그를 비롯해 단종복위를 꾀하다 죽은 6명의 충절을 기렸다.

　장릉(莊陵) 충신단(忠臣壇)에 배향되었으며 과천 민절서원(愍節書院), 홍주 노운서원(魯雲書院), 영월 창절서원(彰節書院) 등에 제향되었다. 글씨가 <취금헌천자문(醉琴軒千字文)>에 남아 있으며 묘는 서울 노량진의 사육신묘역에 있다. 시호는 충정(忠正).

　가마귀 눈비 마자 희는 듯 검노미라
　夜光明月이야 밤인들 어두우랴
　님 向흔 一片丹心이야 變흘 줄이 이시랴
　　　　　　　　　　　　　　　(출전: 樂學拾零, 靑丘永言)

> [까마귀 눈비 맞아 희는 듯 검노매라
> 야광명월이야 밤인들 어두우랴
> 님 향한 일편단심이야 변할 줄이 있으랴]

이렇게 왕위를 찬탈한 세조를 '눈비 맞아 희는 듯 검은 까마귀'로 지칭하여 정통성을 부인하면서, 단종의 현실이 아무리 밤과 같이 어둡다 해도 달과 같이 빛나는 존재임을 역설한다. 그러면서 작자는 여전히 조선 왕조의 정통성을 갖고 있는 단종을 향한 마음을 굽히지 않겠다고 강조하며 일관된 충성심을 피력한다.

일설에는 거사의 밀고자인 김 질이 세조의 명을 받고 옥중의 작자를 찾아와 이 방원의 '하여가'로 회유하려 할 때 이에 대한 답시로 지어진 것이라고 한다.

\* 사가독서

조선시대 유망한 문신에게 휴가를 주어 독서와 연구에 전념하게 한 제도로 1420년(세종2) 3월에 세종이 집현전 학사 중에서 재행(才行)이 뛰어난 자를 선발하여 유급휴가를 주고 연구에 전념하게 한 것에서 비롯되었다. 최초 선발은 1426년에 있었다. 처음에는 자택에서 독서했으나 집에서는 독서에 전념하기 어렵다고 하여 1442년부터 진관사(津寬寺)에서 독서하게 했다. 때문에 이를 상사독서(上寺讀書)라고도 불렀다. 사육신 사건으로 집현전이 폐지되어 한때 중단되었으나 성종이 부활시켜 홍문관의 젊은 학사 중에서 선발하여 독서하게 했다. 동시에 용산에 있던 폐사를 수리하여 독서당으로 삼았다. 1517년(중종12)에는 두모포(豆毛浦)에 동호독서당(東湖讀書堂)을 설치했다. 이곳을 중심으로 16세기까지는 사가독서제가 활발히 운영되었다. 1528년에는 독서당 규칙을 만들어 계절마다 읽은 책의 목록을 보고하고 월별·주별로 제술시험을 보아 불합격하면 퇴거시키게 했다. 왕들은 때로 술과 악(樂), 물품을 내려 격려했다. 그러나 인조 이후에는 침체하여 명맥만 유지하다가 정조 때 규장각을 설립하면서 폐지되었다. 사가독서 기간은 1~3개월이었으나 개월을 한정하지 않고 '장가(長暇)'를 주기도 했다. 선발인원이나 시기는 특별히 정해놓지 않았다. 최고 12명을 2번으로 나누어 독서당에 상근시킨 적도 있었으나 보통 3~6명이었다. 기록에 나타난 총 인원은 1426~1773년(영조49)까지 320명이다. 사가독서에 뽑힌 자를 사가문 신이라고 불렀는데 상당한 영예로 간주되었다. 역대의 사가문신에는 남수 문(南秀文)·신숙주(申叔舟)·김안국(金安國)·이이(李珥)·이민구(李敏求) 등 학문이 뛰어난 문신이 많다.

## 23 이 개(李 塏)

태종 17년(1417)~세조 2년(1456)

조선 초기의 문신으로 사육신(死六臣)의 한 사람이다. 자는 청보(淸 甫)·백고(伯高) 호는 백옥헌(白玉軒)이고 본관은 한산(韓山)이다. 이 색 의 증손이며 할아버지는 중추원사 종선(種善) 아버지는 계주(季疇)이다.

1436년(세종18) 사마시(司馬試)에 합격했다. 1441년 집현전저작랑으 로 재직 중 <명황계감(明皇誡鑑)>의 편찬에 참여했고 훈민정음 창제 에 관여했으며 <운회(韻會)>·<동국정운(東國正韻)>의 번역·편찬작 업에도 참여했다.

1447년 문과중시에 급제한 뒤 사가독서(賜暇讀書)를 했다. 1450년 (문종 즉위) 왕세자를 위해 서연(書筵)을 열었을 때 좌문학(左文學)으 로 <소학>을 강의하여 문종에게 칭찬을 받았다. 1456년(세조2) 2월 집현전부제학에 임명되었으나 성삼문(成三問)·박팽년(朴彭年)·하위 지(河緯地) 등과 함께 단종의 복위를 계획하다 김질(金礩)의 밀고로 체포되어 국문을 당했다. 숙부 계전(季甸)이 세조와 친교가 두터워 회유를 받았으나 거절하고 의연하게 관련자들과 함께 거열형(車裂刑)

을 당했다.

시문이 절묘했고, 글씨에도 능했다. 대구 낙빈서원(洛濱書院), 과천 민절서원(愍節書院), 한산 문헌서원(文獻書院), 의성 충렬사(忠烈祠) 등에 제향되었다. 1758년(영조34) 이조판서에 추증되었다. 시호는 의열(義烈)이었다가 충간(忠簡)으로 고쳐졌다.

房 안에 혓는 燭불 눌과 離別 ᄒᆞ엿관ᄃᆡ
것흐로 눈물 디고 속타는 줄 모로는고
뎌 燭불 눌과 갓ᄒᆞ여 속타는 줄 모로노라

(출전: 樂學拾零, 靑丘永言)

[방안에 혓는 촛불 눌과 이별 하였관대
겉으로 눈물지고 속타는 줄 모르는고
저 촛불 눌과 갈아야 속타는 줄 모르노라]

"방 안에 켠 촛불 누구와 이별 하였기에 겉으로 눈물 떨구고 속 타는 줄 모르는가. 저 촛불 나와 같아서 속 타는 줄 모르는구나."

일명 '홍촉루가(紅燭淚歌)'라 불리는 이 시조는 작품 전반에 걸쳐 비유가 기발하고 재기가 넘친다. 겉으로 눈물 흘리며 속 타들어 가는 줄 모르는 촛불에 자신을 대비시켜 영월로 귀양 간 단종과 헤어진 뒤 충정과 비애로 애간장을 태우는 작자의 안타까운 심경을 노래한 것이다.

## 24 성 삼문(成 三問)

태종 18년(1418)~세조 2년(1456)

조선 초기의 학자이며 사육신(死六臣)의 한 사람이다. 자는 근보 (謹甫) · 눌옹(訥翁) 호는 매죽헌(梅竹軒) 본관은 창녕(昌寧)으로 성승 (成勝)의 아들이다.

홍주(洪州) 노은동(魯恩洞) 외가에서 태어났는데 태어나려 할 때 하늘에서 "낳았느냐?"하고 세 번 묻는 소리가 났으므로 삼문이라 이 름 지었다는 일화가 전해진다.

1435년(세종17) 생원시에 합격하고 1438년에 식년시에 응시하여 뒷 날 생사를 같이 한 하위지와 함께 급제했다. 집현전학사로 뽑힌 뒤 수찬 · 직집현전을 지냈다. 1442년 박팽년 · 신죽주 · 하위지 · 이석형 등과 더불어 삼각산 진관사(津寬寺)에서 사가독서(賜暇讀書)를 했고 세종의 명으로 신숙주와 함께 <예기대문언독(禮記大文諺讀)>을 편찬 했다. 세종이 정음청(正音廳)을 설치하고 훈민정음을 만들 때 정인 지 · 신숙주 · 최항 · 박팽년 · 이개(李塏) 등과 더불어 이를 도왔다. 특 히 신숙주와 함께 당시 요동에 귀양 와 있던 명나라의 한림학사 황찬 (黃瓚)에게 13차례나 왕래하며 정확한 음운(音韻)을 배워오고 명나라 사신을 따라 명나라에 가서 음운과 교장(敎場)의 제도를 연구해오는 등 1446년 훈민정음 반포에 큰 공헌을 했다. 1447년 문과 중시에 장 원으로 급제한 뒤 1453년 좌사간 1454년 집현전부제학 · 예조참의를 거쳐 1455년 예방승지가 되었다.

1453년(단종1) 수양대군이 계유정난을 일으켜 황보인 · 김종서 등 어린 단종의 보필세력을 제거하고 스스로 영의정이 되어 정권 · 병권을 장악했을 때 정인지·박팽년 등 36명과 함께 집현전 관원으로서 직숙(直宿)의 공이 있다고 하여 정난공신(靖難功臣)의 칭호를 받았다.

1455년 수양대군이 어린 조카인 단종의 왕위를 빼앗자 "국새(國璽)는 옮겨졌지만 주상(主上)이 아직 계시고 우리가 있으니 복위를 도모하다가 실패하면 그때 죽어도 늦지 않다"고 다짐하며 단종복위운동을 결심했다. 아울러 이후 받은 녹봉은 월별로 표시하여 별도로 쌓아두고 손도 대지 않았다. 단종복위운동은 그를 포함하여 집현전 출신 관료들을 중심으로 전개되었다. 세조의 집권과 즉위에 이르는 과정에서 많이 등용되고 배려를 받았던 그들이 복위운동에 나섰던 것은 단종에 대해 충절을 지킨다는 유교적 명분이 깔려 있기도 했지만 관료 지배체제의 구현을 이상으로 삼았던 그들로서는 세조의 독주를 받아들일 수 없었기 때문이기도 했다. 특히 세조가 즉위 직후부터 육조직계제(六曹直啓制)를 실시하는 등 왕의 전제권을 강화하려는 조치를 취하자 집현전 출신 유신들은 크게 반발했다. 마침내 성삼문은 아버지 성승과 박중림(朴仲林)·박팽년·유응부·권자신(權自愼)·이개·유성원·윤영손(尹鈴孫)·김질(金礩) 등이 함께 세조를 제거하고 단종을 복위시키기 위한 구체적 계획을 세웠다.

1456년(세조2) 6월 세조가 상왕인 단종과 함께 창덕궁에서 명나라 사신을 위한 향응을 베풀기로 한 것을 기회로 삼아 왕의 운검(雲劍; 큰 칼을 들고 왕을 시위하는 것)을 맡은 성승과 유응부로 하여금 세조와 측근을 처치하도록 계획했다. 그러나 거사 당일 갑자기 한명회의 제의로 세자와 운검의 입장이 폐지되자 거사를 중지하고 후일을 도모하기로 했다. 계획에 차질이 생기자 거사가 탄로 날 것을 두려워한 김질이 세조에게 이를 밀고하는 바람에 다른 모의자들과 함께 체포되었다.

다음날 달군 쇠로 다리의 살을 뚫고 팔을 잘리는 고문을 당하면서도 세조의 불의를 나무라고 신숙주의 불충(不忠)을 꾸짖는 기개를 보였다.

6월 8일 성승·이개·하위지·유응부·박중림·김문기·박쟁(朴崝) 등과 함께 군기감(軍器監) 앞에서 능지처형(凌遲處刑)을 당했다. 거사 관련자 70여 명은 각각 죄명에 따라 혹형·처형·유배 등을 당했는데 그중에서도 성삼문은 멸문(滅門)의 참화를 당했다. 아버지 승을 비롯하여 동생 삼빙(三聘)·삼고(三顧)·삼성(三省)과 아들 맹첨(孟瞻)·맹년(孟年)·맹종(孟終) 등 남자는 젖먹이까지도 살해되어 혈손이 끊기고 아내와 딸은 관비(官婢)가 되었으며 가산은 몰수되었다.

성삼문은 대역죄인으로 처형을 당했으나 그의 충절을 기리는 움직임은 사림을 중심으로 끊임없이 이어졌다. 김종직·홍섬·이이 등이 그의 충절을 논했으며 남효온(南孝溫)은 <추강집(秋江集)>에서 그를 비롯하여 단종복위운동으로 목숨을 잃은 박팽년·하위지·이개·유성원·유응부 등 6명의 행적을 소상히 적어 후세에 남겼다. 이후 이들 사육신은 조선시대의 대표적인 충신으로 꼽혀왔으며 그들의 신원을 위하여 많은 사람들이 노력했다.

마침내 1691년(숙종17)에 관작이 회복되었으며 1758년(영조34) 이조판서에 추증되어 충문(忠文)이라는 시호가 내려졌고 1791년(정조15)에는 단종충신어정배식록(端宗忠臣御定配食錄)에 올랐다.

성삼문 등 사육신의 처형 후 그들의 의기와 순절에 깊이 감복한 한 의사(義士)가 시신을 거두어 한강 기슭 노량진에 묻었다 하는데, 현재 노량진 사육신 묘역이 그곳이다. 또 처형 직후 전국을 돌면서 사육신의 시신을 전시할 때 그의 일지(一肢)를 묻었다는 묘가 충청남도 은진에 있다.

장릉(莊陵;단종의 능) 충신단(忠臣壇)에 배향되었으며 강원도 영월의 창절사(彰節祠), 서울특별시 노량진의 의절사(義節祠), 충청남도 공주 동학사(東鶴寺)의 숙모전(肅慕殿)에 제향되었다. 저서로 <매죽헌집>이 있다.

이 몸이 주거가셔 무어시 될고 ᄒ니
蓬萊山 第一峰에 落落長松 되야이셔
白雪이 滿乾坤ᄒᆯ 제 獨也靑靑 ᄒ리라

(출전: 樂學拾零, 靑丘永言)

[이 몸이 죽어가서 무엇이 될꼬하니
봉래산 제일봉에 낙락장송 되었다가
백설이 만건곤할 제 독야청청 하리라]

　후세에 '충의가(忠義歌)로 너무 잘 알려진 이 시조는 작자가 모진 고문을 받고 형장으로 끌려 갈 때 불렀다는 노래로 단종 임금에 대한 충성을 읊은 것이다.

　이는 비록 죽더라도 신선들이 산다는 삼신산의 하나인 봉래산 제일 높은 봉우리에 큰 소나무가 되어 "흰 눈이 하늘과 땅을 뒤덮을 때(세상이 온통 수양대군의 권력 하에 들어감을 비유한 것으로 볼 수 있음)" 홀로 푸르리라는 작자의 의연하고도 굳은 절개와 꿋꿋한 성품이 돋보이는 작품이다. 이어서 단종 임금에 대한 작자의 일관된 충성심을 표현한 나머지 한 수의 시조를 소개한다.

나의 님 向ᄒᆫ 쯧지 죽은 후면 엇더ᄒᆯ지
桑田이 變ᄒ야 碧海난 되련이와
님 向ᄒᆫ 一片丹心이야 가실 줄이 잇스랴

(출전: 歌曲, 樂學拾零)

[나의 님 향한 뜻이 죽은 후면 어떠할지
상전이 변하여 벽해가 된다 해도
님 향한 일편단심이야 가실 줄이 있으랴]

## 25  유 성원(柳 誠源)

?~세조 2년(1456)

조선 초기의 문신이며 사육신(死六臣)의 한 사람으로 자는 태초(太初) 호는 랑간(琅玗) 본관은 문화(文化)이며 아버지는 사인(舍人) 사근(士根)이다.

1444년(세종26) 식년문과에 급제하여 1445년 집현전저작랑(集賢殿著作郎)으로 <의방유취(醫方類聚)>의 편찬에 참여했으며 1447년 문과 중시에 합격했다.

1451년(문종1) 사가독서(賜暇讀書)를 했고 이듬해 <고려사절요>를 편찬할 때 최항(崔恒)·박팽년(朴彭年)·신숙주(申叔舟)·이극감(李克堪) 등과 함께 열전(列傳)을 담당하여 찬술했으며 춘추관기주관으로 <세종실록>의 편찬에 참여했다. 1453년(단종1) 10월 수양대군(首陽大君)이 영의정 황보인(皇甫仁)·좌의정 김종서(金宗瑞) 등을 살해하고 정권을 잡은 뒤 집현전에 정난녹훈(靖難錄勳)의 교서(敎書)를 만들도록 명하자 집현전교리로 있던 그는 혼자 남아서 협박에 견디지 못하고 교서를 작성했다. 이해 11월 장령으로 정난공신(靖難功臣) 책정의 개정을 요구했으나 받아들여지지 않았다. 1454년 <문종실록>편찬에 참여했다.

1455년 6월 수양대군이 단종을 몰아내고 왕위를 빼앗자 그는 박팽년·성삼문 등과 단종의 복위를 꾀했다. 그러나 1456년 김질(金礩)의 고변으로 이 사실이 탄로 나자 집에 돌아와 아내와 술잔을 나누고는 조상의 사당 앞에서 칼로 자결했다. 그 뒤 남효온(南孝溫)이 <추강집(秋江集)>에 육신전을 실어 널리 알려졌다.

1691년(숙종17) 관작이 회복되었고 노량진 민절서원(愍節書院), 홍주 노운서원(魯雲書院), 영월 창절사(彰節祠) 등에 제향되었다. 숙종

때 시호를 절의(節義)라 내렸고 영조 때 이조판서에 추증하며 시호를
충경(忠景)이라 고쳤다.

草堂에 일이 업서 거믄고를 베고 누어
太平聖代를 쏨에나 보려 ㅎ니
門前에 數聲漁笛이 줌든 나를 씨와다
(출전: 樂學拾零, 靑丘永言)
[초당에 일이 없어 거문고를 베고 누워
태평성대를 꿈에나 보려 했더니
문전에 수성어적이 잠든 나를 깨와다]

어찌 보면 한가로운 일상사를 노래하는 듯 보이나 실상은 그렇지
못하다. 초당에 거문고를 베고 누워 태평성대를 꿈에서나 보려 했는
데 문 앞의 고기잡이 피리소리에 잠을 잘 수가 없다 한다. 즉 태평성
대는 세종조의 시대를 회상함이요, 문전에 수성어적이라 함은 수양대
군의 정변으로 세상이 시끄럽다는 것을 비유함이다. 아울러 이런 상
황에 지난날의 태평성대를 꿈이나 꾸어 볼 수 있겠냐 하는 작자의
비탄에서 당시의 암울하고도 비관적인 시대상을 엿볼 수 있다.

## 26 왕 방연(王 邦衍)

생몰연대미상

조선 초기의 문신으로 세조 때 의금부도사(義禁府都事)로 있으면서
단종이 강원도 영월로 유배될 때 이를 호송했다.

이 때의 괴롭고 울적했던 심정을 읊은 시조 한 수 외에 연대기 및 기타 자세한 기록은 전해지지 않는다.

千萬里 머나먼 길에 고운 님 여희옵고
내 ᄆᆞ음 들 딕 없어 냇ᄀᆞ에 안자시니
져 물도 닉 안 ᄀᆞᆺ ᄒᆞ여 우러 밤길 녜놋다

(출전: 樂學拾零, 青丘永言)

[천만리 머나먼 길에 고운 님 여의옵고
내 마음 둘 데 없어 냇가에 앉아시니
저 물도 내 안 같아서 울어 밤길 예놋다]

"천만리 먼 곳에 고운 님(단종)을 이별하고 혼자 돌아가는 길에 마음도 언짢고 하여 냇가에 앉아 시름에 잠겨 있으니 냇물도 내 슬픈 마음과 같아 울면서 밤길을 가는구나."

작자는 계유정난 직후 의금부도사라는 직책에 종사한다. 이 시조는 유배되는 단종의 호송임무를 불가피하게 수행하고 돌아서면서 불의로 희생된 어린 임금에 대한 연민의 심경을 흘러가는 냇물소리에 절묘하게 조화시킨 절창으로 읽는 이의 마음이 절로 숙연해지는 감동적인 작품이다.

## 27 원 호(元 昊)

생몰연대미상

조선 단종 때 생육신(生六臣)의 한 사람으로 자는 자허(子虛) 호는 무항(霧巷)·관란(觀瀾) 본관은 원주(原州)이며 아버지는 별장 헌(憲)이다.

1423년(세종5) 식년문과에 급제한 뒤 청환직(淸宦職) 등을 거치고 문종 때 집현전직제학이 되었으나 1453년(단종1) 계유정난 때 수양대군이 김종서(金宗瑞) 등을 제거하고 권력을 장악하자 고향인 원주로 돌아가 은거했다. 그 뒤 1456년(세조2) 성삼문(成三問) 등의 세조 제거 계획이 실패로 돌아가고 다음해 단종이 영월에 유배되자 영월 서쪽에 관란재(觀瀾齋)를 짓고 조석으로 영월 쪽을 바라보며 눈물을 흘렸다. 그해 단종이 살해되자 영월에 가서 삼년상을 마쳤다. 이후 계속 원주에 칩거하여 관직에 있던 조카 효연(孝然)이 찾아와 뵙기를 청했으나 끝내 거절했다.

세조가 호조참의로 임명했으나 응하지 않았고 단종의 능이 집의 동쪽에 있다 하여 앉을 때나 누울 때나 반드시 동쪽을 향했다. 손자 숙강(叔康)이 예종 때 사관으로서 <세조실록>을 편찬하던 중 직필로 인해 주살 당하자 책을 모두 소각하고 자손들에게 글을 읽어 명리를 탐하지 말 것을 당부했다.

1703년(숙종29) 원천석(元天錫)의 사당에 배향되었고 1782년(정조6) 생육신인 김시습(金時習)·남효온(南孝溫)·성담수(成聃壽)와 함께 이조판서에 추증되었다. 함안 서산서원(西山書院), 원주 칠봉서원(七峰書院)에 제향되었다. 시호는 정간(貞簡).

간밤에 우던 여흘 슬피 울어 지내여다
이제야 싱각ᄒ니 님이 우러 보내도다
져 믈이 거스러 흐르고져 나도 우러 녜니라

(출전: 樂學拾零, 靑丘永言)

[간 밤에 울던 여울 슬피 울어 지내거다
이제와 생각하니 님이 울어 보내도다
저 물이 거슬러 흐르고져 나도 울어 녜니라]

"어제 밤에 울면서 흐르던 여울 물소리가 유난히 구슬퍼 지금 가만히 생각하니 님(단종)이 울어 보낸 것이로구나. 저 물이 거슬러 흐른다면 나도 울며 가리라."

이렇듯 물이 거슬러 흐른다면 내 울음소리도 거슬러 흐르는 물에 흘려 님에게 보내고 싶다는 애틋한 연군의 정을 흐르는 물소리에 투영시켜 진솔하게 표현함으로서 읽는 이로 하여금 작자의 심정과 공감대를 형성하도록 하였다.

# Ⅱ. 조선 초·중기의 대표적 인물과 시조

## 1 남 이(南 怡)

세종 23년(1441)~예종 1년(1468)

조선 세조 때의 무신. 본관은 의령(宜寧)으로 할아버지는 영의정부사 재(在) 아버지는 의산군(宜山君) 휘(暉)이며 어머니는 정선공주(貞善公主;태종의 4녀)이고 좌의정 권람(權擥)의 사위이다.

1457년(세조3) 무과에 장원급제하여 세조의 총애 속에서 여러 무직을 역임했다. 1466년 발영시(拔英試)에 급제한 뒤 1467년 포천(抱川)·영평(永平) 등지에서 도적을 토벌했다. 또한 이시애가 반란을 일으키자 우대장이 되어 구성군(龜城君) 준(浚)의 지휘 아래 진압에 참여했다. 후세에 잘 알려진 "白頭山石磨刀盡 豆滿江水飮馬無 男兒二十未平國 後世誰稱大丈夫"라는 한시는 이 시애의 난을 토벌하고 회군(回軍)할 때 지은 것이다.

이 공으로 적개공신(敵愾功臣) 1등에 책록되고 의산군(宜山君)에 봉해졌다. 이어 서북변의 건주위(建州衛) 여진의 토벌에 참여하여 이만주(李滿住)를 죽여 2등군공(二等軍功)을 받았으며 그 후 공조판서에 임명되었다. 1468년에는 오위도총부도총관을 겸했으며 이어 27세의 나이로 병조판서가 되었다.

그러나 그해 신숙주(申叔舟)·한명회(韓明澮) 등이 *이시애의 난 평정으로 등장한 신세력을 제거할 때 병조판서에서 해직되어 겸사복장(兼司僕將)으로 밀려났다. 1468년 세조가 죽고 예종이 등극한 지 얼마 안 되어 궁중에서 숙직하던 어느 날 밤 혜성(彗星)이 나타난 것을 보고 "이는 제구포신(除舊布新;옛것을 버리고 새것을 폄)의 나타남"이라고 말했다. 그러나 평소 그의 승진을 시기하고 있던 유 자광(柳 子光)이 엿듣고 이에 말을 덧붙여 역모로 모함하여 강순(康純)과 함께 주살(誅殺)되었다.

1818년(순조18) 우의정 남공철(南公轍)의 주청으로 관작이 복구되어 창녕 구봉서원(龜峯書院), 서울 용문사(龍門祠)·충민사(忠愍祠)에 제향되었다. 시호는 충무(忠武).

> 長劍을 쌔혀 들고 白頭山에 올나 보니
> 大明 天地에 腥塵이 줌겨세라
> 언제나 南北風塵을 헤쳐 볼고 ᄒᆞ노라
>
> (출전: 靑丘永言)
>
> [장검을 빼어 들고 백두산에 올라 보니
> 대명 천지에 성진이 잠겨세라
> 언제나 남북풍진을 헤쳐볼까 하노라]

'호기가(豪氣歌)'라고 불리는 이 시조는 세종 13년(1467)에 이 시애의 난과 건주위(建州衛)를 평정하고 돌아 올 때 지은 것이라 한다.

"긴 칼 빼어 들고 백두산에 올라 보니 밝은 천지에 전운이 자욱하구나. 남(왜구)북(여진족)이 일으키는 전쟁의 먹구름쯤이야 언제든지 말끔히 헤쳐 보이겠노라."

전란을 평정하려는 장수의 호기와 기상이 잘 나타 있는 시조이다. 이처럼 피 끓는 장부의 기개와 우국충정이 끓어 넘치는 작자의 나머지 작품도 소개한다.

> 赤兔馬 슬지게 먹여 豆滿江에 싯겨 셰고
> 龍泉劍 드는 칼룰 선뜻 쎄쳐 두러메고
> 丈夫의 立身揚名을 試驗ᄒᆞᆯ까 ᄒᆞ노라
>
> (출전: 歌曲源流)

[적토마 살찌게 먹여 두만강에 씻겨 세우고
용천검 드는 칼을 선뜻 비껴 들러메고
장부의 입신양명을 시험할까 하노라]


烏騅馬 우는 곳에 七尺 長劍 빗겻는듸
百二 函關이 뉘 짜히 되단 말고
鴻門宴 三擧不應을 못닉 슬허 ㅎ노라

(출전: 樂學拾零, 歌曲源流)

[오추마 우는 곳에 칠척 장검 빗겼는데
백이 함관이 뉘 땅이 되단 말고
홍문연 삼거불응을 못내 슬퍼 하노라]


## ＊ 이시애의 난

이시애는 판영흥대도호부사(判永興大都護府使)를 지낸 인화(仁和)의 아들로 태어났으며 대대로 이 지역에서 세력을 일구어온 전형적인 토호출신이었다. 함경도지방은 동북 국경지대일 뿐 아니라 경내에도 적지 않은 여진인들이 잡거하고 있어 중앙정부로부터 특별한 관심을 사고 있었다. 게다가 이 지역 토호들 중에는 고려말부터 이성계일가와 밀접한 관계를 가지고 있었고 세종대에 시행된 6진(六鎭)의 개척사업에도 적극적으로 참가하여 상당한 사회·경제적 권력을 보장받은 이들도 있었다. 이로 인해 조선 건국 초기 이 지방의 자생적 토호들은 상당한 자치권을 갖게 되었다. 이 난의 주도자인 이시애 집안도 이러한 토호 가문의 하나였다. 그러나 세조대의 중앙집권강화책으로 이 지역 토호들의 세력이 점차 축소되었다. 이는 일련의 새로운 문제들을 야기했는데 특히 1465~66년 이후에 시행된 양전(量田)과 군액확장에 관한 계획은 이 지방의 일반농민들이나 토호들의 국가에 대한 부담을 급격히 증가시켰다. 또한 이 시기에 파견된 수령이나 군관들이 거의 남쪽 양반출신자들로서 주민에 대한 불법적인 침탈을 대대적으로 감행하여 많은 원성을 사게 되었다. 그중에서도 국경지대를 방어하기 위해 출동하는 부방(赴防), 서울로 오는 야인들의 영송, 해동청(海東靑;사냥매의 일종)·은(銀) 등 특산물들의 공납 등에서 벌어지는 불법적인 수탈은 주민에게 커다란 고통을 안겨주었다. 이와 같은 여러 사정으로 인해 이 지역 하층 농민들은 자기들의 불행과 빈곤의 주요원인이 남쪽 양반 출신의 관원들이 행하는 탐오와 횡포에 있다고 인식하게 되었으며 이러한 분위기는 이 지방 토호들로 하여금 중앙 관료들을 반대하는 그들의 투쟁에 하층 농민들을 이용할 수 있게 하였다. 1467년 5월 당시 주민들로부터 많은 재물을 탈취하여 원성을 사고 있던 함경도절도사 강효문(康孝文)이 순찰하다가 길주에 도착했는데 이때 이시애와 그의 아우 이시합(李施合) 등이 밤중에 이들을 암살하고 남도의 군사들이 쳐들어와서 북도민들을 죽이려 한다고 선동하면서 길주 군사들을 동원하여 중앙에서 파견한 경성 이북 제진(諸鎭)의 지방관들을 살해했다.

이를 반란으로 규정한 중앙정부는 바로 종친인 구성군 준(龜城君 浚)을 병마도총사(兵馬都摠使)로 삼고 호조판서 조석문(曺錫文)을 부총사로 임명하여 중앙군을 인솔하여 토벌하게 했다. 초기에는 반란군의 기세가 대단하여 고전하였으나 함경도에 거주하던 이씨왕실의 의친(議親;먼일가 친척)과 공신 일파, 내수사(內需司)의 서원(書員)과 노복들이 이시애 군에 대한 상세한 정보를 탐지해 알려오자 점차 상황이 반전되었다. 따라서 8월에 들어 곳곳에서 이시애의 군을 격파하기 시작했고 내부의 분열을 가져오게 했다. 결국 허유례(許有禮)의 사주를 받은 이주(李珠)·이운로(李運露) 등이 자신의 대장인 이시애·이시합 등을 체포하여 정부에 넘김으로써 난은 진압되었다.

## 2  월산대군(月山大君)

성단종 2년(1454)~성종 19년(1488)

조선 전기의 종친으로 이름은 정(婷). 자는 자미(子美) 호는 풍월정(風月亭). 추존된 덕종(德宗)의 맏아들이며 성종의 형이다.

빈은 병조판서 박중선(朴中善)의 딸 상원군부인(祥原君夫人)이다. 왕세자로 책봉된 아버지가 1457년(세조3)에 죽자 할아버지인 세조의 사랑을 받으며 궁중에서 자랐다. 1460년 월산군에 봉해졌고 1468년(예종 즉위) 동생인 잘산군(乻山君;뒤에 성종)과 함께 현록대부(顯祿大夫)가 되었다.

　1471년(성종2) 월산대군으로 봉해지고 이해 3월에는 좌리공신(佐理功臣) 2등에 책록되었다. 그의 좌리공신 책록은 성종의 장인인 한명회(韓明澮) 등 권신들이 당시 종실의 대표격인 구성군(龜城君) 준(浚)을 제거하고 그들의 지위를 확보하기 위해 취한 조처의 일환이었다.

　왕위계승에서 가장 유리한 위치에 있었던 그는 이처럼 권신들의 농간을 겪게 되자 양화도(楊花渡) 북쪽에 망원정(望遠亭)을 짓고 풍류로 여생을 보냈다.

　1473년 덕종이 추존되어 부묘(祔廟)되기 전에 덕종의 별묘를 세우고 봉사(奉祀)했으며 어머니인 인수왕후(仁粹王后)의 병을 간호하다 35세의 나이로 졸했다.

　부드럽고 청아한 문장을 많이 지어 그의 시작(詩作)이 중국에서까지 애송되어졌다 하며 <속동문선(續東文選)>에 여러 편이 수록되었다. 후에 7대손인 경(絅)이 그의 유고를 모아 <풍월정집>을 간행했다. 시호는 효문(孝文).

> 秋江에 밤이 드니 물결이 추노미라
> 낙시 드리치니 고기 아니 무노미라
> 無心흔 둘빛만 싯고 븬 비 저어 오노미라
> 　　　　　　　　　　　(출전: 樂學拾零, 靑丘永言)
> [추강에 밤이 드니 물결이 차노매라
> 낚시 드리우니 고기 아니 무노매라
> 무심한 달빛만 싣고 빈 배 저어 오노매라]

　이 작품의 겉모습은 아주 서경적이면서 속세를 떠나 한가로이 유유자적하는 어느 산인(山人)을 연상할 수 있다. 하지만 한기마저 감도는 듯한 "저문 가을 강에 홀로 배 띄워 낚시를 하다가 고기는 아니 잡고 빈 배에 달빛만 가득 싣고 돌아오는" 작자의 심리상태가 아직도 정권에서 밀려난 마음의 상처를 추스르지 못한 것일까, 아니면 세상을 멀리하여 속세를 떠난 산인의 달관의 경지일까.

그러나 이러한 내재적 의미와는 별개로 초·중·종장의 끝머리에 '~노매라'로 표현된 압운성격의 맺음말은 작품의 배경으로부터 오는 스산하고도 쓸쓸한 분위기를 제거함은 물론 오히려 경쾌한 리듬을 느낄 수 있어 이 시조의 음악적 묘미를 더해준다.

## 3 김 굉필(金 宏弼)   단종 2년(1454)~연산군 10년(1504)

조선 전기의 학자. 자는 대유(大猷) 호는 한훤당(寒暄堂)·사옹(蓑翁) 본관은 서흥(瑞興)으로 사용(司勇) 유(紐)의 아들이며 어머니는 중추부사(中樞副使) 승순의 딸 청주한씨(淸州韓氏)이다. 서흥의 토성(土姓)으로서 고려 후기에 사족으로 성장한 집안이다. 경기도의 성남(城南)·미원(迷原)과 야로(冶爐;처가)·가천(伽川;처외가) 등지에도 상당한 경제적 기반을 가지고 있었던 것으로 보인다. 김일손(金馹孫)·정여창(鄭汝昌) 등과 함께 김종직(金宗直)의 문하에서 <소학> 등을 배웠다. 이를 계기로 그는 <소학>을 손에서 놓지 않았고 누가 혹 시사(時事)를 물으면 소학동자가 무엇을 알겠는가라고 답할 정도로 <소학>에 심취했다.

1480년(성종11) 사마시에 합격하여 성균관에 입학 후 그는 유학은 제가치국평천하(齊家治國平天下)의 도이며 불교는 일신(一身)의 청정적멸(淸淨寂滅)만을 위하는 것이라는 긴 상소를 올리는 등 척불(斥

佛)과 유교진흥에 대한 그의 소신을 주저 없이 피력하였으며 1486년
에는 당시 이조참판으로 있던 스승 김종직에게 그가 국사에 대해 별
다른 건의를 하지 않는 것을 비판하는 시를 지어 올려 사제지간에
사이가 벌어지기도 했다.

1494년 경상도관찰사 이극균(李克均)이 은일지사(隱逸之士)로 천거
하여 남부참봉이 된 뒤 전생서참봉·군자감주부·사헌부감찰 등을
거쳐 형조좌랑에 이르렀으나 1498년 훈구파가 사림파를 제거하기 위
해 *무오사화를 일으켰을 때 김종직의 문도로서 붕당을 만들었다고
하여 장형(杖刑)을 받고 평안도 희천에 유배되었다. 조광조(趙光祖)가
그에게서 <소학>을 배운 것은 이때의 일이다.

2년 뒤에 유배지가 순천(順川)으로 옮겨졌다가 1504년 *갑자사화가
일어나자 무오당인이라는 죄목으로 죽음을 당했다. 사후 중종반정 뒤
신원되었으며 1507년(중종2) 도승지에 추증되고 1517년 홍문관부제학
김정(金淨) 등의 상소로 다시 우의정에 추증되었다.

그의 학통 및 사상은 정몽주(鄭夢周)·길재(吉再)·김숙자(金叔
滋)·김종직으로 이어지는 도학(道學)의 정통을 계승했다고 평가되며
훗날 그의 학문은 조광조·김안국(金安國) 등에 전해져 지치주의에
입각한 개혁정치를 주도하게 되는 기호사림파의 주축을 형성하게 했
다. 문인으로는 조광조·김안국·이장길(李長吉)·윤신(尹信)·이장곤
(李長坤)·김정국(金正國) 등이 있다.

1610년(광해군2) 정여창(鄭汝昌)·조광조·이언적(李彦迪)·이황(李滉)
등과 함께 5현(五賢)의 한 사람으로 문묘에 종사되었으며 이황은 그를
'근세도학지종(近世道學之宗)'으로 칭송했다. 아산 인산서원(仁山書院), 서
흥 화곡서원(花谷書院)·희천 상현서원(象賢書院), 순천 옥천서원(玉川書
院), 현풍 도동서원(道東書院) 등에 제향되었다. 저서로는 <경현록(景賢
錄)>·<한훤당집(寒喧堂集)>·<가범(家範)> 등이 있다. 시호는 문경(文敬).

삿갓세 되롱이 닙고 細雨中에 호믜 메고
山田을 훗믜다가 綠陰에 누어시니
牧童이 牛羊을 모라다가 줌 든 날을 씨와다

(출전: 樂學拾零, 靑丘永言)

[삿갓에 도롱이 입고 세우 중에 호미 메고
산전을 흘매다가 녹음에 누었으니
목동이 우양을 몰아다가 잠든 나를 깨와다]

이 시조는 창작시점과 작자가 처한 현실을 굳이 따지기 전에 작품 전반에 묘사되어 있는 전원의 목가적인 풍경을 연상하며 감상하는 것이 옳겠다.

"가랑비가 내려 삿갓에 도롱이를 걸치고 호미를 들고 나서 산간에 걸친 밭을 여기저기 매다가 나무그늘에 누워 한 숨 눈을 붙이는데 목동이 소 양을 몰고 와 잠을 깨운다."에서 느낄 수 있는 평화로움에 작자가 농민이면 어떻고 귀양 간 선비이면 어떻겠는가. 이 작품에서 독자는 그저 지그시 눈감고 농촌의 향수를 만끽하면 그만일 것이다.

＊ 무오사화

1469년 왕위에 오른 성종은 세조 이래 실권을 장악하고 있던 훈구세력을 견제하기 위해 1476년(성종7) 친정을 시작하면서 신진 사림세력을 등용함으로서 훈구파와 사림파 간의 갈등이 깊어갔다. 길재(吉再)로부터 학문적 연원을 갖는 사림세력의 정치·경제·사상적 지향은 성종의 왕권강화 의지와 결합되면서 김종직을 필두로 김굉필·정여창·김일손 등의 사림이 정계에 대거 진출하게 되었다. 이렇게 사림파의 급속한 성장으로 권력을 장악하고 있던 훈구세력은 위협을 느끼고 사림파에 대한 숙청을 꾀하였으나 사림을 중용한 성종의 재위기간 동안에는 뜻을 이루지 못했다. 그러나 연산군의 즉위를 계기로 다시 사림파의 제거에 몰입하게 되었다.

사화의 직접적인 도화선이 되었던 것은 김종직의 <조의제문(弔義帝文)>을 춘추관 기사관(記事官)이었던 김일손이 사초에 실었던 일이었다. 1498년 실록청(實錄廳)이 개설되어 <성종실록>의 편찬이 시작되자 실록청의 당상

86

관으로 임명된 이극돈은 <조의제문>이 세조의 즉위를 비방하는 것이라고
지목하고 이 사실을 유자광에게 알렸다. 유자광은 노사신·한치형·윤필
상·신수근 등과 사림파로부터 탄핵을 받고 있던 외척이 함께 김종직·김
일손 등이 대역부도(大逆不道)를 꾀했다고 간하니 연산군은 김일손·이목·
허반 등을 직접 신문하여 김종직과 그의 문인들을 대역죄인으로 규정했다.
이에 이미 죽은 김종직은 대역의 우두머리로 부관참시 되고 생전에 지은
많은 저서들이 불살라졌으며 김일손·이목·허반·권오복·권경유 등은 세
조를 욕보였다는 죄목으로 처형됐다. 그리고 표연말·홍한·정여창·이
주·김굉필·이계맹·강혼 등은 <조의제문>의 내용에 동조했거나 김종직의
문도로서 당을 이루어 국정을 어지럽게 했다는 죄로 귀양을 보냈다.

＊ 갑자사화

　무오사화의 결과 언론을 장악하고 있던 사림은 큰 피해를 입었고 언론도
위축되었으며 주도권은 왕과 훈구 재상에게 돌아갔다. 연산군이 언론의 견
제가 약화된 상황에서 사치와 낭비를 일삼아 국가재정은 궁핍해졌고 그 재
정 부담을 백성뿐 아니라 훈구 재상들에게 지우자 재상들과 연산군의 관계
가 악화되었다. 왕과 재상의 갈등이 심화되자 재상들은 궁중의 경비를 절약
하고 왕의 방종을 견제하려 했으나 외척인 신수근(愼守勤;연산군의 비 신씨
의 오빠)을 중심으로 임사홍(任士洪) 등이 연산군을 지원하면서 사화를 일
으켜 훈구 재상들이 화를 입게 된다. 무오사화로 위축되었지만 일정한 기능
을 하면서 왕의 방탕을 견제하던 사림 역시 그 피해에 같이 연루되었다.
　이러한 배경에서 일어난 갑자사화의 직접적인 계기는 윤씨의 폐비사건이
었다. 연산군의 생모인 성종비 윤씨는 질투가 심하고 왕비의 체통에 벗어
난 행동을 많이 하자 성종은 1479년(성종10) 폐비하고 다음해 사사(賜死)하
였다는 사실이 임사홍에 의해서 연산군에게 알려지자 연산군은 이 사건과
관련된 성종의 후궁인 엄숙의와 정숙의를 죽이고 그의 아들 안양군(安陽君)
과 봉안군(鳳安君)은 귀양을 보내 사사했다. 또한 윤씨를 왕비로 추존(追尊)
하고 성종 묘에 배사하였으며 이에 반대한 언관 권달수(權達手)는 죽이고
이행(李荇)은 유배하였다. 아울러 폐위 사건 당시 이를 주장하거나 방관한
사람들을 찾아 죄를 물어 윤씨의 사사에 찬성하였던 윤필상(尹弼商)·이극
균(李克均)·성준(成浚)·이세좌(李世佐)·권주(權柱)·김굉필(金宏弼)·이주
(李冑) 등 10여 명이 사형되었고, 이미 죽은 한치형(韓致亨)·한명회(韓明澮)·
정창손(鄭昌孫)·어세겸(魚世謙)·심회(沈澮)·이파(李坡)·정여창(鄭汝昌)·
남효온(南孝溫) 등이 부관참시되었다. 이들은 훈구 재상들을 거의 망라하는
것이었다. 이외에 홍귀달(洪貴達)·심원(沈源)·이유녕(李幼寧)·변형량(卞亨
良)·이수공(李守恭) 등 대다수가 사림이 피해를 입었으며 피해자의 자녀와
가족·동족까지 연좌되어 그 피해가 무오사화를 웃돌았다.

**4  성종(成宗)**

세조 3년(1457)~성종 25년(1494)

조선 제 9대 임금으로 이름은 혈(娎)이며 덕종(세조의 큰아들)의 둘째아들이다. 어머니는 한 확의 딸로 소혜왕후(昭惠王后)이며  비는 영의정 한 명회의 딸 공혜왕후(恭惠王后) 계비(繼妃)는 우의정 윤호(尹壕)의 딸 정현왕후(貞顯王后)이다.

1461년(세조7) 자산군(者山君)에 봉해졌다가 1468년 잘산군(乽山君)으로 개봉(改封)되었다. 이 해 세조가 죽고 예종이 19살의 어린 나이로 즉위하게 되자 세조의 즉위 때 공을 세운 신숙주·정인지·한명회 등의 훈신(勳臣)들이 이시애(李施愛)의 난을 진압한 공으로 정치적 지위가 급상승한 남이 세력을 제거하고 권력을 장악했다. 이에 따라 왕권이 상대적으로 약화된 가운데 1469년 예종이 죽자 병약한 형 월산군(月山君)을 대신하여 13살의 나이로 왕위에 올랐다. 7년간 정희대비(貞熹大妃;세조의 妃)의 수렴청정을 받아 독자적으로 정국을 운영하지 못했으며 훈구세력이 모든 군국사무를 주도했다. 훈신세력은 성종이 즉위하던 해 가장 위협적인 정적이던 구성군(龜城君;세종의 4남) 준(浚)을 유배시킴으로써 권력을 더욱 안정시킬 수 있었다. 1476년(성종7) 친정(親政)을 시작했으나 세조와 같은 전제권을 확립하지는 못했다. 이 해 공혜왕후가 아들이 없이 죽자 윤기견(尹起畎)의 딸 숙의윤씨(淑儀尹氏)를 왕비로 삼아 연산군을 얻었다. 그러나 윤씨의 투기가 매우 심해 왕의 얼굴에 상처를 입히는 사건까지 일어나자 1479년 윤씨를 폐위하고 1482년 사사(賜死)했다.

성종은 친정을 시작하면서 신진사림세력을 등용하여 훈구세력을 견제하고 왕권을 강화시키고자 했다. 사림세력의 정치적 지향은 성종

의 왕권강화 의지와 많은 부분 일치했으므로 성종대에는 김종직·김
굉필·정여창·김일손·유호인 등의 사림이 정계에 진출하고 1488년
*유향소가 부활됨에 따라 조선 중기 사림정치의 막을 열었다. 그러나
사림의 정계진출 및 급속한 성장은 훈구세력과의 필연적 마찰을 불
러일으켜 연산군 때부터 시작된 4대 사화(士禍)로 이어졌으며 지방에
서는 유향소의 지배권을 둘러싼 대립으로 나타나게 되었다.

   성종은 재위 기간 동안 선왕들의 통치제도 정비작업을 법제적으로
마무리하면서 숭유억불의 정책을 더욱 굳건히 펴 나갔다. 조선왕조
통치체제의 기본방향을 제시하는 <경국대전>은 세조 때 건국초의 법
전인 <경제육전>의 원전(原典)과 속전(續典), 그리고 그 뒤의 법령을
종합하여 편찬되기 시작하여 원래 예종 때 반포될 예정이었으나 예
종의 죽음으로 보류되었다가 성종 즉위 후 <경국대전>의 편찬사업을
이어받아 2차례의 수정을 거쳐 1485년 이를 최종적으로 완성·반포
했다. 이어 이극증(李克增) 등에게 명하여 1492년 당시 사회 실정에
비추어 <경국대전>과 불일치를 보이는 부분을 보완하여 <대전속록
(大典續錄)>을 편찬하게 했다. 이로써 '경국대전체제'라고 불리는 조
선 일대(一代)의 통치이념과 국가체제가 완성되었다. 또한 불교를 통
제하기 위해 1471년 간경도감(刊經都監)을 폐지하였고 이어 1469년
사족(士族) 부녀가 승려가 되는 것을 금지하였으며 1471년에는 도성
안에 있는 사찰을 도성 밖으로 철거하고 1492년에는 도첩(度牒)의 법
을 중지시키는 등의 억불정책으로 불교 및 사원세력은 세조대에 비
해 위축되었다. 반면 유학을 장려하기 위해 1475년 존경각(尊經閣)을
세워 왕실소장의 경서를 보관하여 열람하게 했으며 수차례에 걸쳐
성균관과 각도의 향교에 학전(學田)과 서적을 지급하고 유생들의 군
역을 면제시켜 주었다. 특히 1466년 겸예문관제도(兼藝文館制度)를 확
충하여 사령(辭令)을 제찬(製撰)하는 고유한 임무에 더하여 경연관(經

筵官)·고제연구(古制研究)·편찬사업 등 옛 집현전의 기능까지 겸하
게 했다. 1478년에는 단순한 장서(藏書) 기관에 불과하던 홍문관을 예
문관의 집현전적인 기능을 편입시켜 명실상부한 학문연구기관으로
개편했다. 이밖에도 편찬사업에도 힘써 <동국여지승람>·<동국통
감>·<악학궤범>·<국조오례의> 등을 간행했으며 1484년에는 갑진자
(甲辰字) 30여만 자를 주조하여 인쇄술을 발전시켰다. 또한 조선의 수
조권(收租權) 분급제도인 과전법이 1466년 현직관리에게만 과전을 지
급하는 직전법으로 바뀌어 관료들이 퇴직 후의 생활보장을 위해 현
직에 있을 때 농민을 수탈하고 토지를 겸병하는 폐단이 발생하게 되
었다. 이러한 폐단을 시정하기 위해 1470년 *관수관급제를 실시함으
로서 우리나라 토지제도의 한 축이었던 수조권적 토지지배가 소멸하
게 되는데 그 내용은 국가가 농민으로부터 직접 조세를 거두어들인
다음 관리들에게 녹봉을 현물로 지급하는 것이었다. 한편 국방대책에
도 힘을 기울여 윤필상(尹弼商)으로 하여금 1479년 압록강 이북의 건
주야인(建州野人)의 본거지를 정벌하게 하고 1491년에는 허종(許琮)을
도원수로 삼아 두만강 이북의 우디거 부락을 소탕했다.
   이와 같이 당대의 치국(治國)에는 성공하였으나 제가(齊家)에는 실
패하여 원자(연산군)를 낳은 윤씨를 폐하고 사사한 것이 훗날 갑자사
화의 원인이 되었다.
   능은 선릉(宣陵)으로 서울특별시 강남구 삼성동에 있다. 시호는 강
정(康靖).

이시렴 브듸 갈짜 아니 가든 못홀쏘냐
無端이 슬터냐 눔의 말을 드럿는야
그려도 하 애도래라 가는 쯧을 닐러라

(출전: 海東歌謠)

[있으렴 부디 갈다 아니 가든 못할소냐
무단히 싫더냐 남의 말을 들었느냐
그래도 하 애닯구나 가는 뜻을 일러라]

'동국여지승람'의 편찬에 참여하였고 시·문장·글씨에 두루 뛰어나 3절(三絶)로 불리면서 성종 임금의 총애를 받았던 신하 유호인(兪好仁)이 노모를 봉양하고자 선산이 있는 지방직을 자청함에 이를 만류하다 술을 내리면서 읊은 시조라고 한다.

고향으로 돌아가지 말고 내 곁에 "있으라, 꼭 가야겠느냐, 가지 않으면 안 되겠느냐, 그렇게 싫더냐, 남의 말을 듣고 충동으로 그러느냐, 그래도 꼭 가야 한다면 가는 뜻을 말하라."

이렇듯 어르고 달래는 품이 임금과 신하의 사이라 볼 수 없을 만큼 살갑다. 이는 군신이라기보다는 인간적인 깊은 친교에 의한 감정의 표출로 성종 임금의 인간미 넘치는 인품을 엿볼 수 있는 작품이기도 하다.

＊유향소

조선시대의 지방자치조직으로 향소(鄕所)·향사당(鄕射堂)·풍헌당(風憲堂)·집헌당(執憲堂)·유향청·향소청·향당이라고 한다. 향리를 규찰하고 향풍을 교정하는 것을 목적으로 세웠던 향촌의 단위조직으로 유향품관이 모이는 장소를 뜻하기도 했지만 인적 조직을 가리키기도 한다. 유향품관들이 중심이 되어 군현을 단위로 하여 설립했기 때문에 자치기관이라고는 하나, 근대적 의미의 자치성을 갖는 것은 아니었다. 본래 관청으로 설립되지 않았으나, 시간이 흐름에 따라 지방 군현의 업무를 일부 맡으면서 지방관청의 기구가 되어 이아(貳衙)로도 불렸다.

**＊ 관수관급제**

조선 초기에 시행된 토지분급제도로 일명 직전세(職田稅)라고도 한다. 이
는 1470년(성종1) 직전제(職田制)의 전조(田租)수취방식을 바꿔 전조를 관
(官)에서 직접 수취하여 전주(田主)에게 지급하던 제도이다. 종래 과전법(科
田法)이나 직전제에서는 토지를 분급 받은 전주가 전객농민(佃客農民)으로
부터 전조를 직접 수취했다. 그런데 수조율(收租率)을 법으로 정해두고 있었
지만 실제 수취과정에서 항상 수조권자의 과도한 수취가 문제로 되어왔다.
특히 1466년(세조12) 직전제가 실시된 이후 수조권의 행사가 관직(官職)에
재임할 동안만 허용되었기 때문에 전조남징(田租濫徵)의 폐단이 심해져 정
부에서는 전주들의 수조권 행사에 제약을 가하여 문제를 해결하고자 했다.
관수관급제는 그에 따른 대책으로 직전의 전조를 전객이 직접 경창(京倉)에
납부하고 정부는 녹봉(祿俸) 지급시에 수조권자들에게 전조를 함께 지급하
도록 한 것이다. 이 제도가 전객농민들로부터 폭넓은 지지를 얻게 되자 연
이어 공신전(功臣田)·별사전(別賜田)·사사전(寺社田)에도 확대 시행됨으로
써 모든 수조지에서의 수취는 관수관급제에 의해 시행하게 되었다.

이와 같이 전주의 직접 수취를 폐지한 것은 토지에 대한 전주의 직접적
인 권리행사를 차단하는 것으로 앞서 이루어졌던 전주가 직접 답험(踏驗)하
던 제도의 폐기와 함께 수조권이 토지지배권으로 간주되어오던 근거를 상
실하게 되는 결과를 가져왔다.

## 5  이 현보(李 賢輔)   세조 13년(1467)~명종 10년(1555)

조선 중종 때의 문신이다. 자는 비중(棐中) 호는 농암(聾巖) 본관은
영천(永川)으로 아버지는 참찬 흠(欽)이고 어머니는 안동권씨(安東權
氏)이다.

홍유달의 문하에서 공부했고 김안국·조광조·이황 등과 사귀었으
며 정문(程文)에 뛰어났다. 일찍이 실천유학에 뜻을 두어 중용사상

특히 경(敬)사상을 바탕으로 수양했다.

연산군 4년(1498) 식년문과(式年文科)에 병과로 급제하여 교서관(校書館)을 거쳐 정언(正言)에 있을 때 *서연관(書筵官)들의 비행을 탄핵하다가 안동(安東)으로 귀양을 갔다.

중종반정 후 지평(持平)에 복직하여 밀양과 안동의 부사, 충주와 성주의 목사를 지내면서 인재양성에 힘썼으며 사람들은 그의 굳세고 씩씩한 성품을 가리켜 소주도병(燒酒陶瓶)이라 했다.

형조참판 때 사직을 청하였으나 허락되지 않아 온천욕(溫泉浴)을 핑계로 낙향하여 도연명(陶淵明)의 '귀거래사(歸去來辭)'를 본받아 시조 '효빈가(效颦歌)'를 지었을 뿐만 아니라 '농암가' 등 여러 수의 시조를 남겼다. 또한 고려 때부터 전해오던 잡가(雜歌) '어부가'를 9장의 연시조 '어부사'로 개작하고(훗날 윤 선도가 이 노래를 참작하여 '어부사시사'를 지음) 10장으로 된 단가는 5장의 연시조로 고쳐 지어 부르는 등 조선 전기에서 중기로의 시가 발전에 교량역할을 한 시조작가로 문학사적 중요한 위치를 차지한다.

저서로 시문집 <농암집>이 있으며 예안(禮安;안동)의 분강서원(汾江書院)에 제향되었고 시호는 효절(孝節)이다.

> 歸去來 歸去來ᄒ되 말 ᄯᆞ이오 가 리 업싀
> 田園이 將蕪ᄒ니 아니 가고 엇지 홀고
> 草堂에 淸風明月이 나명 들영 기ᄃ리ᄂᆞ니
> (출전: 聾巖集, 樂學拾零)
> [귀거래 귀거래하되 말 뿐이오 갈 이 없어
> 전원이 장무하니 아니 가고 어찌 할고
> 초당에 청풍명월이 나며 들며 기다리나니]

"돌아가겠다 돌아가겠다 하며 말만 할 뿐 돌아갈 사람 없어, 시골이 황폐하니 나라도 안 가면 어찌하겠느냐. 시골집에 맑은 바람과 밝은 달이 드나들며 기다리는구나."

1452년 가을. 농암이 비로소 낙향을 함에 한강 기슭에서 친구들과 이별을 하고 돌아가는 배를 탔다. 술 취해 배 안에 누우니 달이 동산에 떠오르고 산들바람이 불어와 문득 도연명의 '배는 표표히 바람에 나부끼고'의 싯구를 읊조리니 돌아가는 흥겨움이 더욱 깊어져 스스로 빙그레 웃으며 노래를 지으니, 도연명의 '귀거래사'를 본받은 까닭에 '효빈(效顰;추녀가 미인의 웃는 모습을 본뜬다)'의 고사성어에서 비롯하여 '효빈가'라 했다.

> 聾巖에 올나 보니 老眼이 猶明이로다
> 人事 變혼들 山川이쏜 가실가
> 巖前에 某水 某丘이 어제 본 듯 ᄒ예라
>
> (출전: 聾巖集)
>
> [농암에 올라 보니 노안이 유명이로다
> 인사 변한들 산천이야 가실까
> 암전에 모수 모구이 어제 본 듯 하예라]

잘 알려진 '농암가'이다. 농암은 작자의 고향 예안(지금의 安東)의 분천리 분강(汾江)가에 있는 바위이름으로 바위아래에서 물살이 여울져 흐르는 소리에 아무리 소리쳐도 바위 위에서는 그 소리가 들리지 않기에 '귀머거리(농암) 바위'라 불린다. 작자는 이 바위이름을 따서 자신의 호로 삼았다.

이 작품은 75세로 45년간의 벼슬살이를 접고 낙향하여 지은 작품으로 농암에 올라보니 사방이 확 트여 '노안이 오히려 밝아진 듯' 잘 보이는 것은 자연을 접하는 작자의 마음이 세사(世事)로부터 벗어나 홀가분해진 연유일 것이리라. 그러면서 사람의 일은 변해도 자연(산천)은 변하지 않고 '어제 본 듯하다'면서 반가이 접한다. 이는 연산군의 폭정과 중종반정의 격동의 시대를 직접 체험한 정치가로서의 소회(所懷)에서 비롯된 정서가 아니겠는가.

✳ 서연관

> 왕세자의 교육을 맡았던 세자시강원의 관리들로 주로 세자의 교육을 감독하는 1품관인 사(師) · 부(傅) · 이사(貳師)와 2품관인 빈객(賓客)과 부빈객은 당상관으로 겸직하는 것이 상례였으며 때로는 강의를 담당하기도 하였다. 실제로 강의를 담당하는 관원으로는 당하관으로 보덕(輔德) · 필선(弼善) · 문학(文學) · 사서(司書) · 설서(說書) 등 10인이었다. 여기에는 문과 급제자 가운데 학식과 덕망이 뛰어난 사람들을 선발하여 임명하였다.

## 6 정 희량(鄭 希良)

예종 1년(1469)~?

조선 연산군 때의 문신. 자는 순부(淳夫) 호는 허암(虛庵) 본관은 해주(海州)로 철원부사 연경(延慶)의 아들이며 김종직(金宗直)의 문인이다.

1492년(성종23) 생원시에 장원으로 합격하였으나 성종이 붕어하자 태학생(太學生) · 재지유생(在地儒生)과 더불어 올린 소가 문제되어 해주에 유배되기도 하였다.

1495년(연산군1) 별시문과에 병과로 급제하여 승문원의 권지부정자에 임용되었다가 이듬해 김전(金詮) · 신용개(申用漑) · 김일손(金馹孫)

등과 함께 사가독서(賜暇讀書)될 정도로 문명이 있었다. 1497년 예문
관대교에 보직되어서는 첫째, 임금이 마음을 바로잡아 경연(經筵)에
근면할 것 둘째, 간언을 받아들일 것 셋째, 현사(賢邪)를 분별할 것
넷째, 대신을 경대(敬待)하며 환관을 억제할 것 다섯째, 학교를 숭상
하며 이단을 물리칠 것 여섯째, 상벌을 공정히 하고 재용(財用)을 절
제할 것 등의 소를 올린 바 있으며 이듬해 선무랑·행예문관 봉교로
서 <성종실록> 편찬에 참여하였다.

무오사화 때에는 사초문제(史草問題)로 윤필상(尹弼商) 등에 의하
여 신용개·김전 등과 함께 탄핵을 받았는데 난언(亂言)을 알고도 고
하지 않았다는 죄목으로 장(杖)100에 유(流) 3, 000리의 처벌을 받고
의주에 유배되었다가 1500년 5월 김해로 이배되었다. 이듬해 유배에
서 풀려나 직첩을 돌려받았으나 대간·홍문관직에는 서용될 수 없게
되었다. 그해 어머니가 죽자 고양에서 수분(守墳)하다가 산책을 나간
뒤 다시 돌아오지 않았다.

그는 일생에 영달을 추구하지 않았고 총민박학(聰敏博學)하여 음양
학(陰陽學)에 조예가 있었을 뿐만 아니라 시문에도 능했다 하며 아래
의 시조 1수가 전한다.

흐린 믈 엿다 ㅎ고 눔의 몸져 드지 말며
지는 히 놉다 ㅎ고 藩外에 길 예지 마소
어즈버 날 다짐 말고 네나 操心ㅎ여라
                                    (출전: 靑丘永言, 古今歌曲)
[흐린 물 옅다 하고 남의 먼저 드지 말며
지는 해 높다 하고 번외에 길 예지 마소
어즈버 날 다짐 말고 네나 조심 하여라]

"흐린 물 얕다고 남보다 먼저 건너지 말 것이며 지는 해 아직 남았다고 길 아닌 길로 가지 말고 내 걱정보다는 네 앞가림이나 잘 하라."

돌다리도 두드려보고 건너라는 속담처럼 매사를 대함에 있어 깊은 못가에 선 듯 살얼음을 밟듯 방심과 자만을 경계하라는 격언을 풀어 놓은 작품이다.

## 7 성 세창(成 世昌)

성종 12년(1481)~명종 3년(1548)

조선 전기의 문신. 자는 번중(蕃仲) 호는 돈재(遯齋) 본관은 창녕(昌寧)으로 아버지는 예조판서 현(俔)이다. 김굉필(金宏弼)의 문인이며 이심원(李深源)에게 역학(易學)을 배웠다.

1501년(연산군7) 사마시에 합격하였으나 1504년 아버지가 죽은 뒤 수개월 만에 갑자사화에 연루되어 부관참시(剖棺斬屍)를 당하자 그도 영광에 유배되었다가 1506년 중종반정으로 풀려나와 사직서참봉에 임명되었고 1507년 증광문과에 급제하여 홍문관정자에 등용된 뒤 저작·박사·정언 등을 지냈으며 1514년 사가독서(賜暇讀書)를 하고 집의·사간·천문이습관(天文肄習官) 등을 역임했다.

1517년 홍문관직제학으로 있을 때 조광조(趙光祖) 등 신진사류들이 현량과(賢良科)를 실시하려 하자 반대했으며 1519년 병으로 사직하여 기묘사화의 화를 피했다가 다시 등용된 뒤 강원도관찰사·형조참판을 지내고 주문사(奏聞使)로 명나라에 다녀왔다. 그 후 예조참판·이조참판을 지내며 기묘사화로 화를 입은 신진사류들의 등용에 힘썼다.

1530년 김안로(金安老)를 논척(論斥)하다가 평해에 유배되었으나 1537년 김안로가 허항(許沆)·채무택(蔡無澤)과 함께 유배된 뒤 사사 (賜死)되자 유배에서 풀려나와 한성부우윤·공조판서·형조판서·이 조판서·예조판서 등을 역임했다.

1545년(인종1) 좌찬성·우의정을 거쳐 좌의정이 되었으나 이해에 을사사화가 일어나자 중추부(中樞府)의 한직으로 좌천되었다가 황해 도 장연(長淵)으로 유배되어 그곳에서 졸했다.

문장에 뛰어나 많은 외교문서를 작성했고 글씨·그림·음률에 뛰 어나 삼절(三節)로 불렸다. 저서로 <돈재집>·<식료찬요(食療纂要)> 가 있으며 글씨로 <성이헌여완갈(成怡軒汝完碣)>·<부사정광보묘비 (府使鄭光輔墓碑)> 등이 있다.

1567년(선조 즉위) 신원되었고 시호는 문장(文莊)이다.

洛陽 야튼 믈에 蓮 키ᄂᆞᆫ 兒孺들아
즌 蓮 ᄏᆞ다가 굵은 蓮닙 다칠셰라
蓮 닙헤 깃드린 鴛鴦이 선즘 ᄭᆡ와 놀나니라

(출전: 歌曲源流, 詩歌)

[낙양 야튼 물에 연 캐는 아희들아
잔 연 캐다가 굵은 연잎 다칠세라
연 잎에 깃드린 원앙이 선잠 깨어 놀라니라]

해 질 무렵, 연밭에서 연 캐는 작업광경을 지켜보며 작자 나름의 우려를 직설적으로 표현해 놓은 작품이다. 그러나 당시의 정치적 격 변기(갑자·기묘사화)에 그 원인이 된 소소한 사안(잔 연)으로 국가 대사(굵은 연잎)를 그르칠 수도 있겠다는 우려와 함께 그러한 일로 나라 안의 백성에게 근심을 끼쳐 줄 수도 있겠다는 작자의 걱정이 내포되어 있으리라는 자의적 해석을 붙여 본다면 지나친 억측일까.

## 8 조 광조(趙 光祖)

조선 중종 때의 학자이다. 자는 효직(孝直) 호는 정암(靜庵) 본관은 한양(漢陽)으로 조선 개국공신 온(溫)의 5대손이며 아버지는 감찰 원강(元綱)이다. 17세 때 어천찰방(魚川察訪)으로 부임하는 아버지를 따라가 무오사화로 희천에 유배중인 김굉필(金宏弼)에게 학문을 배웠고 이후 사림파의 영수가 된다.

1504년(연산군10) 갑자사화 때 김굉필의 가족과 제자들까지도 처벌당하게 되자 조광조도 함께 유배되었다. 그는 유배지에서 학업에 전념하다가 1510년(중종5) 사마시에 장원하여 1515년 조지서사지(造紙署司紙)라는 관직에 초임되었고 이어 알성문과에 급제하여 전적·사헌부감찰 등을 역임하면서 왕의 신임을 얻게 되었다. 그해 장경왕후(章敬王后)가 죽고 중종의 계비 책봉문제가 논의될 때 박상(朴祥)·김정(金淨) 등이 폐위된 신씨(愼氏)의 복위를 상소하다 반정공신(反正功臣)인 대사간 이행(李荇)의 탄핵으로 유배되자 정언으로 있던 조광조는 대사간으로서 상소자를 벌함은 언로(言路)를 막는 결과가 되어 국가의 존망과 관계된다고 주장하여 역으로 이행 등을 파직하게 했다. 그 뒤 수찬을 거쳐 호조·예조의 정랑을 역임하였는데 왕은 그가 입시(入侍)할 때마다 도학정치를 강설하도록 하였다. 이는 중종 또한 그의 정치사상을 바탕으로 이상정치를 실현하고자 했기 때문이다.

1517년에는 교리로 경연시독관·춘추관기주관을 겸임했으며 여씨
향약(呂氏鄕約)을 반포·간행하여 8도에 시행하도록 함으로써 향촌의
상호부조와 서민의 복리증진을 꾀했다. 1518년 부제학이 된 후 지식
층 사이에 비난이 많던 소격서(昭格署)의 폐지를 강력히 주장해 이
를 혁파했다. 그해 11월에는 대사헌에 승진하고 세자부빈객(世子副賓客)
을 겸했다. 이때에 당시의 과거가 사장(詞章)에만 치중하고 있음을 비
판하고 재(才)·행(行)이 있는 선비들을 천거하여 왕이 선택하게 하는
현량과(賢良科)를 설치할 것을 주장하여 이듬해에 이를 실시했다. 현
량과의 실시로 김식(金湜)·기준(奇遵)·한충(韓忠)·김구(金絿)·김정(金
淨) 등 소장학자들이 발탁되어 정계에 진출했다. 이후 조광조와 그의
동지들인 소장학자들은 조정의 내외요직에 포진하여 새로운 제도의
실시와 전래 제도의 개혁 및 교화의 보급 등을 통해 이상적인 정치를
시행하고자 했다. 그리하여 이들은 훈구파를 외직으로 몰아내는 한편,
1519년 반정공신 중 지나치게 공을 인정받은 사람의 훈작을 삭탈할
것을 요청했다. 이러한 신진사류의 위훈삭제(僞勳削除) 요청은 훈구파
의 강력한 반발을 샀고 왕도 급격한 개혁주장을 꺼리고 있어서 쉽게
받아들여지지 않았다. 그러나 조광조 등의 요청이 강력했기 때문에
마침내 전(全) 공신의 3/4에 해당되는 76명의 훈작을 삭제하게 되었다.
이는 기묘사화의 직접적인 원인이 되어 훈구파 중에 조광조 등 신
진사류에 강한 불만을 가지고 있던 예조판서 남곤(南袞)과 도총관 심
정(沈貞)은 홍경주(洪景舟)와 모의하여 대궐 후원의 나뭇잎에 과일즙
으로 '주초위왕(走肖爲王)'이라는 글자를 써 벌레가 갉아먹게 한 다
음에 궁녀로 하여금 이것을 왕에게 바쳐서 의심을 조장시켰다. 또한
홍경주를 시켜 조광조 등이 붕당을 짓고 사리(私利)를 취하며 젊은
사람으로 하여금 나이 든 사람을 능멸하고 낮은 이가 귀한 이를 업
신여김으로서 국세를 기울게 하여 조정을 날로 그르친다고 탄핵하게
했다. 신진사류를 비롯한 조광조의 도학정치와 급진적 개혁에 피로을

느끼던 중종은 훈구파의 탄핵을 받아들여 1519년 조광조·김식·김
구·김정 등을 투옥하고 이어 사사(賜死)의 명을 내렸다. 그러나 영
의정 정광필(鄭光弼)의 변호로 일단 사형이 면제되어 능주(綾州;지금
의 화순)에 유배되었다. 그후 훈구파의 김전(金詮)·남곤·이유청(李
惟淸)이 3정승에 임명되자 현량과가 폐지되었고 조광조는 그해 12월
에 사사되었다(기묘사화).

선조 초에 신원(伸寃)되어 영의정에 추증되었고 문묘에 배향되었
다. 능주 죽수서원(竹樹書院), 양주 도봉서원(道峰書院), 희천 양현사
(兩賢司) 등에 제향되었다.
저서로 <정암집(靜庵集)>이 있으며 시조 2수가 전한다. 시호는 문정(文正).

> 숨에 曾子께 뵈와 事親道를 뭇즈온디
> 曾子曰 嗚呼라 小子야 드러스라
> 事親이 豈有他哉리오 敬之而已 ᄒ시니라
> (출전: 樂學拾零, 靑丘永言)
> [꿈에 증자를 뵈어 사친도를 물자온데
> 증자왈 오호라 소자야 들었으라
> 사친이 기유타재리오 경지이이 하시니라]

"꿈에 증자를 뵈어 어버이 섬기는 방법을 물었더니 어버이 섬기는
데 어찌 다른 게 있겠느냐 그저 공경할 따름이다." 마치 유교의 경전
에서 한 구절을 옮겨 놓은 듯하다.
이렇듯 자연스럽게 교훈적인 내용까지 시조의 형식과 가락에 얹어
전달하고 있음을 볼 때, 그 당시 시조가 일반인들의 생활 저변에 얼
마나 깊숙이 뿌리내렸는가를 가히 짐작해 볼 수 있는 것이다.

# 9 김 식 (金 湜)

성종 13년(1482)~중종 15년(1520)

조선 중종 때의 주자학자로 기묘팔현(己卯八賢)의 한 사람이다. 자는 노천(老泉) 호는 사서(沙西)·동천(東泉)·정우당(淨友堂) 본관은 청풍(淸風)으로 아버지는 생원 숙필(叔弼)이다.

어려서 아버지를 여의고 학문에 열중하여 1501년(연산군7) 진사가 되었으나 벼슬에 뜻을 두지 않고 주자학 연구에 몰두했다. 그 후 성균관과 안당(安瑭) 등의 천거로 광흥창주부가 되었다. 이어 형조좌랑·호조좌랑·지평·장령 등을 역임했다. 1519년(중종14) 조광조·김정(金淨) 등 사림파의 건의로 실시된 현량과(賢良科)에 장원으로 급제하여 성균관사성이 되었고 바로 홍문관직제학·홍문관부제학·대사성 등에 임명되었다. 그는 조광조와 함께 훈구세력 제거와 왕도정치 구현을 위해 중종반정 때 함부로 공신이 된 정국공신(靖國功臣) 76인의 위훈삭제·향약 실시·미신타파 등 개혁정치를 실시했다. 그러나 같은 해 11월 남곤(南袞)·심정(沈貞) 등 훈구세력이 일으킨 기묘사화로 선산에 유배되었다. 그 뒤 *신사무옥에 연좌되어 다시 절도로 이배된다는 말을 듣고 거창으로 피했다가 <군신천재의(君臣千載義)>라는 시를 남기고 자살했다.

양근 미원서원(迷原書院), 청풍 황강서원(凰岡書院), 거창 완계서원(浣溪書院) 등에 제향되었다. 선조 때 영의정에 추증되었으며 시호는 문의(文毅)이다.

> 술을 醉케 먹고 거문고를 戱弄ᄒ니
> 窓前에 섯는 鶴이 절노 우즘 ᄒ는괴야
> 져희도 蓬萊山 鶴이미 自然 知音 ᄒ노라
>
> (출전: 詩歌)
>
> [술을 취케 먹고 거문고를 희롱하니
> 창전에 섯는 학이 절로 우즐 하는고야
> 저희도 봉래산 학이메 자연 지음 하노라]

창 밖에 서 있는 학이 거문고 소리를 듣고 춤을 추니 분명 선계에 사는 학이 아니겠는가. 술에 취하여 거문고를 타는 작자 자신이 마치 신선이 된 기분인가보다.

종장에 봉래산을 도입하여 선계에서 노니는 학임을 암시함으로서 자연스럽게 자신을 일체화시키고 있다.

＊신사무옥

1521년(중종16) 송사련(宋祀連)·정상(鄭鏛)이 모의하여 안처겸(安處謙) 등이 무리를 모아 변란을 일으키고자 음모를 꾸미고 있다고 무고하여 일어난 옥사로 심정·남곤 등의 훈구파 세력들이 사림계 인사들을 제거하기 위해 일으킨 무고사건이었다.

심정·남곤 등이 기묘사화를 기화로 사림파를 제거한 다음 정권을 잡자 조광조 일파를 두둔했다는 이유로 안처겸·문근(文瑾)·유인숙(柳仁淑) 등을 파직시켰다. 파직당한 처겸이 그의 장인의 집에서 이정숙(李正淑)과 권전(權磌) 등을 만나 시사(時事)를 논하면서 심정·남곤 등이 권력을 남용하고 있으니 이 무리를 제거해야 국가를 바로잡을 수 있다고 했다. 이 자리에 있었던 송사련은 남곤·심정에게 아부하여 출세하기 위해 그의 처남인 정상과 짜고 안처겸의 모친상 조객록(弔客錄)과 발인할 때의 역군부(役軍簿)를 가지고 이들이 무리를 이루어 반란을 꾀하려 한다고 고발했다. 그 결과 안당·안처겸·안처근(安處謹)을 비롯하여 권전·이경숙·이충건(李忠楗)·이약수(李若水)·조광좌(趙光佐) 등 많은 사림들이 역적으로 몰려 처형되었다.

## 10 송 인수(宋 麟壽)

성종 18년(1487)~명종 2년(1547)

조선 인종 때의 문신으로 자는 미수(眉叟) 호는 규암(圭庵) 본관은 은진(恩津)으로 건원릉(建元陵) 참봉 세량(世良)의 아들이다.

엄용공(嚴用恭)과 윤탁(尹倬)의 문하에서 배웠고 김안국(金安國)의 지도를 받았다. 1521년(중종16) 별시문과에 급제하여 홍문관정자가 되고 1523년 사가독서(賜暇讀書)했다.

1525년 박사·수찬을 거쳐 정언·지평·부응교를 지냈다. 김안로의 재집권을 막으려다 1534년 제주목사로 좌천되자 병을 핑계로 부임하지 않았고 이 때문에 김안로 일파의 탄핵을 받아 사천(泗川)으로 유배되었다. 이때 강학에 전념했고 이정(李楨) 등을 문하에 두었다.

1537년 김안로 등이 몰락하자 유배에서 풀려나 1538년 예조참의 겸 성균관대사성으로 후학들에게 성리학을 강론했다. 이어서 대사헌·이조참판 등을 지냈는데 윤원형(尹元衡)·이기(李芑) 등의 미움을 받아 1543년 전라도관찰사로 좌천되었다. 관찰사로 있으면서 <사서삼경>을 간행하는 등 유학을 장려하는 데 힘을 썼다.

1544년 인종이 즉위하자 형조참판으로 동지사(冬至使)가 되어 명나라에 다녀온 뒤 대사헌이 되었다. 이때 윤원형을 탄핵했는데 1545년 *을사사화가 일어나자 한성부좌윤에서 파직당하고 청주에서 은거 중 윤원형 등에 의해 사사(賜死)되었다.

저서로 <규암집>이 있으며 청주 신항서원(莘巷書院), 문의(文義;충북 청원군) 노봉서원(魯峰書院), 전주 화산서원(華山書院), 제주 귤림서원(橘林書院) 등에 제향되었다. 시호는 문충(文忠).

> 滄浪에 낙시 너코 釣臺에 안즈시니
> 落照 淸江에 비 소릭 더욱 됴히
> 柳枝에 玉鱗을 쩨여 들고 杏花村을 츠즈리라
>
> (출전: 樂學拾零, 海東歌謠)
>
> [창랑에 낚시 넣고 조대에 앉았으니
> 낙조 청강에 빗소리 더욱 좋다
> 유지에 옥린을 꿰어들고 행화촌으로 가리라]

"푸른 물결에 낚시를 던지고 앉아 있으니 저녁놀이 비치는 맑은 강 위에 떨어지는 빗방울 소리가 더욱 좋구나. 버들가지에 싱싱한 물고기를 꿰어 살구꽃 핀 마을(주막)으로 가리라."

자연과 더불어 유유자적하는 삶으로 잘 묘사되어 있다. 그러나 이는 작자가 유배지에서 미래를 예측할 수 없는 지경에 쓴 작품이다. 하지만 작자는 미래에 대한 불안감을 털어버리고 자신과 자연을 동화시켜 여유 있고 넉넉함으로 일관된 관조하는 삶의 자세를 보여주고 있다.

## ＊ 을사사화

중종의 제1계비 윤씨가 낳은 원자(元子)가 이미 세자(인종)로 책봉되어 있었던 터에 제2계비 문정왕후가 경원대군(뒤의 명종)을 낳자 문정왕후의 동생인 윤원로(尹元老)·윤원형(尹元衡) 형제는 세자를 교체할 음모를 꾸미게 되었다. 이에 세자의 외숙인 윤임(尹任)은 세자를 보호하려 했고 두 외척간에 왕위승계를 둘러싸고 싸움이 벌어져 윤임 일파를 대윤(大尹), 윤원로·윤원형 형제를 소윤(小尹)이라 했다. 대윤과 소윤의 알력 가운데 중종이 죽자 세자였던 인종이 왕위를 계승했다. 인종은 즉위하여 중종 말년부터 진출해 있던 사림파를 중용했으나 재위 8개월 만에 세상을 떠나고 12세의 경원대군이 즉위하자 모후인 문정왕후의 밀지를 받은 윤원형이 이기(李芑), 지중추부사 정순붕(鄭順朋) 등과 모의하여 명종의 보위를 굳힌다는 미명 아래 을사사화를 일으켰다. 윤원형은 핵심 동조 세력과 결탁하여 형조판서 윤임, 이조판서 유인숙(柳仁淑), 영의정 유관(柳灌) 등을 양사(兩司)를 통해 제거하려 했으나 당시 양사는 사림파가 주도하고 있었고 이를 반대하자 이기 등은 중신회의에서 위 3명을 탄핵하여 윤임은 유배, 유인숙은 파직, 유관은 체차(遞差)로 결정되었다. 그러나 이러한 결정에 대하여 홍문관을 비롯하여 양사의 사림파가 그 부당성을 지적하고 항의하자 이기 등은 위 3인에 대한 처벌을 강화하고 양사의 관원을 파직시켰다. 또 위 3명을 역모로 몰아 귀양 보냈다가 죽이고 이어 종친인 계림군도 관련되었다 하여 죽였으며 윤임을 동조하던 사림 10여 명을 죽이고 정권을 장악했다. 당시 사림파는 왕위계승 문제에서 대체로 인종을 옹호하는 입장이었기 때문에 을사사화에서 큰 화를 당했다.

  사화는 대개 훈구파와 사림파로 나누어지는 지배계급 내부의 세력 다툼으로 부분적으로 정치론에서 차이가 나거나 경제적 이해관계가 엇갈려 일어난 사건이었으나 을사사화는 이처럼 외척이 중요한 변수로 작용했던 정치적 갈등이었다.

## 11 김 구(金 絿)
성종 19년(1488)~중종 29년(1534)

  조선 중종 때의 문신·학자·서예가로 자는 대유(大柔) 호는 자암(自庵) 본관은 광주(光州)이며 현감 계문(季文)의 아들이다.

  중종 2년(1507) 생원·진사가 되었고 별시문과(別試文科)에 을과로 급제(1511)하여 사가독서(賜暇讀書)를 했다. 이어 홍문관정자(弘文館正字)·부수찬(副修撰,1515:중종10) 등을 역임하고 부제학이 되었으나 (1519) 기묘사화(己卯士禍)로 조 광조·김 정 등과 함께 개령(開寧)·남해(南海)·임파(臨陂) 등지로 10여 년간 귀양살이를 하다가 풀려나와(1533) 고향 예산(禮山)으로 돌아와 보니 부모가 다 돌아가셨다. 그리하여 부모의 산소에 가서 통곡하다 기절하고 조석으로 산소에서 통곡을 하니 산소 주변의 풀이 다 말라죽었다 한다. 이 때문에 그도 병을 얻어 이듬해에 졸했다.

종왕(鍾王)의 서체를 배워 일가를 이루어 안평대군·양 사언·한 호와 더불어 조선 전기의 4대 서예가로 꼽힌다.

글씨로는 <이겸인묘비(李謙仁墓碑)>·<자암필첩(自庵筆帖)>·<우주 영허첩(宇宙盈虛帖)> 등이 있다. 후에 '인수체(仁壽體)'라는 자류(自流)의 일파를 이루었는데 이는 그의 거처가 인수방(仁壽坊)이었기 때문이다.

고금 시가를 통달했으며 시조 5수와 유배 시 남해(南海)에서 지은 전 6장의 경기체가 <화전별곡>이 그의 문집에 전한다.

예산의 덕잠서원(德岑書院)에 제향 되었고, 시호는 문의(文懿)이다.

나온댜 今日이야 즐거온댜 오늘이야
古往今來예 類업슨 今日이여
每日의 오늘 ᄀᆞᆺ트면 므슴 셩이 가시리

(출전: 自庵集)

[나온댜 금일이야 즐거온댜 오늘이야
고금왕래에 유없슨 금일이여
매일이 오늘 같으면 무슨 셩이 가시리]

"즐거운 오늘이로다. 고금에 유래가 없는 오늘이여, 매일이 오늘 같으면 무슨 성가실 일이 있겠는가."

글로 보아 작자가 무척 기분 좋은 일이 생긴 게 틀림없다. 이 기 분 좋은 일이란 중종 임금이 깊은 밤 옥당(玉堂)에서 작자의 글 읽는 소리를 듣고 술을 내리면서 시를 지어 보라고 한 것이며, 이에 감격 하여 즉석에서 지어 바쳤다는 시조다.

## 12 서 경덕(徐 敬德)

성종 20년(1489)~명종 1년(1546)

조선 중종 때의 학자로 한국 유학사상 본격적인 철학문제를 제기하고, 독자적인 기철학(氣哲學)의 체계를 완성했다. 자는 가구(可久) 호는 복재(復齋)·화담(花潭) 본관은 당성(唐成)으로 할아버지는 순경(順卿) 아버지는 수의부위(修義副尉)를 지낸 호번(好蕃)으로 송도(松都;지금의 개성) 화정리(禾井里)에서 출생하였다.

두뇌가 명석하고 성격이 과감하며 의지가 굳세고 마음이 정직하여 일찍이 <서전(書傳)>의 강의를 받았고 <대학(大學)>을 읽다가 '격물치지(格物致知: 지식과 깨달음은 궁극적으로 사물의 이치에 도달하는 데 있다)'의 원리를 깨달아(18세) 경기·영남·호남 등지를 유람한 후(1509;중종 4년) 산림(山林)에 묻혀 후진의 교육에 힘쓰던 중 조 광조에게서 현량과(賢良科)에 응시하도록 추천을 받았으나 사양했다(1519;중종14). 그는 당시 많은 선비들이 사화로 참화를 당하는 것을 보았기 때문에 과거에 뜻을 두지 않았다.

이후에도 지속적으로 학문에 전념하다가 병약해진 몸을 추스르기 위하여 속리산과 지리산 등지를 다니면서 기행문과 시를 썼다(1522). 어머니의 간청으로 사마시(司馬試)에 응시하여 합격했으나 벼슬을 단념하고(1531) 개성의 동문 밖에 화담의 초막을 지어 기거하면서 학문에만 몰두하였다. 김 안국 등이 후릉참봉(厚陵參奉)으로 추천했으나 사양하였고(1544) 같은 해 3월에 숙환(宿患)으로 오랫동안 병석에 누웠다. 이해에 병이 깊어지자 "성현들의 말에 대하여 이미 선배들의 주석이 있는 것을 다시 거듭 말할 필요가 없고 아직 해명되지 못한 것은 글을 만들어보고 싶다. 이제 병이 이처럼 중해졌으니 나의 말을 남기지 않아서는 안 되겠다"고 하면서 <원이기(原理氣)>·<이기설(理氣說)>·<태허설(太虛說)>·<귀신사생론(鬼神死生論)> 등을 저술했으며 1546년 58세가 되던 해 7월 7일 화담(花潭)으로 나가 목욕을 하고 서재로 돌아와서 고요히 세상을 떴다.

성리학뿐만 아니라 수학·역학의 연구로 여생을 보냈으며 그의 학적 계통은 정주학(程朱學)이 아니라 노장(老莊)색채가 짙은 송(宋)나라 때의 주염계(周廉溪)·소강절(邵康節) 등의 철학사상을 지향하여 새로운 이기일원론(理氣一元論)의 학설을 제창함으로서 비로소 한국 유학이 중국의 범주를 벗어나 독창성을 확보하였으며 이러한 그의 학문과 사상은 한국 기(氣)철학의 학맥을 형성하게 되었다. 그의 문하에서 박주(朴洲)·박순(朴淳)·허엽(許曄)·남언경(南彦經)·민순(閔純)·이지함(李之菡)·이구(李球)·박민헌(朴民獻)·홍인우(洪仁祐)·장가순(張可順)·이중호(李仲虎) 등 많은 학자·관인들이 배출되었다. 특히 황진이의 유혹을 뿌리친 에피소드는 후세에 너무 잘 알려져 있으며 후세에 황진이·박연폭포(朴淵瀑布)와 더불어 '송도 3절(松都三絶)'이라 일컬어지게 되었다.

1567년(명종22) 호조좌랑에 1575년(선조8)에는 우의정에 추증되었다. 개성의 숭양서원(崧陽書院)·화곡서원(花谷書院)에 제향 되었으며 저서로는 <원이기(原理氣)>·<이기설(理氣說)>·<태허설(太虛說)> 등이 실려 있는 <화담집>이 있다. 시호는 문강(文康).

ᄆ음이 어린 後ㅣ니 ᄒᄂᆞᆫ 일이 다 어리다
萬重 雲山에 어ᄂᆡ 님 오리마ᄂᆞᆫ

지는 닙 부는 ᄇ람에 힝여 건가 ᄒ노라

　　　　　　　　　　(출전: 樂學拾零, 靑丘永言)

[마음이 어린 후이니 하는 일이 다 어리다

만중 운산에 어느 님 오리마는

지는 잎 부는 바람에 행여 건가 하노라]

　이 작품은 화담에게 글을 배우러 오던 황진이를 생각하며 지은 것이라 한다.

　"마음이 어리석으니 하는 일이 다 어리석다. 이 깊은 산중에 어느 님이 찾아오랴마는 지는 잎 부는 바람소리에도 행여 그인가" 하면서 은연중 기다림에 가슴 설레는 작자의 마음을 표현한 작품으로 학문에만 전념하던 화담이었지만 황진이의 매력에는 마음이 흔들리고 있었나보다.

　특히 이 시조는 님을 그리는 감정과 님이 오지 않으리라는 이성적 판단이 갈등하고 대립하는 심리상태를 묘사함으로서 당시의 시조작풍(作風)을 뛰어넘은 높은 시적 성과를 보여주고 있다.

## 13 이 언적(李 彦迪)

성종 22년(1491)~명종 8년(1553)

　조선 중기 문신·학자. 초명은 적(迪) 자는 복고(復古) 호는 회재(晦齋)·자계옹(紫溪翁) 본관은 여주(驪州)로 퇴계는 김굉필(金宏弼)·정여창(鄭汝昌)·조광조(趙光祖)와 더불어 동방4현(東方四賢)이라 지칭하였다.

1514년(중종9) 문과에 급제하여 이조정랑·장령·밀양부사 등을 지냈다. 1531년 사간에 있으면서 김안로(金安老)의 중임을 반대하다 파직되어 경주(慶州) 자옥산에 들어가 성리학연구에 전념했다. 1537년 김안로가 죽자 종부시첨정으로 다시 관직에 올라 전주부윤으로 있으면서 선정을 베풀었다. 이때 조정에 <일강십목소(一綱十目疏)>를 올려 정치의 도리를 논하였다.

1545년(명종 즉위년) 좌찬성에 오르고 을사사화 때 추관(推官)을 지낸 뒤 관직에서 물러났으나 1547년 양재역벽서사건(良才驛壁書事件)에 무고하게 연루되어 강계(江界)로 유배되었고 그곳에서 졸했다.

그는 조선시대 성리학 정립의 선구적인 인물로 조한보(曺漢輔)와 태극(太極)에 대한 논변을 벌임으로써 조선 성리학 논쟁사에 중요한 단서를 제공했으며 이황(李滉)의 사상에 많은 영향을 주었다.

1517년 영남지방의 학자인 외숙 손숙돈(孫叔暾)과 조한보 사이에 토론되었던 무극태극논쟁(無極太極論爭)에 참여하여 주희(朱熹)의 주리론적 입장에서 두 사람의 견해를 비판하고 자신의 학문적 견해를 밝혔다. 또한 인(仁)에 대한 관심으로 <구인록(求仁錄, 1550)>을 써서 여러 경전과 송대(宋代)도학자들의 설(說)에서 인의 본체와 실현방법에 관한 유학의 근본정신을 확인하고자 했다. <대학장구보유(1549)>·<속대학혹문>에서는 주희가 <대학장구>에서 제시한 체계를 개편하였고 주희가 역점을 두었던 <격물치지보망장(格物致知補亡章)>을 인정하지 않고 격물치지장으로 옮기는 계획을 세워 주희의 <대학장구>·<대학혹문>의 범위를 넘어서는 독자적인 학문세계를 제시했다. 또한 정치문제에 있어서는 인의(仁義)를 근본으로 한 심학(心學)을 궁리정심(窮理正心)으로 체득하여 다스려야 한다고 강조했다. 그리고 백성은 국가의 근본이며 인심은 천하안위(天下安危)의 근본이라고 했다. 그 밖의 저서에 <중용구경연의(中庸九經衍義)>·<봉선잡의(奉先雜義)>·<회재집> 등이 있다.

선조 때 영의정에 추증되었으며 광해군 때 문묘에 종사(從祀)되었고 경주의 옥산서원(玉山書院)에 배향되었다. 시호는 문원 (文元). "天覆 地載ᄒ니 萬物의 父母로다~"로 시작되는 시조 1수가 전한다.

天覆 地載ᄒ니 萬物의 父母로다
父生 母育ᄒ니 이 나의 天地로다
이 天地 저 天地 즈음에 늙은 뉘를 모로리라

　　　　　　　　　　　(출전: 樂學拾零, 海東歌謠)

[천복 지재하니 만물의 부모로다
부생 모육하니 이 나의 천지로다
이 천지 저 천지 즈음에 늙은 뉘를 모르리라]

"천지처럼 넓고 큰 사랑이 만물의 부모로다. 나를 낳아주고 길러주신 부모님의 사랑, 이것이 나의 천지로다. 이 천지 저 천지 사이에 늙은 줄을 모르겠네."

하늘과 땅은 만물을 창조하였고 그 만물중의 하나인 인간, 그 중에서도 부모 역시 하늘과 땅의 크고 넓은 사랑과 같은 사랑으로 자식을 낳고 길러 주었으니 자식은 부모가 천지와 다를 바 없다. 그 자식 또한 자식을 낳은 부모가 되니, 그렇게 윤회하듯 반복되는 사이를 살아가는 인간이 어느 결에 늙는 것을 인식할 수 있겠는가. 부모를 섬기고 자식을 기르며 늙는 줄도 모르고 겨를 없이 살아가야 하는 인간의 근원적인 삶의 모습을 노래한 작품이다.

## 14 송 순(宋 純)

성종 24년(1493)~선조 21(1592)

조선 중종·명종 때의 문신으로 면앙정가단(俛仰亭歌檀)의 창설자이
며 강호가도(江湖歌道;속세를 떠나 자연을 벗하여 지내면서 일어난 시
가생활의 경향)의 선구자이다. 자는 수초(遂初) 호는 면앙정(俛仰亭)·
기촌(企村) 본관은 신평(新平)이며 판윤(判尹) 현덕(玄德)의 후손이다.

명문 양반가 출신으로 21세에 박상에게서 배웠으며 26세 때는 송
세림에게서 배웠다. 중종 14년(1519) 별시 문과에 급제하여 명종 2년
(1547) 주문사·개성유수 등을 역임했고 이조참판이 되어(1550) 죄인
의 자제를 기용했다는 이 기(李 芑) 일파의 탄핵으로 한 때 유배되기
도 하였다. 77세(선조2)에 한성부윤과 의정부 우참찬 겸 춘추관사를
끝으로 벼슬을 사양하고 향리로 물러났다.

그가 살았던 시대는 4대사화(四大士禍)가 일어나는 등 혼란한 때였
으나 50여 년의 벼슬살이 동안 그는 단 한번 1년 정도의 귀양살이만
할 정도로 관운이 좋았다. 이것은 그가 인품이 뛰어났으며 성격이 너
그럽고 의리가 있었으며 사람을 가리지 않고 고루 사귀는 등의 이유
때문이었다고 한다. 이러한 성격으로 인해 "온 세상의 선비가 모두
송순의 문하로 모여들었다"(성수침), "하늘이 낸 완인(完人)"(이황)이
라고 표현될 정도로 당대의 대표적 인사들과 친교를 유지했다. 교우
로 신광한·성수침·이황·박우·정만종·송세형 등과 문하인사로
김인후·기대승·고경명·정철·임제 등이 있다.

이 황(李 滉) 등의 사류(士類)와 대립했으며 벼슬에서 물러나 담양
(潭陽)의 제월봉(霽月峰) 아래에 석림정사(石林精舍)와 면앙정(俛仰亭)

을 짓고 독서와 가곡을 지으며 여생을 보냈다.

그의 가사로 <면앙정가>는 유연(柔軟)한 서정성(抒情性)·대조법(對照法)·대귀법(對句法) 등의 뛰어난 수사(修辭)는 정철(鄭澈)의 <성산별곡(星山別曲)>에 크게 영향을 끼쳤다.

저서로 문집 <면앙집(俛仰集:4권)>이 있는데, 권 4 잡저(雜著)에 <신번면앙정장가(新翻俛仰亭長歌, 즉 俛仰亭歌)>1편·<면앙정단가(俛仰亭短歌)>7편·<면앙정잡가(俛仰亭雜歌)>2편·<자상특사황국옥당가(自上特賜黃菊玉堂歌)>1편·<몽현주상가(夢見主上歌)>1편·<치사가(致仕歌)>3편·<오륜가(五倫歌)>5편 등, 합하여 장가 1편과 단가 19편이 한역되어 전하나 우리말글로 된 가곡 책에는 8~9편만이 전해진다.

음률에 밝아 가야금을 잘 탔고 풍류를 아는 호방한 성정을 지녔으며 낙향 후 유유자적한 여생을 보내다가 90세의 일기로 졸하여 담양의 구산사(龜山祠)에 제향 되었다.

風霜이 섯거 친 날에 叉 픠온 黃菊花를
金盆에 フ득 다마 玉堂에 보내오니
桃李야 곳이온 양 마라 님의 뜻을 알괘라

(출전: 樂學拾零)

[풍상이 섞어 친 날에 갓 피운 황국화를
금분에 가득 담아 옥당에 보내오니
도리야 꽃인 양 마라 님의 뜻을 알괘라]

명종이 황국을 옥당('홍문관'을 달리 이르는 말)에 내리시고 시를 지으라 하였더니 모두 망설이는데 송순이 일동을 대표하여 지어 올렸다 하여 '자상특사황국옥당가(自上特賜黃菊玉堂歌;즉 玉堂歌)'라는 거창한 이름으로 전해진다.

오상고절(傲霜孤節)을 자랑하는 국화를 보내주신 임금의 뜻이 무엇이겠는가. 오얏꽃처럼 봄에 흔한 꽃과 같은 신하보다는 꼿꼿한 군자의 기상이 어린 국화 같은 신하를 원하심이 아니겠는가.

이렇게 주군의 뜻을 잘 헤아려 그에 걸 맞는 글을 지어 올릴 수 있었던 작자는 4대사화가 일어난 격동기에 50여 년의 벼슬살이를 하면서도 단 1년 정도의 유배생활만 했을 정도의 뛰어난 처세로 자신을 지키고 천수를 누린 것이 아닐까 함은 지나친 억측일까?

## 15 주 세붕(周 世鵬)

연산군 1년(1495)~명종 9년(1554)

조선 중종 때의 학자로 자는 경유(景遊) 호는 신재(愼齋)·남고(南皐)·무릉도인(武陵道人)·손옹(巽翁) 본관은 상주(尙州)이다.

중종 17년(1522) 별시문과(別試文科)에 을과(乙科)로 급제하여 승문원정자(承文院正字)가 되고 이어 검열(檢閱)·부수찬(副修撰)·헌납(獻納)·곤양군수(昆陽郡守)·교리(校理) 등을 지냈다.

1541년 풍기군수(豊基郡守)로 부임하여서는 고려 말의 학자 안 향(安珦)의 사당 회헌사(晦軒祠)를 백운동(白雲洞;順興)에 세우고 이어 주자(朱子)의 백록동학규(白鹿洞學規)를 본받아 백운동서원(白雲洞書院;紹修書院)을 창설했는데 이것이 우리나라 최초의 서원이다. 그 후 직제학(直提學)·도승지(都承旨)·대사성(大司成)·호조참판(戶曹參判)을 역임하고 1551년 황해도 관찰사가 되어 해주(海州)에 수양서원(首陽書院;文獻書院)을 창설하였으며 동지중추부사(同知中樞府事)에까지 이르는 동안 청백리로 이름이 높았고 신망이 두터웠다.

우리글로 쓴 경기체가인 <도덕가(道德歌)>에는 <도동곡(道東曲)>·
<육현가(六賢歌)>·<엄연곡(儼然曲)>·<태평곡(太平曲)> 등이 있으며
시조로는 <오륜가(五倫歌)>·<군자가(君子歌)>·<학이가(學而歌)>·<문
진가>·<춘풍가(春風歌)>·<지선가(至善歌)>·<효제가(孝悌歌)>·<정
양음>·<동찰음> 등이 있는데 이러한 작품은 모두 유교(儒敎)의 이
념을 나타낸 것으로 "군자는 사실을 기록할 뿐이며 창작하지 않는다
(君子述而不作:論語)."는 것이 그의 문학관이다. 따라서 그의 작품은
창작이 아니라 성현의 말씀을 풀이한 것이다. 경기체가는 고려의 그
것들을 내용면에서 그대로 계승한 것이며 시조는 16세기에 현저한
유교사상의 반영을 보여 준 것뿐이다.

칠원의 덕연서원(德淵書院)과 소수서원에 배향되었고 예조판서에
추증되었으며 시호는 문민(文敏)이다.

> 지아비 밭 갈나 간 듸 밥고리 이고 가
> 반상을 들오듸 눈썹의 마초이다
> 친코도 고마오시니 손이시나 다르실가
>
> (출전: 武陵雜稿)
>
> [지아비 밭 갈러 간데 밥고리 이고 가
> 반상을 들되 눈썹에 맞추이다
> 친코도 고마우시니 손이시나 다르실까]

'오륜가(五倫歌)' 6수 중 넷째 수로 부부유별(夫婦有別)의 교훈을
묘사한 작품이다.

"남편이 밭 갈러 나가 밥고리를 이고 가서 밥상을 받들되 눈썹에
맞춰 올리듯 한다. 그렇게 남편이란 존재는 친하고도 고마운 사람이
니 손님과 다를 게 뭐냐"는 내용이다.

이와 같이 작자의 모든 시조작품은 유교사상에 바탕을 두고 그 이

념을 전파하는 도구로서의 경향을 보인다.

## 16 홍 춘경(洪 春卿)

연산군 3년(1497)~명종 3년(1548)

조선 중종 때의 문신. 자는 명중(明仲) 호는 석벽(石壁) 본관은 남양(南陽)으로 대교(待敎) 홍계정(洪係貞)의 아들이다.

1522년(중종17) 사마시(司馬試)를 거쳐 1528년(중종23) 식년문과(式年文科)에 을과(乙科)로 급제하여 저작(著作)·정자(正字)를 지냈다.

1536년(중종31) 문과중시(文科重試)에 장원{壯元)하여 사성(司成)·집의(執義)·예조참의(禮曹參議)를 역임했다.

1541년(중종36) 성절사(聖節使)로 명나라에 다녀온 후 좌승지(左承旨)를 거쳐 이듬해 8월에 한성부 우윤(漢城府右尹)에 특별히 가자(加資)하여 제수되었다. 이 때에 사헌부가 통정대부(通政大夫)에 오른 지 얼마 되지 않은데 갑자기 2품으로 올리면 관작(官爵)이 외람 된다고 의견을 내니 중종이 다른 외관(外官)에 견줄 수 없는 시종(侍從)이기 때문에 제수하는 것 뿐이라고 답하여 그 신임이 매우 두터웠음을 알 수 있다. 이어 이조 참의(吏曹參議)·도승지(都承旨)·황해도 관찰사 등을 지냈고 51살에 모친상을 당해 여묘를 살다가 이듬해 병으로 졸했다.

그는 성품이 강직하여 권세에 굽히지 않았고 문학으로 이름이 높아 1545년(인종1)에는 중종(中宗)의 지문(誌文)을 지어 대호군(大護軍)이 되었다. 글씨는 김생체(金生體)를 잘 썼다.

珠簾을 半만 것고 碧海를 구버보니
十里 波光이 共長天一色이로다
물 우희 兩兩白鷗는 오락가락 흐더라

(출전: 樂學拾零, 詩歌)

[주렴을 반만 걷고 벽해를 굽어보니
십리파광이 공장천일색이로다
물 위에 양양백구는 오락가락하더라]

"구슬발을 반쯤 걷고 푸른 바다를 굽어보니 십리에 펼쳐있는 물결의 빛이 하늘빛과 어울려 한 가지 푸른색이로구나. 물 위에는 갈매기만 쌍쌍이 노닐고 있구나."

이는 십리에 펼쳐진 푸른 바다를 바라보면서 장쾌한 정서를 드러내어 자연을 접하면서 느낄 수 있는 청량감을 표현하였다. 아울러 갈매기들의 나는 모습을 구태여 쌍쌍이 짝을 맞춘 것으로 묘사한 것으로 보아 작자의 고독한 심리상태를 미루어 짐작할 수 있겠다.

## 17  성 운(成 運)  연산군 3년(1497)~선조 12년(1578)

조선 명종 때의 학자로 자는 건숙(健叔) 호는 대곡(大谷) 본관은 창녕(昌寧)이다.

30세 중종 때 사마시(司馬試)에 합격하였으나 형이 을사사화로 화를 입자(1545) 보은(報恩)에 숨어 이 지함·서 경덕·조 식 등 명현들과 교유하면서 학문에 정진하였다. 여러 차례 조정에서 불렀으나 모두 사양했다.

시와 거문고에 능했으며 사후에는 승지(承旨)에 추증되었고 저서로
는 대곡집(大谷集)이 있으며 "堯舜ᄀ튼 님금을 만나 聖代를 다시 본
이/ 太古 乾坤에 日月이 光華로다/ 우리도 壽域春臺에 늙을 뉘를 모
로리라" 등 시조 2수가 전해진다.

---

田園에 봄이 오니 이 몸이 일이 하다
곳 남근 뉘 옴기며 藥 밧츤 언제 갈리
아희야 대 뷔여 오나라 삿갓 모져 져르리라

(출전: 海東歌謠, 詩歌)

[전원에 봄이 오니 이 몸이 일이 하다
꽃남근 뉘 옮기며 약밭은 언제 갈리
아희야 대 베어 오너라 삿갓 먼저 결으리라]

---

"전원에 봄이 오니 이 몸이 일이 많다. 꽃나무는 누가 옮길 것이며
약밭은 언제 갈리. 아이야 대를 베어 오너라. 삿갓 먼저 엮으리라."

봄이 오니 일이 많기도 하지만 만사 제쳐두고서라도 삿갓을 엮어 쓰
고 봄을 맞으러 나가 보고 싶다는 마음의 발로를 이렇게 시조로 노래
한 것으로 작자의 태평스럽고도 여유작작한 삶의 자세를 엿볼 수 있다.

## 18 조 식(曹 植)

연산군 7년(1501)~선조 5년(1572)

조선 명종 때의 학자로 이황과 더불어 영남 사림의 지도자적인 역

할을 한 인물이다. 자는 건중(楗仲) 호는 남명(南溟) 본관은 창녕(昌
寧)으로 아버지는 판교(判校) 언형(言亨) 어머니는 인주이씨이다.

  어려서부터 성리학을 공부하여 능통하고 유학계의 대학자로 인정
받았다. 경상감사 이몽량(李夢亮)의 천거로 1552년(명종7) 전생서주부
(典牲署注簿)로 임명되었으나 불응하였고 이듬해에 사도시주부(司䆃
寺注簿) 1555년(명종10)에 단성현감(丹城縣監) 1566년(명종21)에 상서
원판관(尙瑞院判官) 등의 직에 임명되었으나 모두 취임하지 않았다.
이 해 명종의 부름으로 상경하여 왕을 사정전(思政殿)에서 알현하고
치란(治亂)과 학문의 방법을 표(表)로 올리고 산으로 들어갔다. 이 후
에도 수차례 벼슬이 내려졌으나 받지 않고 두류산(頭流山) 덕소동(德
小洞)에 살며 산천재(山天齋)라는 당호(堂號)를 짓고 학문연구와 후진
양성에 전념했다.

  그의 사상은 '수기치인(修己治人)'의 성리학적 토대 위에 실천궁행
(實踐躬行)을 강조하였고 실천의 방법론으로 '경(敬)과 의(義)'를 강조
하여 경(敬)으로 마음을 곧게 하고 의(義)로 매사를 처리한다는 '경의
협지(敬義夾持)'를 표방하였다. 이러한 그의 철학은 일상생활에서도
철저한 절제로 일관하여 불의와 일절 타협하지 않았고 당시 정치사
회현실에 적극적인 비판의 자세를 견지하였다.

  저서로는 남명집(南冥集)과 "頭流山 兩端水를~" 등 3수의 시조가
전해지며 문하에 김효원(金孝元)·김우옹(金宇顒) 등의 저명한 학자
가 배출되었다. 1576년 그의 문도들이 덕천의 산천재 부근에 덕산서
원(德山書院)을 세운 뒤 그의 고향인 삼가에도 회현서원(晦峴書院)
1578년에는 김해의 탄동에 신산서원(新山書院)을 세워 제향하였고 광
해군 때 대북세력이 집권하자 그의 문인들은 스승에 대한 추존사업

을 적극적으로 전개해 세 서원 모두 사액되었다. 아울러 영의정에 추증되었으며 문정(文貞)이라는 시호가 내려졌다.

頭流山 兩端水를 녜 듯고 이제 보니
桃花 쁜 말근 물에 山影조츠 줌겨셰라
아희야 武陵이 어딕미오 나는 옌가 흐노라
(출전: 樂學拾零, 海東歌謠)
[두류산 양단수를 예 듣고 이제 보니
도화 뜬 맑은 물에 산영조차 잠겨세라
아희야 무릉이 어디메요 나는 옌가 하노라]

"두류산(지리산) 양단수(쌍계사를 중심으로 두 갈래로 흐르는 물)를 예전에 듣고 이제 와서 보니 복숭아꽃잎이 뜬 맑은 물에 산 그림자까지 잠겨 있구나. 아, 무릉도원이 어디겠는가, 바로 여기가 아니고 어디이겠느냐."

작자가 은거하던 지리산 덕소동 쌍계사 계곡의 자연풍광에 도취하여 그 감상을 노래한 것으로 작자는 자신이 사는 곳을 도원경에 비유할 만큼 만족해하며 자연귀의의 경지를 보여주고 있다.

## 19 이 황(李 滉)
연산군 7년(1501)~선조 3년(1570)

조선 중기의 대학자. 자는 경호(景浩) 호는 퇴계(退溪)·도수(陶叟)·퇴도(退陶)·청량산인(淸凉山人)이며 본관은 진보(眞寶)다.

진사 식(埴)의 아들로 예안현(禮安縣;지금의 안동) 온계리(溫溪里)에서 태어나 7개월 만에 아버지를 여의고 어머니와 숙부 우(堣)에게서 양육되었다. 6세에 천자문을, 12세에 숙부 우에게 <논어(論語)>를 배웠다. 15세 때부터 시 <영회시(永懷詩)> 등을 짓고 19세 때에는 <성리대전(性理大全)> 20세에는 <주역(周易)>을 독파하였다.

중종 18년(1523) 23세 때 서울에 올라와 성균관에 입학하여 이듬해 문과에 급제하였다. 1539년 홍문관 수찬 1545년 전한(典翰)이 되고 외직(外職)에서 다시 소환되어 홍문관 교리(校理)·대사성·부제학·공조참판 등에 임명되었으나(1552) 모두 사퇴하고 명종 10년(1555) 최초의 사액서원(賜額書院)인 도산서당(陶山書堂)을 세우고 학문과 제생(諸生)의 교육에 힘썼다.

무엇보다도 그는 주자학을 집대성한 대 유학자로 그의 성리학은 정자와 주자가 체계화한 개념을 수용하여 이를 보다 풍부히 독자적으로 발전시켰으며 이(理)를 보다 중시하는 이기이원론(理氣二元論)이란 특성을 지니고 있다.

그는 이(理)를 모든 존재의 생성과 변화를 주재(主宰)하는 우주의 최종적 본원이자 본체로서 규정하고 현상세계인 기(氣)를 낳는 것은 실재로서의 이(理)라고 파악하여 주자의 이해와는 달리 기와 마찬가지로 이가 동정(動靜)하고 작위(作爲)하는 성질을 갖고 있다고 보았다. 이가 동정하지 않고 작위성이 없다고 한 종래의 이론은 이의 체(體)의 측면이고 그 용(用)의 면으로 말하면 이 또한 동정하고 작위하는 성질을 갖는다는 것이다. 이럴 경우 이와 기의 관계는 이주기종(理主氣從)·이존기천(理尊氣賤)의 구조를 가지며 이는 기보다 절대적·우월적인 것이 되는데 이러한 이기론의 구조와 특성은 심성론(心性論)에서 보다 뚜렷이 드러난다. 그는 심(心)이 성(性)과 정(情)을 통괄한다는 주자의 이해를 바탕으로 하면서도 성과 정의 근원을 이와 기를 분별(分別)하는 방법을 통해 구했다. 성을 본연지성(本然之

性)과 기질지성(氣質之性)으로 나누는 것과 마찬가지로 정도 역시 4
단과 7정으로 나눌 수 있으며 각각에 대해서는 이와 기로써 근원을
삼을 수 있다는 것이다. 특히 정에 대한 이해는 기대승과 8년 동안이
나 토론을 벌이며 이기호발설로 정밀히 체계화했다. 곧 "4단은 이가
발함에 기가 따르는 것이고 7정은 기가 발함에 이가 타는 것(四端理
發而氣隨之 七情氣發而理乘之)"이라 하여 4단은 이에 근원하고 7정은
기에 근원하여 각각 발한다고 했다. 기대승은 이것이 이와 기를 독립
된 물(物)로 생각하는 것이며 이와 기가 떨어질 수 없다는 원칙을 벗
어나는 것이라 비판했다. 그러나 이황의 이러한 이해는 인간의 선한
성을 실현하고자 하는 맹자의 본래 뜻을 살리기 위한 의지에서 나온
것이다. 기만 있고 이의 탐[乘]이 없으면 인간은 이욕(利欲)에 빠져
금수(禽獸)로 된다고 보았던 그는 본성의 단서로 간주되는 사단을 이
가 발한 것이라고 역설함으로써 인간 본래의 선한 본성이 자연적으
로 발현되는 것임을 강조한 것이다. 결국 이러한 이(理) 우위론적 철
학은 이성에 의한 적극적 실천을 보다 강조한 것이라 하겠다. 주자학
에 바탕을 두면서도 이를 한층 발전시켰던 이황은 불교와 도교는 물
론, 유교의 양명학(陽明學)·서경덕(徐敬德)의 기일원론(氣一元論)·나
흠순(羅欽順)의 주기설(主氣說)·오징(吳澄)의 주륙(朱陸) 절충적 견해
등은 모두 이단·사설로 비판·배척했다. 특히 16세기 초에 이미 소
개되어 확산되던 양명학과 서경덕·나흠순의 견해를 집중적으로 비
판하여 조선의 주자학이 성립하는 데 큰 역할을 했다.

또한 <주자어류(朱子語類)>·<주자대전(朱子大全)> 등 주자의 글을
깊이 연구하여 이를 알기 쉽게 편집했다. 주자의 서한문을 초록한 <주
자서절요(朱子書節要)> 20권은 그가 평생 정력을 바쳤던 편찬물이다.

그의 학문이 원숙하기 시작한 것은 50세 이후부터로 대부분의 저술
이 이때 이루어졌다. 53세에 정지운(鄭之雲)의 <천명도설(天命圖說)>
을 개정하고 후서(後敍)를 썼으며 <연평답문(延平答問)>을 교정하고

후어(後語)를 지었다. 56세에 향약을 기초하고 57세에 <역학계몽전의
(易學啓蒙傳疑)>를 완성했으며, 58세에 <주자서절요> 및 <자성록(自省
錄)>을 완결하고 서(序)를 썼다. 59세에 기대승(奇大升)과 더불어 사단
칠정(四端七情)에 관하여 토론했는데 이 논변(論辨)은 66세 때까지 계
속되었다. 62세에 <전도수언(傳道粹言)>을 교정하고 발문을 썼으며 63
세에 <송계원명이학통록(宋季元明理學通錄)>의 초고를 탈고하여 그
서를 썼다. 이것은 명나라 황종희(黃宗羲)의 <송원학안(宋元學案)>에
앞서는 것으로 주자학파를 중심으로 송대 이후 중국 유학사를 정통론
적 입장에서 정리한 문헌이다. 64세에 이연방(李蓮坊)의 심무체용론
(心無體用論)을 논박했고 66세에 이언적(李彦迪)의 유고를 정리하고
행장을 썼으며 <심경후론(心經後論)>·<양명전습록변(陽明傳習錄辨)>
을 지었다. 68세에 성리학의 주요문헌에 나오는 개념을 유기적으로
구성하여 핵심적 교훈을 일목요연하게 정리한 <성학십도> 70세에 마
지막 작업으로 <사서석의(四書釋疑)>를 편찬하였다.

영남지방에서 형성된 그의 학통은 유성룡(柳成龍)·조목(趙穆)·김
성일(金誠一)·황준량(黃俊良) 등의 제자와 17세기의 장현광(張顯
光)·정경세(鄭經世)·이현일(李玄逸)·정시한(丁時翰)에 이어 이재(李
栽)·이상정(李象靖)·이진상(李震相)·곽종석(郭鍾錫)·허훈(許薰)·
이항로(李恒老)·유중교(柳重教) 등 한말까지 내려왔다. 근기지방에서
는 정구(鄭逑)·허목(許穆) 등을 매개로 유형원(柳馨遠)·이익(李瀷)·
정약용(丁若鏞) 등 남인 실학자에게 연결되어 이들 학문의 이론적 기
초를 제시했다. 또한 이들의 학통계승은 17세기 이후 본격적으로 전
개되는 각 학파·당파의 정치투쟁과 궤를 같이 하면서 전개되는데
이들은 남인 당색 하에 이이의 학문을 사상적 기반으로 기호지방에
서 성장한 서인과 치열한 사상투쟁·정치투쟁을 벌이며 조선 후기
사상계·정치계의 한 축을 이루었다.

그의 학문은 일본 주자학 성립에도 큰 영향을 미쳤는데 임진왜란 후 일본으로 반출된 저술은 도쿠가와[德川]가 집정(執政)한 에도 시대[江戶時代]에 11종 46권 45책의 일본각판으로 복간되어 소개되었다. 일본 근세유학의 개조(開祖) 후지와라[藤原惺窩] 이래로 주류인 기몬 학파[崎門學派] 및 구마모토 학파[熊本學派]에게 깊은 영향을 주었고 두 학파로부터 대대세세(代代世世)로 존숭을 받아왔다.

그의 학문과 사상에 대한 연구와 재평가는 오늘날에도 '퇴계학(退溪學)'이라는 용어를 낳을 만큼 국내외적으로 매우 활발하다.

사후 영의정에 추증되어 선조의 묘정에 배향되었으며 안동 도산서원(陶山書院), 나주 경현서원(景賢書院), 괴산 화암서원(花巖書院) 등 전국 40여 개의 서원에 제향되었다. 시호는 문순(文純)이다.

"古人도 날 보고 나도 古人 뵈" 등 12수의 <도산십이곡(陶山十二曲)>과 그 외 1수의 시조가 전해진다.

이런들 엇더ᄒ며 뎌런들 엇더ᄒ료
草野 愚生이 이러타 엇더ᄒ료
ᄒ믈며 泉石膏肓을 고려 므슴 ᄒ료

(출전: 陶山六曲板本)

[이런들 어떠하며 저런들 어떠하료
초야 우생이 이렇다 어떠하료
하물며 천석고황을 고쳐 무슴하료]

도산 12곡 중 전 6곡의 서곡이다.

"이런들 어떠하며 저런들 어떠하리, 이렇게 초야우생(시골에 묻혀 사는 어리석은 사람)이 세상 명리나 시비에 아랑곳하지 않고 산들 어떠하리, 하물며 천석고황(자연에 대한 끊을 수 없는 사랑)을 고쳐 무엇 하겠는가."며 세상 명리를 버리고 자연에 귀의하고픈 마음의 병을 고칠 마음이 전혀 없다는 작자의 간곡한 의지를 표출한 것이다.

> 古人도 날 몰 보고 나도 古人 몰 뫼
> 古人을 몯 뫼와도 녀던 길 알퍼 잇닝
> 녀던 길 알퍼 잇거든 아니 녀고 엇뎔고
>
> (출전: 陶山六曲板本, 樂學拾零)
>
> [고인도 날 못 보고 나도 고인 못 봬
> 고인을 못 봬도 녀던 길 앞에 있네
> 녀던 길 앞에 있거든 아니 녀고 엇떨꼬]

도산 12곡 중 후 6곡의 제 3수이다.

"옛 성현들도 날 못 보았고 나 또한 뵙지 못했지만 옛 성현들이 행하던 도리, 즉 학문이 내 앞에 전하고 있네. 그 훌륭한 길이 앞에 있으니 그 길을 나도 닦지 않으면 어찌하겠는가"며 옛 성현이 행한 도리를 자신도 힘써 배우고 행해야겠다는 결의를 표현한 것이다.

이러한 예시와 같이 '도산십이곡(陶山十二曲)'은 전 6곡과 후 6곡으로 나뉘어 있는데 전 6곡에서는 세속적으로 겉도는 부질없는 마음을 깨끗이 씻어버리고 맑고 순수한 심성을 닦으려는 의지를 읊었고 [言志] 후 6곡은 학문을 닦고 심신을 수양하는 심경을 읊었다[言學].

> 淸凉山 六六峯을 아닉 닉 나와 白鷗
> 白鷗야 헌스하랴 못 미들슨 桃花ㅣ로다
> 桃花야 써나지 마라 魚舟子 알가 흐노라
>
> (출전: 樂學拾零, 靑丘永言)

[청량산 육륙봉을 아는 이 나와 백구
백구야 헌사하랴 못 믿을 쏜 도화로다
도화야 떠나지 마라 어주자 알까 하노라]

도산 12곡 외 전해지는 또 한 수의 시조다.

"청량산 육륙봉의 빼어난 경치를 아는 이는 나와 백구(갈매기)뿐인데, 말 못하는 백구야 헌사하랴(떠들어 대랴?) 못 믿을 것은 복숭아꽃이로다. 네가 떨어져 냇물에 떠내려가면 어주자(어부)가 알고 떠들어 뭇 사람들이 알게 될까 걱정스럽다."

이 작품은 중국 진나라 때에 복숭아꽃잎이 떠내려 오는 것을 보고 거슬러 올라가 무릉도원(武陵桃源)을 발견했다는 옛 이야기에 시상이 닿아 있음을 알 수 있다. 그리고 청량산 육륙봉의 비경을 자신만이 독점하고 싶다는 이기적 발상이 엿보이는데 이 대학자의 인간적 내면세계가 자못 궁금해지는 대목이 아닐 수 없다.

## 20 홍 섬(洪 暹)
연산군 10년(1504)~선조 18년(1585)

조선 선조 때의 문신으로 자는 퇴지(退之) 호는 인재(忍齋) 본관은 남양(南陽)이다.

영의정(領議政) 언필(彦弼)의 아들이며 조 광조의 제자로 중종 23년(1528) 생원 1531년(중종26) 식년문과에 급제하여 정언(正言)을 거쳐 이조좌랑(吏曹佐郞) 시절에 김 안로(金安老)의 전횡(專橫)을 탄핵하다가 흥양(興陽)으로 유배되어(1535) 3년 만에 풀려났는데 이 때 <원분가(寃憤歌)>라는 가사를 지었다. 그 후 수찬(修撰)·경백(京伯)·대사헌(大司憲)을 지내고 명종 7년(1552)에는 청백리(淸白吏)에 녹선 된 뒤 벼슬이 누진(累進)하여 영의정에 올라 세 번이나 중임하였고 1579년 병으로 사임하고 영중추부사로 전임했다.

<주역>·<서경>에 밝았고 정이(程頤)의 <사잠(四箴)>을 좌우명으로 삼았으며 문장에도 능했다. 저서로는 인재집(忍齋集)·인재잡록(忍齋雜錄)이 있고 시조 1수가 전해진다. 남양의 안곡사(安谷祠)에 제향 되었으며 시호는 경헌(景憲)이다.

> 玉을 돌이라 ᄒ니 그려도 애드래라
> 博物君子는 아는 法 잇것마는
> 알고도 모르는 체ᄒ니 그를 슬허 ᄒ노라
>
> (출전: 樂學拾零, 海東歌謠)
>
> [옥을 돌이라 하니 그래도 애다래라
> 박물군자는 아는 법 잇건마는
> 알고도 모르는 체하니 그를 슬퍼 하노라]

"옥을 돌이라 하니 그런 게 애닯구나, 박물군자(온갖 사물에 통달한 사람)는 알 법도 한데 알고도 모른 체 하니 그것을 슬퍼하노라."

시비가 제대로 가려지지 않고 이를 알만한 사람은 입을 다물고 눈치만 보는 세태를 탄식하는 내용으로 작자가 이조좌랑 시절에 김안로의 전횡을 탄핵하다 그 일당의 무고로 곤장을 얻어맞고 귀양 갈 때의 심정을 표현한 작품이다.

## 21 김 인후(金 麟厚)

중종 5년(1510)~명종 15년(1560)

조선 인종 때의 문신이며 학자로 해동 18현의 한사람으로 꼽히는 인물이다. 자는 후지(厚之) 호는 하서(河西)·담재(湛齋) 본관은 울산(蔚山)으로 아버지는 참봉 영(齡)이며 어머니는 옥천조씨(玉川趙氏)이다.

10세 때 김안국(金安國)에게서 <소학>을 배웠고 1531년(중종 26) 성균사마시에 합격하여 성균관에 입학했다. 성균관에서 이황과 함께 학문을 닦았으며 노수신(盧守愼)·기대승(奇大升)·정지운(鄭之雲)·이항(李恒) 등과 사귀었고 제자로는 정철(鄭澈)·변성온(卞成溫)·기효간(奇孝諫)·조희문(趙希文)·오건(吳健) 등이 있다.

1540년 별시문과에 급제하여 권지승문원부정자(權知承文院副正字)에 올라 이듬해에 호당(湖堂)에 들어가 사가독서(賜暇讀書)하고 홍문관저작이 되었으며 1543년 홍문관박사 겸 세자시강원설서, 홍문관부수찬에 이르렀다.

1545년 을사사화가 일어나자 관직을 버리고 고향인 장성으로 돌아가 주자학 연구에 전념했다. 그 후 성균관전적·공조정랑·홍문관교리·성균관직강 등에 임명되었으나 벼슬에 나가지 않았다.

그는 학문적으로 이(理)를 중심으로 하는 이기이원론(理氣二元論)의 견해를 취했으며 성경(誠敬)의 실천을 학문의 목표로 삼았다. 당시 이항과 기대승 사이에서 논란이 되었던 태극음양설(太極陰陽說)에 대하여 이기(理氣)는 혼합되어 있으므로 태극이 음양을 떠나서 존재한다고 할 수는 없지만 도(道)와 기(器)의 구분은 분명하므로 태극과 음양은 일물(一物)이라고 할 수는 없다고 주장함으로써 이항의 태극

음양일물설(太極陰陽一物說)에 반대하고 후일 기대승의 주정설(主情說) 형성에 깊은 영향을 끼쳤다.

수양론에서는 경(敬)을 중시했다. 즉 본래 마음[心]이 일신(一身)을 주재(主宰)하지만 기(氣)가 섞여 유혹되면 마음이 외부로 치달려서 주재하지 못한다고 하면서 경으로써 마음을 보존해야 한다는 주경설(主敬說)을 주장했다.

그는 이황과 함께 주자학을 통치이념으로 확립하는 데 기여했으며 조금이라도 주희(朱熹)의 학설에 따르지 않는 점이 있으면 이학(異學) 또는 이단(異端)으로 공박한 인물로 평가된다. 도학에 관한 저술은 많지 않지만 그의 성리학 이론은 유학사에서 중요한 위치를 차지한다. 그밖에 천문·지리·의학·점서(占筮)·산수·율력(律曆)에도 조예가 깊었으며 서예에도 능했다.

1796년(정조20) 문묘에 배향되었고 장성 필암서원(筆巖書院), 남원 노봉서원(露峰書院), 옥과 영귀서원(詠歸書院) 등에 제향되었다. 저서로는 <하서집>·<주역관상편(周易觀象篇)>·<서명사천도(西銘事天圖)>·<백련초해(百聯抄解)> 등이 있다. 시호는 문정(文正).

青山도 절로절로 綠水도 절로절로
山 절로 水 절로 山水間에 나도 절로
이 中에 절로 즈란 몸이 늙기도 절로 흐리라
　　　　　　　　　　　(출전: 樂學拾零, 青丘永言)
[청산도 절로절로 녹수도 절로절로
산 절로 수 절로 산수 간에 나도 절로
이 중에 절로 자란 몸이 늙기도 절로 하리라]

이 작품의 작자에 대해서는 근래까지 송 시열로 알려져 왔으나

<하서집>에 의해 김 인후의 작품임이 밝혀졌다. 따라서 '청구영언' 등에 작자가 송 시열로 소개된 것은 그에 의하여 한자로 표기된 시조가 언문으로 각색되었기 때문인 것으로 추정된다.

<하서집에 실린 한자표기 원문>
靑山自然自然 綠水自然自然
山自然水自然 山水間我亦自然
已矣哉 自然生來人 將自然自然老

일명 '자연가(自然歌)'로 불리는 이 시조는 '청산의 푸르름도 녹수의 푸르름도 저절로' 생성과 소멸이 반복되는 자연의 진행 과정에 자신(인간) 역시 자연의 일부로서 자연의 섭리 속에 포함시켜 노쇠현상을 당연하고도 흔쾌히 받아들인다.

특히 이 시조는 '절로'라는 단어를 각 구절의 적절한 위치에 교묘히 반복 구사함으로서 리듬감을 살리는 동시에 읽는 이로 하여금 감흥을 돋게 하는, 아주 특색 있고 빼어난 작품이다.

## 22 유 희춘(柳 希春)

중종 8년(1513)~선조 10년(1577)

조선 중기의 학자. 자는 인중(仁仲) 호는 미암(眉巖) 본관은 선산(善山)으로 아버지는 계린(桂麟)이며 부인은 여류시인인 송덕봉(宋德奉)이다.

1538년(중종33) 별시문과에 급제했으며 1544년 사가독서(賜暇讀書)

를 한 뒤 수찬·정언 등을 지냈다. 1546년(명종1) 대윤(大尹)과 소윤
(小尹)의 알력이 원인이 되어 을사사화가 일어나자 파직되어 귀향했
다. 이어 1547년 *양재역벽서사건(良才驛壁書事件)에 연루되어 제주
도로 유배되었다가 함경북도 종성으로 이배(移配)되었다. 이곳에서
19년 동안 유배생활을 하면서 이황(李滉)과의 서신교환을 통하여 주
자학에 대한 토론을 계속했으며 이 지방 유생(儒生)들을 교육했다.
1567년 선조가 즉위한 뒤 석방되어 지제교·대사성·부제학·전라도
관찰사·예조참판·이조참판 등을 지내고 낙향했다.

  그는 당시 사류(士類)들과 같이 문장에 뜻을 두지 않고 경학에 몰
두하여 선조 초에는 경연관으로 경사(經史) 강론에 주력했다. 또한
<주자대전>을 교정하고 선조의 명을 받아 <국조유선록(國朝儒先錄)>
을 편찬했으며 이이(李珥)와 함께 경서의 구결(口訣)과 언해(諺解)를
상정(祥定)하는 등 유교문화의 발전에 많은 공헌을 했다.


  저서에 <미암집>·<속몽구(續蒙求)>·<속휘변(續諱辨)>·<역대요록
(歷代要錄)>·<천해록(川海錄)>·<헌근록(獻芹錄)>·<주자어류전해(朱
子語類箋解)>·<강목고이(綱目考異)>·<시서석의(詩書釋義)>·<완심
도(玩心圖)> 등이 있다.

  시조 2수가 전해지는데 전주 진안루(鎭安樓)에서 봉안사(奉安使)
박 화숙(朴和淑)과 술을 마시면서 불렀다고 하는 "미나리 한 펄기를
캐여서"와 "머리를 고텨 꾀워 玉簪은 ᄀ라고죄(출전;眉巖日記草)"가
그것이다.

  사후 좌찬성에 추증되었으며 담양 의암서원(義巖書院), 종성 종산
서원(鍾山書院), 무장 충현사(忠賢祠) 등에 제향되었다. 시호는 문절
(文節).

> 미나리 한 펄기를 캐여서 싯우이다
> 년대 아니아 우리 님씌 바자오이다
> 맛이아 긴지 아니커니와 다시 십어 보소서
>
> (출전: 歷代時調選)
>
> [미나리 한 펄기를 캐어서 씻우이다
> 년대 아니아 우리 님께 받자오이다
> 맛이야 긴치 아니커니와 다시 씹어 보소서]

일명 '헌근가(獻芹歌)'로 잘 알려진 작품이다.

"미나리 한 펄기(포기)를 캐서 씻습니다. 년대(다른 데가) 아니라 우리 님(임금)께 바치려 합니다. 맛이야 긴치(좋지) 않겠지만 그래도 다시 잘 씹어 보십시오." 내 정성의 맛이 날 것이외다.

옛날에는 봄 미나리가 계절식품으로서 흔치 않아 가장 소중한 사람에게 먼저 맛보게 했다고 하는데 <여씨춘추(呂氏春秋)>에서도 범부가 살진 미나리를 캐어 임금께 바치고 싶다고 하는 구절이 있어 이 대목을 착안하여 시조를 전개한 것으로 보인다.

작자의 소박하고도 살가운 연군의 정을 느낄 수 있는 작품이다.

＊ 양재역벽서사건

조선(朝鮮) 명종(明宗) 2(1547)년에 일어난 옥사. 을사사화(乙巳士禍)의 연장(延長)으로 소윤인 윤 원형 일파(一派)가 대윤인 윤 임 일파(一派)의 남은 세력(勢力)을 없애기 위하여 자신(自身)들을 비방(誹謗)하는 내용(內容)의 벽서를 조작(操作)하여 많은 선비들이 화를 입었음.

## 23  송 인(宋 寅)

중종 12년(1517)~선조 17년(1584)

조선 선조 때 학자며 서예가로 자는 명중(明仲) 호는 이암(頤庵) 시호는 문단(文端) 본관은 여산(礪山)이다.

영의정 질(軼)의 손자로 10세 때 중종의 셋째 서녀(庶女)인 정순옹주(貞順翁主)와 결혼하여 여성위(礪城尉)가 되었고 명종 때 여성군(礪城君)에 봉해졌으며 도총관(都摠管)을 지냈다.

시문(詩文)에 뛰어났으며 이황(李滉)·조식(曺植)·이민구(李敏求)·정렴(鄭磏)·이이(李珥)·성혼(成渾) 등과 교유했다. 특히 글씨에 능하여 오흥(吳興)의 필법을 받아 해서(楷書)를 잘 썼는데 이황은 어떤 사람이 그에게 비문을 써달라고 부탁하자 "비문은 제일 잘 쓰는 사람에게서 받아야 하는데 송인과 성수침(成守琛)보다 나은 사람은 없다. 그러나 성수침의 글씨는 힘은 있으나 허술한 곳이 있으므로 송인이 가장 좋을 것이다"라고 했다. 당시 궁전의 편액과 사대부의 비명(碑銘)은 대부분 그가 썼다고 한다.

저서로 <이암집>이 있고 시조 4수가 전해진다. 작품으로는 양주의 <덕흥대원군신도비(德興大院君神道碑)>·<송지한묘갈(宋之翰墓碣)>·<영상한효원비(領相韓效元碑)>, 남원의 <황산대첩비(荒山大捷碑)>, 부안의 <김석옥묘비(金錫沃墓碑)>, 여주의 <김공석묘갈(金公奭墓碣)>, 남양의 <영상홍언필비(領相洪彦弼碑)>, 광주(廣州)의 <좌참찬심광언비(左參贊沈光彦碑)> 등이 있고 <근역서화징(槿域書畵徵)>에 기록된 것만 35점에 이른다. 시호는 문단(文端).

134

드른 말 卽時 닛고 본 일도 못 본 드시
내 人事 이러홈애 남의 是非 모를노라
다만지 손이 셩ᄒ니 盞잡기만 ᄒ노라

(출전: 樂學拾零, 靑丘永言)

[들은 말 즉시 잊고 본 일도 못 본 듯이
내 인사 이러함에 남의 시비 모르노라
다만지 손이 셩하니 잔 잡기만 하노라]

작자의 무사(無事)하고도 안이(安易)한 삶의 일면을 짐작할 수 있는 작품이다.

시대적으로 혼란한 정치사회적 현실에서 보신(保身)하려니 "보고도 못 본 체, 듣고도 못 들은 체, 남의 시비에 휘말리지 않으려니 눈 감고 귀 막고 술이나 마시면서" 세상사와 적당히 거리를 두고 살아야 하지 않겠는가.

## 24 양 사언(楊 士彦)
중종 12년(1517)~선조 17년(1584)

조선 중기의 문인이며 서예가로 자는 응빙(應聘) 호는 봉래(蓬萊)·완구(完邱)·창해(창해)·해객(海客) 본관은 청주(淸州)이다.

주부(主簿) 희수(希洙)의 아들로 형 사준(士俊) 동생 사기(士奇) 3형제가 같이 문명을 떨쳐 세인이 미산(眉山)의 3소(三蘇)에 비하였다. 그의 아들 만고(萬古)도 문장과 필법으로 그 이름이 전해진다.

명종 1년(1546) 대동승(大同丞)을 거쳐 삼등현감(三登縣監)·평창군수(平昌郡守)·강릉부사 등의 지방관을 역임한 후 회양군수(淮陽郡守)·철원군수를 지냈다.

자연을 사랑한 그는 회양군수로 있을 때 가마를 타고 금강산에 자주 드나들며 그 경치를 즐기고 금강산 만폭동의 바위에는 “봉래풍악원화동천(蓬萊楓嶽元化洞天)”의 8자를 새긴 것이 지금도 남아 있다.

안변군수(安邊郡守)로 있을 때 일을 잘 하여 도내에 으뜸이 되었고 통정대부(通政大夫)의 관계(官階)를 받았으나 지릉(智陵)에 화재가 일어나 그 책임을 지고 해서(海西)로 귀양을 갔다가 2년 후 풀려나오는 길에 병으로 졸했다.

<금강산유람기>를 썼고 초서(草書)와 큰 글자를 잘 써서 안평대군(安平大君)·김 구(金球)·한 호(韓濩)와 더불어 조선 전기 4대 서예가라 일컫는다.

가사 <미인별곡(美人別曲)>·<남정가(南征歌)>가 있으며 시조 1수가 전해진다. 저서로는 <봉래집(蓬萊集)>이 있다.

泰山이 놉다 ᄒ되 하ᄂᆞᆯ 아래 뫼히로다
오르고 쏘 오르면 못 오를 리 업건마는
사ᄅᆞᆷ이 졔 아니 오르고 뫼흘 놉다 ᄒ더라
　　　　　　　　　(출전: 樂學拾零, 靑丘永言)
[태산이 높다 하되 하늘 아래 뫼 이로다
오르고 또 오르면 못 오를 리 없건마는
사람이 제 아니 오르고 뫼를 높다 하더라]

노력하면 안 될 일이 없다는 뜻의 너무도 잘 알려진 교훈적인 시조다. 여기서 태산(泰山)은 중국 산동성에 있는 산이지만 높은 산의 대명사처럼 쓰이기에 여기서는 굳이 중국의 태산으로 인식할 필요가 없을 것이다.

## 25 양 응정(梁 應鼎)

조선 명종 때의 문인. 자는 공섭(公燮) 호는 송천(松川) 본관은 제주(濟州)로 교리(校理)를 역임한 양팽손(梁彭孫)의 아들이며 동래 부사를 역임한 양응태(梁應台)의 동생이다.

중종 35년(1540)에 생원시에 장원하고 명종 7년(1552) 식년문과에 급제하여 검열(檢閱)이 되고 공조 좌랑(工曹佐郞)으로 1556년 문과중시에 급제하여 호당(湖堂)에 들어갔다. 그 이듬해 공조 좌랑으로 있을 때 당시 권신인 윤원형(尹元衡)에 의하여 김홍도(金弘度)와 함께 탄핵을 받고 파직되었다가 1560년 복직되었다.

선조 7년(1574) 경주 부윤으로 재직 중 진주 목사로 있을 당시 청렴하지 못하였다는 대간의 탄핵으로 파직되었다가 1578년에 공조 참판(工曹參判)으로 기용되어 성절사(聖節使)로 명나라에 다녀왔으나 부정을 저질렀다는 이유로 다시 파직되었다. 그 후로 대사성(大司成)을 역임하였다.

시문에 능하여 선조 때 8대문장가로 뽑혔으며 효행으로 정문이 세워졌다. 저서로는 <송천집(松川集)> · <용성창수록(龍城唱酬錄)>이 있다.

太平 天地間에 簞瓢를 두러 메고
두 스매 느리혀고 우즑 우즑 ᄒᆞᄂᆞᆫ 뜻은
人世에 걸닌 일 업스니 그를 죠하 ᄒᆞ노라

(출전: 樂學拾零, 靑丘永言)

[태평 천지간에 단표를 둘러메고
두소매 늘이혀고 우즐 우즐 하는 뜻은
인세에 걸린 일 없으니 그를 좋아 하노라]

"태평한 세상에 단표(도시락과 표주박)를 둘러메고 두 소매 끌릴 듯 늘어뜨려 우쭐대며 걷는 까닭은 人世(인간세상)에 거리낄 것이 없어 그것이 좋기 때문이라"는 작자는 하늘을 우러러 한 점 부끄럼 없다는 듯이 시종 자유분방하고 활달하면서 거침없는 삶의 자세를 이 작품에서 보여주고 있다.

## 26 허 강(許 橿)
중종 15년(1520)~선조 25년(1592)

조선 선조 때의 학자로 자는 사아(士牙) 호는 송호(松湖) 별호로 강호거사(江湖居士)라 불리었으며 본관은 양천이다.

좌찬성(左贊成) 자(磁)의 아들로 어릴 때부터 학문을 즐기고 심성이 고결하였으며 이달(利達)에 마음을 두지 않았다.

아버지가 문정왕후 때 이 기(李芑)의 전자(專恣)를 탄핵한 탓으로 홍원(洪原)에 귀양 갔다가 죽으매 벼슬을 단념하여 전감사별제(典鑑司別提)로 제수되었으나 사양하고 40년간 방랑으로 세월을 보내며 교유(交遊)도 사절했다.

선조 임진년에 토산(兎山;황해도 금천군 및 신계군에 걸쳐 있었던 조선 후기의 행정구역명)으로 피난 갔다가 그 해 병으로 졸하였다.

아버지가 편찬하다 이루지 못한 <역대사감(歷代史鑑)> 30권을 편찬·완성했고 가사 <서호별곡(西湖別曲)>과 시조 8수가 전해진다.

뫼흔 노프나 놉고 물은 기나 기다
놉흔 뫼 긴 물에 갈 길도 그지 업다
님 그려 저즌 ᄉ매는 어니 저긔 므롤고

(출전: 松湖遺稿)

[뫼는 높으나 높고 물은 기나길다
높은 뫼 긴 물은 갈 길도 그지없다
님 그려 젖은 소매는 어느 적에 마를고]

"뫼는 높고도 높고 강물은 길고도 길다. 높은 산 긴 물길에 갈 길도 끝이 없다. 이렇듯 정처 없음에 님 그리며 눈물 훔친 젖은 소매" 마를 날이 없다 한다.

40여년 방랑과 은둔의 세월을 살았던 작자의 일면이 고스란히 나타난 작품이다. 산 높고 물길이 긴 만큼 끝없는 여정에 외로움은 더해만 가는데 이 작품에 나타난 '님'은 누구를 지칭하는 것일까. 우리 옛시조에 흔히 나타나는 '님'은 대부분 '임금'을 지칭하나, 일신의 영달에 무심하였던 작자의 행적으로 보아 여기서의 '님'은 군주로 볼 수 없겠고, 따라서 '젖은 소매'가 마를 날 없이 그리는 '님'의 정체가 자못 궁금하다.

西湖 눈 진 밤의 들 비치 낫 ㄱㅌ 제
鶴氅을 님의츠고 江皐로 나려 가니
蓬海에 羽衣仙人을 마조 본 듯 ㅎ예라

(출전: 靑丘永言)

[서호 눈 진 밤의 달빛이 낮같은 제
학창을 나믜차고 강고로 내려가니
봉해에 우의선인을 마주 본 듯 하여라]

"눈 내린 서호(서강)에 달빛이 낮같을 때 학창의를 여미어 입고 강가로 내려가니 삼신산의 하나인 바다 속 봉래산에서 신선을 만난 듯 하리라."

눈 내린 달밤에 학창의(흰옷 가를 검은 천으로 넓게 댄 웃옷)를 입은 사람이 강가에 서 있는 환타지한 분위기. 즉 백설 찬연한 배경에 흑백 대조가 선명한 옷을 입고 선 사람이 주는 느낌은 가히 신선을 만난 것 같은 느낌을 줄 수 있겠다는 생각을 옮겨 놓은 작품이다.

아마도 자연 속에서 학처럼 살아가는 자신의 모습을 이렇게 표현한 것이리라.

## 27 강 익(姜 翼)    중종 18년(1523)~명종 22년(1567)

조선 중기 학자. 자는 중보(仲輔) 호는 개암(介菴)·송암(松菴) 본관은 진주(晉州)다.

조식(曺植)의 문인으로 일찍 등제(登第)하였으나 1566년(명종21)에 유생 33인의 선봉이 되어 상소(上疏)를 올려 정여창(鄭汝昌)을 신원(伸寃)하게 한 뒤 벼슬길에 오르지 않고 학문 연마와 후진 양성에 힘썼다.

선조 초 천거를 받아 소격서참봉(昭格署參奉)에 임명되었으나 부임 도중 병이 나서 졸했다. 경남 함양의 남계서원(藍溪書院)을 건립했고 저서에 <개암집(介菴集)>이 있으며 학문의 완성도를 위해 쉼 없이 노력해야 한다는 것을 강조한 "믈아 어대 가난 나 갈길 머러셔라~" 등 모두3수의 시조가 전한다.

> 柴扉예 개 즛는다 이 山村에 긔 뉘 오리
> 댓닙 푸른듸 봄ㅅ새 우름 소릭로다
> 아희야 날 推尋 오나든 採薇 갓다 ㅎ여라
>
> (출전: 介菴集, 樂學拾零)
>
> 시비에 개 짖는다 이 산촌에 그 뉘 오리
> 댓잎 푸른데 봄새 울음 소리로다
> 아이야 날 추심 오나든 채미갔다 하여라

"사립문에 개가 짖지만 이 시골에 누가 찾아오겠는가. 댓잎 더욱 푸르고 봄새 지저귀는 소리 싱그럽구나. 아이야 행여 나를 찾아오는 사람이 있거든 고사리 캐러 갔다 하여라."

전원에서 살아가는 은자의 모습을 잘 보여주고 있는 작품으로 초·중장에는 봄날의 산촌풍경을 사실적으로 묘사하였고 종장에서는 자신의 생활을 방해받고 싶지 않아 찾아오는 사람마저 거부하는 작자의 심리상태를 묘사하였다.

## 28 기 대승(奇 大升)

성종 3년(984)~문종 22년(1068)

조선 중기의 문신이며 성리학자로 자는 명언(明彦) 호는 고봉(高峰)·존재(存齋) 본관은 행주(幸州)로 아버지는 진(進)이다. 기묘명현(己卯名賢)의 한 사람인 증(贈) 이조판서 문민공(文愍公) 준(遵)의 조카이기도 하다.

1549년(명종4) 사마시에 합격하고 1551년 알성시(謁聖試)에 응해서 시험에 합격했으나 준의 조카라는 사실을 안 당시의 시험관 윤원형(尹元衡)의 방해로 낙방했다.

1558년 문과에 응시하기 위하여 서울로 가던 도중 김인후·이항 등과 만나 태극설(太極說)을 논하고 정지운의 천명도설(天命圖說)을 얻어 보았다. 식년문과에 급제한 뒤 승문원부정자에 임명되었다. 그해 10월 이황을 처음으로 찾아가 태극도설(太極圖說)에 관한 의견을 나누었다. 이황과의 만남은 사상 형성의 커다란 계기가 되었다. 그후 이황과 13년 동안(1558~70) 학문과 처세에 관한 편지를 주고받았다. 그 가운데 1559년에서 1566년까지 8년 동안에 이루어진 사칠논변(四七論辯)은 조선유학사상 깊은 영향을 끼친 논쟁이다.

1562년 예문관검열 겸 춘추관기사관을 거쳐 1563년 3월 승정원주서에 임명되었다. 그해 8월 이량(李樑)과의 불화로 삭직되었으나 종형 대항(大恒)의 상소로 복귀하여 홍문관부수찬 겸 경연검토관·춘추관기사관이 되어 청직(淸職)에 들어섰다. 이듬해 10월에 병조좌랑을 지내면서 지제교를 겸임했고 이어 1565년 이조정랑을 거쳐 이듬해 사헌부지평·홍문관교리·사헌부헌납·의정부사인을 두루 지냈다.

1567년 선조가 즉위하자 사헌부 집의·전한(典翰)이 되어 기묘사화와 양재역벽서사건(良才驛壁書事件;윤원형 세력이 반대파를 숙청한 사건)으로 죽음을 당한 조광조(趙光祖)·이언적(李彦迪)에 대한 추증을 건의했다. 1568년(선조1) 우부승지로 시독관(侍讀官)을 겸직했고 이듬해 대사성에 올랐으나 1570년 을사위훈(乙巳僞勳)을 논할 때 "을사(乙巳)의 녹훈(錄勳)이 위훈(僞勳)이 아닐 뿐더러 또 선왕이 이미 정한 것이니 삭탈할 수 없다"고 하여 삭탈을 주장한 사람들의 반발을 사 벼슬에서 물러났다. 1571년 홍문관부제학 겸 경연수찬관·예문관직제학으로 임명되었으나 부임하지 않았다.

1572년 성균관대사성에 임명되었고 이어 *종계변무주청사(宗系辨誣奏請使)로 임명되었으며 공조참의를 지내다가 벼슬을 그만두고 고향으로 돌아가던 중 그해 11월 고부(古阜;전북 정읍지역의 옛 고을이름)에서 병으로 졸했다.

그는 서도에도 능해 조 맹부의 풍을 따른 그의 글씨는 용기 있는 필세와 개성적 풍격을 보이며 이행(李荇)·신광한(申光漢)·심수경(沈守慶)·심희수(沈喜壽) 등과의 공동 시서첩(詩書帖)인 <좌해쌍절(左海雙絶)>을 엮었다.

광주 월봉서원(月峰書院)에 제향 되었으며 저서로는 <고봉집(高峰集)>·<주자문록(朱子文錄)>·<논사록(論思錄)> 등이 있고 시조 1수가 전해진다.

豪華코 富貴키야 信陵君만 흘가마는
百年이 못ᄒ야셔 무덤 우희 밧츨가니
ᄒ믈며 여나믄 丈夫야 닐러 무슴 ᄒ리오

(출전: 青丘永言)

[호화하고 부귀하기야 신릉군만 할까마는

> 백년이 못하여서 무덤 위에 밭을 가니
> 하물며 여남은 장부야 일러 무엇 하리요]

인생에 있어 부귀영화의 덧없음을 노래한 작품이다. 어쩌면 작자는 45세의 짧은 생을 살면서 많은 부침(浮沈)을 겪었던 사람으로서 자신에게 주어진 능력과 이상을 세상에 충분히 펼치지 못한 소회(所懷)를 이렇게 표현한 것일 수도 있으리라.

신릉군(信陵君)이라 하면 중국 전국시대 위나라 소왕(昭王)의 아들로 식객(食客) 3천을 거느리며 부귀영화를 누린 인물로 이 태백의 시 '양원음(梁園吟)'에도 등장하며 이 작품의 초·중장은 '양원음'의 싯구<昔人豪貴信陵君(옛사람들은 신릉군의 부귀를 부러워했지만)今人耕種信陵墳(지금사람들은 신릉군 무덤 위에 밭을 가는구나)>에서 근거하였다.

## ＊ 종계변무

> 조선시대인 1394년(태조 3)부터 선조 때까지 200여 년 간 명(明)나라에 태조 이성계(李成桂)의 잘못 기록된 세계(世系)를 시정해달라고 주청(奏請)했던 사건.
> 고려시대인 1390년(공양왕2) 이성계의 정적이었던 윤이(尹彛)·이초(李初)가 명나라로 도망가서 이성계를 제거할 목적으로 공양왕이 고려왕실의 후계가 아니라 이성계의 인척으로서 그와 공모하여 명나라를 치려 한다고 모함하고 이성계는 이인임(李仁任)의 후손이라 했다.
> 명나라에서는 이 내용을 <태조실록>·<대명회전(大明會典)>에 기록("이인임과 그의 아들 단(丹;이성계)이 홍무 6년에서 28년까지 4명의 왕을 시해했다"는 내용)했다. 이러한 종계(宗系)문제는 조선왕조의 합법성과 왕권확립에 관계된 중요한 문제였으므로 명나라 사신 황영기(黃永奇)의 귀국편에 변명주문(辨明奏文)을 지어 보냈다. 그러나 명나라에서 반응이 없자 1402년(태종2) 사은사 임빈(林彬)을 파견하여 주청문(奏請文)을 보냈으나 명나라에서는 <만력회전(萬曆會典)> 중수본에 변명사실을 부기하는 데 그쳤다. 이후 이것은 200여 년에 걸쳐 양국간의 외교문제가 되었다가 1584년 황정욱(黃廷彧)이 중찬된 <대명회전>의 수정된 등본을 가지고 돌아와서 종계변무의

목적이 일단락되었고 1587년 유홍(兪泓)이 중수된 <대명회전> 중 조선관계
부분 1질을 받아와 선조가 종묘사직에 친고(親告)했으며 1589년 윤근수가
<대명회전> 전부를 받아옴으로써 종계변무 문제가 완전히 해결되었다.

## 29 고 응척(高 應陟)

중종 26년(1531)~선조 38년(1605)

조선 중기의 학자며 시인. 자는 숙명(叔明) 호는 두곡(杜谷)·취병
(翠屛) 본관은 안동(安東)이다. 고식(高識)의 아들이며 후계 김 범(後溪
金範)의 문인으로 유 성룡(柳成龍)·정 경세(鄭經世) 등과 교유하였다.

1549년(명종4년) 사마시에 합격하여 고향에서 학문연구에 전념하다
가 1561년 식년문과(式年文科) 병과(丙科)로 급제하여 이듬해 함흥교
수(咸興敎授)로 부임하였으나 1563년 사직하였다. 이후 1594년(선조27
년) 군수·현감·사성(司成) 등을 거쳐 1605년 경주부윤(慶州府尹)을
지냈다.

그는 특히 유교의 교하에 깊은 관심을 두어 함흥교수로 있을 때에
는 문회당(文會堂)을 짓고 <대학장구혹문(大學章句或文)>의 발문(跋
文)을 지어 간행하기도 하였다. 또 <대학(大學)>의 여러 편을 시조로
교훈시(敎訓詩)를 짓는 등 사상적 체계를 시(詩)·부(賦)·가(歌)·곡
(曲) 등으로 표현하였으며 많은 도(圖)와 설(說)도 지어 펴냄으로서
교화사업에 응용하였다.

만년에는 역(易)의 연구에 잠심(潛心)하였으며 당시 동서분당(東西
分黨)이 시작되어 대립이 심화되자 그 편협됨을 우려하고 비판하기

도 하였다.

저서로는 <두곡집(杜谷集)>·<대학개정장(大學改正章)>·<안자서 (顔子書)> 등이 있으며 밀양의 낙봉서원(洛峯書院)에 제향되었다.

五倫을 싱각ㅎ니 一家中에 서히로다
이 세흘 모르면 뎌 둘흘 엇디 ㅎ료
엇다셔 이제 先비는 舍近 諏遠ㅎ느뇨

(출전: 杜谷集)

오륜을 생각하니 일가 중에 서이로다
이 셋을 이 셋을 모르면 저 둘을 어찌 아랴
어째서 이제 선비는 사근 초원 하나뇨

"오륜을 생각하니 일가 중에 셋(父子有親, 長幼有序, 夫婦有別)이로 다. 이 셋을 모르면서 저 둘(君臣有義, 朋友有信)을 어찌 아랴. 어째 서 요즘 선비는 사근(가까운 일을 버리고) 초원(먼 것을 취)하려 하 는가."라는 교훈적인 내용의 시조이다. 이 외의 작품들도 이와 같은 범주에서 벗어나지 않는다.

## 30 권 호문(權 好文)   중종 27년(1532)~선조 20년(1587)

조선 선조 때의 학자로 호는 송암(松巖) 자는 장중(章仲) 본관은 영가(永嘉)이다.

이 황의 제자로 영남 사림 중 한 명이었다. 명종 16년(1561) 진사시(進士試)에 합격했으나 연이어 부모를 잃어 3년씩이나 여막(廬幕)을 지켜 출사(出仕)를 단념했다. 청성산(青城山) 아래 무민재(無悶齋)를 지어 놓고 시를 지으면서 유유자적하며 살았다.

만년에 덕이 더욱 높아져 찾아오는 문인들이 많았으며 후에 집경전(태조의 어용을 보관한 곳) 참봉 내시교관(集慶殿參奉內侍敎官) 등에 임명되었으나 이를 받지 않았다.

유 성룡·김 성일 등에게서 학행(學行)으로 높이 평가를 받았으며 시가에도 문학사(文學史)상 중요 작품을 남겨 놓았다. 경기체가인 전 8연의 <독락팔곡(獨樂八曲)>은 당시의 흔한 도학적(道學的)인 것보다 전원적인 것을 노래한 흔적이 보이며 18수의 연시조인 <한거(閑居)십팔곡>은 자연과 태평을 구가한 것으로 작자의 생활관을 알 수 있는 작품이다.

사후 문인들이 안동(安東)에 송암서원(松巖書院)을 세워 제향 하였으며 저서로는 송암집(松巖集)이 있다.

> 江湖애 노쟈 ᄒ니 聖主를 ᄇ리례고
> 聖主를 셤기쟈 ᄒ니 所樂애 어긔예라
> 호온쟈 岐路애 셔셔 갈 듸 몰라 ᄒ노라
>
> (출전: 松巖集)
>
> [강호에 놀자 하니 성주를 버릴례고
> 성주를 섬기자 하니 소락에 어기예라
> 호온자 기로에 서서 갈 데 몰라 하노라]

이 시조는 '한거 18곡'중 하나다.

"자연에 묻혀 지내자 하니 임금을 버려야 할 것이고 임금을 섬기자 하니 탈속(脫俗)의 즐거움과 맞지 않아" 그 선택의 기로에 놓인 작자의 심리적 상태를 표현한 작품이다.

18수 대부분이 세상 명리를 멀리하며 은둔자의 한가로운 마음을 노래하고 있지만 이 작품에서는 작자의 인생관(이상)과 현실상황의 괴리에서 오는 심적 갈등을 노래하였다. 아마도 이 작품은 '무민재'에 은거할 당시 군주의 부름을 받았을 때 이에 따른 심적 갈등을 묘사한 것이리라.

## 31 고 경명(高 敬命)    중종 28년(1533)~선조 25년(1592)

조선 선조 때의 문인이며 의병장으로 자는 이순(而順) 호는 제봉(霽峰)·태헌(苔軒) 본관은 장흥(長興)으로 아버지는 대사간 맹영(孟英)이다.

1552년(명종7) 진사가 되고 1558년 식년문과에 장원했다. 공조좌랑·전적·정언 등을 거쳐 호당(湖堂)에서 사가독서(賜暇讀書)를 했으며 1561년 사간원헌납이 된 뒤 사헌부지평·홍문관부교리를 거쳤다.

1563년 교리로 있을 때 인순왕후(仁順王后)의 외숙인 이조판서 이양(李樑)의 전횡을 논하는데 참여하고 그 경위를 이양에게 알려준 사실이 드러나 울산군수로 좌천된 뒤 곧 파직되었다가 1581년(선조14) 영암군수에 다시 기용되고 승문원판교를 거쳐 1591년 동래부사가 되었으나 세자 책봉문제로 서인이 실각하자 파직되어 고향에 돌아왔다.

1592년 임진왜란이 일어나자 김천일(金千鎰)·박광옥(朴光玉) 등과 의병을 일으킬 것을 모의한 후 여러 마을에 격문을 돌려 6,000여 명

의 의병을 담양에 모아 진용을 편성하고 6월 1일 북상을 개시하여 6
월 13일 전주, 22일 여산, 27일에는 은진에 도달했다. 그러나 왜적이
호남을 침범할 계획이라는 정보를 입수하자 북상계획을 바꾸어 7월
1일 연산으로 갔다. 7월 10일 곽영(郭嶸)의 관군과 합세하여 금산(錦
山)에서 왜적과 싸우기로 하고 800여 명의 정예부대로 선제공격을
했다. 그러나 겁을 낸 관군은 싸울 것을 포기하고 앞을 다투어 도망
갔다. 이에 사기가 떨어진 의병군마저 붕괴되었고 그는 물밀듯이 밀
려오는 왜적에 대항하여 싸우다가 아들 인후(仁厚)와 유팽로(柳彭
老)·안영(安瑛) 등과 순절했다.

문장·시·글씨에 뛰어났으며 저서로는 시문집인 <제봉집>, 무등
산 기행물인 <서석록(瑞石錄)>, 각처에 보낸 격문을 모은 <정기록(正
氣錄)> 등이 있다. 사후 좌찬성에 추증되어 광주 포충사(褒忠祠), 금
산 성곡서원(星谷書院)·종용사(從容祠), 순창 화산서원(花山書院)에
제향되었다. 시호는 충렬(忠烈).

> 보거든 슬믜거나 못 보거든 잇치거나
> 네 나지 말거나 닉 너를 모로거나
> 츨하리 닉 몬져 스러져 네 그리게 흐리라
>                          (출전: 樂學拾零, 樂府)
> [보거든 슬믜거나 못 보거든 잇히거나
> 네 나지 말거나 내 너를 모르거나
> 차라리 내 먼져 스러져 네 그리게 하리라]

"보면 싫거나 밉던지, 못 보면 잊혀지던지, 네가 생겨나지 말던지
내 너를 모르던지, 차라리 내 먼저 없어져 네가 날 그립게 하리라."
전형적인 '사랑가'로 이룰 수 없는, 가슴 속에 품고 살 수밖에 없는

작자의 애틋한 사랑을 직선적이면서도 비탄조로 표현한 작품이다. 특히 종장의 자학적인 표현에서 우리 민족 특유의 한(恨)의 정서를 느낄 수 있다.

## 32 이 양원(李 陽元)  중종 28년(1533)~선조 25년(1592)

조선 선조 때의 문신. 자는 백춘(伯春) 호는 노저(鷺渚)·남파(南坡) 본관은 전주(全州)로 정종(定宗)의 아들인 선성군(宣城君) 무생(茂生)의 현손(玄孫)으로 아버지는 이원부령(利原副令) 학정(鶴丁)이다.

어려서 이중호(李仲虎)에게 배웠고 이황(李滉)의 문인이 되었다. 1556년(명종11) 알성문과에 급제하여 검열이 된 뒤 저작을 거쳐 1563년 호조참의가 되었고 그해 종계변무사(宗系辨誣使) 김주(金澍)의 서장관(書狀官)으로 명나라에 들어갔다가 김주가 객지에서 죽자 그를 대신해 명나라 <태조실록(太祖實錄)>과 <대명회전(大明會典)>에 태조 이성계(李成桂)의 아버지가 고려의 이인임(李仁任)으로 잘못 적혀 있는 것을 바로잡아 달라고 주청했다. 그 후 평안도·충청도·경기도 관찰사, 형조판서·대제학·대사헌 등을 지냈다.
1583년(선조16) 니탕개(泥湯介)의 난 때 함경감사로 재직하던 중 김공량(金公諒)이 누이인 김귀인(金貴人; 仁嬪)이 선조의 총애를 받고 있음을 믿고 국경 근처에서 무명으로 곡식을 무역하자 임금에게 고해 관직을 삭탈하게 했으며 1589년 정여립(鄭汝立)의 난이 일어나자 정여립을 황해도사로 추천한 책임을 지고 사의를 표했으나 받아들여

지지 않았다. 1590년 종계변무가 이루어지자 광국공신(光國功臣) 3등으로 한산부원군(漢山府院君)에 봉해졌으며 이듬해 우의정이 되었고 영의정을 지냈다.

1592년 임진왜란이 일어나자 유도대장(留都大將)으로 서울을 지키다 한강의 군사가 무너지자 양주로 철수하여 분군(分軍)의 부원수(副元帥) 신각(申恪)과 함경도병마절도사 이혼(李渾) 등의 군사와 합세하여 해유치(蟹踰峙)에서 일본군과 싸워 크게 이겼으나 의주에 피난 가 있던 선조가 요동(遼東)으로 건너가 내부(內附)했다는 풍설을 듣고 통분하여 단식 8일 만에 피를 토하고 졸했다. 시호는 문헌(文憲).

노프나 노픈 남게 날 勸ᄒ여 올려 두고
니보오 벗님닉야 흔들지나 마르되야
ᄂ려져 죽기는 셟지 안이되 님 못 볼가 ᄒ노라

(출전: 靑丘永言)

[높으나 높은 나무에 날 권하여 올려 두고
이보오 벗님네야 흔들지나 마르되야
내려져 죽기는 셟지 않되 님 못 볼까 하노라]

"높은 나무에 날 올려놓고 흔들지나 말 것이지. 떨어져 죽는 것은 셟지 않으나 님 못 볼까" 하는, 당 시대의 작품들에서 흔히 나타나는 연군(戀君)의식이 저변에 깔린 작품으로 주변의 혼란한 정치상황에 휘말린 작자 자신의 처지를 노래한 것으로 볼 수 있겠다.

# Ⅲ. 조선 중기의 대표적 인물과 시조

# 1 성 혼(成 渾)

중종 30년(1535)~선조 31년(1598)

조선 선조 때의 학자로 해동 18현의 한 사람이다. 자는 호원(浩原) 호는 우계(牛溪)·묵암(默庵) 본관은 창녕(昌寧)으로 아버지는 조광조의 문인인 수침(守琛)이다.

10세 때 기묘사화 후 정세가 회복되기 어려움을 깨달은 아버지를 따라 파주 우계로 옮겨 살았고 1551년(명종6) 순천군수 신여량(申汝梁)의 딸과 결혼했다. 같은 해 생원·진사시에 합격했으나 병이 나서 복시에는 응하지 않았고 백인걸(白仁傑)의 문하에 들어가 <상서(尙書)> 등을 배웠다.

20세에 한 살 아래의 이이와 도의(道義)의 벗이 되었으며 1568년(선조1)에 이황을 만났다. 경기감사 윤현(尹鉉)의 천거로 전생서 참봉을 제수 받은 것을 시작으로 계속 벼슬이 내려졌으나 모두 사양하고 후학을 양성하는 데 힘썼으며 1573년 공조좌랑·사헌부지평 1575년 공조정랑 1581년 내섬시첨정 1583년 이조참판 1585년 동지중추부사 등의 벼슬을 받았으나 대부분 취임하지 않거나 사직상소를 올리고 곧 물러났다.

1584년 이이가 죽자 서인의 영수가 되어 동인의 공격을 받기도 했으나 동인의 최영경(崔永慶)이 원사(寃死)할 위험에 처했을 때 정철(鄭澈)에게 구원해줄 것을 청하는 서간을 보내는 등 당파에 구애되지 않았다. 특히 이이(李珥)와 교분이 두터웠으나 학설에 있어서는 이황의 이기호발설(理氣互發說)을 지지하여 기발이승일도설(氣發理乘一途說)을 주장하는 이이와 6년간(1572;선조 5년부터)에 걸쳐 사단칠정(四端七情)에 대한 논쟁을 벌여 유학계의 화제가 되기도 하였다.

1592년 임진왜란이 일어나자 이천에 머무르던 광해군의 부름을 받아 의병장 김궤(金潰)를 돕고 곧이어 검찰사(檢察使)에 임명되어 개성유수 이정형(李廷馨)과 함께 일했다. 이어 우참찬·대사헌에 임명되었으나 1594년 일본과의 강화를 주장하던 유성룡·이정암(李廷馣)을 옹호하다가 척화(斥和)파에게 몰리고 선조의 노여움을 사 모든 관직을 추탈 당했다. 이에 걸해소(乞骸疏)를 올리고 이듬해 파주로 돌아와 여생을 보냈으며 사후 인조 때 복관되고 좌의정에 추증되었다.

글씨를 잘 썼으며 저서 <우계집(牛溪集)>·<주문지결(朱門旨訣)>·<위학지방도(爲學之方圖)> 등이 있고 "말업슨 靑山이오 態업슨 流水ㅣ로다", "時節이 太平토다 이 몸이 閑暇커니", "龍馬ㅣ 負圖ㅎ고 鳳鳥ㅣ 呈祥ㅎ니" 등의 시조 3수가 전해진다.

문묘(文廟)에 배향(配享)되고 여산의 죽림서원(竹林書院)·창녕의 물계서원(勿溪書院)에 제향 되었으며 시호는 문간(文簡)이다.

말업슨 靑山이오 態업슨 流水ㅣ로다
갑업슨 淸風이오 님ㅈ업슨 明月이로다
이즁에 病업슨 이 몸이 分別업시 늘그리라
　　　　　　　　　　　　　(출전: 樂學拾零, 靑丘永言)
[말없는 청산이요 태없는 유수로다
값없는 청풍이요 임자없는 명월이로다
이 중에 병 없는 이 몸이 분별없이 늙으리라]

"청산은 말이 없고 물은 정해진 꼴이 없는 것"처럼 작자는 세상사에 얽매이지 않고 "값없는 청풍이나 임자 없는 명월"을 벗하여 늙고 싶다는 자연귀의의 소박한 바람을 노래하고 있다.

그리고 이 작품에 나타난 특징은 초·중·종장의 각 구(句)마다

'업슨'이라는 형용사를 규칙적으로 반복하여 구사함으로서 운율의 묘미를 더해준 것이다.

## 2 이 이(李 珥)

중종 31년(1536)~선조 17년(1584)

조선 중기의 대학자며 문신으로 아명은 현룡(見龍) 자는 숙헌(叔獻) 호는 율곡(栗谷)·석담(石潭)·우재(愚齋) 본관은 덕수(德水) 강릉에서 출생하였다.

어려서 주로 어머니인 사임당(師任堂) 신씨의 가르침을 받았으며 13세 때인 명종 3년(1548)에 진사시에 합격하였다. 16세에 어머니를 여의고 인생의 허무를 느낀 나머지 3년상을 지낸 뒤(명종9년;1554) 금강산에 들어가 불교를 연구하였으나 다음 해 하산하여 유학에 몰두하면서 당시 유명하던 이 황을 찾아가 학문을 논했으며 성 혼과도 사귀었다.

이후 생원시 식년 문과에 모두 장원(명종19년;1564)하여 사가독서(賜暇讀書) 한 후 *천추사(千秋使)의 서장관(書狀官)으로 명나라에 다녀왔고 춘추관(春秋館) 기사관(記事官)이 되어 <명종실록(明宗實錄)>을 편찬하였다. 이어 벼슬을 그만두고 고향인 해주(海州)로 돌아가(선조5년;1572) 석담(石潭) 옛 터에 은병정사(隱屛精舍)라는 이름의 주자사당(朱子祠堂)을 세우고, 이 황 등과 교유하면서 학문과 교학에 힘썼다. 이 때에 해주의 수양산(首陽山)을 중심한 10수의 연시조 <고산구곡가(高山九曲歌)>를 지었으며 1583년(선조16) 다시 정계에 나아가 대제학·이조판서 등을 역임하면서 당쟁의 조정을 시도하기도 했다.

그의 철학적인 근본사상은 이미 청년시대의 <자경문(自警文)>이나 <천도책(天道策)>에서 볼 수 있듯이 우주의 근본 원리를 자유롭게 종합적으로 통찰한 <기발이승일도설(氣發理乘一途說)>로 대표된다. 즉 이(理)는 통하는 것이고 기(氣)는 국한하는 것이라는 일원적(一元 的)인 '이통기국설(理通氣局說)'을 주장하여 이 황의 이기이원론(理氣 二元論)을 반대하였는데 이 사상의 차이가 당쟁과도 관련되어 오랫 동안 논쟁의 중심이 되었다. 또한 경세가(經世家)로서도 유명하여 학 문을 민생문제와도 직결시켰는데 저서 <동호문답(東湖問答,1568)> · <만언봉사(萬言封事,1574)> · <격몽요결(擊蒙要訣)> · <시무육조(時務六 條,1583)> 등은 시무(時務)와 관련된 여러 문제를 다루며 임금으로서 의 취할 태도를 밝힌 명저다. 이 외에도 <성학집요> · <소학집주개 본(小學集注改本)> · <중용토석(中庸吐釋)> · <경연일기(經筵日記)> 등 의 저서가 있다. 더욱이 임진왜란을 예견하여 10만 양병을 건의, *대 동법(大同法)의 실시, 사창(社倉) 설치 등의 상주(上奏)는 당시 획기적 인 사회정책이다.

시 · 서 · 화에 모두 뛰어났으며 동방지성인(東方之聖人)이라고 불리 었고 제자들에 의해 기호학파(畿湖學派)를 이루어 이 황과 쌍벽을 이 루는 유학계의 대학자로서 후세의 학계에 영향을 끼쳤다.

선조의 묘정에 배향 되었으며 파주의 자운서원(紫雲書院) · 강릉의 송담서원(松潭書院) · 풍덕의 구암서원(龜巖書院) · 황주의 백록동서원 (白鹿洞書院) 등 20여 개 서원에 제향 되었다. 시호는 문성(文成).

高山 九曲潭을 사룸이 모로더니
誅茅 卜居ᄒ니 벗님ᄂᆡ 다 오신다
어즈버 武夷를 想像ᄒ고 學朱子를 ᄒ리라

(출전: 樂學拾零, 海東歌謠)

> [고산 구곡담을 사람이 모로더니
> 주모 복거하니 벗님네 다 오신다
> 어즈버 무이를 상상하고 학주자를 하리라]

이 시조는 "고산(황해도 해주에 있는 산) 구곡담(율곡이 중국의 武夷九曲을 본떠 붙인 이름)을 사람들이 몰랐는데 주모복거(풀 베어내고 집을 지음)하니 벗님들이 다 오신다. 아아! 무이(주자가 정자를 짓고 학문을 닦았다는 중국 복건성의 九曲溪가 있는 산 이름)를 상상"하며 고산의 아름다운 자연 속에서 주자(성리학)에 몰입하겠다는 뜻을 피력한 작품이다.

'고산9곡가'는 위의 서시와 본곡 9수를 합하여 모두 10수로 된 연시조인데 율곡이 벼슬에서 물러나 해주 석담(石潭)에서 후학을 양성하며 지낼 때 지은 작품으로 고산 구곡의 풍경과 그에 따른 단상을 격조 있게 묘사한 작품이다.

＊천추사

> 조선시대 중국 명나라 황태자의 생일을 축하하기 위해 중국에 파견한 사신. 정조사(正朝使)·성절사(聖節使)·동지사(冬至使)와 함께 정기사행의 하나이다. 그러나 실제로는 하나의 사행으로 통합되어 보내졌다. 청나라 때는 세폐사(歲幣使)로 단일화되었다.

＊대동법

> 조선 중기 이후 공물을 미곡으로 통일하여 바치게 하던 부세제도.

## 3  정 철(鄭 澈)

조선 선조 때 정치가로 서울 장의동(藏義洞)에서 출생하였으며 국문학사에서 윤선도·박인로와 함께 3대 시인으로 꼽힌다. 자는 계함(季涵) 호는 송강(松江) 본관은 연일(延日)이며 돈녕부판관 유침(惟沈)의 아들이다. 맏누이는 인종의 귀인(貴人)이며 둘째 누이가 계림군(桂林君)의 부인이었기에 어려서부터 궁중에 드나들어 뒤에 명종이 된 경원대군(慶原大君)과 친했다.

1545년(인종1) 을사사화로 맏형이 죽고 유배를 당했다가 1551년(명종6)에 풀려난 부친을 따라 전라도 담양에 내려가 살면서 양응정·임석천·김인후·송순·기대승 등에게 수학하였고 이이·성혼·송익필 등과 교유했다.

1562년 문과에 장원급제하여 명종으로부터 사헌부 지평을 제수받았으나 처남을 살해한 경양군(景陽君)의 처벌문제에서 강직하고 청렴한 자세를 고집함으로서 명종의 뜻을 거슬려 말직에 머무르다 1567년에 지평이 되었다. 이어 곧 북관어사가 되었으며 1568년에는 이이와 같이 독서당(讀書堂)에 피선되고 수찬·좌랑·종사관·교리·호남어사 등을 지냈다. 1571년 부친상, 1574년 모친상을 당하고 주로 경기도 고양에서 지냈다.

1575년에는 심의겸과 김효원 사이의 일로부터 시작된 동인과 서인의 분쟁에서 서인의 편에 가담했다가 분쟁에 휘말려 고향인 전라도 창평으로 낙향하였고 이후 1578년 조정에 다시 나와 장악원정·직제학·승지 등을 지냈으나 진도군수 이수(李銖)의 행뢰사건(行賂事件)에 대한 처리문제를 둘러싸고 탄핵을 입어 또다시 고향으로 돌아갔다.

1580년 강원도관찰사가 되어 강원도에 1년 동안 머무르면서 <관동별곡>과 시조 16수를 지었다. 1581년에 병조참지·대사성을 지내다 노수신에의 비답(批答)이 논핵(論劾)에 가깝다고 비방하는 사람들이 있어 관직에서 물러나 창평으로 돌아갔으나 곧 전라도관찰사를 제수받아 1582년까지 1년간 역임하였고 도승지·예조참판에 이어 함경도관찰사가 되어 그곳의 시폐(時弊)를 상소로 올리기도 하였으며 1583년에 조정으로 돌아와 예조판서에 특진되었다.

'기주실의(嗜酒失儀)하고 강편기극지인(剛偏忌克之人)'이라는 사헌부와 사간원의 계가 올려지는 등 논핵을 당했으나 왕이 허락하지 않았고 1584년에 대사헌을 제수 받으면서 총마(寵馬)를 하사받아 총마어사라는 이름을 얻었다. 1585년 또다시 양사(兩司)의 논핵이 있자 스스로 퇴임했다. 이후 약 4년간 고향인 창평에서 은거하면서 <성산별곡>·<사미인곡>·<속미인곡> 등을 지었다.

1589년 *정여립의 모반사건이 일어나자 우의정에 특배되어 최영경의 옥사를 다스렸으며 1590년(선조23) 좌의정이 되고 인성부군(寅城府君)이 되었으나 1591년 이산해의 배후책동에 빠져 건저(建儲;세자를 세움)를 하려다가 왕의 뜻에 거슬렸고 "대신으로서 주색(酒色)에 빠졌으니 국사를 그르칠 수밖에 없다"는 안덕인의 논척과 양사의 논계가 빗발쳐 파직된 뒤에 명천·진주·강계 등지로 유배생활을 했다.

1592년 임진왜란이 일어나자 풀려나 평양에 있는 왕을 알현하고 의주까지 호위하였고 관찰사가 되어 강화에 머무르다가 1593년 명나라에 사신으로 다녀왔으며 같은 해 12월 강화에서 58세의 나이로 졸했다.

정치가로서의 삶을 살면서도 예술가로서의 재질을 발휘하여 국문시가를 많이 남겼다. <사미인곡>·<속미인곡>·<관동별곡>·<성산별곡> 및 시조 100여 수는 국문시가의 질적·양적 발달에 크게 기여했으며 특히 가사작품은 우리말의 아름다움을 살린 걸작이라는 평을 받는다.

문집으로 <송강집> 7책과 <송강가사> 1책이 전해지며 강직하고 청렴하나 융통성이 적고 안하무인격으로 행동하는 성품 탓에 동서 붕당정치의 와중에 동인으로부터 간신이라는 평까지 들었다.

청주 근처 관동(寬洞)에 산소와 사당이 있으며 창평(전남 담양)의 송강서원(松江書院)·연일(경북 포항)의 오천서원(烏川書院)에 제향되었다. 시호는 문청(文淸).

재 너머 成勸農 집의 술 익닷 말 어제 듯고
누은 쇼 발로 박차 언치 노하 지즐틱고
아히야 네 勸農 겨시냐 鄭座首 왓다 흐여라

(출전: 松江歌辭)

[재 너머 성권농 집의 술 익단 말 어제 듣고
누운 소 발로 박차 언치 놓아 지즐 타고
아이야 네 勸農 계시냐 정좌수 왓다 하여라]

"고개 너머 성권농(권농 즉, 농사를 장려하는 것이 소임이었던 성혼을 지칭) 집에 술이 익었던 말을 어제 듣고" 술 한 잔 하고자 하는 급한 마음에 "누운 소를 발로 박차 일으켜 소잔등에 깔개를 놓고" 희희낙락하며 소를 타고 찾아가나 싶었는데 어느새 성권농의 대문 앞에 당도하여 아이를 불러 제키면서 정좌수가 왔다고 이르는 말이 귓전에 쟁쟁하게 들려오는 듯하다.

이는 작자의 호방하고도 급한 성품, 그리고 문학적 역량이 잘 나타나 있는 작품으로 당시의 시조 작풍에서 벗어나 자유로운 언어구사에 의한 역동적인 이미지와 시상의 빠른 전개로 고도의 영상미를 창출하였을 뿐만 아니라 후각(술 익닷)과 청각(종장의 대화체)의 효과까지 이끌어내 잘 융합시킨 송강시조의 백미라 할 수 있겠다.

　이 외 우리에게 잘 알려진 '훈민가' 16수는 백성을 계도하기 위해 대부분 도덕성을 강조하였으며, 기타의 많은 작품들이 있으나 여기서는 국문학사상 최초의 사설시조인 송강의 '장진주사(將進酒辭)' 한 수 더 소개하기로 한다.

> 흔 盞 먹새근여 쏘 흔 盞 먹새근여 곳 것거 算 노코 無盡無
> 盡 먹새근여
> 이 몸 주근 後근 지게 우희 거적 더퍼 주리혀 믹여 가나 流
> 蘇寶帳의 萬人이 우러 녜나 어욱새 속새 덥가나모 白楊 수페
> 가기곳 가면 누른 히 흰 둘 ᄀᆞᄂᆞ 비 굴근 눈 쇼쇼리 브람 블
> 제 뉘 흔 盞 먹쟈 흘고
> 흐믈며 무덤 우희 진나비 프람 블 제 뉘우친들 엇더리
>
> (출전: 松江歌辭)
>
> [한 잔 먹세그려 또 한 잔 먹세그려 꽃 꺾어 산 놓고 무진무
> 진 먹세그려
> 이 몸 죽은 후면 지게 위에 거적 덮어 줄이어 매여 가나 유
> 소보장에 만인이 울어 예나 어욱새 속새 떡갈나무 백양 숲에
> 가기만 가면 누른 해 흰 달 가는 비 굵은 눈 소소리 바람 블
> 제 뉘 한잔 먹자 할꼬
> 하믈며 무덤 위에 잔나비 파람 블 제 뉘우친들 어떠리]

　사람이 죽고 나면 거적을 덮어 지게에 짊어지고 가거나 호화로운 상여에 만인이 울면서 따라가거나 일단 북망산천으로 가면 외롭고 쓸쓸하고 을씨년스럽기는 마찬가지 아니냐. 부귀와 영화도 살았을 적 일이지 한번 죽어지면 모든 게 허사로다. 그러니 살아생전 즐겁게 지내보자는 것이다.
　초반부의 꽃 꺾어 술잔 수를 셈하면서 마시는 낭만적이고 풍류가 넘치는 정경과 후반부에 그려진 무덤주변의 삭막하고 음산한 분위기

는 대조적이어서 읽는 이로 하여금 무상함을 느끼게 한다. 현실에 대
한 무기력감과 퇴폐적인 정서로 비판할 수도 있겠으나 북망산천에
대한 묘사는 영상미의 극치를 보여주는 걸작이다.


＊ 정여립(鄭汝立)의 모반사건

  정여립은 본래 서인 세력이었으나 수찬이 된 뒤 당시 집권 세력이던 동
인 편에 들어가 이이를 배반하고 성혼·박 순을 비판하니 서인의 미움이
그에게 집중되어 동인의 후원에도 불구하고 중앙에서 관직을 내놓고 고향
으로 내려가야 했다. 낙향 후 진안 죽도에 서실을 지어놓고 대동계를 조직
하여 매달 모임을 갖는 등 세력을 확장시켰으며 1587년 왜선들이 전라도
손죽도를 침범하였을 때는 이를 동원해 이를 물리치기도 했다. 대동계의
조직은 황해도 안악의 변숭복·박연령, 해주의 지함두, 운봉의 승려 의연
등 기인·모사 세력까지 포함하게 되고 확대되자 역모를 꾸민다는 황해도
관찰사의 고변이 임금에게 전해지고 조정은 커다란 파란을 일으킨다. 이로
인해 정여립은 아들과 함께 죽도로 피신하였다가 관군의 포위망이 좁혀지
자 자살하고 말았다. 이로써 그의 역모는 사실로 굳어지고 서인의 정철이
위관이 되어 사건을 조사하면서 동인의 정예 인사들이 제거되었다. 이 때
숙청된 인사는 장살로 죽은 이발을 비롯하여 약 1천 명에 육박했다. 이를
'기축옥사'라고 한다.


## 4  유 자신(柳 自新)  중종 36년(1541)~광해군 4년(1612)


  조선 중기 문신. 자는 지언(止彦) 본관은 문화(文化)며 광해군(光海
君)의 장인이다.
  이담(李湛)의 문인으로서 1564년(명종19) 진사가 되고 태릉참봉 등
을 거쳐 1579년(선조12) 형조정랑·김제군수 1585년 장악원첨정 겸

내승이 되었다.

1592년 임진왜란이 일어나자 동지중추부사로서 세자 광해군을 따라 강계 (江界)로 나갔으며 1595년 성천부사와 개성유수를 지냈다. 1598년 한성부우윤에 있을 때 명(明)나라 감군포정사 양조령(梁祖齡)의 부하를 구타한 사건으로 파직되었다가 뒤에 다시 등용되어 한성부판윤 등을 지냈으며 1608년 사위 광해군이 즉위하자 관례에 따라 국구(國舅)로서 문양부원군(文陽府院君)에 봉해졌으나 사후 인조반정으로 인해 관작과 봉호가 삭탈되었다.

"秋山이 夕陽을 씌고 江心에 줌겻는듸~" 등 2수의 시조가 전한다.

秋山이 夕陽을 씌고 江心에 줌겻는듸
一竿竹 두러메고 小艇에 안자시니
天公이 閑暇히 너겨 들을 조차 보내도다
(출전: 樂學拾零, 靑丘永言)
[추산이 석양을 띄고 강심에 잠겼는데
일간죽 들러메고 소정에 안자시니
천공이 한가히 여겨 달을 조차 보내도다]

"가을산이 석양을 띠고 강물 속에 잠겼는데 한 칸짜리 낚시대 둘러메고 조그마한 배에 앉아 있으니 하늘이 이를 한가롭게 여겨 달까지도 보냈도다."

한 폭의 그림을 보는 듯한 작품이다. 특기할만한 점은 '천공(天公)' 즉 하늘을 의인화하여 자신을 위해 달을 보내주었다고 표현하였다. 작자의 주체적 심상의 한 단면이리라.

## 5  서 익(徐 益)  중종 37년(1542)~선조 25년(1592)

조선 선조 때의 문신으로 자는 군수(君受) 호는 만죽(萬竹) 본관은 부여(扶餘)다.

선조 2년(1569)별시에 급제하여 병조·이조좌랑·교리 등을 지내고 1585년 의주목사에 이르렀으나 정 여립의 탄핵을 받은 이 이와 정 철을 옹호하는 상소를 올렸다가 파직되어 고향으로 내려갔다. 이 때 가 45세였으며 2년 뒤 47세로 졸했다.

문장과 도덕, 기개가 높아 이 이·정 철로부터 지우(志友)로 인정 받았다. 의주목사 때는 이 이의 영향을 받아 육조방략(六條方略)으로 써 북방을 선무했으며 돌아와서는 12책(策)을 올리기도 하였다.

은진(恩津)의 갈산사(葛山祠)에 제향 되었으며 저서 <만죽헌집(萬竹 軒集)>과 "綠草 晴江上시에 구레 버슨 물이 되야"와 "이 뫼흘 허러내 여 져 바다흘 메오며는" 등의 시조 2수가 전해진다.

綠草 晴江上에 구레 버슨 물이 되야
째째로 머리 드러 北向ᄒᆞ야 우는 뜻은
夕陽이 재 너머 가매 님자 그려 우노라
(출전: 樂學拾零, 靑丘永言)
[녹초 청강상에 굴레 벗은 말이 되어
때때로 머리 들어 북향하여 우는 뜻은
석양이 재 넘어 가매 님자 그려 우노라]

"푸른 풀이 우거진 비갠 뒤의 강가에 굴레 벗은 말이 되어 가끔

머리 들고 북향하여 우는 뜻은 석양이 재를 넘으니 님 그리워 운다"
는 전형적인 연군가다.

위 시조에서 '굴레 벗은 말'은 벼슬을 그만 둔 작자 자신을 뜻하므
로, 작자가 파직되어 낙향했을 때에 지어진 것이라 볼 수 있겠다. 또
한 '석양이 재를 넘는다'는 표현에서 자신의 얼마 남지 않은 생을 예
감하고 있음을 알 수 있으며 그리하여 다시는 임금을 뵐 수 없을 것
임에 그 안타까운 심경을 토로한 것이리라.

## 6 김 현성(金 玄成) 　중종 37년(1542)~광해군 13년(1621)

조선 명종 때의 문인. 자는 여경(餘慶) 호는 남창(南窓) 본관은 김
해(金海)로 목사 언유(彦諭)의 아들이다.

1561년(명종16) 사마시(司馬試)를 거쳐 1564년 식년문과(式年文科)
에 병과로 급제하여 교서관(校書館) 정자(正字)·양주목사(楊洲牧
使)·사재감정(司宰監正) 등을 역임하였고 동지돈령부사(同知敦寧府
事)를 지냈으나 인목대비 폐모론(廢母論) 때 정청(庭請)에 불참하여
삭직되었으며 이후 청빈하게 여생을 보냈다.

시를 잘 썼으며 글씨에도 뛰어났다. 글씨는 송설체(松雪體)를 따랐
으며 유필로 평양에 있는 숭인전비문(崇仁殿碑文) 여수에 있는 이충
무공수군대첩비문(李忠武公水軍大捷碑文) 등이 있다. "樂只쟈 오늘이
여 즐거온쟈 今日이야~"의 시조 1수가 전한다.

樂只쟈 오늘이여 즐거온쟈 수日이야

즐거온 오늘이 힝혀 아니 져믈세라

每日에 오늘 굿트면 무슴 시름 이시랴

(출전: 樂學拾零, 靑丘永言)

[낙지자 오늘이여 즐거온자 금일이야

즐거운 오늘이 행여 아니 저믈세라

매일에 오늘 갈으면 무슨 시름 이시랴]

작자에게 무슨 일인지 무척이나 즐거운 일이 있는가보다. 어쩌면 오늘 하루가 저물지 않을지도 모르겠다는 착각에 빠질 정도로 즐겁기만 하니 매일이 오늘 같기만 하면 무슨 근심걱정을 하고 살겠냐며 당시의 즐거운 감정을 여과 없이 표출해 놓았다.

독자로 하여금 즐거운 감정이 자연스럽게 이입되어 덩달아 즐겁게 하는 작품이다. 그러나 중종 때의 문신 김구(金絿)의 "나온댜 今日이야 즐거온댜 오늘이야~"로 시작되는 시조와 시적 분위기가 흡사하고 문구가 중복되는 부분이 있어 표절의 느낌마저 드는 작품이다.

## 7 한 호(韓 濩)

중종 39년(1543)~선조 38년(1605)

조선 중기의 서예가로서 자는 경홍(景洪) 호는 석봉(石峯)·청사(晴沙) 본관은 삼화(三和)이며, 정랑 관(寬)의 손자로 송도에서 출생하였다.

빈한(貧寒)하게 태어나 어려서부터 종이 대신 돌에다 글씨 공부를 열심히 했는데 불 꺼진 방에서 어머니의 떡 썰기와 석봉의 글씨쓰기

솜씨를 겨루었다는 일화가 유명하다.

　명종 22년(1567) 진사에 합격하고 와서별제(瓦署別提)·가평군수(加平郡守)를 지냈다. 글씨 잘 쓰기로 이름을 외국에까지 떨쳐 명나라 제독 이 여송(李如松)이나 유구(琉球)의 사신 양 찬(梁燦)등이 그의 글씨를 얻어갔다.

　왕 세정(王世貞)은 석봉의 글씨를 평하여 그의 <왕세정필담(王世貞筆談)>에서 "如怒鯢決石 渴驥奔泉(노한 고래가 바위에 부딪는 모양과 같고, 목마른 천리마가 강으로 내닫는 형세라)"하였으며, 명나라 한림(翰林) 주 지번(朱之蕃)도 격찬하였고 선조(宣祖)도 "醉裡乾坤 筆奪造化(하늘과 땅이 취한 가운데 붓 재주가 조화를 이룬다.)"는 어서(御書)를 내려 찬탄하였다.

　이러한 그의 글씨는 옛 명필의 좋은 바탕을 본받아 통달하고, 그 서체와 서풍을 다시 초월하여 자신의 독창적인 한국적 서풍(書風)을 세워 중국 모방의 오랜 전통을 깨트렸다.

　이렇게 한국적인 서예의 독립성은 그 후 김 정희(金正喜)에 이르러서 또 하나의 한국적 서풍으로 완성되었는데 그는 서체에 있어서도 해·초·전·예서에 모두 뛰어났고 대소(大小)의 글씨에 자유자재의 묘기를 발휘했다.

　필적으로는 <석봉서법>·<석봉천자문>등이 모간 되었을 뿐 진적(眞蹟)으로 세상에 전한 것은 없다. 그러나 비석의 글씨<평양(平壤)의 기자묘비(箕子墓碑)·고양(高揚)의　행주승전비(幸州勝戰碑)·개성(開城)의 서경덕신도비(徐敬德神道碑)·합천(陜川)의 박소묘비(朴紹墓碑)등>가 많이 남아있어 탁본(拓本)으로 유행하고 있다.

　사후 선조께서 후히 부사(賻賜)하고 부관(府官)에게 장사지내도록 명했다 하며 시조 1수가 전해진다.

집方席 내지 마라 落葉엔들 못 안즈랴
솔불 혀지 마라 어제 진 둘 도다 온다
아희야 濁酒山菜ㄹ만졍 업다 말고 내여라

(출전: 樂學拾零, 靑丘永言)

[짚방석 내지 마라 낙엽엔들 못 앉으랴
솔불 켜지 마라 어제 진 달 돋아온다
아희야 탁주산채일망졍 없다 말고 내어라]

"낙엽이 수북하게 깔렸으니 방석도 필요 없고 달이 곧 돋을 테니 관솔불도 필요 없다. 그저 탁주에 산채안주일지라도 사양 말고 내오라."

일상의 평이한 소재를 시조에 담은 작품으로 산촌의 저물녘 정취와 함께 소탈하고도 여유 있는 작자의 인간적 친화력을 느낄 수 있다.

## 8 조 헌(趙 憲)

중종 29년(1544)~선조 25년(1592)

조선 선조 때의 문신·학자·의병장. 자는 여식(汝式) 호는 중봉(重峯) 본관은 백천(白川)으로 아버지는 응지(應祉)이다.

이이(李珥)와 성혼(成渾)의 문인이며 조광조(趙光祖)와 이황(李滉)을 사숙했고 김황(金滉)·이지함(李之菡)에게도 배웠다.

1567년 식년문과에 급제하여 교서관부정자가 되었다. 1571년(선조 4) 홍주목교수(洪州牧教授)에 임명되었는데 이 시절부터 이지함과 교유하고 그의 권유에 따라 성혼과 이이를 스승으로 섬겨 가르침을 받았다. 1572년 교서관정자에 임명되었는데 이때 궁중불사(宮中佛寺)의 봉향(封香)에 반대하는 소를 올렸다가 삭직되었고 이듬해 교서관저작이 되어 다시 같은 소를 올렸다가 왕의 노여움을 샀다. 1574년 5월 성절사 박희립(朴希立)을 따라 질정관(質正官)으로 명나라에 갔다가 11월 귀국하여 시무(時務)에 관한 '8조소(八條疏)'를 올렸다. 1575년 교서관박사에 오르고 이어 호조좌랑·예조좌랑·성균관전적·사헌부 감찰을 거쳤다. 그 후 통진현감이 되었으나 내노(內奴)의 작폐를 다스리다 장살(杖殺)한 죄로 탄핵을 받아 1577년 부평으로 귀양 갔다가 1580년 풀려나 이듬해 공조좌랑·전라도사에 임명되었고 1582년 보은현감이 되었으나 1584년 대간의 모함을 받아 파직되어 옥천의 밤티(栗峙)에 들어가 후율정사(後栗精舍)를 짓고 학문에 몰두했다. 1586년 다시 공주목교수 겸 제독관(公州牧教授兼提督官)에 임명되었으나 정여립(鄭汝立)이 나라를 그르치고 있음을 주장한 만언소(萬言疏)를 올리는 등 5차례에 걸쳐 상소를 올려 받아들여지지 않자 옥천으로 다시 돌아왔다. 1589년 지부상소(持斧上疏)로 동인의 전횡과 시폐를 지적하다가 삼사(三司)의 탄핵을 받아 길주에 유배되었으나 그해 11월 정여립의 모반사건을 빌미로 서인이 집권하면서 귀양에서 풀려났다.

1591년 조선에 온 겐소[玄蘇] 등의 일본사신이 명나라를 칠 길을 빌리자고 청하여 조선침략의 속셈을 드러내자 일본사신의 목을 베라는 상소를 하고 영·호남의 왜적방비책을 올렸으나 받아들여지지 않았다. 이듬해 임진왜란이 일어나자 5월에 격문을 띄우고 의병을 모아 차령(車嶺)에서 문인 김절(金節) 등과 함께 왜군을 물리쳤다. 그 후 다시 문인 이우(李瑀)·김경백(金敬伯)·전승업(全承業) 등과 함께 의병을 모아 8월 1일 영규(靈圭)의 승군과 같이 청주성을 수복했다. 이어 왜적이 충청도와 전라도를 빼앗으려 한다는 소식을 듣고 금산으로 향했으나 충청도순찰사 윤국형(尹國馨)과의 의견대립과 전공을 시기하는 관군의 방해로 의병이 흩어지고 700여 명만이 남게 되어 이들을 이끌고 금산으로 가서 8월 18일 왜장 고바야가와[小早川隆景]의 군대와 전투를 벌였으나 인원과 무기의 열세로 모두 전사했다.

그는 절의와 도학을 겸비한 학자로서 평생을 강의(强毅)와 직언(直言)으로 일관했다. 학문에 있어서는 이론보다도 실행(實行)과 실공(實功)을 지향했다. 이기설(理氣說)에 있어서는 대체로 이이의 철학을 계승하여 이(理)의 일차성을 인정하면서도 기(氣)의 존재를 중시했다. 또한 그는 국내외의 형세를 명확히 판단하고 그에 대한 절실한 대응책을 강구하여 여러 가지 경세론을 제시하기도 했다.

그의 사상과 행적은 조선 후기 서인계 학파에 많은 영향을 끼쳤는데 국난이 있을 때마다 의리사상으로 전개되어 병자호란 때의 김상헌(金尙憲)이나 송시열(宋時烈), 그리고 한말의 최익현(崔益鉉) 등이 모두 그를 숭상했다.

고 경명·곽 재우·김 천일과 함께 임진 4충신으로 불리며 1734년(영조10) 영의정에 추증되고 1883년(고종20) 문묘에 배향되었다. 옥천 표충사(表忠祠), 배천 문회서원(文會書院), 김포 우저서원(牛渚書院), 금산 성곡서원(星谷書院), 보은 상현서원(象賢書院) 등에 제향되었고, 1971년 금산의 순절지 칠백의총이 성역화 되었다. 시호는 문열(文烈).

저서로는 <중봉집(重峯集)>·<중봉동환봉사(重峯東還封事)>가 있으며 3수의 시조가 전해진다.

地塘에 비 뿌리고 楊柳에 닉 끼인 제
沙工은 어듸 가고 븬 ᄇᆡ만 미엿ᄂᆞᆫ고
夕陽에 짝 일흔 ᄀᆞᆯ며기ᄂᆞᆫ 오락가락 ᄒᆞ노매
　　　　　　　　　　　　(출전: 樂學拾零, 靑丘永言)

170

[지당에 비 뿌리고 양류에 내 끼인 제
사공은 어디 가고 빈 배만 매였는고
석양에 짝 잃은 갈매기는 오락가락 하노매]

"연못에 비 내리고 수양버드나무에 안개는 끼었는데 사공은 어디가고 빈 배만 매어 있는가. 석양에 짝 잃은 갈매기만 오락가락 하는구나."

저녁 무렵 비가 내린 평화로운 전원의 풍경을 그린 작품으로 작자의 완고한 면모와는 너무 다른 서정적이고도 차분한 분위기를 연출하고 있다.

## 9 이 순신(李 舜臣)

인종 1년(1545)~선조 31년(1598)

조선 선조 때의 명장으로 자는 여해(汝諧) 본관은 덕수(德水)다. 병조참의(兵曹參議) 거(琚)의 증손이며 정(貞)의 아들로 서울에서 태어났다.

선조 9년(1579) 식년무과(式年武科) 병과(丙科)에 급제하여 함경도의 동구비보권관(童仇非堡權管)이 되고 이듬해에 발포수군만호(鉢浦水軍萬戶) 이어 건원보권관(乾原堡權管, 1583) 훈련원참군(訓練院參軍) 사복시주부(司僕侍主簿, 1585) 조산보만호(造山堡萬戶) 선전관(宣傳官, 1589) 정읍 현감(井邑縣監) 등 미관말직(微官末職)을 전전하다가 유성룡의 천거로 전라좌도 수군절도사(全羅左道水軍節度師, 1591)로 승진하고 여수의 좌수영(左水營)에 부임하여 군비확충에 진력했다.

이듬해 임진왜란(1592)이 일어나자 최초로 옥포(玉浦)에서 왜군의 수군 선견부대 30여척을 격파했고 이어 사천(泗川)에서 거북선을 처음 사용하여 적선 13척 계속하여 당포(唐浦)에서 20척 당항포(唐項浦)에서 100여척을 각각 격파하며 연전연승하여 자헌대부(資憲大夫)에 승품(陞品)되었고 7월에는 한산도(閑山島)에서 적선 70여척을 쳐부수어 크게 승리(閑山島大捷) 정헌대부(正憲大夫)에 승진했다. 이어 왜장 가토오의 수군을 안골포(安骨浦)에서 격파했고 9월에는 왜군의 근거지 부산으로 쳐들어가 100여척을 부수었다. 연이어 부산과 웅천(熊川)의 적 수군을 섬멸하여(1593) 남해안 일대에 들어온 왜의 수군을 완전히 소탕했다. 이후 한산도로 진을 옮겨 본영(本營)으로 삼고 뒤에 처음으로 삼도수군통제사(三道水軍統制使)가 되었다.

이듬해 명나라 수군이 내원(來援)하자 죽도(竹島)로 진을 옮기고 이어 장문포(長門浦)에서 왜군을 격파하여 왜군의 전진을 막아 그들의 작전에 큰 타격을 주었다.

전쟁이 소강상태에 들어가자 군사훈련·군비확충·피난민의 생업보장·산업장려에 힘썼다. 그러나 원균의 모함으로 서울에 압송되어 사형을 받게 되었으나(1597) 정탁(鄭琢)의 신원(伸寃)으로 사형이 면제되어 권율의 막하로 백의종군(白衣從軍)했으나 정유재란(丁酉再亂)으로 원균이 참패하자 다시 삼도수군통제사가 되어 남은 12척의 함선과 빈약한 병력을 거느리고 명량(鳴梁)에서 133척의 왜군과 대결하여 31척을 격파하는 대 전과를 올리었다.

다음해 고금도(古今島)로 진을 옮기고 철수하는 적선 500척이 노량(露梁)에 모여들자 명나라 제독 진인(陣璘)의 수군과 연합하여 기습, 혼전(混戰) 중 유탄에 맞아 전사했다.

효심과 충성심이 강하고 전략에 뛰어난 용장으로서 연전연승하여 임진란 중 제해권(制海權)을 완전히 장악함으로서 곡창지대인 전라도를 방어하여 군량미 확보에 만전을 기했으며 위기에 처한 국가를 구하는데 가장 큰 공을 세웠다.

선무공신(宣武功臣) 1등이 되고(1604) 풍덕부원군(豊德府院君)에 추봉(追封) 좌의정에 추증(追增) 광해군 5년(1613)에 영의정이 더해졌다. 장지는 아산(牙山)의 어라산(於羅山)이며 왕이 친히 지은 비문과 충신문(忠臣門)이 건립되었다.

충무(忠武)의 충렬사(忠烈祠), 순천(順天)의 충민사(忠愍祠), 아산의 현충사(顯忠祠) 등에 제향 되었고 시호는 충무(忠武)다. 저서로 <난중일기(亂中日記)>가 있으며 한시 20여수 시조 1수가 전해진다.

> 閑山셤 돌 붉근 밤의 戍樓에 혼자 안자
> 큰 칼 녑희 추고 기픈 시름 ᄒᆞ는 적의
> 어듸셔 一聲胡笳는 눔의 애를 긋느니
>                    (출전: 樂學拾零, 靑丘永言)
> [한산섬 달 밝은 밤에 수루에 혼자 앉아
> 큰 칼 옆에 차고 깊은 시름 하는 적에
> 어디서 일성호가는 남의 애를 끊나니]

후세에 너무 잘 알려진 이 시조는 임진왜란 때인 선조 28년(1595)에 지어진 진중작(陣中作)으로 당시의 전장(戰場)상황과 심리가 잘 묘사된 작품이다.

이전에 소개된 무장들의 웅혼한 기상과 호기에 찬 작품들과는 달리 이 작품은 적군과 맞선 전장에서 한 장수의 깊은 우수와 고뇌에 찬(초·중장) 애절한 마음(종장)을 그리고 있다. 풍전등화에 처한 나라를 구한 강인한 군인의 이미지와는 다소 거리가 있지만 이 작품으로 말미암아 우리는 군인이기 이전에 "어디선가 들려오는 오랑캐(명나라 병사)의 한가락 구슬픈 피리소리"에 애간장이 녹는 한 인간으로서 작자의 모습을 조금이나마 그려볼 수 있는 것이다.

## 10  장 경세(張 經世)

조선 중기의 문인. 자는 겸선(兼善) 호는 사촌(沙村) 본관은 흥성 (興城)으로 아버지는 정랑을 지낸 건(健) 어머니는 양공건(楊公健)의 딸이다.

선조 22년(1589) 증광시(增廣試)에 급제하여 교서관저작, 공주제독 관, 승문원박사를 지냈다. 공조·예조 좌랑과 전라도도사를 지냈으며 1605년 금구현령(金溝縣令)으로 있을 때 실정(失政)을 해 파직 당했다.

그는 벼슬에 있어서는 겨우 금구 현령(金溝縣令)으로 마감하였으나 학덕을 겸비하여 옛 성현을 사모함이 간절했다.

소년시절에 벗 이평숙(李平叔)으로부터 이황의 도산십이곡(陶山十 二曲)을 얻어 탐독하여 자기도 그를 모방한 <강호연군가(江湖戀君 歌)>를 전 6곡과 후 6곡으로 나누어 지어 그의 문집인 <사촌집(沙村 集)>에 실어 전한다.

그의 시는 은은하고 청아한 맛이 다른 데서는 흔히 볼 수 없는 것 이며 애군우국(愛君憂國)하는 정이 흘러넘친다.

남원의 덕계서원(德溪書院)에 제향 되었으며 시조 12수(강호연군 가)가 전해진다.

紅塵의 꿈 씨연디 二十年이 어제로다
綠楊芳草애 절로 노힌 마리 되여
時時히 고개를 드러 님자 그려 우노라

(출전: 沙村集)

[홍진의 꿈 깨었는데 이십년이 어제로다
녹양방초에 절로 놓인 말이 되여
시시히 고개를 들어 임자 그려 우노라]

‘강호연군가’는 임금과 나라를 사모하는 내용인 전 6곡과 선현과 학문을 사랑하는 내용인 후 6곡으로 나뉘어 있다.

이 작품은 전 6곡의 둘째 수에 해당하는 작품으로 “속세의 꿈에서 깨어나 보니 이십년이 어제인 듯 지나가고 이제 풀밭에 자유롭게 놓인 말과도 같이 때때로 고개를 들어 임자가 그리워 운다”고 하며 임금을 그리워한다. 당시의 전형적인 ‘연군가’지만 작자 자신을 ‘녹양방초에 놓인 말’에 비유하면서 말이 풀을 뜯다 고개 들어 소리 지르는 무심한 행위를 자신의 감정에 이입하여 주인(임금)을 그리는 행위로 전환시키는 탁월한 작시법을 보여주고 있다.

## 11 이 원익(李 元翼)

명종 2년(1547)~인조 12년(1634)

조선 중기의 문신. 자는 공려(公勵) 호는 오리(梧里) 본관은 전주(全州)로 태종의 아들 익녕군(益寧君) 치의 4세손이며 함천부수(咸川副守)를 지낸 억재(億載)의 아들이다

15세에 4학 중 하나인 동학(東學)에 들어가 수학했으며 1564년(명종19) 사마시에 합격하고 1569년(선조2) 별시문과에 급제하여 이듬해 승문원에 등용되었다. 정자·저작 겸 봉상직장을 거쳐 1573년 성균관 전적이 되었으며 그해 2월 *성절사(聖節使) 권덕여(權德興)의 질정관(質正官)으로 북경에 다녀왔다. 그 후 호조·예조·형조의 좌랑을 역임하고 황해도사에 임명되었다가 당시 황해감사이던 이이(李珥)의 천거로 1575년 정언이 되어 중앙관으로 올라왔으며 이어 교리·수찬·지평·동부승지 등을 역임했다. 1583년 우부승지로 있을 때 도승지 박근원(朴謹元)과 영의정 박순(朴淳)의 불화로 승정원이 탄핵을 받자 자신만이 파면을 면할 수 없다고 하여 5년간 야인으로 지냈다.

1587년 이조참판 권극례(權克禮)의 추천으로 안주목사에 기용되어 민생의 안정에 크게 기여했다. 그 후 이러한 공로에 힘입어 형조참판, 대사헌, 호조·예조 판서, 이조판서 겸 도총관, 지의금부사 등을 역임했으며 1592년 임진왜란이 발발하자 평안도순찰사가 되어 왕의 피란길을 선도하고 군사를 모아 일본군과 싸웠다. 1593년 이여송(李如松)과 합세하여 평양을 탈환한 공으로 숭정대부가 되었으며 1595년에 우의정 겸 4도체찰사에 임명되었다. 명나라에 진주변무사(陳奏辨誣使)로 다녀와 영의정 1600년에는 좌의정을 거쳐 도체찰사에 임명되어 영남지방과 서북지방을 돌아보았다.

1604년 호성공신(扈聖功臣)에 책훈되고 완평부원군(完平府院君)에 봉해졌으며 광해군 즉위 후 다시 영의정이 되었으나 인목대비 폐위론이 제기되자 강력하게 반대 상소를 올려 홍천을 거쳐 여주로 유배되었다가 1623년(인조1) 인조반정으로 인조가 즉위하자 다시 영의정이 되었으며 광해군을 죽여야 한다는 여론에 반대하여 광해군의 목숨을 구했다.

1624년 *이괄(李适)의 난 때는 왕을 호위하였고 1627년 정묘호란 때는 도체찰사로 세자의 호위를 맡았으며 서울로 와서는 훈련도감제조에 임명되었다. 고령으로 기력이 쇠약해져 사직하고 낙향하여 인조 12년(1634) 87세의 일기로 졸했다.

그는 세상을 떠날 때까지 영의정만도 다섯 차례나 지냈으며 은퇴 후에는 오막살이 초가에서 지낼 만큼 청빈하여 청백리(淸白吏)에 녹선(錄選)되었고 성품이 서민적이어서 오리정승(梧里政丞)이란 별호로 백성에게 사랑받았다.

문장에 뛰어나 임진왜란이 끝나고 진사로 무과에 급제하였던 허전(許㙉)이 지은 가사 <고공가(雇工歌)>의 답가로 지은 <고공답주인가(雇工答主人歌)>라는 가사 1편과 시조 1수가 전해지며 저서로 <오리집(梧里集)>·<속오리집(續梧里集)>·<오리일기(梧里日記)>가 있다.

인조 묘정에 배향되었으며 여주 기천서원(沂川書院), 시흥 충현서원(忠賢書院), 안주 청천사(淸川祠)에 제향되었다. 시호는 문충(文忠).

綠楊이 千萬絲ㄴ들 ᄀᆞ는 春風 미여두며
探花 蜂蝶인들 디는 곳을 어이ᄒᆞ리
아모리 ᄉᆞ랑이 重ᄒᆞᆫ들 가는 님을 어이리

　　　　　　　　　　　　(출전: 樂學拾零, 樂府)

[녹양이 천만사인들 가는 춘풍 매어두며
탐화 봉접인들 지는 꽃을 어이하리
아무리 사랑이 중한들 가는 님을 어이리]

"버드나무 실가지가 천가닥 만가닥인들 지나는 봄바람을 어이 매어둘 수 있을 것이며 꽃을 찾는 벌 나비인들 지는 꽃을 어찌할" 수 없다. 즉 봄이 가고 꽃이 지는 것에 대하여 인위적으로 어쩔 수 없다는 절대적 자연현상을 초·중장에 도입하고는 종장에 "돌아선 사람의 마을을 어찌 잡아둘 수 있겠는가"라며 그 자연의 섭리를 인간의 행태에 이입시켜 그 당위성에 순응하고 체념하는 모습을 보인다.

이렇듯 순리를 거스르지 않으려는 작자의 태도는 삶에 있어서도 초연하게 관조의 자세를 견지할 것만 같다. 아울러 이 작품에서 초장의 '버드나무 실가지가 천만가닥인들 지나는 봄바람을 어찌 매어둘 수 있겠는가'라는 시적 발상이 이채롭다.

＊ 성절사

조선시대 중국의 황제 · 황후의 생일을 축하하기 위해 보냈던 사신의 하나.

＊ 이괄(李适) 의 난

1624년(인조2) 이괄이 일으킨 반란.

인조 즉위 후 후금(後金)의 성장으로 인해 북방문제가 심각해지자 이괄은 도원수(都元帥) 장만(張晩) 휘하의 평안북도병마절도사 겸 부원수에 임명되어 영변으로 출진했다. 그런데 반정공신인 공서파들은 정권 안정을 위해 대북 · 소북 인사 및 여타 정적 제거에 힘을 기울이는 과정에서 1624년 1월에 문회(文晦) · 허통(許通) · 이우(李佑) 등이 이괄과 그의 아들 전(旃) · 한명련(韓明璉) · 정충신(鄭忠信) · 기자헌(奇自獻) · 현집(玄楫) · 이시언(李時言) 등이 역모를 꾸몄다고 무고하여 기자헌 · 현집 등을 문초했으나 근거가 없었음에도 공서파들은 이괄이 거느린 막강한 군대를 두렵게 생각하고 일단 아들 전을 서울로 압송하려 했다.

이에 이괄은 위기의식을 느껴 아들 전을 압송하러 온 이들을 죽이고 서울로 잡혀가는 한명련을 구해내면서 난을 일으켰다. 그리하여 1월 22일 항왜병(降倭兵) 100여 명을 선봉으로 1만 2,000여 명의 군사를 이끌고 도원수군을 피하면서 서울로 향하여 황주신교(黃州薪橋)에서 정충신과 남이흥(南以興)의 군대와 싸워 크게 이긴 후 마탄(馬灘;예성강 상류)에서 또 관군을 대파하면서 개성으로 진격함에 따라 인조는 공주로 피난을 갔고 2월 11일 반군은 서울에 입성하여 경복궁 옛터에 주둔하여 선조의 아들 흥안군(興安君) 제(瑅)를 왕으로 추대하였다. 이때 도원수 장만의 군사와 각지 관군의 연합군은 길마재[鞍峴]에서 진을 치고 반란군의 공격에 응전했다. 2월 11일 이괄군은 길마재를 포위 · 공격했으나 대패하고 밤에 수구문(水口門; 지금의 광희문)을 나와 광주(廣州)로 향하다가 관군의 추격으로 완전히 흩어졌다. 이후 이괄 · 한명련이 2월 15일 이천(利川)에서 부하장수 기익헌과 이수백에게 죽음을 당함으로써 난은 실패로 끝났다.

이괄의 난은 대내적으로 수도의 함락, 국왕의 몽진(蒙塵) 등으로 인한 민심의 동요와 공신세력 내부갈등의 노골화, 어영청 등 군영재편을 초래했으며 대외적으로는 한명련의 아들 한윤(韓潤)이 후금으로 도망가 남침(南侵)의 야욕을 자극하여 정묘호란(丁卯胡亂)의 명분을 제공하기도 했다.

## 12 김 장생(金 長生)

명종 3년(1548)~인조 9년(1631)

조선 중기의 학자. 자는 희원(希元) 호는 사계(沙溪) 본관은 광산(光山)으로 대사헌 계휘(繼輝)의 아들이며 집(集)의 아버지이다.

송익필(宋翼弼)로부터 사서(四書)와 <근사록(近思錄)> 등을 배웠고 장성하여 20세 무렵에 이이(李珥)에게 사사했다. 1578년(선조11) 학행(學行)으로 창릉참봉에 천거되었다.

1581년 종계변무(宗系辨誣)의 일로 명나라 사행(使行)을 가는 아버지를 수행한 뒤 돈녕부참봉이 되었다. 이어 순릉참봉·평시서봉사(平市署奉事)·동몽교관·통례원인의를 거쳐 1591년 정산현감이 되었다.

임진왜란 때 호조정랑·군자감첨정(軍資監僉正)으로서 군량 조달에 공을 세웠다. 그 후 남양부사·안성군수를 거쳐 1600년 유성룡(柳成龍)의 천거로 종친부전부(宗親府典簿)가 되었다.

1602년에 청백리에 뽑히고 이듬해 익산군수로 나갔으나 북인(北人)이 득세하게 되자 1605년 벼슬을 버리고 연산(지금의 논산)으로 낙향했다가 광해군이 즉위한 뒤 잠시 회양·철원부사를 지냈다. 그러나 *계축옥사(癸丑獄事) 때 동생이 이에 관련됨으로써 연좌되어 심문을 받앉으나 무혐의로 풀려나온 뒤 곧 관직을 사퇴하고 다시 연산에 은거하면서 학문에 몰두했다.

인조반정으로 서인이 집권하자 장령에 오르고 이어 성균사업(成均司業)·집의·상의원정(尙衣院正)을 지내면서 원자(元子)를 가르치는 등의 일을 맡아보았다. 이 가운데 성균사업은 그를 위하여 특별히 만들어진 관직이었다. 그 후 좌의정 윤방(尹昉)·이조판서 이정구(李廷龜) 등의 천거로 공조참의를 지냈으며 이어 부호군을 거쳐 1625년 동지중추부사에 올랐다. 다음해 다시 벼슬에서 물러나 행호군(行護軍)의 산직(散職)으로 낙향하여 황산서원(黃山書院)을 세워 이이·성혼을 제향했으며 같은 해 용양위부사직(龍驤衛副司直)으로 옮겼다.

1627년 정묘호란이 일어나자 양호호소사(兩湖號召使)로 의병을 모아 공주로 온 세자를 호위하는 한편 군량미 조달에 힘썼다. 청나라와의 강화에 반대했으나 화의가 이루어지자 모은 군사를 해산하고 강화도의 행궁(行宮)으로 가서 왕을 배알했다. 그해 형조판서가 되었으나 1개월 만에 물러난 뒤 용양위부호군으로 낙향했다. 그 후 1630년에 가의대부(嘉義大夫)가 되었으나 조정에 나가지 않고 향리에 줄곧 머물면서 학문과 후진양성에 힘쓰다가 연산에서 83세의 나이로 졸하여 진잠(鎭岑;대전 유성구의 옛 지명)에 장사지냈다.


*예학을 깊이 연구하여 조선 예학의 대두로 예학파의 주류를 이루었으며 송 시열·송 순길·최 명길·장 유·신 흠·이 유태 등이 그 학문을 전하여 서인(西人)을 중심으로 한 기호학파(畿湖學派)를 형성하여 조선 유학계에 영남학파와 쌍벽을 이루었다.

저서로 <근사록석의(近思錄釋意)> 1권, <의례문해(疑禮問解)> 8권 등과 스승 이 이가 시작한 <소학집주>를 완성하였다. 공주 충현서원에 제향 되었으며 시조 1수가 전해진다.

대 심거 울을 삼고 솔 갓고니 亭子ㅣ로다
白雲 더핀 되 날 인는줄 제 뉘 알리
庭畔에 鶴 徘徊ㅎ니 긔 벗인가 ㅎ노라

(출전: 樂學拾零, 靑丘永言)

[대 심어 울을 삼고 솔 가꾸니 정자로다
백운 덮인 데 날 있는줄 제 뉘 알리
정반에 학 배회하니 그 벗인가 하노라]

"대나무를 심어 울타리 삼고 소나무를 잘 가꾸었으니 그것이 곧 정자로구나. 흰 구름이 덮인 곳에 내가 있으니 나 있는 곳을 누가 알겠는가. 뜰 언저리에 학이 왔다 갔다 하니 그게 내 벗이로구나."

이 작품은 작자가 벼슬을 버리고 고향으로 돌아가 학문을 닦을 때 지은 것으로 자연 속에서 홀로 노니는 호젓함을 노래한 것이다.

\* 계축옥사

1608년 선조가 죽고 광해군이 즉위하자 정인홍(鄭仁弘)·이이첨(李爾瞻) 등 대북파는 선조의 적자(嫡子)이며 광해군의 이복동생인 영창대군(永昌大君)을 왕으로 옹립하고 반역을 도모하였다는 구실로 소북파(小北派)의 우두머리이며 당시의 영의정인 유영경(柳永慶)을 사사(賜死)하는 등 소북파를 모조리 몰아내었다.

대북파에서는 계속하여 선조의 계비(繼妃)이며 영창대군의 생모인 인목대비(仁穆大妃)와 그의 친정아버지 김제남(金悌男)을 몰아낼 궁리를 하던 중 때마침 조령(鳥嶺)에서 은상인(銀商人)을 죽인 이른바 박응서(朴應犀)의 옥사가 일어났다. 박응서·서양갑(徐羊甲)·심우영(沈友英) 등은 모두 조정 고관의 서얼들로서 출세의 길이 막힌 데 불평을 품고 온갖 악행을 자행하다가 그 사건을 일으킨 것이다.

대북파는 이들을 문초할 때 김제남과 반역을 도모하였다고 허위자백케 하여 김제남을 죽였고 영창대군을 서인(庶人)으로 만들어 강화도에 유배하였는데, 후에 강화부사(江華府使) 정항(鄭沆)으로 하여금 그를 소사(燒死)하게 하였다. 이 사건이 계축년에 일어났으므로 계축화옥이라고 한다.

＊ 예학(禮學)

> 유교의 이념과 제도를 연구하는 학문.

## 13  임 제(林 悌)

명종 4년(1549)~선조 20년(1587)

조선 선조 때의 시인. 자는 자순(子順) 호는 백호(白湖)·겸재(謙齋)·풍강(楓江)·소치(嘯痴) 본관은 나주(羅州)로 아버지는 오도절도사 훈련원 판관을 지낸 진(晉)이다.

큰아버지 풍암(楓岩)이 친아들처럼 사랑하며 돌보았다고 하며 초년에는 늦도록 술과 창루(娼樓)를 탐하며 지내다가 20세가 되어서야 비로소 학문에 뜻을 두었다.

제주목사였던 아버지를 만나기 위해 풍랑이 거친 바다를 조각배로 건너가고 올 때는 배가 가벼우면 파선된다며 배 가운데에 돌을 가득 싣고 왔다고는 일화가 전해지기도 한다.

1577년(선조9) 문과에 급제했다. 그러나 당시 당쟁의 와중에 변변한 벼슬자리를 얻지 못하고 예조정랑 겸 사국지제교(史局知製敎)에 이른 것이 고작이었다.

스승인 성운(成運)이 죽자 세상과 인연을 끊고 술에 젖어 음풍영월(吟風詠月)로 전국을 방랑했으며 이러한 그의 방랑벽과 호방한 기질로 인해 당대인들은 모두 그를 법도(法度) 외의 인물로 보았으나 당시의 학자·문인인 이이·허균·양사언 등은 그의 기기(奇氣)와 문재

(文才)를 알아주었다.

그의 스승 성운은 형이 을사사화로 비명에 죽자 그 길로 속리산에 은거한 인물로 임제에게 정신적으로 영향을 많이 끼쳤으며 그가 죽을 때는 처자를 불러놓고 "西夷八聲 皆爲帝國 獨我國不能自立 入主中國 吾生何爲也 吾死何爲也 즉, 오랑캐들도 모두 황제국이라 일컫는데 우리만이 그럴 수 없으니 이런 미천한 나라에 태어나 어찌 죽음을 애석해 하겠느냐"며 곡을 하지 말라고 유언한 강개지사이기도 하다.

기풍이 호방하고 재기가 넘치는 문인으로 평가받으면서 전국을 누비다보니 여러 일화들이 전한다. 특히 기생이나 여인과의 일화가 많은데 당시 평양에서 제일가는 기생 일지매(一枝梅)가 전국을 다녀도 마음에 드는 이가 없던 차에 마침 밤에 어물상으로 변복하고 정원에 들어온 그의 화답시(和答詩)에 감동되어 인연을 맺은 일, 영남 어느 지방에서 화전놀이 나온 부인들에게 육담(肉談)적인 시를 지어주어 음식을 제공받고 종일 더불어 논 일, 박팽년 사당에 짚신을 신고 가 알현한 일 등은 유명하다.

황진이의 무덤을 지나며 읊은 "청초 우거진 골에…"로 시작되는 시조를 포함해 기생 한우(寒雨)와 화답하는 것 등 사랑과 풍류를 다룬 시조 4수를 남겼다.

문집으로는 <백호집(白湖集)>이 있다. 700여 수가 넘는 한시 중 전국을 누비며 방랑의 서정을 담은 서정시가 제일 많다. 절과 승려에 관한 시와 기생과의 사랑을 읊은 시가 많은 것도 특색이다. 꿈의 세계를 통해 세조의 왕위찬탈이란 정치권력의 모순을 풍자한 <원생몽유록(元生夢游錄)>, 인간의 심성을 의인화한 <수성지(愁城誌)>, 그리고 식물세계를 통해 인간역사를 풍자한 <화사(花史)> 등 한문소설도 남겼다.

青草 우거진 골에 ᄌᆞ는다 누엇ᄂᆞᆫ다
紅顔은 어듸 두고 白骨만 무쳣ᄂᆞ니
盞 자바 勸홀 리 업스니 그를 슬허 ᄒᆞ노라

　　　　　　　　　　(출전: 樂學拾零, 青丘永言)

[청초 우거진 골에 자는다 누웠는다
홍안은 어디 두고 백골만 묻혔으니
잔 잡아 권할 이 없으니 그를 슬허 하노라]

　　황진이가 살아있을 적에 면앙정 송 순(宋純)의 잔치에서 만나 본
일이 있는 작자가 평안도사(平安都事)로 부임하는 길에 풀숲에 덮여
있는 황진이의 무덤을 지나면서 읊은 시조라 한다. "젊고 아름답던
얼굴은 어디에 두고 백골만 묻혀있는가." 인생무상을 실감나게 표현
한 시조다.

　　또한 작자는 한우(寒雨)라는 기생에게 다음 시조 "北天이 맑다커늘
우장 없이 길을 나니/ 산에는 눈이 오고 들에는 찬비로다/ 오늘은 찬
비 맞았으니 얼어 잘까 하노라."를 지어 주니 기생 한우는 즉석에서
"어이 얼어 자리 무슨 일 얼어 자리/ 원앙침 비취금을 어디 두고 얼
어 자리/ 오늘은 찬비 맞았으니 녹아 잘까 하노라." 당대의 풍류객
백호의 추파를 기꺼이 접수하겠다는 한우의 멋진 화답이었다.

　　이렇듯 이 시기에는 이미 남녀·신분고하를 막론하고 시조가 널리
퍼져 일상화되어 있었음을 알 수 있다.

## 14 홍 적(洪 迪)

명종 4년(1549)~선조 24년(1591)

조선 선조 때의 문신. 자는 태고(太古) 호는 양제(養齊)·하의생(荷衣生) 본관은 남양(南陽)이다.

1572년(선조5) 별시 문과에 급제하여 사관(史官)을 거쳐 1573년 사가독서(賜暇讀書) 후 홍문관(弘文館)에서 10년간 재직하던 중 1583년(선조16) 양사(兩司)의 탄핵(彈劾)을 받는 이이(李珥)를 변론하다가 장연현감(長淵縣監)으로 좌천되어 4년 후 병으로 사임하였다가 다시 등용되어 집의(執義)·사인(舍人)에 이르렀다.

경학(經學)에 밝고 논사(論思)가 정연하여 학사전재(學士全才)라는 별칭을 듣기도 하였으며 글씨와 문장이 뛰어났다. 저서로 <하의집(荷衣集)>·<하의시십(荷衣詩什)>이 있으며 "어제 오든 눈이 沙堤에도 오돗든가~"로 시작되는 시조 1수가 전한다.

> 어제 오든 눈이 沙堤에도 오돗든가
> 눈이 모래 굿고 모래도 눈이로다
> 아마도 世上 일이 다 이런가 ㅎ노라
>
> (출전: 樂學拾零, 靑丘永言)
>
> [어제 오던 눈이 사제에도 오돗던가
> 눈이 모래 같고 모래도 눈이로다
> 아마도 세상 일이 다 이런가 하노라]

"어제 오던 눈이 모래둔덕에도 오는가. 눈이 모래 같고 모래도 눈

처럼 보이는구나. 아마도 모든 세상일이 이처럼 명확할 수는 없는가
보구나.”

작자가 관직생활에서 격은 소회를 이 한 편의 시조에 술회해 놓은
것으로 볼 수 있다. 눈이 모래 같고 모래가 눈처럼 보이듯이 세상사
의 시시비비를 가리는 것이 얼마나 어려운가. 그저 세태에 묻혀 따를
수밖에 없는 체념의 이미지로 작품을 마감하니 아마도 창작당시 작
자의 심리상태가 방외자적이지 않았는가 싶다.

## 15 이 신의(李 愼儀)    명종 6년(1551)~인조 5년(1627)

조선 인조 때의 문신. 자는 경칙(景則) 호는 석탄(石灘) 본관은 전
의(全義)로 이조판서 원손(元孫)의 아들로 태어났으나 일찍이 부모를
여의고 백씨(伯氏)에게서 자랐다.

민순(閔純)의 문인인 그는 1582년(선조15) 학행으로 천거되어 예빈
시봉사가 되었고 참봉·종묘서봉사 등을 지냈다. 임진왜란 때는 직장
(直長)으로 있으면서 경성(京城)이 실함(失陷)하자 향군 300명을 거느
리고 왜적과 싸웠으며 남원부사로 있을 때도 8천여 명으로 정유(丁
酉) 왜병을 물리쳤다. 해주목사 때 신병으로 고양(高陽)에 돌아와 있
을 즈음 광해군(光海君)이 영창대군을 죽이고 인목대비를 유폐하려는
데 대해 항소를 올렸다가 회령에 유배되었고 1618년 적소(謫所;유배
지)에서 시조 <사우가(四友歌)> 등 10여 수를 지었다. “바회예 셧는
솔이 凜然(늠연)흔 줄 반가온뎌/ 風霜(풍상)을 격거도 여외는 줄 전혀

없다/ 얻디댜 봄 비츨 가져 고틸 줄 모르느니 <'石灘先生文集附錄下'
의 末尾 '石灘先生文集補遺'에 수록된 '松'節>. 이 <사우가>는 매우
우아한 시조로 윤선도의 <오우가(五友歌)>보다 24년이나 앞선 작품이
다. 특히 윤선도의 <오우가>와 다른 점은 윤선도의 것이 수(水)·석
(石)·송(松)·죽(竹)·월(月)을 노래한 데 비하여 이신의의 <사우가>
는 송(松)·국(菊)·매(梅)·죽(竹)의 사군자(四君子)를 노래한 점이다.

1623년 인조반정으로 풀려나와 형조참의가 되어 환조(還朝)하였으
나 그가 거처할 집이 없어서 당시 서소문(西小門)에 귀변(鬼變)으로
폐가가 된 빈 집을 세들어 살았다고 전한다. 형조참판 때 병으로 향
리에 돌아가서 조병(調病)하다가 1627년 정묘호란 때 왕을 호종하여
강화도로 가던 중 수원에서 병으로 졸하니 향년 77세였다.

그는 청렴한 사람으로 사후에도 근친(近親)의 추렴으로 장례를 치
렀다고 전한다. 평소 금률(琴律)에 능하여 항상 마음을 다스리느라
즐겨 금(琴)을 탔다고 하며 훗날 그가 애용하던 금이 그 집안(全義李
氏 石灘公派)의 가보(家寶)로 전승되었다고 한다.

유고집(遺稿集)으로 <석탄집(石灘集)>이 전하며 호조판서에 추증되
었고 고양의 문봉서원(文峰書院)과 괴산의 화암서원(花巖書院)에 제
향되었다. 시호는 문정(文貞).

바회예 섯는 솔이 凜然혼 줄 반가온뎌
風霜을 격거도 여외는 줄 전혜 없다
얻디댜 봄 비츨 가져 고틸 줄 모르느니
　　　　　　　　　　　(출전: 石灘先生文集補遺)
[바위에 섯는 솔이 늠연한 줄 반가온데
풍상을 격어도 여위는 줄 전혀 없다
얻디댜 봄빛을 가져 고틸 줄 모르나니]

사우가 중 송(松)을 소재로 노래한 시조다. 소나무의 위풍 있고 씩씩한 모습과 모진 풍상에도 야위지 않고 꿋꿋하며 어쩌다 봄빛을 받아도 불변하는 특성을 부각함으로서 불변하는 수절지사로서의 강인함과 숭고함을 기리는 작품이다.

東籬에 심은 菊花 貴훈 줄를 뉘 아느니
春光을 번폐호고 嚴霜이 혼자 뛰니
어즈버 청고훈 내 버디 다만 녯가 호노라
(출전: 石灘先生文集補遺)
[동리에 심은 국화 귀한 줄을 뉘 아나니
춘광을 번폐하고 엄상에 혼자 피니
어즈버 청고한 내 벗이 다만 녯가 하노라]

사우가 중 국(菊)을 소재로 노래한 시조다. 사람들은 동쪽 울밑에 심은 국화가 귀한 줄을 모른다고 운을 떼고는 봄빛을 피하여 된서리를 맞으면서도 혼자 피는 국화의 자세를 찬양하면서 친구를 삼는 자신을 국화의 이와 같은 청고한 특성과 동격으로 승화시켜 선비로서의 용기와 소신과 아울러 그에 대한 자부심을 밝힌 작품이다.

곧이 無限 호되 梅花를 심근 뜻은
눈 속에 곧이 뛰여 흔 비린 줄 귀호도다
호믈며 그윽흔 香氣를 아니 貴코 어이리
(출전: 石灘先生文集補遺)
[꽃이 무한하되 매화를 심은 뜻은
눈 속에 꽃이 피어 한 빛인 줄 귀하도다
하믈며 그윽한 향기를 아니 귀코 어이리]

사우가 중 매(梅)를 소재로 노래한 시조다. 꽃이 무한히 많이 피는 매화를 심은 뜻은 눈 속에 꽃이 피어 눈과 꽃이 한 빛처럼 희고 고결하여 귀하게 여겨지는데 매화는 그윽한 향기까지 더하니 더욱 귀하게 여겨진다고 하였다. 선비의 고매한 인격을 하얀 매화의 우아함과 청신한 향기에 비유한 작품이다.

> 白雪이 즈즌 날에 대를 보려 窓을 여니
> 온갖 곳 간 듸 업고 대숩히 푸르러셰라
> 엇디흔 淸風을 반겨 흔덕 흔덕 ㅎ느니
>
> (출전: 石灘先生文集補遺)
>
> [백설이 잦은 날에 대를 보려 창을 여니
> 온갖 꽃 간데 없고 대숲이 푸르렀세라
> 어떠한 청풍을 반겨 흔덕 흔덕 하나니]

사우가 중 대(竹)를 소재로 노래한 시조다. 백설이 흩날리는 엄동설한, 시절을 쫓는 꽃들은 자취를 감추었으나 시절에 개의치 않고 푸르름을 간직하며 청풍을 반겨 살아 움직이는 대나무의 생동감을 묘사한 작품이다. 이는 선비로서의 절개를 강조하여 자신의 유배생활에 대한 의미와 명분을 제시하였다고 볼 수 있다.

## 16 조 존성(趙 存性)
명종 8년(1553)~인조 5년(1627)

조선 선조 때의 문신. 자는 수초(守初) 호는 정곡(鼎谷)·용호(龍湖)

본관은 양주(楊州)로 아버지는 용인현령 준수(俊秀)며 남(擘)에게 입양되었고 성혼(成渾)·박지화(朴枝華)에게 배웠다.

1590년(선조23) 증광문과에 급제하여 검열이 되었고 이듬해 대교에 올랐다가 정철(鄭澈)의 당이라 하여 파면되었다.

1592년 임진왜란 때 고향에 있다가 이듬해 의주의 행재소(行在所)에 가서 대교로 복직되었다. 이어 전적·예조좌랑·정언 등을 역임하고 사신으로 명나라에 가서 병부상서(兵部尙書) 석성(石星)에게 조선에서의 명군 철병론을 철회하게 하여 그 공으로 직강이 되었다. 그 후 호조정랑을 거쳐 1595년 해운판관(海運判官)이 되었으며 정유재란이 일어나자 군량 운반에 공을 세웠고 강화부사·충주목사·단산군수를 역임하며 선정을 베풀었다.

1613년(광해군5)에는 생모추존(生母追尊)을 반대하여 파직 당했다가 1623년 인조반정 후에 형조와 호조의 참판, 동지돈녕부사, 부총관 등을 역임했고 1624년(인조2) 어영부사(御營副使)가 되었으며 이괄(李适)의 난이 일어나자 왕을 공주로 호종했다. 난이 평정된 뒤에 지중추부사 겸 지의금부사가 되어 *기로소에 들어갔다.

1627년 정묘호란 때 분조(分朝)의 호조판서로 세자를 따라 전주에 갔다가 돌아와 병사하였다.

광해군 때 파직되어 고향인 용산(龍山)과 호서(湖西)에 은거하는 10년(1613;광해군5년~1623;인조1년)간에 지은 시조 <호아곡(呼兒曲)> 4수가 전해진다. 시호는 소민(昭敏).

아희야 되롱 삿갓 출화 東澗에 비 지거다
기나 긴 낙대에 미늘 업슨 낙시 미야
져 고기 놀나지 마라 내 興겨워 ㅎ노라

(출전: 樂學拾零, 靑丘永言)

> [아이야 도롱 삿갓 차려라 동간에 비 지거다
> 기나 긴 낚대에 미늘 없는 낚시 매어
> 저 고기 놀라지 마라 내 흥겨워 하노라]

"아이야 도롱이와 삿갓을 준비해라. 東澗(동쪽 시내)에 비가 내리었구나. 긴 낚싯대에 미늘(낚시 끝 안쪽의 거스러미)없는 낚시를 매어 낚시질을 가련다. 고기들아 놀라지 마라. 너희를 낚으러 온 것이 아니라 내 흥에 겨워서 하는 곧은 낚시이니라."

자연을 그대로 두고 즐기는 멋스러움과 여유를 느낄 수 있는 작품으로 '호아곡(呼兒曲)' 4수중 1수다.

'호아곡' 4수는 위 시조와 더불어 모두 '아희야'로 시작되기에 그리 불려졌으며 4수는 위 작품의 주제인 낚시질을 비롯하여 나물 캐기, 농사일, 술 마시기를 각각의 주제로 하여 지어졌고 모두 자연 속의 한가함과 평화로움을 노래하였다.

\* 기로소

> 조선시대 퇴임관리들의 예우를 목적으로 설치한 기구.
> 원래 기(耆)라 함은 나이가 많고 덕이 높다[年高德厚]는 뜻을 지니고 있는데, 나이가 70이 되면 기(耆), 80이 되면 노(老)라 한다. 태조가 70세 이상의 기로에게 경로의 뜻을 표시하기 위해 봄·가을 연회를 열어 약을 내려준 것이 기로소의 시초가 되었다. 기로소에는 시산(時散) 1·2품관 중 70세 이상이 참여하게 되어 있다. 한편 임금도 연로하면 여기에 참여해 이름을 적었다. 임금으로는 태조·숙종·영조 등이 등록되었다. 태종은 즉위초에 전함재추소(前銜宰樞所)라는 관청을 만들고 토지와 노비를 내려 주었는데 1428년(세종10) 치사기로소(致仕耆老所)라고 개칭했다가 곧 기로소로 고쳤다. 한편 기로소가 맡은 일은 임금의 탄신일, 정조(正朝)·동지 그리고 나라에 경사가 있거나 왕이 행차할 때 서로 모여서 하례를 행하거나 중요한 국사의 논의에 참여하여 왕의 자문에 응하기도 하였다.

## 17  김 득연(金 得研)

명종 10년(1555)~인조 15년(1637)

조선시대의 문인. 전원생활을 즐기며 고향의 **빼어난** 경치를 주제로 글을 남겼다. 자는 여정(汝精) 호는 갈봉(葛峯) 본관은 광산(光山)이며 언기의 맏아들로 경북 안동 가야 와룡산 아래에서 태어나 돌이 지나기 전에 어머니를 여의고 할머니 밑에서 자랐다.

어려서부터 효성이 지극하고 학문이 뛰어나 주위의 칭송을 받았으나 벼슬에는 나아가지 않았다. 임진왜란 때 친구들과 함께 의병을 일으키는 데에 가담해 군량을 관리했으며 병자호란 때는 삼전도의 치욕을 전해 듣고 분한 마음에 병을 얻어 이듬해 9월에 죽었다.

은사(隱士)로서의 신변잡사와 고향마을의 경치를 읊은 가사 <지수정가>와 시조 74수가 전한다. 53수로 된 <산중잡고>외에 친구들과 낙동강 위에서 시문을 읊은 <회작가(會酌歌)> 아버지의 학식과 덕망을 기리는 <제회가(齊會歌)> 등이 있다. 그의 시조는 15세기 정통 강호시조에 나타난 "우주의 이법을 체득하는 공간으로서의 자연"이 아니라 '풍류한정의 자연'을 노래해 16세기 이후 강호시조의 변모과정을 살피는 데 중요한 위치를 차지한다. 문집으로 <갈봉유고>와 <갈봉선생유묵(葛峯先生遺墨)>이 있다.

臥龍山 느린 아래 半畝塘을 새로 여니
띄 업슨 거울에 山影이 즘겻느다
이 내의 經營ᄒᆞᄂᆞᆫ 뜯든 그를 보려 ᄒᆞ노라
                              (출전: 葛峯先生遺墨)
[와룡산 내린 아래 반무당을 새로 여니

> 띄 업슨 거울에 산영이 잠겼는다
> 이 내의 경영하는 뜻은 그를 보려 하노라]

"와룡산 아래 전답 가운데 둑을 새로 만드니 티 없는 거울(물)에 산 그림자가 잠겨있네. 그러니 내가 지으려는 집을 그 위(물)에나 그려보고자 한다."

고향에 돌아와 전답 위에 집을 짓고 살아보려 했으나 제방을 만들면서 물에 잠겨 그저 산 그림자만 어려 있구나. 그러니 산 그림자 비친 물 위에 지을 집을 그려나 보자는 작자의 생각과 태도에서 그의 유유(悠悠)한 성격을 미루어 짐작할 수 있다.

김득연의 시조는 당시 일반 사대부들이 즐겨 노래하던 강호한정과 풍류, 안빈낙도, 늙음과 삶의 자세 등 다양한 주제와 소재를 다루었으나 그 내재된 의미와 서정은 위의 작품처럼 매우 독특하다.

## 18 이 항복(李 恒福)

명종 11년(1556)~광해군 10년(1618)

조선 중기의 문신으로 자는 자상(子常) 호는 백사(白沙)·필운(弼雲)·청화진인(淸化眞人)·소운(素雲) 본관은 경주(慶州)다. 고려의 문하시중 이 제현(李齊賢)의 후손으로 참찬(參纂) 몽량(夢亮)의 아들이며 권율(權慄)의 사위이다.

1574년(선조7) 성균관에 들어갔으며 1580년 알성문과에 급제하여 승문원부정자가 되었으며 1583년 대제학 이이(李珥)의 천거로 이덕형 (李德馨)과 함께 사가독서(賜暇讀書)를 했다. 그 후 정자·저작·박사·봉교·수찬·이조좌랑 등을 역임했으며 선조의 신임을 받아 직제학·우승지를 거쳐 1590년 호조참의가 되었고 정여립(鄭汝立)의 모반사건을 처리한 공로로 평난공신(平難功臣) 3등에 녹훈되었다. 좌승지로 재직 중 정철(鄭澈)의 죄를 처리하는 데 태만했다 하여 탄핵을 받고 파면되었으나 곧 복직되어 도승지에 발탁되었다.

1592년 임진왜란이 일어나자 도승지로 선조를 의주까지 호위해 오성군(鰲城君)에 봉해졌으며 두 왕자를 평양까지 호위해 형조판서에 특진했고 오위도총부도총관을 겸했다. 조정에서 왕에게 함흥으로 피난하기를 청했을 때 함흥은 명나라와 교통할 수 없으므로 영변으로 피해야 한다고 주장했으며 이덕형과 더불어 명나라에 속히 구원을 청하기를 주청했고 윤승훈(尹承勳)을 해로로 호남지방에 보내어 근왕병(勤王兵)을 일으키게 했다.

1593년 세자(뒤의 광해군)가 남쪽에 분조(分朝)를 설치하고 경상도와 전라도의 군무를 맡아볼 때 대사마(大司馬)로 세자를 보필했다. 다음해 봄 전라도에서 송유진(宋儒眞)의 반란이 일어나자 여러 관료들이 세자와 함께 환도를 주장했으나 이에 반대하고 반란을 진압했으며 이후 5차례에 걸쳐 병조판서를 지내면서 군을 정비했다.

문홍도(文弘道)가 유성룡(柳成龍)이 휴전을 주장했다고 하면서 탄핵하자 자신도 휴전에 동조했다며 사의를 표명했으나 도원수 겸 체찰사에 임명되어 남도 각지를 돌며 민심을 선무했다. 1600년 영의정에 오르고 다음해 호종공신(扈從功臣) 1등에 책록되었다.

1602년 정인홍(鄭仁弘)·문경호(文景虎) 등이 성혼(成渾)이 최영경 (崔永慶)을 모함하고 살해하려 했다고 하며 성혼을 공격하자 성혼의 무죄를 변호하다가 정철의 당이라는 혐의를 받아 자진하여 영의정에서 사퇴했다가 1608년 다시 좌의정에 임명되었다.

광해군 즉위 후 정권을 잡은 북인이 광해군의 친형인 임해군(臨海君)을 살해하려 하자 이에 반대함으로써 정인홍 일당의 공격을 받고 사퇴의사를 표했으나 받아들여지지 않았다. 그 후에도 북인이 선조의 장인 김제남(金悌男) 일가를 역모혐의로 멸산시키고 영창대군(永昌大君)을 살해하는 등 정권 강화작업을 벌이자 적극 반대했다.

1613년(광해군5) 다시 북인의 공격으로 물러났으나 광해군의 선처로 좌의정에서 중추부로 자리만 옮겼으며 1617년 인목대비(仁穆大妃) 폐모론에 반대하다가 1618년 관직이 삭탈되고 함경도 북청에 유배되어 그곳에서 졸했으나 그해 관작이 환급되고 포천에 예장되었다.

저서로는 <사례훈몽(四禮訓蒙)>·<주소계의(奏疏啓議)>·<노사영언(魯史零言)>·<백사집>·<북천일록(北遷日錄)> 등이 있고 시조 4수가 전해진다. 포천 화산서원(花山書院), 북청 노덕서원(老德書院)에 제향되었다. 시호는 문충(文忠).

鐵嶺 노픈 峰에 쉬여넘는 져 구름아
孤臣 寃淚를 비 사마 씌여다가
님 계신 九重深處에 쌕려본들 엇드리

(출전: 樂學拾零, 靑丘永言)

[철령 높은 봉에 쉬어 넘는 저 구름아
고신 원루를 비삼아 띄어다가
님 계신 구중심처에 뿌려본들 어떠리]

널리 애송되는 옛시조 중의 하나로, 작자가 광해군 5년에 인목대비 폐모론을 반대하다가 함경도 북청으로 귀양 갈 때 이 철령고개를 넘으면서 그 원통한 심정을 임금께 하소연한 노래이다.

"고신원루(외로운 신하의 억울한 눈물)를 비삼아 싣고 가서 임금 계시는 대궐 깊은 곳에 뿌려"달라고 철령을 넘는 구름에게 하소연하듯 작자의 심중을 격정적으로 표현해 놓았다. 특히 초장부의 '철령 높은 봉에'라는 첫 구절부터 센소리의 반복으로 더욱 그러한 느낌을 강하게 받게 한다.

## 19 이 덕형(李 德馨)  명종 16년(1561)~광해군 5년(1613)

조선 선조 때의 학자며 문신으로 자는 명보(明甫) 호는 한음(漢陰)·쌍송(雙松)·포옹산인(抱擁山人) 본관은 광주다.

지중추부사(知中樞府事) 민성(民聖)의 아들로 한양의 남부 성명방(誠明坊)에 있는 외제(外第)에서 출생하여 영의정 이 산해의 딸 한산(韓山) 이씨와 결혼하였으며(17세) '오성과 한음'의 이 항복과는 죽마고우로 많은 일화를 남겼다.

1580년(선조13) 별시문과에 급제하여 승문원의 관원이 되었다. 대제학 이이(李珥)가 호당(湖堂)을 뽑을 때 이항복과 함께 뽑혀 1583년 사가독서(賜暇讀書)를 했고 다음해 서총대(瑞蔥臺)의 응제(應製)에서 수석에 선발되었다. 그 후 부수찬·정언·부교리를 거쳐 이조좌랑이 되었고 1588년 이조정랑으로서 일본의 사신 겐소[玄蘇]·다이라[平義智] 등을 접대하여 그들의 존경을 받았다. 동부승지·우부승지·부제학·대사간·대사성 등을 역임하고 1591년 예조참판이 되어 대제학을 겸했다.

1592년 임진왜란이 일어나 왕이 평양으로 피난했는데 일본군이 대동강까지 이르자 단독으로 일본의 겐소와 회담하고 대의로써 그들을 공박했다. 그 후 정주까지 왕을 호종하고 구원병을 청하는 사신으로 명나라에 파견되어 원군을 파병하도록 하는 데 성공했다. 명의 원군이 압록강을 건너오자 대사헌으로서 이들을 맞아들였으며 이어 한성판윤에 올라 명나라 장수 이여송(李如松)의 접반관(接伴官)으로 그와 행동을 같이했다.

1593년 병조판서 이듬해에는 이조판서로 훈련도감당상을 겸했다. 1595년 경기도·황해도·평안도·함경도 4도체찰부사가 되었으며 1597년 정유재란이 일어나자 명나라 어사(御史) 양호(楊鎬)를 설복시켜 서울 방어를 강화하게 했다. 이해에 우의정에 오른 뒤 다시 좌의정으로 승진했고 우의정 이항복의 진언으로 명나라 제독(提督) 유정(劉綖)과 함께 순천에 이르러 통제사 이순신(李舜臣)과 합동으로 적장 고니시[小西行長]의 군사를 대파했다.

1601년 행판중추부사로 경상도·전라도·충청도·강원도 4도체찰사를 겸하여 전란 뒤의 민심수습에 힘썼고 다음해 영의정이 되었다.

1606년에는 영중추부사의 한직으로 밀려났으나 1608년 광해군 즉위 후 명나라가 왕의 책봉을 허락하지 않자 진주사(陳奏使)로 명나라에 다녀와서 다시 영의정이 되었다.

1613년 박응서(朴應犀)의 상변(上變)으로 삼사(三司)에서 영창대군(永昌大君)을 처형할 것을 상소하고 이이첨(李爾瞻) 등이 폐모론을 일으키자 이항복과 함께 이에 적극 반대했다. 그 후 광해군이 그의 주청에 따라 영창대군을 강화도로 보내자 삼사가 모두 그의 처형을 주장했으나 광해군은 관직을 삭탈함으로써 이를 수습했고 그가 용진(龍津;강원도 문천시 내의 옛 고을)으로 돌아가 병사하자 광해군은 애도하여 복관을 명했다.

저서로 <한음문고(漢陰文稿)>가 있고 시조 4수가 전해진다. 포천
용연서원(龍淵書院), 상주 근암서원(近巖書院)에 제향되었다. 시호는
문익(文翼).

> 돌이 누렷ᄒ여 碧空에 걸려시니
> 萬古 風霜에 써러졈즉 ᄒ다마ᄂᆞᆫ
> 조수히 醉客을 爲ᄒ야 長照金樽 ᄒ노매
>
> (출전: 樂學拾零, 靑丘永言)
>
> [달이 두렷하여 벽공에 걸렸으니
> 만고 풍상에 떨어짐즉 하다마는
> 지금히 취객을 위하여 장조금준 하노매]

"둥글고도 밝은(두렷ᄒ여) 달이 높고 푸른 하늘에 걸려 있구나. 비
바람 겪어 온 오랜 세월에 떨어질 법도 하건만 지금까지 이렇게 취
객을 위해 이 좋은 술통을 오래도록 비춰 주는구나."

애주가였다는 작자의 호방함이 잘 나타난 작품으로 달과 술을 소
재로 씌어진 작품이 많이 전해지지만 하늘에 떠 있는 달을 보고 '만
고풍상에 떨어짐즉'하다는 발상이 기발하다.

## 20 이 덕일(李 德一)

명종 16년(1561)~광해군 14년(1622)

조선 광해군 때의 장수로 자는 경이(敬而) 호는 칠실(漆室) 본관은
함평(咸平)이다.

첨지중추부사(僉知中樞府事) 은(誾)의 아들로 어려서부터 학문을 닦았으나 임진왜란을 당하자 붓을 던지고 선조 27년(1594) 무과에 급제하였으나 알아주는 이가 없어 벼슬을 못하고 향리에 와 머물다가 정유재란(1597;선조 30년)이 일어남에 의병을 모집해서 싸웠고 이 순신(李 舜臣)의 막하에 들어갔다.

임란이 끝난 후 1600년(선조33) 이 정귀(李廷龜)의 천거로 부호군(副護軍)이 되고 1611년(광해군3) 통제우후(統制虞侯)에 이르렀다.

광해군 때 나라가 어지러움을 개탄하고 벼슬을 사직한 뒤 향리에 돌아가 한 칸 초가를 짓고 우국시 <칠실우국가(漆室憂國歌)> 28수를 지어 오늘까지 그의 시문집인 <칠실유고(漆室遺稿)>에 실려 전해지며 함평의 월산사(月山祠)에 제향 되었다.

> 힘뻐 ᄒᄂᆞᆫ 싸홈 나라 爲ᄒᆞᆫ 싸홈인가
> 옷밥에 뭇텨 이셔 홀 일 업서 싸호놋다
> 아마도 근티디 아니ᄒᆞ니 다시 어이 ᄒᆞ리
>
> (출전: 漆室遺稿)
>
> [힘 써 하는 싸움 나라 위한 싸움인가
> 옷밥에 묻혀 있어 할 일 없이 싸우놋다
> 아마도 그치지 아니하니 다시 어이하리]

'당쟁상심가'라고도 전해지는 28수중의 한 수로 당시의 어지러운 당쟁을 개탄한 작품이다.

'힘 써 하는 싸움'이라든가 '옷밥에 묻혀 있어' 등 구사한 어휘에서 보듯이 직설적이면서 아주 소박한 표현으로 일관함으로써 무인이었던 작자의 기질을 엿볼 수 있다.

## 21  김 상용(金 尙容)

명종 16년(1561)~인조 15년(1637)

조선 인조 때의 문신. 자는 경택(景擇) 호는 선원(仙源) 본관은 안동(安東)으로 아버지는 돈녕부도정 극효(克孝)며 어머니는 좌의정 정유길(鄭惟吉)의 딸이다. 좌의정 상헌(尙憲)이 그의 동생이다.

그는 정유길에게 고문(古文)과 시를, 박수(朴受)에게 <주역(周易)>을, 윤기(尹箕)에게 <춘추좌씨전(春秋左氏傳)>을 배웠으며 이이(李珥)를 사숙(私淑)했다. 또한 성혼(成渾)의 문인이기도 하였으며 이항복(李恒福)·신흠(申欽)·오윤겸(吳允謙)·이정구(李廷龜)·황신(黃愼)·정협(鄭曄)·이춘영(李春英) 등과 사귀었다.

1582년(선조15) 진사가 되고 1590년 증광문과에 급제하여 승문원부정자·예문관검열을 거쳐 임진왜란 때에는 정철(鄭澈)의 종사관으로 활동했으며 1598년 성절사(聖節使)로서 명에 다녀온 뒤 도승지·대사헌·병조판서·예조판서·이조판서를 두루 지냈고 정묘호란이 일어나자 유도대장(留都大將)으로 서울을 지켰다.

서인으로서 한때 북인의 견제를 받아 외직으로 물러나기도 했으나 1623년 *인조반정으로 서인이 집권한 뒤 노서(老西)·소서(少西)로 나누어지자 노서의 영수가 되었다. 1630년(인조8) 기로사(耆老社)에 들어가고 1632년 우의정에 올랐으나 늙었음을 이유로 벼슬에서 물러났다.

병자호란 때 묘사주(廟社主)를 받들고 빈궁(嬪宮)·원손(元孫)을 수행하여 강화도에 피난했다가 강도(江都)가 함락되자 초문에 쌓아놓은 화약에 불을 지르고 자결했다. 한때 그의 죽음을 놓고 자분(自焚)이 아니라 실화(失火)라는 이설이 있었으나 박동선(朴東善)·강석기(姜碩期) 등의 변호로 순국을 기리는 정려문(旌閭門)이 세워졌다.

동생 상헌, 사위 장 유와 함께 문장절의로 유명하였으며 1758년(영조34) 영의정에 추증되어 강화 충렬사에 제향 되었다.

저서로는 오륜가 5수·훈계자손가 9수 등 시조 18수와 한시 689수가 수록되어 있는 문집 <선원유고(仙源遺稿)>와 <독례수초(讀禮隨抄)>가 있다. 시호는 문충(文忠).

> 스랑이 거즛말이 님 날 스랑 거즛말이
> 쑴에 와 뵈단 말이 긔 더욱 거즛말이
> 날ス치 줌 아니 오면 어늬 쑴에 뵈이리
>
> (출전: 樂學拾零, 靑丘永言)
>
> [사랑이 거짓말이 님 날 사랑 거짓말이
> 꿈에 와 뵌단 말이 그 더욱 거짓말이
> 날같이 잠 아니 오면 어느 꿈에 보이리]

"님이 날 사랑한다는 것이 거짓말이리. 꿈속에 와서 뵌다는 말은 더더욱 거짓말이리. 님도 나같이 잠이 오지 않으면 언제 꿈을 꿔 보이겠는가."

이와 같이 이 시조는 님을 그리는 애타는 마음과 그로 인해 애증이 교차되어 잠 못 이뤄 하는 작자의 심경이 잘 표현된 작품이다.

＊ 인조반정

1623년(광해군15) 이서·이귀·김유 등 서인 일파가 광해군이 왕위를 위협할 요소를 제거하기 위해 동복형(同腹兄)인 임해군(臨海君)과 선조의 유일한 적통(嫡統)인 영창대군(永昌大君)을 살해하고 인목대비(仁穆大妃)의 호를 삭탈하여 경운궁(慶運宮;西宮)에 유폐(幽閉)시킨 패륜행위와 명을 배반하고 후금(청)과 평화관계를 유지함으로서 명분과 의리에 반한 외교정책에 대한 불만과 구실로 광해군 및 집권당인 대북파(大北派)를 몰아내고 능양군(綾陽君;뒤의 인조) 종(倧)을 왕으로 세운 정변.

## 22 박 인로(朴 仁老)

명종 16년(1561)~인조 20년(1642)

조선 선조 때의 시인이자 무인. 정철·윤선도와 더불어 조선 3대 시가인으로 불린다. 자는 덕옹(德翁) 호는 노계(蘆溪)·무하옹(無何翁) 본관은 안동(安東)으로 아버지 석(碩)은 승의부위(承議副尉)를 지냈고 어머니는 참봉 주순신(朱舜臣)의 딸이며 경북 영천(永川郡 北安面 道川里: 당시는 永陽郡)생이다.

그의 일생 중 전반기에 대한 기록은 소략해 학문의 연마 정도와 교우관계를 알 수 없다. 그러나 비록 미비한 향반의 후예일지라도 "이 세상에 남길 만한 이름은 효도·우애·청백이며 가슴속에 간직한 것은 충과 효 두 글자"라 하면서 수기치인(修己治人)의 이상을 실현하는 사대부의 전형적 삶을 추구했다.

임진왜란이 일어나자 정세아(鄭世雅)를 의병장으로 추대하고 그는 별시위(別侍衛)가 되어 의병을 일으켜 왜군과 싸웠고 38세의 나이에도 불구하고 강좌절도사 성윤문(成允文)의 막하에 수군으로 들어가 많은 전투에 임했으며 그의 명으로 <태평사(太平詞)>를 지었는데 긴 전쟁이 끝난 뒤의 상황을 "들판에 쌓인 뼈는 산보다 높고 큰 도읍, 큰 고을이 여우굴이 되었다."고 표현했다. 또 자신의 시대를 여전히 임금의 덕화(德化)가 두루 미치는 태평성대로 인식하고 전쟁 동안 소홀히 했던 오륜을 적극적으로 실천할 것을 강조했다.

39세 때 문과에 급제해 조라포 만호(助羅浦 萬戶)로 부임하였고 41세 때 이덕형을 향리에서 만나 <조홍시가(早紅柿歌)>를 지었으며 45세 때 부산의 통주사(統舟師)로 부임해 <선상탄(船上嘆)>을 지어 무인다운 기개와 자부심을 표현했다. 51세 때 용진에 은거해 있던 이덕형을 찾아가 그의 뜻을 대신해 <사제곡(莎堤曲)>을 지었으며 <누항사(陋巷詞)>에서는 향촌에 묻혀 사는 자신의 궁핍한 생활을 노래해 안빈낙도하고자 하는 뜻을 밝혔다. <사제곡>은 그가 갈망하던 사대부적 삶의 전형을 보여주며 "어리석고 못나기는 나보다 더한 사람이 없다"는 자조적 고백으로 시작되는 <누항사>는 곤궁한 현실과 그 개선의 가능성마저 무산되고 마는 갈등의 과정을 생생히 보여주었다.

53세부터는 유가와 주자학에 몰입하였고 1630년(인조8) 노인직(老人職)으로 용양위부호군(龍驤偽副護軍)을 받았다. 75세 때는 영남의 안절사 이근원의 덕치를 찬미하는 <영남가(嶺南歌)>를 지었으며 76세 때에는 노계에 안거할 택지를 마련하고 <노계가(蘆溪歌)>를 지었다. 이 밖에 가사 <독락당>이 있다.

이와 같이 그의 생애 전반부는 임진왜란에 종군한 무인으로서의 면모에서 두드러지며 후반부에는 향리에서 유가서를 읽으며 안빈낙도를 실천했다.

그의 작품은 윤 선도나 정 철에 비해 언어의 세련미나 정서의 섬세미가 없고 한자어와 고사가 섞여 현학적인 것이 흠이라 할 수 있으며 사상적 기조는 철저한 유교적 인륜주의로 가사는 모두 7편, 단가(시조)는 <오륜가>·<입암 이십구곡> 등 72수(정병욱의 <시조문학사전>에는 72수, 이 상보의 <박노계 연구>에는 68수로 되어 있다.)가 있다.

현재 전하는 작품은 후손이 판각한 <노계집> 2권과 별책 1권으로 도합 3권 2책이 있고 최근(1959) 후손인 진백(晋栢)의 집에서 고사본(古寫本)이 발견되어 김사엽이 <경북대학 논문집> 3집에 소개했다.

盤中 早紅 감이 고아도 보이느다
柚子 아니라도 픔엄 즉 ᄒ다마ᄂᆞᆫ
픔어 가 반기리 업슬시 글로 셜워 ᄒᆞᄂᆞ이다
(출전: 蘆溪集, 孫氏隋見錄)

[반중 조홍감이 고와도 보이나다
유자 아니라도 픔음직도 하다마는
픔어 가 반길 이 없을새 글로 셜워 하나이다]

"소반에 담긴 일찍 익은 붉은 감이 곱게도 보이누나. 유자가 아니라도 품안에 몇 개 넣고 싶은 생각 간절하지만 품어가도 반가워 할 이(어머니)가 없으니 그것을 슬퍼한다"는 내용이다.

41세의 노계가 영천에 도체찰사로 머물던 한음 이 덕형을 찾아갔을 때 평소 교분을 나누던 한음이 일찍 익은 감을 내놓으니 '육적회귤(陸績懷橘)의 고사(옛날 중국 오나라의 육적(陸績)이 구강(九江)에 원술(袁術)의 집에서 접대로 내 놓은 유자 몇 개를 슬그머니 품안에 숨겼다가 쏟아져 발각되어 그 연유가 어머니께 갖다드리려 그리했다는 대답에 모두 감동하였다는 고사)'에 비추어 돌아가신 어머니를 생각하며 지은 시조라 전해진다.

## 23 강 복중(姜 復中)
명종 18년(1563)~인조 17년(1539)

조선 중기의 선비로 자는 재기(載起) 호는 청계(淸溪)며 벼슬은 참봉에 그쳤다.

일생을 시골에 묻혀 지냈으면서도 나라의 정세에 대한 관심을 시조에 직접적으로 나타냈다. 그리하여 61세 때 인조반정이 일어나자 <계해반정가(癸亥反正歌)> 6수를 지어 거사를 찬양하기도 했다. 또한 평생 선산(先山)의 산변(山變)으로 송사(訟事)에 시달렸는데 72세 때 이안눌(李安訥)의 도움으로 이 문제를 해결할 수 있었다. 그리하여 가사 <선산회복가(先山恢復歌)>에 이 때의 감격이 잘 나타나 있다. 또한 병자호란 때에는 <위군위친통곡가(爲君爲親痛哭歌)>를 지어 직접 싸우지 못하는 원통한 마음을 표현했다.

노년에는 전원에 은거하는 흥취를 자랑하는 <수월정청흥가(水月亭淸興歌)> 21수를 지었다.

저서로는 <청계공가사(淸溪公歌詞)>와 <수월정청흥가첩(水月亭淸興歌帖)>이 전한다.

> 天中의 썻는 들과 江湖의 희친 모래
> 불거근 조치 마라 조커든 붉지 마라
> 붉고셔 쏘 조흔 月沙와 아니 놀고 엇지 흐리
> (출전: 淸溪公歌詞, 水月亭淸興歌帖)
> [천중에 떴는 달과 강호에 희친 모래
> 밝거든 좋지 마라 좋거든 밝지 마라
> 밝고도 또 좋은 월사와 아니 놀고 어찌하리]

"하늘에 떠 있는 달과 강이나 호숫가에 흩어진 모래, 밝거든 깨끗하지를 말든지 깨끗하면 밝지나 말든지, 밝고도 깨끗한 저 달과 모래와 더불어 아니 놀고 어찌하겠느냐."

한학 4대가의 한 사람이며 인조 때 정승을 지낸 월사(月沙) 이정구를 달과 모래라는 우리 말로 풀어 달의 밝음과 모래의 깨끗함을 찬양함으로서 월사 이정구의 인품을 드높이고 있다.

이처럼 자연의 아름다움을 표현한 것처럼 보이면서 우회적으로 한 사람의 인품을 노래한, 언어의 유희가 뛰어난 작품이다.

## 24  정 훈(鄭 勳)

명종 18년(1563)~인조 18년(1640)

조선 중기의 문인으로 자는 방로(邦老) 호는 수남방옹(水南放翁)이며 경주 계림인(慶州鷄林人)이다.

고려 때 대제학(大提學)을 지낸 현영(玄英)의 후손이며 능참봉(陵參奉) 금암(金巖)의 차남이었지만 형이 18세에 병사하여 실질적으로 외아들이 되었으므로 수명이나 길기를 바랐던 부모의 소망에 따라 정상적인 수학(修學)의 기회를 가지지 못했다.

그리하여 부모가 잠자리에 든 후에 서당(書堂)에 가서 <통사(通史)>부터 <논어(論語)>·<맹자(孟子)>·<시서(詩書)> 등을 배워 남원(南原) 동문(東門) 밖에서 초야(草野)에 묻혀 시작(詩作)으로 심회를 풀었다.

부모에 대한 효성과 군주에 대한 충정(衷情)이 지극했으며 그의 문집 <수남방옹유고(水南放翁遺稿)>에는 한시문 약간, 가사 <성주중흥가(聖主中興歌)>·<탄궁가(嘆窮歌)>·<우활가(迂闊歌)>·<용추유영가(龍湫游詠歌)>·<수남방옹가(水南放翁歌)> 등 5편, 시조 <곡처(哭妻)>·<탄로(歎老)>·<자경(自警)>·<기우인(寄友人)>·<문북인변(聞北人變)> 각 1수와 <월곡답가(月谷答歌)> 10수, 그리고 기타 광해조에 오성과 한음의 일을 비유해 지은 시조 1수, 계해반정(인조반정) 때의 공신에 대하여 읊은 시조 1수, 병자호란 때 노쇠하여 병석에 누워 강도 함몰(江

都陷沒)과 대가(大駕) 출성(出城)의 소식을 듣고 통탄하여 지은 시조 1
수, 말년에 우국(憂國)을 경계하여 지은 시조 1수, 남원부사(南原府使)
민 여임(閔汝任)의 청백(淸白)을 읊은 시조 1수 등 시조 20수가 있다.

> 뒷 뫼희 뭉친 구름 압 들헤 퍼지거다
> ᄇ람 불디 비 올지 눈이 올지 서리 올지
> 우리ᄂ 하늘 ᄯᆺ 모르니 아므랄 줄 모로리라
> (출전: 水南放翁遺稿)
> [뒷 뫼에 뭉친 구름 앞들에 퍼지거다
> 바람 불다 비 올지 눈이 올지 서리 올지
> 우리는 하늘 뜻 모르니 아무럴 줄 모르리라]

광해조의 어지러운 시국을 개탄한 작품이다.

"뒷산에 뭉친 구름이 앞들까지 퍼져, 바람이 부는데 비가 올지 눈
이 올지 서리가 내릴지, 우리는 하늘의 뜻을 모르니 어찌 될까를 모
르겠다"고 당시의 정국상황을 자연현상에 비유하면서 걱정스럽지만
미약하고 우매한 백성으로서는 어쩔 수 없이 방관자일 수밖에 없는
사실을 탄식하는 작자의 심경을 엿볼 수 있다.

## 25 권 필(權 韠)
명종 19년(1564)~광해군 4년(1612)

조선 중기의 문인. 자는 여장(汝章) 호는 석주(石洲) 본관은 안동
(安東)으로 습재(習齋) 벽(韠)의 아들이다.

정 철의 문인으로 벼슬에 뜻이 없어 시와 술로 낙을 삼고 국사(國事)에 잘못이 있으면 극론(極論)을 꺼리지 않았으며 여러 문인의 추천으로 동몽교관(童蒙敎官)에 임명되었으나 끝내 응하지 않았다.

그가 강화(江華)에 있을 때는 명성을 듣고 몰려온 많은 유생들을 가르쳤으며 명나라의 대문장가 고천준(顧天俊)이 사신으로 왔을 때 영접할 문사로 뽑혀 이름을 떨쳤다.

임진왜란 때에는 강경한 주전론을 주장하고 구용과 함께 왕 앞에 나아가 주화(主和)하는 상신의 목을 베라고 요청하여 많은 사람들의 지탄을 받았다. 또한 당시의 권신인 이 이첨(李爾瞻)이 교제할 것을 청했으나 거절했고 광해군의 비(妃) 유(柳)씨의 아우 유 희분(柳希奮) 등 척리(戚吏)들의 방종을 풍자한 '궁류시(宮柳詩)'를 지었다가 발각되어 사형을 당하게 된 것을 이 항복의 도움으로 죽음을 면하고 경원부(慶源府)로 귀양 가는 도중 동대문 밖에서 사람들이 주는 술을 폭음하고 이튿날 죽었다. 그의 형 도(韜)도 연루되어 해남으로 귀양 갔다.

인조반정 후 사헌부(司憲府) 지평(持平)에 추증되었으며 광주(光州)의 운암사(雲巖祠)에 제향 되었고 저서로 <석주집(石洲集)>과 한문소설 <주생전(周生傳)>이 전해진다.

空山木落 雨蕭蕭ᄒ니 相國風流 此寂寥라
슬프다 ᄒᆞᆫ 盞 술을 다시 勸키 어려왜라
어즈버 昔年歌曲이 卽今朝ᄂᆞᆫ가 ᄒ노라

(출전: 海東歌謠, 詩歌)

[공산목락 우소소하니 상국풍류 차적요라
슬프다 한 잔 술을 다시 권키 어려워라
어즈버 석년가곡이 즉금조인가 하노라]

마치 한시 칠언절구를 시조로 재구성한 듯한 작품이다.

"낙엽 진 텅 빈 산에 비까지 쓸쓸히 내리니 재상의 풍류라도 쓸쓸하고 고요할 따름이구나. 이렇게 슬프고도 소슬한 분위기에 어찌 술한 잔을 더 권하겠는가. 아 아! 그 옛날의 노랫가락이 이제 다 흘러간" 옛이야기인 것 같다는 이 작품의 내면에는 단순히 낙엽 진 늦가을의 정취를 노래한 것만은 아닐 것이다. 자신을 죽음으로까지 내몰게 하였던 광해조 당시의 시대상황에 대한 작자의 불만은 지난날을 더욱 회억하게 되고, 따라서 그러한 작자의 심중이 이 작품에 표출된 것이라 볼 수 있다.

## 26 장 만(張 晚)
명종 21년(1566)~인조 7년(1629)

조선 중기의 문신. 자는 호고(好古) 호는 낙서(洛西) 본관은 인동(仁同)으로 아버지는 군수 기정(麒禎)이다.

1591년(선조24) 별시문과에 급제하여 성균관·승문원의 벼슬을 거쳐 예문관검열이 되었다. 이후 전생서주부를 지내고 형조좌랑·예조좌랑·정언·지평 등을 역임했다. 1599년 봉산군수가 되었는데 이때 왕래하던 명나라 군사를 잘 다스린 공로로 동부승지에 임명되었다. 1601년 도승지가 되고 이듬해 왕후의 고명주청부사(誥命奏請副使)로 2차례 명나라에 다녀왔으며 1607년 함경도관찰사로 나가 후금(後金) 누르하치(奴爾哈齊)의 침입을 경고하고 방어책을 세우도록 상소했다. 1610년(광해군2) 재차 함경도관찰사가 되었고 동지중추부사로 호지

(胡地)의 산천지도(山川地圖)를 그려 올렸다. 이듬해 평안도병마절도
사를 거쳐 호조참판·지중추부사 등을 지냈으며 1619년 체찰부사(體
察副使)가 되어 찬획사(贊畫使) 이시발(李時發)과 함께 후금에 대한
대비책을 협의했다. 그 후 형조판서를 거쳐 1622년 병조판서로 재임
할 때 대북(大北) 정권의 비정(秕政)을 힐책하다가 광해군의 분노를
사게 되어 병을 핑계로 통진(通津)에 은거하다가  이듬해 인조반정
후 다시 팔도도원수로 뽑혀 원수부를 평양에 두고 후금의 침입에 대
비했다.

1624년(인조2) 이괄(李适)이 난을 일으키자 각지의 관군과 의병을
모아 난을 진압했다. 이 공으로 진무공신(振武功臣) 1등에 책록되고
옥성부원군(玉城府院君)에 봉해졌으며 1627년의 정묘호란 때 병조판
서로 도원수가 되었지만 적을 막지 못해 관작을 삭탈당하고 부여에
유배되었으나 앞서 세운 공로로 복관되었다.

저서로는 <낙서집>이 있다. 영의정에 추증되었으며 통진의 향사(鄕
祠)에 제향되었다. 시호는 충정(忠定).

風波에 놀란 沙工 빈 프라 물을 사니
九折羊腸이 물도곤 어려왜라
이 後란 빈도 물도 말고 밧갈기만 흐리라
                              (출전: 樂學拾零, 靑丘永言)
[풍파에 놀란 사공 배 팔아 말을 사니
구절양장이 물도곤 어려왜라
이 후란 배도 말도 말고 밭갈기만 하리라]

"풍파에 놀란 사공이 배를 팔고 말을 샀더니 굽이굽이 틀어진 양
의 창자 같은 산길이 물보다 더 어렵구나(힘들구나). 이후에는 배도

말도 다 집어치우고 밭이나 갈고(농사일)" 살겠노라는 이 작품은 벼
슬살이의 어려움을 풍자한 것으로 볼 수 있다.

따라서 문무를 겸비한 작자이기에 사공은 문관시절 마부는 무관시
절을 비유한 것으로 볼 수 있겠으며 결국 농부로 살아가는 것이 제일
속편하다겠다는, 벼슬살이에 부대낀 자신의 속내를 내비친 것이다.

## 27 신 흠(申 欽)

명종 21년(1566)~인조 6년(1628)

조선 중기의 문신으로 이정구(李廷龜)·장유(張維)·이식(李植)과
함께 '월상계택(月象谿澤)'이라 통칭되는 조선 중기 한문사대가(漢文
四大家)의 한 사람이다. 자는 경숙(敬叔) 호는 상촌(象村)·현헌(玄
軒)·방옹(放翁) 본관은 평산(平山)으로 아버지는 개성도사 승서(承
緖)이며, 어머니는 은진송씨로 좌참찬 인수(麟壽)의 딸이다.

7세 때 부모를 잃고 장서가로 유명했던 외할아버지 밑에서 자라면
서 경서와 제자백가를 두루 공부했으며 음양학·잡학에도 조예가 깊
었다. 개방적인 학문태도와 다원적 가치관을 지녀 당시 지식인들이
주자학에 매달리고 있었던 것과는 달리 이단으로 공격받던 양명학의
실천적인 성격을 높이 평가하기도 했다.

문학론에서도 '시(詩)는 형이상자(形而上者)이고 문(文)은 형이하자
(形而下者)'라 하여 시와 문이 지닌 본질적 차이를 깨닫고 창작할 것
을 주장했다. 특히 시에서는 객관 사물인 경(境)과 창작주체의 직관
적 감성인 신(神)의 만남을 창작의 주요동인으로 강조했다.

시인의 영감과 상상력의 발현에 주목하는 이러한 시론은 당대 문

학론이 대부분 내면적 교화론(敎化論)을 중시하던 것과는 구별된다.

　　1585년 진사시·생원시에 합격하고 1586년 별시문과에 병과로 급제하여 1589년 춘추관원에 뽑히면서 사헌부감찰·병조좌랑 등을 지냈다. 임진왜란 때에는 도체찰사(都體察使) 정철의 종사관으로 있었으며 그 공로로 지평(持平)으로 승진했다. 이후 선조에게 뛰어난 문장력을 인정받아 대명(對明) 외교문서의 작성, 시문의 정리, 각종 의례문서의 제작에 참여했다. 1599년 큰아들 익성(翊聖)이 선조의 딸인 정숙옹주의 부마가 되었고 1601년 <춘추제씨전>을 엮은 공으로 가선대부(嘉善大夫)가 되었다. 1608년 광해군이 즉위하자 한성부판윤(漢城府判尹) 예조판서가 되었다. 47세 때 계축옥사(癸丑獄事)가 일어나 선조로부터 영창대군의 보필을 부탁받은 유교칠신(遺敎七臣)의 한 사람이라 하여 파직되었다. 이후 10여 년 동안 정치권 밖에서 생활했다. 1616년 인목대비의 폐비사건으로 춘천에 유배되었다가 1621년 사면되었다. 이 시기에 문학을 비롯한 학문의 체계가 심화되어 <청창연담(晴窓軟談)>·<구정록(求正錄)>·<야언(野言)> 등을 썼다. 1623년 인조반정과 함께 대제학·우의정에 중용되었다. 1627년 정묘호란이 일어나자 좌의정으로 세자를 수행하고 전주로 피난했으며 같은 해 9월 영의정에 올랐다가 졸했다.

　　다사다난한 그의 생애 중에서 창작에 몰두한 시기는 광해군 때 잠시 은거했던 시절이며 해동가요(海東歌謠)에 실려 전하는 그의 시조 "山村에 눈이 오니 돌길이 무쳐셰라~" "날을 뭇지 말아 前身이 柱下史ㅣ뢰~" 등은 모두 강호의 한정(閑情)과 속세를 잊고 자연에 몰입하려는 뜻을 나타낸 것으로 해동가요에 실린 그의 서문 '余旣歸田 世固棄我 而我且倦於世故矣(여기귀전 세고기아 이아차권어세고의 ; 나는 원래 전원으로 돌아가려했거늘 세상도 한결같이 나를 버리라 하

네. 그러니 이제 세사에서 벗어나 쉬어야하지 않겠는가)'에도 그 뜻
이 나타나 있다.

1651년 인조묘정에 배향되었고 강원도 춘천의 도포서원(道浦書院)
에 제향되었다. 시조 31수와 63권 22책 분량의 방대한 <상촌집(象村
集)>을 남겼다. 시호는 문정(文貞)이다.

> 내 가슴 헤친 피로 님의 양ᄌᆞ 그려 내여
> 高堂 素壁에 거러 두고 보고지고
> 뉘라셔 離別을 삼겨 사름 죽게 ᄒᆞᄂᆞᆫ고
> (출전: 樂學拾零, 靑丘永言)
> [내 가슴 헤친 피로 님의 양자 그려내어
> 고당 소벽에 걸어 두고 보고지고
> 뉘라서 이별을 삼겨 사람 죽게 하는고]

앞에 일부 소개된 자연귀의를 주제로 다루어진 작품들과는 다소
거리가 먼 인간사의 단면을 그린 작품이다.

"내 가슴 베어 헤쳐 나오는 피로 님의 양자(얼굴 생김새)를 그려서
높은 집의 흰 벽에 걸어두고 보고 싶구나. 어느 누가 이별이라는 것
을 만들어 이리 사람 죽도록 애타게 하는가."

그 대상이 누구인지 궁금하도록 이별의 정한을 안타깝고도 치열하
게 그려 놓았다.

비약일지는 몰라도 이 작품으로 보아 작자는 상당히 열정적이고
집요한 성격의 소유자일진데 해동가요에 수록된 자연귀의 주제의 작
품들은 당시 자신이 처한 정치상황으로 인하여(광해조 때의 파직, 은
거) 자포자기하는 심정으로 씌어진 것이 아니겠는가.

## 28 김 덕령(金 德齡)

명종 22년(1567)~선조 26년(1596)

광주 석지촌 출생으로 엄청난 장사였다고 전해지며 '조선의 조자룡(趙子龍)'이라 불렸다. 십여 살 때 호랑이를 맨손으로 잡았다거나, 화가 나면 눈에서 불이 나와 멀리 10여리 밖에서도 그 불을 볼 수 있었다거나, 아름드리나무를 뿌리째 뽑고 큰 바위를 깨는 등 설화 같은 이야기들과 함께 임란 때 영호남 지역에서의 의병활동에 대한 이야기가 전설처럼 전해져 내려오는 위인으로 자는 경수(景樹) 본관이 광산(光山)이며 형 덕홍(德弘)과 함께 성혼의 문하에서 공부했다.

1592년(선조25) 임진왜란이 일어나자 형조좌랑(刑曹佐郞)으로 형과 함께 의병을 일으켜 여러 차례 공을 세워 세자 광해로부터 '호익(虎翼)장군'의 호를, 이어 선조로부터 '초승(超乘)장군'의 호를 받았다.

곽 재우와 함께 권 율 휘하에서 영남 서부 방어를 맡아 여러 차례 적의 대군을 무찔렀고 1595년에는 고성에 상륙하려던 왜군을 기습·격퇴시켰다.

1596년 *이 몽학(李夢鶴)의 난이 일어나자 의병을 모아 토벌하려 했으나 오히려 내통했다는 무고를 받아 서울로 압송되어 옥사했다.

이후 1661(헌종2)년 신원되고 병조판서에 추증되었으며 광주(光州) 벽진서원(碧津書院)에 제향 되었다. 시호는 충장공(忠壯公).

지금의 광주 충장로도 의병장 충장공 김 덕령 장군의 충정을 기리기 위해 붙여진 지명이다.

214

> 春山의 불이 나니 못 다 핀 곳 다 붓는다
> 져 뫼 져 불은 쓸 물이나 잇거니와
> 이 몸의 뇌 업슨 불이 나니 쓸 물 업서 ᄒᆞ노라
>
> (출전: 金忠壯公遺事, 槿花樂府)
>
> [춘산에 불이 나니 못다 핀 꽃 다 붙는다
> 저 뫼 저 불이야 끌 물이 있거니와
> 이 몸에 내 없는 불이 나니 끌 물 없어 하노라]

"봄 산에 불이 나니 아직 피지도 못한 꽃이 다 타버리는구나. 저 산에 붙은 불이야 끌 물이라도 있지만 이 몸에 연기도 없이 타는 불은 끌 물도 없구나."

'춘산곡'이라고 불리는 이 시조는 작자가 옥사하기 직전 자신의 심경을 읊은 것이다.

여기서 '춘산의 불'은 임진왜란, '못다 곳'은 전쟁터에서 죽은 병사, '져 뫼 져 불은 쓸 물이야 있거니와'는 왜적의 침공을 막아낼 수 있다는 의미인즉, 자신은 '뇌 업슨 불(누명)'을 벗어날 길 없어 그 억울함과 절통함을 호소한 작품이다.

＊이몽학의 난

임진왜란중인 1596년(선조29) 7월에 충청도에서 이몽학 등이 일으킨 민란. 전쟁으로 인하여 전국이 황폐화되고 은결(隱結)은 증가되었으며 관리·토호들의 부정행위가 속출하고 일본의 재침략에 대비한 산성의 축조 등으로 농민들은 피폐해 있었다. 또한 전쟁 초기에 큰 활약을 했던 각지의 의병들은 전쟁이 장기화되고 유능한 의병장들이 관인이 되거나 전사함에 따라 의병으로서의 기능이 약화되었다. 그리하여 1594년 4월 제도(諸道)의 의병을 충용장(忠勇將) 김덕령(金德齡)의 지휘 하에 소속하게 했지만 이미 명목상 조직되었을 뿐 국가에서 이들을 통제할 수 없었다. 특히 의병 중에는 관군을 기피한 피역자들이 많았기에 기근과 질병이 닥치자 군도(群盜)로 변하는 경우가 많았다. 이들 중 대표적 경우가 호서지방의 의병 모집과정에서 하급 장교들이 농민들의 불만을 이용하여 봉기를 꾀한 이몽학의 난이었다. 이몽학은 전주 이씨의 서얼로 아버지에게 쫓겨나 충청·전라 지방을 전전하다가 임진왜란 중에 호서지방의 모속관(募粟官) 한현(韓絢)과 함께 의병모집을 구실로 홍산(鴻山;지금의 부여) 무량사(無量寺)에서 동갑계회(同甲契會)를 조직해서 군사조련을 실시했다. 그런데 한현이 아버지의 상을 당해 홍주로 가면서 이몽학에게 지금이 민심이 이반되고 방비가 소홀한 때이므로 먼저 봉기하면 내포(內浦)에서 합세할 것을 약속했다. 그리하여 이몽학은 군사 600~700명을 모아 7월 6일 홍산현에 이어 7일에 정산현(定山縣), 8일에 청양(靑陽), 9일에 대흥(大興)을 차례로 함락시켰다. 이 과정에서 강제징세에 시달리던 민들이 대거 합세함에 따라 며칠 동안에 수천 명으로 불어난 이몽학군은 10일 홍주성(洪州城)으로 진격했다. 이에 홍주목사 홍가신(洪可臣)이 인근 수령들에게 구원을 요청하여 순찰사 신경행(辛景行) 등과 함께 군사를 이끌고 홍주성으로 가서 이몽학군과 전투를 벌이는 동안 도원수 권율(權慄), 충청병사 이시언(李時言), 중군(中軍) 이간(李侃) 등이 홍주 주위로 향했다. 이때 판관아병 윤계(尹誡)의 계교(計巧)로 이몽학군 중 김경창·임억명·태척(太斥) 등이 이몽학을 살해하자 이몽학군은 일시에 흩어지고 관군들은 추격전을 벌여 봉기민들을 죽였다. 한편 모속관 한현은 홍주에서 수천 명을 모병하여 이몽학군과 합세하려 했으나 관군의 공격을 받아 패주하다 잡혀 서울로 압송되어 선조의 친국(親鞫)을 받고 처형당했다. 이때 서울에서 처형된 봉기민은 33명이며 지방에서는 100여 명에 달했다. 그런데 한현의 친국 과정에서 김덕령·홍계남(洪季男)·최담령(崔聃齡)·곽재우(郭再祐)·고언백(高彦伯) 등이 공모했다는 얘기가 나와 김덕령과 최담령은 고문 끝에 죽고 말았다. 뒤에 김덕령은 무고 당했음이 밝혀져 신원되었으나 민란의 수습과정에서 호서지방의 '반도'를 색출하는 과정의 가학행위로 민란 후에도 조정에 대한 호서민들의 불만이 고조되었다.

## 29  정 온(鄭 蘊)    선조 2년(1569)~인조 19년(1641)

조선 인조 때의 문신으로 자는 휘원(輝遠) 호는 동계(桐溪) 본관은 초계(草溪)이며 진사 유명(惟明)의 아들이다.

1606년(선조39) 진사가 되고 1610년(광해군2) 별시에 급제하였으며 계축옥사에 파직되어 10년간 제주에 유배 중에 <덕변록(德辨錄)>·<망북두시(望北斗詩)>·<망백운가(望白雲歌)>를 지어 애군우국(愛君憂國)의 뜻을 토로했다.

인조반정에 석방되어 이조참의를 지냈으며 저서로 <동계집(桐溪集)>이 전해진다.

사후 이조판서에 추증되었으며 광주(廣州)의 현절사(顯節祠)이 제향 되었고 시호는 문간(文簡)이다.

> 冊 덥고 窓을 여니 江湖에 빈 쩌 잇다
> 往來 白鷗는 무슴 뜻 머엇는고
> 앗구려 功名도 말고 너를 좃녀 놀리라
> (출전: 樂學拾零, 靑丘永言)
> [책 덮고 창을 여니 강호에 배 떠있다
> 왕래 백구는 무슨 뜻 먹었는가
> 앗구려 공명도 말고 너를 쫓아 놀리라]

창밖에 펼쳐진 한 폭 풍경화를 그려놓은 듯한 자연 속에 작자 자신도 그 속에 빠져들고 싶은 충동을 묘사한 작품이다.

"오락가락하는 갈매기"가 무슨 뜻을 먹었겠는가. 그저 무심히 자연 속에 살고 있음이리. 나도 너처럼 마음비우고 한가로이 살겠노라며 자연귀의를 추구하는 내용으로 당시 가장 일반적이고도 보편적인 소재를 다룬 평이한 작품이다.

여기서 '앗구려'는 감탄사로서 '아서라'의 의미이며 이는 종장 전체의 뜻에서 작자 자신이 이전에 지향하던 삶의 자세(욕망)를 제어하고 전환하는 기능이 있다.

## 30  김 상헌(金 尙憲)

선조 3년(1570)~효종 3년(1652)

조선 중기의 학자로 자는 숙도(叔度) 호는 청음(淸陰)·석실산인(石室山人) 본관은 안동(安東)이며 도정(都正) 극효(克孝)의 아들이고 우의정 상용(尙容)의 아우이다.

1596년(선조29) 정시(庭試) 문과(文科)에 병과로 1608년(광해군 즉위) 문과중시(文科重試)에 을과로 각각 급제하여 정언(正言)·교리(校理)·직제학(直提學) 등을 역임하였으나 1615년에 지은 <공성왕후책봉고명사은전문(恭聖王后冊封誥命謝恩箋文)>이 왕의 뜻에 거슬려 파직되었다. 이후 서인(西人)으로 인조반정(仁祖反正)에 가담하지 않은 청서(淸西)파의 우두머리로 다시 등용되어(1624,인조 2년) 대사간·도승지·대사헌·대사성·대제학 등을 거쳐 예조·공조·형조·이조 등의 판서를 역임했다.

병자호란(1636) 때는 판서로서 비변사당상(備邊司堂上)을 겸했으며 그때 화의를 극력 반대해 기초 중인 국서를 찢고 통곡했다. 화의가 성립되자 그로 말미암아 심양(瀋陽)에 잡혀가 3년간이나 있다가 심문에도 끝내 굽히지 않으니 청나라 사람들도 그 충절에 감동되어 돌려보냈다. 귀국 후 좌의정, 영돈령부사(領敦寧府事)를 역임했다.

글씨를 잘 썼는데 그의 서체는 동기창체(董其昌體)로 그 필적이 수천군 <정은묘갈(秀泉君貞恩墓碣)>에 남아있다고 한다. 저서로 <야인담록(野人談綠)>·<풍악문답(豊岳問答)>·<남한기(南漢紀)>·<독례수초(讀禮隋抄)>·<청음집(淸陰集)>등이 있으며 시조 4수가 전해진다.

효종이 북벌을 추진할 때 북벌군의 이념적 상징으로 대로(大老)라

불리었으며 효종의 묘정에 배향되었으며 양주 석실서원(石室書院) 등
에 제향 되었다. 시호는 문정(文正).

가노라 三角山아 다시 보자 漢江水야
故國 山川을 써나고쟈 흐랴마는
時節이 하 殊常흐니 올동말동 흐여라

(출전: 樂學拾零)

[가노라 삼각산아 다시 보자 한강수야
고국 산천을 떠나고쟈 하랴마는
시절이 하 수상하니 올동말동 하여라]

"나는 간다 삼각산아 (때가 오면) 다시보자 한강수야. (내 의지와는
상관없이) 고국산천을 떠나기는 한다마는 시절이 하도 뒤숭숭하니
다시 돌아오게 될지 모르겠구나."

이 시조는 작자가 명을 치기 위한 청의 출병요청을 반대하는 상소
를 올렸다가 그것이 빌미가 되어 청의 심양으로 압송될 때 지은 작
품으로 어쩔 수 없이 조국산하를 떠나는 안타까움과 절박함이 배어
있다. 특히 초장에 구사된 도치법은 그 의미의 강조와 함께 운율의
효과를 극대화시켰다.

## 31 이 안눌(李 安訥)

선조 4년(1571)~인조 15년(1637)

조선 중기의 문신. 자는 자민(子敏) 호는 동악(東岳) 본관은 덕수

(德水)로 증조할아버지는 행(荇)이고 아버지는 진사 형(泂)이다. 이식 (李植)의 종숙(從叔)이다.

18세에 진사시에 수석하여 성시(省試)에 응시하려던 중 동료의 모함을 받아 과거 볼 생각을 포기하고 문학에 열중했다. 이때 동년배인 권필(權韠)과 선배인 윤근수(尹根壽)·이호민(李好閔) 등과 동악시단 (東岳詩壇)이란 모임을 갖기도 했다.

1599년 문과에 급제하여 여러 언관직(言官職)을 거쳐 예조와 이조의 정랑으로 있다가 1601년 서장관(書狀官)으로 명나라에 다녀온 뒤 성균직강(成均直講)으로 옮겨 *봉조하(奉朝賀)를 겸했다. 1607년 홍주목사·동래부사 1610년 담양부사가 되었으나 1년 만에 병을 이유로 돌아왔다. 3년 후에 경주부윤이 되었다가 동부승지와 좌부승지를 거쳐 강화부사가 되었다. 어머니의 3년상을 마치자 인조반정으로 다시 등용, 예조참판에 임명되었으나 곧 사직했다. 다음해 이괄(李适)의 난에 방관했다는 이유로 유배되었으며 1627년 정묘호란이 일어나자 사면되어 강도유수(江都留守)에 임명되었다.

1631년 함경도 관찰사가 되었고 예조판서 겸 예문관제학을 거쳐 충청도 도순찰사에 제수되었으며 그 후 형조판서 겸 홍문관제학에 임명되었고 병자호란 때에 병중 노구를 이끌고 왕을 호종하다가 병세가 더하여 결국 일어나지 못하고 말았다.

그는 도학(道學)에는 관심이 없었고 오직 문학에 힘쓰되 평생 "뜻을 얻으면 경제일세(經濟一世)하고 뜻을 잃으면 은둔한거(隱遁閑居)한다"는 의지를 가지고 살았다. 특히 시작(詩作)에 주력하여 문집에 4,379수라는 방대한 양의 시를 남기고 있다. 이렇게 많은 작품을 남겼으면서도 작품창작에 매우 신중해서 일자일구(一字一句)도 가벼이 쓰지 않았다고 한다. 또한 시에 대해서 독실하게 공부하는 태도를 견지하여 두시(杜詩)는 만독(萬讀)이나 했다고 하며 여기서 입신(入神)의 경지에 이르렀다고 한다.

정철(鄭澈)의 <사미인곡>을 듣고 지은 절구(絶句) <문가(聞歌)>가 특히 애창되었으며 임진왜란이 끝난 다음 동래부사로 부임하여 지은 <동래사월십오일(東萊四月十五日)>은 사실적 작품으로 평가되고 있다.

그의 시는 절실한 주제를 기발한 시상으로 표현한 점에서 높이 평가되며 그가 옮겨 다닌 지방의 민중생활사 및 사회사적 자료를 담고 있다. 특히 그의 생애가 임진왜란·병자호란의 양란에 걸쳐 있으므로 전란으로 황폐해진 당시의 상황을 그의 시를 통하여 추적해볼 수 있다.

저서로는 <동악집>이 있다. 의정부좌찬성 겸 홍문관대제학·예문관대제학에 추증되었으며 담양의 구산서원(龜山書院)과 면천의 향사에 제향되었다. 시호는 문혜(文惠).

天地로 帳幕 삼고 日月로 燈燭 삼아
北海를 휘여다가 酒樽에 다혀 두고
南極에 老人星 對ᄒ여 늘글 뉘를 모로리라

　　　　　　　　　　　(출전: 樂學拾零, 海東歌謠)

[천지로 장막 삼고 일월로 등촉 삼아
북해를 휘여다가 주준에 대어 두고
남극에 노인성 대하여 늙을 뉘를 모르리라]

"하늘과 땅을 장막으로 삼고 해와 달을 등촉으로 삼아 북해의 물을 끌어다 술통에다 대어두고 남극의 노인성(남극성;사람의 수명을 관장한다는 별로 이 별이 나타나면 천하가 태평해진다고 함)을 대하고 있으면 늙을 줄을 모르겠네."

허황하다 싶을 정도로 망상 같은 이야기로 작품을 구성하였다. 이

는 아마도 당시의 사회불안에 대한 자위이며 현실 도피적인 심상의
표출이라 볼 수 있다.


＊ 봉조하

조선시대 전직 고위관원을 대우해주기 위해 특별히 마련한 벼슬.


## 32 조 찬한(趙 纘韓)  선조 5년(1572)~인조 9년(1631)


조선 중기의 문신. 자는 선술(善述) 호는 현주(玄洲) 본관은 한양
(漢陽)으로 양정(揚庭)의 아들이며 위한(緯韓)의 아우이다.

1601년(선조34) 생원시에 합격하여 1606년 증광문과에 병과로 급제
하였다. 성균관학유에 제수되고 이어서 전적, 형조·호조의 좌랑, 사
간원정언, 영암과 영천(榮川)의 군수 등을 역임하고 삼도토포사(三道
討捕使)에 임명되어 호남·영남 지방에 들끓는 도적의 무리를 토평하
였기에 그 공으로 통정대부(通政大夫)에 오르고 예조참의에 제수되었
다가 동부승지로 전임되었다. 이 무렵 광해군의 정사가 문란하여지자
외직을 청하여 상주목사를 지내다 인조반정 후 형조참의에 제수되고
승문원제조를 겸직하였다. 다음해 좌승지를 거쳐 선산부사가 되었다.
문무의 재능을 겸비하였으며 특히 시부(詩賦)에 뛰어나 초한육조
(楚漢六朝)의 유법을 터득하였다고 한다.
말년에 서도를 즐겨 종왕(鍾王;種繇와 王羲之)의 글씨에 비유되었
다고 한다. 권필·이안눌·임숙영 등과 교우하였으며 후진으로 이경

석(李景奭)·오숙·신천익(愼天翊) 등이 있다.

저서로 <현주집>이 있으며 시조 2수가 전하고 장성 추산사(秋山祠)에 제향되었다.

> 貧賤을 풀랴 ᄒ고 權門에 드러 가니
> 침 업슨 흥정을 뉘 몬져 ᄒ쟈 ᄒ리
> 江山과 風月을 달나 ᄒ니 그는 그리 못ᄒ리
>                                (출전: 樂學拾零, 靑丘永言)
> [빈천을 팔랴 하고 권문에 들어가니
> 치름 없는 흥정을 뉘 먼저 하자 하리
> 강산과 풍월을 달라하니 그는 그리 못하리]

"빈천을 팔려고 권세 있는 집을 찾아갔더니 대가 없는 흥정을 그 누가 먼저 하려고 하겠는가. 그런 차에 강산풍월(자연의 아름다움)과 바꾸자 하니 그것만은 안 되겠다." 즉 빈천은 팔지 못할지언정 강산풍월은 넘겨줄 수 없다 한다.

옛 사람들은 자연을 즐기는 풍류스러운 사람을 일컬어 '풍월주인'이라 하였다. 이는 돈이나 권세와도 바꿀 수 없을 정도로 그 가치를 높게 쳤던 모양이다.

## 33 홍 서봉(洪 瑞鳳)    선조 5년(1572)~인조 23년(1645)

조선 인조 때의 문신. 자는 휘세(輝世) 호는 학곡(鶴谷) 본관은 남양(南陽)으로 할아버지는 관찰사 춘경(春卿)이며 도승지 천민(天民)의 아들이다.

1590년(선조23) 진사시에 합격했고 1594년 별시문과에 급제했다. 정언·부수찬·이조좌랑·성주목사·경기도암행어사·응교 등을 역임했고 1608년(광해군 즉위) 문과중시에 급제하여 사가독서(賜暇讀書)했다. 그 후 강원도관찰사를 거쳐 동부승지에 올랐으나 장인 황혁(黃赫)이 *김직재옥사(金直哉獄事)에 관련되어 삭직당한 뒤 칩거했다.

1623년 김유(金瑬) 등과 함께 인조반정을 일으켜 그 공으로 정사공신(靖社功臣) 3등에 책록되고 익녕군(益寧君)에 봉해졌다. 이어 병조참의·대사간·대사헌·병조참판·도승지 등을 역임했고 1628년 유효립(柳孝立)의 역모를 고변하여 영사공신(寧社功臣) 2등에 책록되고 지의금부사에 올랐으며 예조판서·대사헌·이조판서·좌참찬·대제학 등을 역임했다.

1636년 우의정을 거쳐 좌의정으로 재직 중 병자호란이 일어나자 최명길(崔鳴吉)·이경직(李景稷)·김신국(金藎國) 등과 함께 화의(和議)를 주장하여 청나라 진영에 가서 항복절차를 협의했으며 1639년 부원군(府院君)이 되었고 이듬해 영의정에 올랐다. 1645년 소현세자(昭顯世子)가 급사한 뒤 봉림대군(鳳林大君;뒤의 효종)의 세자 책봉을 반대하고 소현세자의 아들로 세손을 삼자고 주장했으나 받아들여지지 않았다.

성품이 온후하여 사람을 대할 때는 언제나 화락했고 생활이 아주 검소하였으며 시·서·화에 능했다. <청구영언>에 시조 1수가 전하며 저서로 <학곡집>이 있다. 시호는 문정(文靖).

> 離別 ᄒ던 날에 피눈물이 눈지 만지
> 鴨綠江 ᄂ린 믈이 프른 빗치 전혀 업ᄂ
> 빈 우희 허여 셴 沙工이 처음 본다 ᄒ더라
> (출전: 樂學拾零, 靑丘永言)
> [이별하던 날에 피눈물이 난지 만지
> 압록강 내린 물이 푸른빛이 전혀 없네
> 배 위에 허여 셴 사공이 처음 본다 하더라]

"이별하던 날에 피눈물이 났는지 어떤지 경황이 없었는데 지금 배를 타고 건너는 압록강에 흐르는 물이 푸른빛이 전혀 없구나. 배 위의 허옇게 머리가 셴 사공도 이런 일은 난생 처음 본다 하더라."

당시 청에 볼모로 잡혀가는 왕자와 그 일행의 심리적·상황적 묘사가 잘 드러난 작품으로 푸른 강물도 푸르게 보이지 않을 정도로 눈물겹기만 하다. 또한 종장에 늙은 사공이 생전에 볼 수 없던 일이라 한탄하는 말을 인용하면서 통탄스러움을 더해주고 있다.

\* 김직재옥사

1612년 대북파가 영창대군 지지파인 소북파를 몰아내기 위해 꾸민 사건이다. 이 사건은 황해도 봉산군수 신률이 병역 회피를 위해 어보와 관인을 위조한 김경립을 체포하면서 시작되었다. 신률은 그를 체포한 후 관련자 유팽석을 고문하여 김경립이 모반을 획책하기 위해 어보와 관인을 위조했다는 각본을 만들어 자백을 받아내고 다시 김경립을 심문하여 역모계획의 전모를 토설하도록 하였는데 이는 8도에 각각 대장, 별장 등을 정하여 불시에 한양을 함락시키고 대북세력 및 광해군을 축출한다는 것이었다. 나아가 김경립의 아우 김익진을 통해 팔도도대장으로 내정된 사람이 김백함이라는 진술을 꾸며 낸 대북파는 김직재와 김백함 부자는 물론 그 일족을 모두 체포하여 모진 고문을 가한다. 이 고문 과정에서 김백함은 아버지 김직재의 실직에 불만을 품고 모의를 했다는 허위자백을 강요받았으며 결국 모든 내용을 시인하게 된다. 또한 김직재는 자신이 역모의 주동자이며 일군의 소북파 인사들과 모의하여 특정한 날에 도성을 무너뜨리려고 했다고 허위자백까지에 이르렀고 결국 옥사 로 이어졌다. 그들이 추대하려던 왕이 선조의 아들 순화군의 양자인 진릉군 이태경이라고 함에 따라 함께 처형되었으며 이들과 관련이 있는 인사는 모두 숙청되었다. 이 옥사로 김직재·김백함 부자가 처형당하고 김제·유열 등 1백여 명의 소북파 인사들이 대거 숙청당했다.

## 34  정 충신(鄭 忠信)  선조 9년(1576)~인조 14년(1636)

조선 중기의 무신으로 북방 여진족에 대해 항상 경계하고 방비할 것을 주장했으며 지략과 덕을 갖춘 명장으로 명성이 높았다. 자는 가행(可行) 호는 만운(晚雲) 본관은 광주(光州)며 고려의 명장 정 지(鄭地)의 후손으로 아버지는 광주 향청(鄕廳)의 좌수(座首) 윤(綸)이다.

1592년(선조25) 임진왜란이 일어나자 광주목사 권율(權慄) 밑에서 종군하던 중 권율의 장계(狀啓)를 가지고 의주 행재소(行在所)에 갔다가 이항복(李恒福)의 눈에 띄어 학문과 무예를 닦아 그해 겨울 무과에 합격했다.

1621년(광해군13) 만포첨사(滿浦僉使)로 국경을 수비하면서 여진족들과 접촉한 뒤 장차의 우환에 대비해야 한다고 주장했고 1623년(인조1) 안주목사 겸 방어사를 겸임했다. 다음해 이괄(李适)의 난 때는 도원수 장만(張晚)의 전부대장(前部大將)으로서 반군을 황주·안현에서 물리쳐 난을 진압한 공으로 진무공신(振武功臣) 1등에 책록 되었고 금남군(錦南君)에 봉해졌다. 이어 평안도병마절도사 겸 영변대도호부사를 지냈고 1627년 정묘호란 때 부원수로 종군했으며 1630년 가도(椵島;평북 철산군에 속한 섬)의 유흥치(劉興治)가 의주를 침입했을 때 역시 부원수로 출전하여 물리쳤다.

1633년 조정에서 후금에 대한 세폐의 증가를 반대하여 단교(斷交)를 결정하자 이에 반대하여 당진·장연에 유배되었다가 1634년 풀려나 포도대장·경상도병마절도사를 지냈다.

천문·지리·복서·의술 등 다방면에 걸쳐 정통했고 몸집이 작았으나 기상이 늠름했으며 청렴하여 덕장(德將)으로 명성이 높았다. 그에 얽힌 많은 설화가 전하는데 무등산이 갈라지며 청룡과 백호가 뛰어나와 안겼다는 태몽, 이항복과의 인연, 임진왜란 때의 활약과 여진족을 다루는 영웅담 등이 <한문야담집>에 전한다.

저서로 <만운집(晩雲集)>·<금남집(錦南集)>·<백사북천일록(白沙北遷日錄)> 등이 있으며 시조 3수가 전한다. 광주광역시 경렬사(景烈祠)에 제향되었으며 시호는 충무(忠武)다.

> 空山이 寂寞흔듸 슬피 우는 져 杜鵑아
> 蜀國 興亡이 어제 오늘 아니여늘
> 죠솟히 피나게 우러 눔의 애를 굿나니
>                    (출전: 樂學拾零, 靑丘永言)
> [공산이 적막한데 슬피 우는 저 두견아
> 촉국 흥망이 어제 오늘 아니거늘
> 지금히 피나게 울어 남의 애를 끊나니]

"고요하고 적막한 산에서 슬피 울어대는 두견새야. 촉나라가 흥하고 망한 것이 어제 오늘 일이 아닌데 지금에 이르도록 피나게 울어 남의 마음을 아프게 하느냐."

이 시조는 촉나라 두우(杜宇)의 고사(촉나라 왕 두우가 정승에게 왕위를 **빼앗기고** 원통하게 죽은 혼이 두견새가 되었다는)를 도입하여 작자 자신의 처연한 심사를 묘사한 작품이다.

## 35  신 계영(辛 啓榮)    선조 10년(1577)~현종 10년(1669)

조선 중기의 문신. 자는 영길(英吉), 호는 선석(仙石) 본관은 영산(靈山)으로 아버지는 호조좌랑 종원(宗遠)이며 어머니는 남담(南曇)의 딸이다.

1619년(광해군11) 알성문과에 급제하여 검열·병조좌랑·예조좌랑 등을 지냈다. 1624년(인조2) 통신사 정립(鄭岦)의 종사관으로 일본에 건너가 도쿠가와 이에야스[德川家康] 정권장악을 축하하고 이듬해 임진왜란 때 포로로 잡혀온 조선인 146명과 함께 귀국했다.

1637년 6월에는 속환사(贖還使)가 되어 병자호란 때 잡혀간 가족의 속환을 원하는 사람들을 거느리고 선양[瀋陽]에 가서 국가나 개인 경비로 속환된 600여 명을 데리고 귀환했다. 그 후 나주목사·강화유수 등을 거쳐 전주부윤을 지냈으며 1639년 볼모로 잡혀간 소현세자(昭顯世子)를 영접하는 부빈객(副賓客)이 되어 선양에 다녀왔다.

1655년 사직하고 낙향하였으며 1665년(현종6) 지중추부사가 되어 기로소(耆老所)에 들어갔고 1667년 판중추부사가 되었다.

저서로 일본에 가서 지은 시와 선양에 가면서 지은 시, 그리고 수

창시(酬唱詩) 등으로 구성된 문집 <선석유고(仙石遺稿)>가 있고 가사 <월선헌십육경가(月先軒十六景歌)>가 있다. 시호는 정헌(靖憲).

> 아히 제 늘그니 보고 白髮을 비웃더니
> 그 더딘 아히돌이 날 우슬 줄 어이 알리
> 아히야 하 웃지 마라 나도 웃던 아히로다
>
> **(출전: 仙石遺稿)**
>
> [아해 제 늘그니 보고 백발을 비웃더니
> 그 더디 아해들이 날 우슬 줄 어이 알리
> 아해야 하 웃지 마라 나도 웃던 아해로다]

"아이 때 늙은이 보고 백발을 비웃었는데 그 뒤에 아이들이 나를 보고 웃을 줄 어찌 알았겠는가. 아이야 너무 웃지 마라 나도 웃던 아이로다."

이 작품은 늙음이란 누구에게나 예비 되어 있는 것이니 늙음을 비웃지 말라고 하는 교훈적인 내용이다. 이 외에도 탄로가(嘆老歌) 몇 편이 더 전한다.

# Ⅳ. 조선 중·후기의 대표적 인물과 시조

## 1 김 응하(金 應河)

선조 13년(1580)~광해군 11년(1619)

조선 광해군 때의 무신. 자는 경의(景義) 본관은 안동(安東)으로 고려의 명장 방경(方慶)의 후손이다. 조실부모하고 우애가 지극했다고 전한다.

1604년(선조37) 무과에 합격했으나 말직을 전전했다. 병조판서 박승종(朴承宗)의 주선으로 선전관(宣傳官)이 되었으나 주변의 시기로 파직 당했으나 1608년(광해군 즉위) 박승종이 전라도관찰사로 부임할 때 다시 비장(裨將)으로 기용되었다. 1610년 선전관에 임명된 뒤 경원판관·도총부경력·삼수군수·북우후(北虞候) 등을 지냈다.

1618년 명이 후금을 치기 위해 조선에 원병을 청하자 이듬해 2월 도원수 강홍립(姜弘立) 부원수 김경서(金景瑞)를 따라 좌영장으로 출정했다. 이해 3월에 부차령전투에서 명군이 대패하고 조선의 원군도 후금 군대에 항복했을 때 3,000의 군사로 후금군을 맞아 싸우다 전사했다. 1620년 명 신종(神宗)으로부터 요동백(遼東伯)에 봉해졌다. 후에 영의정으로 추증되었다. 시호는 충무(忠武).

十年 ▽온 칼이 匣裡에 우노미라
關山을 ㅂ라보며 째째로 만져보니
丈夫의 爲國功勳을 어느 째에 드리올고
(출전: 靑丘永言, 樂學拾零)
[십년 갈은 칼이 갑리에 우노메라
관산을 바라보며 때때로 만져보니
장부의 위국공훈을 어느 때에 드리올고]

"십년 칼을 갈았지만 칼집에 갇혀 있구나. 국경 통문 주변의 산을 바라보며 때때로 칼을 어루만지기만 하니 사내대장부로서 어느 때가 되어야 나라를 위해 공을 세우겠는가."

무인으로서의 우국충정과 호전적(好戰的) 기질이 잘 드러난 작품이다.

## 2 김 광욱(金 光煜)

선조 13년(1580)~효종 7년(1656)

조선 인조 때의 문신으로 자는 회이(晦而) 호는 죽소(竹所) 본관은 안동(安東)이며 형조참판 상준(尙寯)의 아들이다

1606년(선조39) 증광(增廣) 문과(文科)에 병과로 급제하여 승문원(承文院)에 등용되었고 예문관 검열(藝文館檢閱), 정언(正言, 1611;광해군 3년) 등을 역임하였으나 선조의 계비이자 영창대군의 모후인 인목대비의 폐모론(1615)때에는 그 정청(庭請)에 참여하지 않아 삭직되었다.

인조반정(仁祖反正,1623) 후 복관되어 형조판서(1649;효종 즉위), 한성부판윤(漢城府判尹), 경기도 관찰사, 지돈령부사(知敦寧府事), 우참찬 등을 거쳐 좌참찬(左參贊)에 이르렀다.

만년에는 자연 속에 은거하며 시 짓기로 여생을 보냈으며 작품으로는 도연명이 '귀거래사'를 읊으며 돌아가 살던 마을의 이름인 율리(밤마을)를 본떠 자연 속에 묻혀 사는 이의 평화로움과 즐거움을 노래한 '율리유곡' 14수와 그 밖의 8수가 <청구연언>과 <해동가요>에 전해진다. 저서로는 <죽소집(竹所集)>이 있으며 <장릉지장(長陵誌

狀)>을 편찬하였다. 시호는 문정(文貞).

> 東風이 건듯 부러 積雪을 다 노기니
> 四面 靑山이 네 얼골 나노매라
> 귀 밋테 희 무근 서리는 녹을 줄을 모른다
>
> (출전: 樂學拾零, 靑丘永言)
>
> [동풍이 건듯 불어 적설을 다 녹이니
> 사면 청산이 옛 얼굴 나노매라
> 귀 밑의 해묵은 서리는 녹을 줄을 모른다]

봄이 와서 "동풍이 솔솔 부니 겨우내 쌓인 눈을 다 녹이니 사방 산들이 옛 얼굴을 다 드러내는데 내 귀밑의 흰 머리는 녹을 줄을 모르는구나."

자연의 순환처럼 인생도 다시 순환되면 얼마나 좋을까 하는 절실한 바람과 함께 인생무상의 심상을 표현한 작품으로 겨우내 쌓인 눈이 녹아 대지의 옛 모습을 찾는 일련의 과정을 보며 과거, 즉 젊음으로의 회귀를 염원하는 시적 발상이 이채롭다.

## 3 김 육(金 堉)

선조 13년(1580)~효종 9년(1658)

조선 효종 때의 문신으로 자는 백후(伯厚) 호는 잠곡(潛谷)·회정당(晦靜堂) 본관은 청풍(淸風)이며 재랑(齋郎) 흥우(興宇)의 아들이다.

1605년(광해2) 사마시(司馬試)에 급제하여 문묘(文廟)의 책임을 맡았으나 그 때 정 인홍을 비판하다가 광해군의 노여움을 사 가평(加平)으로 돌아가 잠곡에서 10년이나 은둔생활을 하다가 인조반정(1623)으로 다시 조정에 불리었으며 1624년(인조2) 증광문과(增廣文科) 갑과로 급제하여 이듬해 지평(持平)·문학(文學)·직강(直講) 등을 지내고 1636년(인조14) 동지사(冬至使)로 청나라에 다녀왔다. 이어 충청도 관찰사(1638)·동부승지(同副承旨,1639)·대사성·부제학·한성부윤(漢城府尹,1643;인조 21년)·도승지 등을 역임하였고 소현세자(昭顯世子)가 심양에 볼모로 잡혀가자 보양관(輔養官)으로 수행했다.

귀국 후에 우부빈객·관상감제조(1645)를 지내고 사은사로 청나라에 다녀온 후 대사헌(大司憲,1649;효종 즉위)·우의정이 되었고 다시 사은 겸 동지사로 청나라에 다녀왔다.

대동법(大同法) 실시 문제로 김 집(金集)과 논쟁(1650)하다 영중추부사(領中樞府事)로 전직되었고 이어 *진향사(進香使)로 청나라에 다녀왔으며 실록청(實錄廳) 총재관(總裁官)이 되어 <인조실록>의 편찬을 맡아 보았고 다시 그 해에 우의정에 이어 좌의정(1652)·영돈령부사(1654;효종 5년)·영의정(1655) 등을 역임하였다.

충청도 관찰사로 재직 중 백성 수탈의 방법이었던 공물법(貢物法)을 폐지하고 미포(米布)로 대납하는 대동법(大同法) 실시를 주장하여 왕의 승낙을 받고도 조정에서 실시하지 않았으므로 그가 우의정이 되자 충청도(1651)·전라도 연안(1657) 등에 실시케 했다. 또한 구식 역법을 뜯어 고쳐 *시헌력(時憲曆)이라는 새 역법을 시행했으며 (1653) 수레를 제작하여 교통수단을 혁신했고 관개(灌漑)에 수차(水車)의 사용을 주청하여 황해도 평안도에 실시케 했다(1644). 상평통보(常平通寶)의 주조를 건의하여 서울 서북지방에 유통케 하였고(1651) 병자호란으로 소실된 활자를 새로이 제작하여 많은 서적을 간행케 했다.

그의 탁월한 경제적 식견은 실학(實學)의 원조격인 유형원에게 큰 영향을 끼쳤으며 성리학을 비롯하여 천문·지리·병략(兵略)·복서 (卜書)·율력(律曆) 등에도 밝았다.

저서로는 <잠곡유고(潛谷遺稿)>·<잠곡필담(潛谷筆談)>·<팔현전(八 賢傳)>·<해동명신록(海東名臣錄)> 등이 있으며 가평의 잠곡서원(潛 谷書院), 강동(江東)의 청계서원(淸溪書院)에 제향 되었다. 시호는 문 정(文貞)이며 시조 1수가 전해진다.

자닉 집의 슐 닉거든 부듸 날 부르시소
草堂에 곳 피여든 나도 자닉 請ᄒ옴싀
百年덧 시름 업슬 일을 議論코져 ᄒ노라

(출전: 樂學拾零, 靑丘永言)

[자네 집에 슐 익거든 부디 나를 부르시소
초당에 꽃 피거든 나도 자네 청하옴세
백년덧 시름없는 일을 의논코자 하노라]

집에 술이 익고 집에 꽃이 피어도 혼자 마시고 보면 무슨 재미인 가. 친구가 있어 함께하면 그 즐거움이 배가(倍加)될 터…

친구와의 도타운 정을 느낄 수 있는 작품이다.

이 시조는 초·중장에서 작자는 독백을 하듯 대화체로 어느 벗과 의 우의를 실감나게 표현하면서 그렇게 만나게 될 친구와 할 일은 '백년 껏(백 년 동안) 시름없을 일을 의논'하는 것이라 한다.

여기서 '백 년 동안 걱정 없을 일'이 무엇인가. 우리 인생 많이 살아 야 백년이라 치고 사는 동안 친구가 있어 함께 마시고 즐기면서 한평 생 시름을 달랠 수 있다는 것인지 아니면 백성의 시름을 없앨 국가 백 년대계(百年大計)를 친구와 함께 의논하자는 것인지 불분명하지만 이 작품에서는 후자가 작자의 이력에 걸 맞는 해석이 아닐까 한다.

＊ 진향사

> 중국의 황실에 어떤 상사(喪事)가 났을 때 향(香)과 제문(祭文)을 가지고 가던 사신.

＊ 시헌력

> 서양 신부 탕약망(湯若望 Adam Schall) 등이 서양역법을 기초하여 편찬한 청(淸)의 역법.

## 4  홍 익한(洪 翼漢)

선조 19년(1586)~인조 15년(1637)

병자호란 때 의사(義士) 3학사 중의 한 사람으로 자는 백승(伯升) 호는 운옹(雲翁)·화포(花浦) 본관은 남양(南陽)이다. 초명은 습(霫)이고 아버지는 진사 이성(以成)이며 어머니는 김림(金琳)의 딸이다. 큰아버지 대성(大成)에게 입양되었으며 이정구(李廷龜)의 문인이다.

1624년(인조2) 공주행재정시문과(公州行在庭試文科)에 장원급제한 뒤 사서·장령 등을 역임했다.

1636년 청나라가 제호(帝號)를 쓰면서 사신을 보내 모욕적 조건을 제시하자 상소를 올려 사신들을 즉각 처형할 것을 주장했다. 그해 병자호란이 일어나자 최명길(崔鳴吉)의 화의론(和議論)을 끝까지 반대했으며 그의 아내와 아들·사위 등은 모두 난중에 전사하거나 자결했다. 다음해 화의가 성립되자 화친을 배척한 자들을 내놓으라는 청나라의 요구에 따라 오달제(吳達濟)·윤집(尹集)과 함께 청나라 선양

[瀋陽]으로 끌려가서 온갖 회유와 협박에도 굴하지 않고 반청(反淸)의 자세로 버티다가 다른 2명의 학사와 함께 사형 당했다.

영의정에 추증되어 광주(廣州) 현절사(顯節祠) · 강화 충렬사(忠烈祠) · 홍산 창렬서원(彰烈書院) 등에 제향 되었으며 저서로는 <화포집(花浦集)> · <북행록(北行錄)> · <서정록(西征錄)> 등이 있고 시조 1수가 전해진다. 시호는 충정(忠正).

首陽山 ᄂ린 믈이 夷齊의 怨淚 되야
晝夜 不息ᄒ고 여흘여흘 우는 뜻은
至今에 爲國忠誠을 못ᄂ 슬허 ᄒ노라
                    (출전: 樂學拾零, 靑丘永言)
[수양산 내린 물이 이제의 원루 되어
주야 불식하고 여흘여흘 우는 뜻은
지금에 위국충성을 못내 슬퍼하노라]

"수양산(중국 은나라의 충신 백이와 숙제 형제가 절의를 지키기 위해 고사리를 캐먹으며 숨어 살다 죽은 산)에 흘러내리는 물은 백이와 숙제의 원한으로 흘리는 눈물"로 이는 곧 작자 자신의 눈물이며 "밤낮을 쉬지 않고 여흘여흘(의성어) 우는 뜻은 지금에 이르기까지 나라를 위한 충성"된 마음이 부족하였음을 못내 슬퍼한다고 하였다.

작자는 적국인 청에 끌려가 죽임을 당하면서까지 국가에 대한 일관된 충성과 절의를 지킨 인물이다. 그럼에도 불구하고 이 작품에서 보듯이 자신이 슬퍼하는 이유가 나라에 대한 충성심 부족이라며 개탄하고 있으니 그의 우국충정에 어느 누구라도 경의를 표하지 않을 수 없으리라.

## 5  윤 선도(尹 善道)

선조 20년(1587)~현종 12년(1671)

조선 최고의 시조시인으로 자는 약이(約而) 호는 고산(孤山)·해옹 (海翁) 본관은 해남(海南)이며 서울에서 태어나 6세에 백부 유기(惟幾)에게 입양되어 해남에서 성장했다.

몸이 단소(短小)하고 체질이 허약하여 평생 잦은 병으로 괴로워했으나 어렸을 때부터 단정하고 정숙한 기상을 갖고 있었다. 총명하고 독서를 즐겨 스승도 없이 절에 가서 독학하고 때론 부친에게서 배워 소학·경전뿐만 아니라 천문·지리·음양·의학에도 조예가 깊었다.

1612년(광해4) 진사시 1628년(인조6) 별시에 급제하여 국자진사(國子進士)가 되었다.

성균관의 유생이었을 때(1612:광해 4년) 권신 이이첨이 국정을 어지럽히므로 상소하여 조정을 놀라게 하였으나 마침내는 함경도 경원(慶源)으로 귀양을 가게 된다. 이 때 시문 및 시조 <견회요(遣懷謠)>·<우후요(雨後謠)> 등을 지어 국사를 근심하고 어버이를 연모하였다.

인조가 즉위하자 8년간의 긴 귀양살이에서 풀려나 의금부도사·찰방·소모사(召募使) 등의 직에 불리었으나 모두 응하지 않고 있다가 봉림, 인평 양 대군의 사부(師傅)가 되고 후에 공조좌랑·형조정랑·한성부윤·성산현감(星山縣監) 등을 지내다가 강 석기(姜碩期) 등의 모함으로 삭직되고 해남에 귀향(1635)하였다.

이듬해 병자호란이 일어나자 전라·경상도의 주사(舟師:수군)를 거느리고 강화도에 이르렀으나 이미 함락된 후라 하릴없이 되돌아갔다. 그 후 남한산성의 왕을 문안하지 않았다는 이유로 영덕(盈德)으로 귀양을 갔고 효종이 즉위하여 승지·예조참의 등을 내렸으나 서인들에게 밀려나 고향으로 내려갔다. 그의 시조 <산중신곡(山中新曲)> · <산중속신곡(山中續新曲)>은 그 때 고향 금쇄동(金鎖洞)에서 지어진 것이다.

이후 다시 보길도(甫吉島)의 부용동(芙蓉洞)에 피신하여 역작 <어부사시사(漁父四時詞)> 전 40장을 지었으며 1652년(효종3) 다시 부름을 받아 성균관 사예(司藝)로 있다가 노환으로(66세) 양주(楊洲)의 고산별업(孤山別業)에서 정양하며 단가 <몽천요(夢天謠)> 3편을 지었고, 효종이 죽자(1660) 조대비(趙大妃) 복제문제로 논쟁하다가 서인들에게 몰려 삼수(三水)로 귀양을 갔다가 다시 광양(光陽)으로 이배(移配) 후 2년 만에 풀리어 다시 부용동으로 들어가 강호생활을 즐기다 향년 85세로 세상을 떠났다.

치열한 당쟁으로 그의 일생은 20여 년간의 유배와 19년간의 도피생활로 보냈는데 도피생활은 곧 강호(江湖)의 가요생활이었으며 결국 완도의 한 섬 보길도에 있는 부용동을 영주지로 정했다. 그곳에서 그는 아침이면 닭 우는 소리와 함께 낙서재(樂書齋)에서 일어나 곡수대(曲水臺) · 석실(石室) · 세연정(洗然亭)에서 시가를 읊었다 한다.

그의 작품은 거의 <고산유고(孤山遺稿)>에 수록되어 있는데 위에 열거한 외에 <고금영(古琴詠)> · <증반금(贈伴琴)> · <초연곡(初筵曲)> · <파연곡(罷宴曲)> 등으로 각 편마다 제목을 붙였으며 연시조를 써서 단시조보다 폭 넓은 서술방법을 시도하였다.

그의 시를 평하여 김 수장(金壽長)은 해동가요(海東歌謠)에 "此翁歌法 脫垢淸高 吾觀之此 則難登萬丈之峰(이 어른의 노래기법은 구저분함에서 벗어나 맑고 높으니 내가 보는 견지에서 이는 높디높은 산봉우리에 오르는 것만큼이나 어려운 일이다)"이라 하였고 조 윤제(趙潤濟)는 "다른 작가에 특출하여 실로 시가로 인하여 조선어의 미를 발견하고 그를 그의 시가에 직접 시험하여 보았다."라고 한 바와 같이 토착적인 우리말의 아름다움을 살려 새로운 뜻을 창조하고 또 섬세하고 예술적으로 구사한 점은 그의 가장 큰 공적으로 정 철의 가사(歌詞)와 더불어 시가사상 쌍벽을 이룬다.

남인의 집권으로 신원(伸寃,1675:숙종 1년)되어 이조판서에 추증되었고 시호는 충헌(忠憲)이며 시조 77수가 전해진다.

> 내 버디 몃치나 ᄒ니 水石과 松竹이라
> 東山에 ᄃᆞᆯ 오르니 긔 더욱 반갑고야
> 두어라 이 다숫 밧긔 ᄯᅩ 더ᄒᆞ야 무엇 ᄒ리
>
> (출전: 孤山遺稿, 孤山歌帖)
>
> [내 벗이 몇이나 하니 수석과 송죽이라
> 동산에 달 오르니 그 더욱 반갑구나
> 두어라 이 다섯 밖에 또 더하여 무엇하리]

잘 알려진 '오우가' 여섯 수 중 첫수이다. '오우가'는 총 18수로 이루어진 <산중신곡(山中新曲)>에 포함되어 있으며 이는 인조 20년에 영덕의 귀양살이에서 풀려나 효종 3년 다시 벼슬길에 나아가기 전까지 50대 후반에서 60대 전반에 걸쳐 고향 해남에서 지내던 시절, 말하자면 문학적 황금기에 지어진 작품으로 우리말의 아름다움을 잘 나타내어 시조를 절묘한 경지로 이끈 고산문학의 백미라 할 수 있다.

'오우가'는 익히 알려진 바와 같이 영원히 변치 않을 친구로 다섯 자연물을 지목하고, 그 특징을 묘사하여 변치 않는 친구로서의 의미를 부여하면서 자신의 자연애와 관조를 표백(表白)한 작품으로 위는 다섯 친구를 열거 소개한 첫 수에 해당한다. 따라서 '오우가'는 위 첫수 이하 물(水), 돌(石), 솔(松), 대(竹), 달(月)의 다섯 가지 자연물을 소재로 하였으니 각기 작품을 현대어로 소개해 보기로 한다.

"구름 빛이 좋다 하나 검기를 자주 한다/ 바람소리 맑다 하나 그칠 적이 많구나/ 맑고도 그칠 적 없기는 물 뿐인가 하노라."

"꽃은 무슨 일로 피면서 쉬 지고/ 풀은 어이하여 푸르는 듯 누르나니/ 아마도 변치 않을 손 바위뿐인가 하노라."

"더우면 꽃 피고 추우면 잎 지거늘/ 솔아 너는 어찌 눈서리를 모르는다/ 구천에 뿌리 곧은 줄을 글로 하여 아노라."

"나무도 아닌 것이 풀도 아닌 것이/ 곧기는 뉘 시기며 속은 어이 비었는다/ 저렇게 사시에 푸르니 그를 좋아 하노라."

"작은 것이 높이 떠서 만물을 다 비추니/· 밤중의 광명이 너 만한 이 또 있느냐/ 보고도 말 아니하니 내 벗인가 하노라."

압 닉에 안기 걷고 뒷 뫼에 히 비췬다
빈 떠라 빈 떠라
밤물은 거의 지고 낫물이 미러 온다
至匊悤 至匊悤 於思臥
江村에 온갖 곳이 먼 빗치 더욱 조홰라

(출전: 孤山遺稿)

[앞 내에 안개 걷고 뒷 뫼에 해 비친다
배 띄워라 배 띄워라
밤물은 거의 지고 낮 물이 밀려 온다
지국총 지국총 어사와
강촌에 온갖 꽃이 먼 빛이 더욱 좋아라]

고산(孤山) 최대의 역작 '어부사시사(漁父四時詞)'의 춘사(春詞) 첫 수다.

'어부사시사'는 원래 고려 때부터 전해오던 '어부사(漁父詞)'를 농암 이 현보가 9연의 가사로 만들었다. 그 후 백여 년이 지나 농암의 어부가는 노래로 부르기에 어려움이 많다 하여 고산이 시조의 형식에 후렴구(빈 뻐라 빈 뻐라 - 각 수마다 다름/ 至匊恩 至匊恩 於思臥 - 불변)만 그대로 넣어 완성한 것이다. 그 때 시상(詩想)을 달리 잡아 춘·하·추·동의 사계(四季)로 나누고, 각 계절을 10수로 엮어 모두 40수의 연시조로 엮어 놓았다.

'어부사시사'가 이 현보의 '어부사'에서 시상(詩想)을 얻었다고는 하지만 그 한시구(漢詩句)의 어의(語意)나 어음(語音)에 상응하는 우리말로 고치면서 전혀 새로운 자신의 언어로 능란하게 구사하여, 속계를 벗어나 물외(物外)에 서서 자연에 합치한 어부의 생활을 아름답게 나타내었다. 이렇게 40수 모든 편들이 우리말로 잘 정제된 수작들이지만 여기서는 위 작품만 소개한다.

이 작품은 "포구에 안개는 걷혀가고 뒷산에 아침햇살 펴지니 다시 밀물은 밀려오는데" 작자는 이미 배를 타고 멀리 나갔다가 그 밀물을 타고 돌아오는지 "멀리 보이는 강마을에 온갖 꽃이 핀 모습이 멀리서 보니 더욱 좋다"라는 내용이다.

그리고 '어부사시사' 전 편에 걸쳐 고정으로 삽입되어 있는 후렴구 '지국총 지국총 어사와'는 의성어로서 "찌그덩거리며 노 젓는 소리, 뱃사람들의 어기여차 하는 소리"를 표현한 것으로 볼 수 있다.

## 6. 임 경업(林 慶業)  선조 27년(1594)~인조 24년(1646)

조선 인조 때의 장군으로 자는 영백(英伯) 호는 고송(孤松) 본관은 평택(平澤)으로 충주 달천촌(達川村)에서 태어났다.

1618년(광해군10) 아우 사업(嗣業)과 함께 무과에 급제하여 1620년 소농보권관(小農堡權管)을 지내고 1622년 첨지중추부사를 거쳐 1624년(인조2) 이괄(李适)의 난 때 정충신(鄭忠信) 밑에서 세운 공으로 진무원종공신(振武原從功臣) 1등에 봉해져 가선대부(嘉善大夫)에 올랐다. 그 후 우림위장(羽林衛將)·방답첨사(防踏僉使)·낙안군수 등을 지냈다. 1627년 정묘호란이 일어나자 전라병사 신경인(申景禋)의 좌영장으로 출전하여 강화도로 갔으나 이미 화의가 성립된 뒤여서 후금군과의 전투는 없었다.

이듬해 체찰부별장 1629년 용양위부호군 1631년 검산산성방어사·정주목사 등을 거쳐 1633년 청북방어사 겸 안변부사에 기용되어 백마산성(白馬山城)·의주성(義州城)을 수축했다. 같은 해 명나라의 공유덕(孔有德)이 반란을 일으켜 후금군과 합세하려 하자 명군과 함께 이를 토벌하여 명나라의 왕으로부터 총병(摠兵) 벼슬을 받았다. 1634년 의주부윤 겸 청북방어사에 임명되었으며 중국무역과 *둔전(屯田) 개설의 공로로 이듬해 가의대부(嘉義大夫)에 올랐다가 무역거래에서 폭리를 취했다는 탄핵으로 한때 파직되었으나 곧 복직하여 압록강 맞은편의 송골산(松鶻山)·봉황산(鳳凰山)에 봉화대를 설치하는 등 국경경비를 강화했다.

1636년 병자호란이 일어나자 백마산성에서 청군을 차단하고자 했으나 청군이 우회하여 남하했으므로 목적을 이루지 못했다. 이듬해 인조로부터 굴욕적인 강화를 받아내고 돌아가던 일부 청군을 쳐서 무찔렀다. 1637년 청나라가 가도(椵島)에 주둔한 명군을 공격하기 위하여 조선에 병력을 요청하자 수군장(水軍將)으로 출전했으나 병자호란 때의 치욕을 씻을 기회를 노리던 그는 명의 심세괴(沈世魁)에게 연락하여 몰래 명군을 도왔다. 이듬해 평안도병마절도사 겸 안주목사가 되었으며 1640년 다시 청나라의 요청으로 주사상장(舟師上將)으로 발탁되어 금주위(錦州衛)의 명군을 공격했지만 이때도 마찬가지로 승려

독보(獨步)를 보내 명군과 연락을 취하면서 한 번도 싸우지 않았다.

1641년 서울로 돌아왔으나 그의 행적에 의심을 품고 있던 청의 압력으로 벼슬에서 쫓겨났다가 곧 행동지중추부사(行同知中樞府事)로 복귀했다. 그러나 1642년 명장(明將) 홍승주(洪承疇)가 청나라에 투항함으로써 명과의 관계가 드러남에 따라 체포되어 청나라로 압송되던 도중에 황해도 금천군 금교역(金郊驛)에서 탈출하여 회암사(檜巖寺)에 들어가 스님이 되었다가 1643년 명나라에 망명했다.

그 후 명나라 장군 마등고(馬騰高)와 함께 석성(石城)에서 청나라 공격에 나섰으나 마등고가 곧 항복하여 뜻을 이루지 못하고 탈출을 기도하다가 그의 부하였던 한사립(韓士立)의 밀고로 잡혀 1645년 베이징으로 압송되었다. 이 무렵 조선에서 *심기원(沈器遠)의 옥사가 일어나 그의 관련설이 대두되자 1646년 인조의 요청으로 송환되었다.

그는 역모사실을 부인했으나 김자점(金自點)·원두표(元斗杓)가 강력히 처벌을 주장하여 심문을 받던 중 형리(刑吏)에게 장살(杖殺)되었다.

사후 그의 무용담을 소재로 한 <임경업전(林慶業傳)>을 비롯하여 많은 소설·설화가 전해지고 토속신앙의 대상으로 신격화되었다. 1697년(숙종23) 복관되어 충주 충렬사(忠烈祠)·선천 충민사(忠愍祠) 등에 제향되었다. 시호는 충민(忠愍). 시조 1수가 전해진다.

> 拔山力 蓋世氣는 楚覇王의 버금이요
> 秋霜節 烈日忠은 伍子胥의 우히로다
> 千古에 凜凜흔 丈夫는 壽亭候ㄴ가 흐노라
>
> （출전: 樂學拾零, 詩歌）
>
> [발산력 개세기는 초패왕의 버금이요
> 추상절 열일충은 오자서의 우히로다
> 천고에 늠늠한 장부는 수정후인가 하노라]

244

초·중장에 "산을 뽑을만한 힘과 온 세상을 뒤엎을만한 기개는 항우에 버금가며 서릿발 같은 절개와 햇빛같이 뜨거운 충의는 오자서보다 오히려 위"라고 하면서 이러한 사람이 바로 '수정후(관운장의 봉호)'라고 종장에 명시하여 작자의 심중을 구체적으로 드러내 놓았다.

이렇게 촉한의 장수 관운장에 대한 흠모의 마음을 담백하면서도 직설적으로 표현함으로써 전체적으로 무인다운 작자의 기개를 느끼게 하는 작품이다.

＊둔전

> 고려·조선 시대 군수(軍需)나 지방관청의 운영경비를 조달하기 위해 설정했던 토지.

＊심기원(沈器遠)의 옥사

> 1644년(인조22) 남한산성 수어사로 있던 심기원이 회은군(세종의 4남 임영대군의 孫) 덕인을 왕으로 추대하려다가 복주된 사건으로 알려져 있다.
> 심기원은 유생의 신분으로 인조반정에 참여하여 1등공신에 녹훈되었고 청원부원군에 봉해진 인물로서 우의정을 거쳐 좌의정을 지내기도 하였던 그가 1644년(인조22) 좌의정으로 남한산성 수어사를 겸하였을 때 회은군을 추대하여 반란을 꾸몄다는 고발을 받아 죽임을 당하였다. 모의의 사실 여부는 확실하지 않지만 사건의 전모는 심기원이 자신의 심복 장사들을 호위대에 두고 이일원·권억 등과 함께 회은군을 추대하기 위해 모반을 꾀한 것으로 되어 있다. 이는 심기원의 부하였던 황헌·이원로 등이 훈련대장 구인후에게 밀고함으로써 드러났는데 그로 인하여 심기원 일당과 회은군은 죽임을 당하였다. 이때 중국에 잡혀가 있던 임경업도 이 모반에 연루되었다고 해서 소환되어 고문을 받다가 죽었다. 아울러 병자호란 직후 심기원·최명길이 협력하여 김자점 중심의 세력과 대립하고 있었으나 이 사건을 계기로 인조대의 정국은 김자점에 의해 권력이 독점되었다.

## 7 이 명한(李 明漢)  선조 28년(1595)~인조 23년(1645)

조선 인조 때의 문신. 자는 천장(天章) 호는 백주(白洲) 본관은 연안(延安)으로 좌의정 정귀(廷龜)의 아들이다.

1616년(광해군8) 증광문과에 급제하여 승문원권지정자·전적·공조좌랑을 지냈으나 인목대비(仁穆大妃)의 폐모론(廢母論)이 일어났을 때 참여하지 않아 파직되었다가 1623년 인조반정 뒤 경연시독관(經筵侍讀官)에 임명되었고 이조좌랑을 거쳐 사가독서(賜暇讀書)를 하면서 승문원제술관(承文院製述官)·한학교수(漢學敎授)·사국수찬(史局修撰) 등을 지냈다. 이듬해 이괄(李适)의 난 때에는 왕을 공주로 호종(扈從)하고 이식(李植)과 함께 팔도에 보내는 교서(敎書)를 지었다. 그 후 대사간·부제학을 지내고 1641년(인조19) 한성부우윤을 거쳐 대사헌·도승지·대제학·이조판서 등을 역임했다.

병자호란 때의 척화파(斥和派)라 하여 1643년 이경여(李敬輿)·신익성(申翊聖) 등과 함께 심양(瀋陽)에 잡혀가 억류되었다가 이듬해에 세자이사(世子貳師)로 소현세자(昭顯世子)와 함께 돌아왔다. 그 때 왕에 대한 충성된 마음을 "楚江 漁夫들아 고기 낫가 습지마라"의 시조로 표현했다.

1645년 명나라와 밀통하는 자문(咨文)을 썼다 하여 다시 청나라에 잡혀갔다가 풀려난 뒤 예조판서를 지냈으며 공문사과(孔門四科;공문의 덕행·언어·정사·문학)의 중요성을 강조했다.

시와 글씨에 뛰어났고 성리학(性理學)에도 조예가 깊었으며 척화파로 심양에 끌려갈 때의 의분을 노래한 시조 6수가 전한다. 저서에 <백주집>이 있다. 시호는 문정(文靖).

246

꿈에 단니는 길히 자최곳 날쟉시면
님의 집 窓 밧기 石路라도 달흐리라
꿈길히 자최 업스니 그를 슬허 흐노라

(출전: 樂學拾零, 樂府)

[꿈에 다니는 길이 자취 곧 날작시면
님의 집 창 밖의 석로라도 닳으리라
꿈길이 자취 없으니 그를 슬퍼하노라]

"꿈속에 다니는 길이 자취가 남는다면 님의 집 창밖의 돌길이라도
다 닳아버렸을 것"이라는 시적 발상이 돋보이는 작품으로 님을 향한
작자의 애절한 마음이 잘 표현되어 있다.

여기서의 님은 이성이라기보다는 작자의 행적이나 그가 남긴 몇
수의 시조작풍으로 보아 주군, 즉 임금을 지칭하는 것으로 풀이된다.

## 8 구 용(具 容)

생몰연대 미상

조선 선조 때의 문신. 자는 대수(大受) 호는 죽창(竹牕)·저도(楮島)
본관은 능성(綾城)이다.

현감(縣監)을 지냈으며 권필·이안눌과 교분이 두터웠다. 1615년
(광해군7) 신경희(申景禧) 등의 반역음모에 추대된 혐의로 15세의 어
린나이에 억울하게 죽은 능창대군(綾昌大君)을 슬퍼한 시조 1수가 전
한다.

碧海 渴流後에 모린 모혀 셤이 되여
無情 芳草는 히마다 프르거든
엇더라 우리의 王孫은 歸不歸를 ᄒ나니

(출전: 樂學拾零, 詩歌)

[벽해 갈류후에 모래 모여 섬이 되고
무정 방초는 해마다 푸르거든
엇더라 우리의 왕손은 귀불귀를 하나니]

"푸른 바다가 말라 버린 후에 모래가 모여 섬이 되고 무정한 풀은 해마다 푸르른데 어찌하여 우리의 왕손은 다시 돌아올 줄 모르는가?"

광해군 7년에 신경희 등이 능창군을 추대하려고 한 사건이 발각되어 주모자들은 처형되고 능창군은 일단 유배되었다가 죽었다. 능창군은 선조의 손자이며 인조의 동생으로 그 때 나이 겨우 열다섯 살이었다. 이 시조는 그 때 억울하게 죽은 능창군을 생각하여 지은 것이라고 한다.

## 9 장 현(張 炫)

생몰연대 미상

조선 인조 때 사람으로 1617년 역과에 수석 합격을 하면서 역관이 되어 병자호란 때 소현세자와 봉림대군이 심양에 갈 때 수행을 하여 6년 동안 머물렀다. 그 때의 심경을 표현한 시조 1수가 전해진다.

그리고 귀국 뒤에 당상관이 되어 역관의 우두머리로 40년간 30여 차례 북경을 내왕하면서 청국의 기밀문서를 입수해 오는가 하면 숙종 초년에는 *삼번의 난의 진행상황을 보고했고 일본에서 들여 온 염초와 유황 밀무역 사건에 대한 청나라의 오해를 무마하는 데 수완을 발휘하기도 했다.

1657년(효종8년)에는 사은사 인평대군을 수행하여 정삼품 이상의 품계에 올랐고 현종 즉위년에는 가자와 더불어 노비 1명과 밭 3결을 지급받았다. 또한 여섯 번이나 지중추부사에 제수되었으며 벼슬이 종 1품 숭록대부에 이르렀고 투전을 연경에서 들여오기도 하였다.

> 鴨綠江 히 진 後에 에엿분 우리 님이
> 燕雲 萬里를 어듸라고 가시는고
> 봄플이 프르고 프르거든 卽時 도라 오소셔
> (출전: 樂學拾零, 靑丘永言)
> [압록강 해 진 후에 어여쁜 우리 님이
> 연운 만리를 어디라고 가시는고
> 봄플이 푸르고 푸르거든 즉시 돌아오소셔]

"압록강에 해는 다 졌는데 가여운 우리 님(소현세자를 지칭)께서 연경(燕京)까지 머나먼 길을 어디라고 가시는가"라며 세자께서 하루 속히 돌아오기를 바라는 애틋한 소망을 가식 없이 진솔하게 표현하였다.

이와 같이 이 작품뿐만이 아니라 여러 경로를 통하여 작자미상으로 전해지는 많은 작품들의 수준 또한 익히 알려진 상류층의 여느 작품과 비교해도 손색이 없으니 이미 이 시대에는 시조가 신분의 고하에 관계없이 폭넓게 보급되어 많은 사람들에 의해 창작되고 애송되었음을 알 수 있다.

＊ 삼번의 난

> 중국 청대(淸代)초 오삼계(吳三桂)·상가희(尙可喜)·경계무(耿繼茂)의 세
> 번왕(藩王)이 일으킨 반란.
> 　오삼계는 원래 명나라의 장군이었으나 청에 투항한 후 평서왕(平西王)에
> 봉해져 윈난[雲南] 지역을 다스렸다. 상가희는 평남왕(平南王)으로 광둥[廣
> 東]을, 경계무는 정남왕(靖南王)으로 푸젠[福建]을 각각 다스렸는데 이들을
> 합하여 삼번이라고 했다.

## 10  정 두경(鄭 斗卿)

선조 30년(1597)~현종 14년(1673)

　조선 현종 때의 문신으로 자는 군평(君平) 호는 동명(東溟) 본관은
온양(溫陽)이며 이 항복의 문인이다.

　인조 7년(1629) 별시에 장원급제하여 정언(正言)·직강(直講)을 지
냈고 병자호란 때 <어적십난(禦敵十難)>을 상소했으나 뜻을 이루지
못했으며 교리(校理)로서 풍시(諷詩) 20편을 왕에게 지어 바쳐 호피
(虎皮)를 하사받았다. 후에 공조참판·승문원제조(承文院提調) 등에
임명되었으나 사양하고 학문에 힘썼다.

　사후 대제학에 추증되었으며 "君平이 旣棄世ᄒ니 世亦棄君平이~"
등 시조 2수가 전해진다. 시문·서예에 뛰어났고 글은 호방하며 풍자
적이었다.

250

金樽에 ᄀ득혼 술을 슬ᄏ장 거후르고
醉혼 後 긴 노리에 즐거오미 ᄀ지업다
어즈버 夕陽이 盡타 마라 돌이 조ᄎ 오노민라
(출전: 樂學拾零, 青丘永言)
[금준에 가득한 술을 슬카장 거후르고
취한 후 긴 노래에 즐거움이 ᄀ지없다
어즈버 석양이 진다마라 달이 쫓아 오노매라]

"금항아리(술항아리를 미화한 말)에 가득한 술을 실컷 거후르고(술
잔 기울여 마시고) 취하니 즐겁기 그지없는데 날이 저물면 어떠하랴,
곧 달이 떠올라 좌석을 비추리니…"

이 작품은 학자이며 시평가(詩評家)인 홍 만종의 집에서 벗들과의
술좌석에서 지어 불렀다고 하는데 취흥에 겨운 당시의 분위기와 함
께 작자의 호방하고도 낙천적인 성격을 느낄 수 있다.

## 11 임 유후(任 有後)

선조 34년(1601)~현종 14년(1673)

조선 후기의 문신. 자는 효백(孝伯) 호는 만휴당(萬休堂)·휴와(休
窩) 본관은 풍천(豊川)으로 할아버지는 판서 국로(國老)이고 아버지는
교리 수정(守正)이며 임숙영(任叔英)의 문인이다.

1624년(인조2) 생원·진사시에, 1626년 정시문과의 을과에 급제하
였고 정묘호란 때 승문원 가주서(假注書)가 되어 척화(斥和)를 주장

하는 상소를 올렸으며 1628년 아우 지후(之後)가 향인(鄕人)과 더불어 반란을 꾀하다 발각되어 숙부인 판서 취정(就正)과 그의 두 아들이 죽음을 당하자 형을 모면한 그도 사퇴했다. 이후 울진에 학문을 연구하다가 1653년(효종4) 다시 기용되어 장령이 되었고 영해부사·강릉부사 등을 거쳐 종성부사로 나가 여진족을 방비하는 한편, 수강루(受降樓)를 세우고 학사(學舍)를 지어 백성들에게 유학을 가르치고 학풍을 진작했다. 그 후 예조참판·담양부사·도승지·경기도관찰사·호조참판·경주부윤(慶州府尹) 등을 지냈다.

은퇴 후 계산(溪山)의 승지(勝地)에 정사(精舍)를 짓고 유유자적(悠悠自適)하면서 화복영욕(禍福榮辱)을 초연히 떠나 <목동가(牧童歌)>를 지었다고 한다. 문장이 뛰어났으며 저서로는 <만휴당집(萬休堂集)>·<휴와야담(休窩野談)>이 있다. 이조판서에 추증되고 울진 고산서원(孤山書院)에 제향되었다. 시호는 정희(貞僖).

> 기러기 다 느라 가니 消息을 뉘 전ㅎ리
> 萬里 邊城의 들빛만 벗을 삼아
> 受降樓 三更 鼓角의 줌 못들어 ㅎ노라
>
> (출전: 牧童歌寫本)
>
> [기러기 다 날아가니 소식을 뉘 전하리
> 만리변성의 달빛만 벗을 삼아
> 수강루 삼경 고각의 잠 못 들어 하노라]

"기러기 다 날아가니 소식을 누가 전하리. 멀리 떨어진 국경부근의 성에서 달빛이나 벗을 삼으면서 수강루에서 삼경(밤 11시부터 새벽 1시 사이)을 알리는 북과 나팔을 울리는데도 잠을 못 이루는구나"

아마도 작자가 종성부사로 임지에서 고향을 그리며 심난해하는 자신의 근황을 묘사한 작품으로 보인다.

## 12 이 완(李 浣)

선조 35년(1602)~현종 15년(1674)

조선 효종 때의 무신. 자는 징지(澄之) 호는 매죽헌(梅竹軒) 본관은 경주(慶州)로 아버지는 이괄(李适)의 난을 진압하는 데 공을 세워 계림부원군(鷄林府院君)에 봉해진 판서 수일(守一)이다.

1624년(인조2) 무과에 급제한 뒤 이서(李曙)의 추천으로 만포첨사(滿浦僉使)가 되었다. 이어 1627년 영유현령 1629년 상원군수 1630년 숙천부사를 거쳐 1631년 평안도병마절도사가 되었다.

1636년 병자호란이 일어나자 도원수 김자점(金自點)의 별장(別將)으로 출전하여 정방산성(正方山城)에서 적을 크게 무찔렀고 1638년 함경남도병마절도사가 되었으며 이듬해 최명길(崔鳴吉)의 추천으로 동부승지에 임명되었다. 1640년 청나라가 명을 치면서 전선(戰船) 120척과 공미(貢米) 1만 포(包)를 요구해왔을 때 임경업(林慶業)의 부장(副將)으로 출전했다. 그러나 고의로 배를 파손하고 풍파를 만난 것처럼 꾸며 청에 피해를 과장하여 알리는 한편, 명나라에 출전 사실을 알려 충돌을 피했다. 그 후 양주목사를 거쳐 경기도수군절도사 겸 삼도통어사, 공청도(公淸道) 병마절도사 등을 지냈다.

1649년 효종이 즉위하여 송시열(宋時烈)과 함께 '명에 대한 은혜를 갚고 청에게 받은 치욕을 씻는다'는 명분을 내세우며 북벌을 계획하고 군비확충책을 펼침에 따라 북벌과 관련된 요직을 두루 맡게 되어

1650년(효종1) 우포도대장에 기용된 것을 시작으로 잠시 한성우윤으로 옮겼다가 곧 1652년 북벌을 위한 본영(本營)으로 삼은 어영청의 어영대장이 되었다. 이때 어영청의 군안(軍案)을 바꾸어 어영청에 소속된 원군(元軍)을 2만 여 명으로 대폭 확대하고 이들에게 지급되던 *군보(軍保)도 종전 1보(保)에서 3보로 늘려 8만 여 명의 군보를 확보하는 한편, 안산 덕물도(德勿島)에 둔전(屯田)을 설치했다. 1653년에는 영의정 정태화(鄭太和)의 추천으로 종래 훈척(勳戚)만이 임명되던 훈련대장에 뽑혔다. 훈련대장으로 있으면서 해이해진 군기(軍紀)를 확립하고 신무기의 제조, 성곽의 개수와 신축 등 북벌계획과 관련된 대책을 효종에게 건의했다. 그 후 한성부판윤·공조판서·형조판서 등도 지냈다.

1659년 효종이 죽고 현종이 즉위하자 국가재정의 고갈과 군역(軍役)을 져야 하는 양인 피역(避役)의 증가 때문에 북벌논의가 후퇴했으나 훈련대장·포도대장 등에 계속 재임했다. 1667년(현종8) 급료병(給料兵) 체제의 유지가 힘들게 되면서 양역변통(良役變通)의 논의가 활발해지고 효종 때 과다하게 책정된 군액(軍額)을 축소하는 방법으로 훈련도감을 없애자는 논의가 제기되자 이에 완강히 반대했다. 그러나 그의 반대에도 불구하고 1669년 훈련별대(訓鍊別隊)를 훈련도감에 속하게 하여 훈련도감의 규모가 축소되었다. 1666년에 이어 이해 다시 병조판서에 임명되었지만 병이 위중하다는 이유로 나아가지 않았다.

1671년 수어사(守禦使)에 임명되고 1674년 우의정에 제수되었으나 곧 졸했으며 효종의 붕어로 이루지 못한 북벌계획의 한을 노래한 "輦山을 削平튼들 ~" 등 시조 2수가 전해진다. 시호는 정익(貞翼).

> 羣山을 削平튼들 洞庭湖ㅣ 너를낫다
> 桂樹를 버히던들 들이 더욱 블글 거슬
> 뜻 두고 일우지 못ᄒ니 늙기 셜워 ᄒ노라
>
> (출전: 樂學拾零, 靑丘永言)
>
> [군산을 삭평턴들 동정호 너를랐다
> 계수를 버히던들 달이 더욱 밝을 것을
> 뜻 두고 이루지 못하니 늙기 셜워 하노라]

북벌계획에 참여한 장수로 후세에 잘 알려진 작자가 효종의 붕어로 뜻을 이루지 못함을 못내 아쉬워하여 그 안타까운 마음을 노래한 시조이다.

작품에 등장하는 羣山은 동정호 안에 있는 큰 산이며 洞庭湖는 중국 호남성 북쪽에 있는 큰 호수로 넓고 경치가 좋기로 유명한 곳이다. 작자는 이와 같이 큰 호수 안에 있는 "산을 깎아(削) 평평(平)하게 하였더라면 동정호가 더욱 넓어졌을 것이요" 달 속에 "계수나무를 베어버렸더라면 더욱 달이 밝았으리라" 하였는데 이는 북벌의 당위성을 상징적으로 표현한 것이라 하겠다. 이처럼 초·중장은 시상(詩想)이 웅혼(雄渾)하여 무인으로서의 기개와 도량(度量)이 잘 나타나 있으며 이어 종장에서는 자신의 꿈이 무산된 것에 대한 허무하고도 안타까운 심정을 여과 없이 표현하여 놓았다.

＊군보

> 조선 시대에 병역을 면제받은 장정으로 하여금 정병(正兵)의 집안 농사
> 일을 돕게 하던 제도.

## 13  정 태화(鄭 太和)  선조 35년(1602)~현종 14년(1673)

조선 중·후기의 문신. 자는 유춘(囿春) 호는 양파(陽坡) 본관은 동래(東來)로 아버지는 형조판서 광성(廣成)이며 동생이 좌의정 치화(致和), 예조참판 만화(萬和)이다.

1628년(인조6) 별시문과에 급제하여 승문원정자가 되었다. 1631년 정언을 거쳐 이듬해 이조좌랑이 되고 이어 홍문관·사간원·사헌부·세자시강원 등의 당하관직을 두루 역임하고 1635년 사간이 되었다. 같은 해 후금(後金)의 침략 위협에 대비해서 북방 변경의 경비를 강화하기 위한 원수부(元帥府)가 창설되자 원수의 종사관(從事官)이 되었다. 이듬해 병자호란 때 도원수 김자점(金自點)이 토산(兎山)에서 패하여 도망하자 황해도의 여러 곳에서 패잔병을 수습하고 항전하여 많은 적을 살해했다. 이 공으로 비변사가 천거한 유장(儒將) 4명 중한 사람으로 뽑히고 집의로 승진되었다. 1637년 볼모로 잡혀가는 소현세자와 봉림대군을 따라 선양[瀋陽]으로 갔다가 그해 말 귀국하여 1638년 충청도관찰사에 오르고 동부승지·우부승지를 지낸 뒤 한성부우윤·대사간·평안도관찰사·경상도관찰사·도승지를 거쳐 1645년 호조판서·대사헌이 되었다. 그해 선양에서 돌아온 소현세자가 귀국 4개월 만에 죽고 후계문제가 대두하자 적장자상속의 종법(宗法)을 무시할 수 없다 하여 봉림대군의 세자 책봉을 반대하고 소현세자의 아들로서 적통을 계승해야 한다고 주장했다. 그러나 봉림대군이 세자로 책봉되고 소현세자빈 강씨(姜氏)와 두 아들이 죽자 현실에 순응하여 이후 요직을 두루 담당했다.

공조판서·형조판서 등을 거쳐 1649년 우의정에 오른 후 효종이 즉위하자 사은사(謝恩使)로 청나라에 다녀왔으며 그 후 좌의정으로 승진되었으나 모친상을 당하여 나가지 않고 향리에 머무르다가 1651년(효종2) 영의정이 되어 다시 조정에 나아갔다. 이후 1673년(현종14) 심한 중풍으로 사직할 때까지 20여 년 간 효종·현종 때 영의정을 5차례나 지냈다.

1659년 효종 붕어(崩御) 후 제1차 *예송(禮訟)이 일어나자 송시열 등 서인(西人)이 제기했던 기년설(朞年說;만1년)을 지지하고 이를 시행시켰다.

왕위계승·북벌론·예송문제 등을 둘러싸고 각 정파간의 대립이 격렬하던 이 시기 정국에서 서인의 입장을 견지하면서도 원만한 대인관계와 능란한 임기응변으로 위기를 모면하고 평탄하게 영달한 인물로 평가받는다.

저서로 <양파유고(陽坡遺稿)>·<양파년기(陽坡年紀)>가 있으며 현종의 묘정에 배향되었다. 시호는 익헌(翼憲)이었으나 뒤에 충익(忠翼)으로 바뀌었다.

술을 醉케 먹고 두렷이 안자시니
憶萬 시름이 가노라 下直흔다
아희야 盞 ㄱ득 부어라 시름 餞送흐리라
　　　　　　　　　　　　(출전: 樂學拾零, 靑丘永言)
[술을 취케 먹고 두렷이 앉았으니
억만 시름이 가노라 하직한다
아해야 잔 가득 부어라 시름 전송하리라]

이 작품은 '시름'이라는 무형의 정신적인 상태를 의인화하여 시적 화자에게 하직도 시키고, 화자는 이를 전송하겠다는 기발한 상상력에 묘미가 있다.

술의 힘으로 갖은 시름이 잊혀짐을 자각하고 더 취하여 아예 시름을 털어버리자는 내용인데 여기서 초장의 '두렷이'를 '둥글게' 여러 사람이 둘러앉아 있는 상황으로 지금까지 해석하였으나 전체적인 글의 내용으로 보아 '시름'이 주요 소재인 바, 여럿이 술좌석을 함께 하였다면 좌중의 화기(和氣)로 인하여 지극히 개인적인 정서인 '시름'이 개개인의 마음에 끼어들 여지가 없다. 따라서 '두렷이'는 여러 사람이 '둥글게' 둘러앉은 상황이 아닌 '흐릿하지 않고 분명하다'는 뜻의 개인적인 감각의 상태를 표현한 부사로 보는 것이 옳을 것이다.

＊ 예송

> 효종과 효종비에 대한 자의대비(慈懿大妃;인조의 繼妃인 趙氏)의 복상기간(服喪期間)을 둘러싸고 현종·숙종대에 발생한 서인과 남인 간의 논쟁.

## 14  강 백년(姜 栢年)

선조 36년(1603)~숙종 7년(1681)

조선 중·후기의 문신으로 자는 숙구(叔久) 호는 설봉(雪峰)·한계(閑溪)·청월헌(聽月軒) 본관은 진주(晋州)이다.

1627년(인조5) 정시문과(庭試文科)의 을과(乙科)에 급제하여 ＊강빈옥사(姜嬪獄事)가 일어나자 부교리(副校理)로 강빈의 억울함을 상소했다가 삭직(削職)되었고(1646) 이 해에 문과중시(文科重試)에 장원하여 동부승지(同副承旨)가 되었으며 대사간으로서 강빈의 신원(伸寃)

을 상소했다가 청풍군수(淸風郡守)로 좌천되었다(1648).

1660년(현종1) 예조참판(禮曹參判)으로 동지부사(冬至副使)가 되어 청나라에 다녀왔고 도승지 · 이조참판을 역임하였으며(1670) 예조판서와 우참찬을 거쳐 좌참찬(左參贊)이 되었다(1680;숙종6).

사후 영의정에 추증되었으며(1690;숙종16) 그 후 청백리에 녹선(錄選)되었다. 시조 1수가 전해지며 저서로 <설봉집(雪峰集)> · <한계만록(閑溪漫錄)>이 있다. 시호는 문정(文貞).

> 靑春에 곱든 양ᄌ 님으로야 다 늙거다
> 이제 님이 보면 날인 줄 아르실가
> 아모나 내 形容 그려닉여 님의손디 드리고자
>                              (출전: 樂學拾零, 靑丘永言)
> [청춘에 곱던 양자 님으로야 다 늙거다
> 이제 님이 보면 날인 줄 아르실까
> 아무나 내 형용 그려내어 임의손대 드리고자]

"청춘에 곱던 양자(모습)이 님으로 인하여 다 늙었네. 이제 님이 보면 나 인줄 알겠는가. 아무나 내 얼굴 그리게 하여 님의 손에 전해 드리고자" 한다는 그리운 님(임금)에 대한 연모의 정을 표현한 시조 인데 어찌 보면 어느 여인네가 자신의 연정을 넋두리한 듯 하다.

**∗ 강빈옥사**

> 강씨는 소현세자의 빈으로 1637년 병자호란이 끝난 뒤 소현세자와 함께 청(淸)의 심양(瀋陽)에 볼모로 갔다가 1645년에 귀국했다. 그러나 소현세자 가 청에 있으면서 친청적인 태도를 가졌다 하며 후궁 조씨(趙氏)와 당시의 세도가 김자점(金自點) 등이 인조에게 참언을 하였고 인조도 세자에게 의구

심을 가지고 있던 터에 귀국한 지 2개월 만에 소현세자가 갑자기 졸하면서 세자와 강빈의 소생인 원손은 폐위되고 봉림대군이 세자로 책봉된다. 그 후 강빈은 왕실저주사건의 조종자로 지목되어 후원에 유치되었다가 1646년 3월에 사사(賜死)된 사건으로 1717년(숙종 43)이 되어서야 영의정 김창집의 발의로 강빈은 신원되어 민회빈으로 봉해졌으며 관련자들도 복관되었다.

## 15 송 시열(宋 時烈)

선조 40년(1607)~숙종 15년(1688)

조선 중·후기의 문신이며 학자로 노론(老論)의 영수(領袖)이다. 아명은 성뢰(聖賚)이며 자는 영보(英甫) 호는 우암(尤菴) 본관은 은진(恩津)으로 아버지는 사용원봉사 갑조(甲祚)이고 어머니는 선산곽씨(善山郭氏)며 26세 때까지 외가인 충청도 옥천군 구룡촌에서 살다가 회덕(懷德;충남 대덕)으로 옮겼다.

효종의 즉위와 더불어 대거 정계에 진출해 산당(山黨)이라는 세력을 형성했던 송준길(宋浚吉)·이유태(李惟泰)·유계(兪棨) 등과 함께 김장생(金長生)·김집(金集) 부자에게서 배웠다.

1633년(인조11) 식년시(式年試)에 합격하여 경릉(敬陵) 참봉이 되었고 봉림대군(孝宗)의 스승이 되었다. 효종이 즉위하자 장령(掌令)·판의금부사(判義禁府事)를 거쳐 판중추부사(判中樞府事)가 되었고 이어 봉조하(奉朝賀)를 지냈다.

1689년 원자(元子;景宗)의 책봉이 이르다 하여 반대했다가 숙종(肅宗)의 진노를 사 제주로 유배되었다가 다시 압송되어 오는 길에 정

읍(井邑)에서 사사(賜死)되었으나 5년 후 관작이 복구되었다.(*기사환
국·갑술옥사)

　일생을 주자학 연구에 몰두한 거유(巨儒)로 이이(李珥)의 학통을
계승하여 기호학파(畿湖學派)의 주류를 이루었다. 사단칠정론(四端七
情論)에 있어서 이황(李滉)의 이원론적(二元論的)인 이기호발설(理氣
互發說)을 배격하고 이이의 기발이승일도설(氣發理乘一途說)을 지지
하여 사단칠정이 모두 이(理)라 하여 이원론적 사상을 발전시켰으며
예론에도 밝았다.

　성격이 과격하여 많은 정적(政敵)을 가졌으나 뛰어난 학식으로 많
은 학자를 길러냈다. 제자로는 윤증이 가장 촉망되었으나 그 아버지
의 묘지문 문제로 노론·소론으로 분당되어 서로 대립하는 관계가
되었다. 그의 학통을 이어받은 권상하(權尙夏)의 문하에서 한원진(韓
元震)·윤봉구(尹鳳九)·이간(李柬) 등 이른바 강문8학사(江門八學士)
가 나왔는데 이들은 조선 후기 기호학파 성리학의 주류를 형성했던
인물들이었다. 이들을 통하여 송시열의 주자학적인 정치·경제·사회
사상은 조선 후기 성리학의 정통적 흐름이자 가장 강력한 지배 이데
올로기로서 기능하게 되었다.

　저서로는 <주자대전차의>·<주자어류소분>·<이정서분류(二程書分
類)>·<논맹문의통고(論孟問義通攷)>·<경례의의(經禮疑義)>·<심경
석의(心經釋義)>·<찬정소학언해(纂定小學諺解)>·<주문초선(朱文抄
選)>·<계녀서(戒女書)> 등이 있으며 문집으로는 1717년(숙종43) 교
서관에서 간행된 <우암집> 167권과 1787년(정조11) 평양감영에서 출
간한 <송자대전(宋子大全)> 215권이 있다. 그 후 9대손 병선(秉璿)·
병기(秉夔) 등이 <송서습유(宋書拾遺)> 9권과 <속습유(續拾遺)> 1권을
간행했다.

님이 헤오시미 나는 전혀 미덧더니
날 스랑ᄒ던 情을 뉘 손ᄃᆡ 옴기신고
처음에 믜시던 거시면 이딕도록 셜오랴
                        (출전: 樂學拾零, 靑丘永言)
[님이 헤오시매 나는 전혀 믿었더니
날 사랑하던 정을 뉘 손대 옮기신고
처음에 믜시던 것이면 이대도록 셜오랴]

이 시조는 작자가 임금에게 내침을 받아 유배생활 중의 심경을 표현한 것으로 보인다.

"님께서 헤아려 주시므로 나는 그대로 믿었는데 나를 사랑하던 정을 누구에게로 옮기셨는가. 처음부터 미워하셨더라면 이토록 서럽지는 않았을 것"이라는, 마치 버림받은 여인네의 질시어린 넋두리 같은 시조로 현대의 정서로서는 유치하기까지 하겠지만 당 시대의 가치관적 관점에서 이해해야 할 것이다.

## ＊ 기사환국

1689년(숙종15) 숙종이 후궁 소의(昭儀) 장씨(張氏;장희빈)가 낳은 아들을 원자로 정호(定號)하려는 문제를 반대한 송시열(宋時烈) 등 서인이 정권에서 쫓겨나고 남인이 정권을 장악한 사건

## ＊ 갑술옥사

1694년(숙종20) 숙종의 폐비(廢妃) 민씨(閔氏) 복위운동을 둘러싸고 소론이 남인을 몰락시킨 사건이다.
숙종이 폐비사건을 후회하던 차에 노론계의 김춘택(金春澤)과 소론계의 한중혁(韓重爀) 등이 폐비 민씨의 복위운동을 전개하였다. 이 소식에 접한 남인 민암(閔黯)과 이의징(李義徵) 등은 1694년 3월에 김춘택 등 수십 명을 체포한 후 국문을 시작하였으나 숙종은 국문을 주도한 남인의 행동을 미워하여 역으로 국문을 주관한 민암과 판의금부사 유명현(柳命賢) 등을 귀양보

냈다. 결국 이 사건을 계기로 숙종은 남인을 배척하고 소론계의 남구만(南九萬)을 영의정, 박세채(朴世采)를 좌의정, 윤지완(尹趾完)을 우의정에 기용하였다. 또한 숙종은 기사환국 때 왕비가 되었던 장씨를 희빈(禧嬪)으로 복귀시키는 한편 노론계 민유중의 딸인 인현황후 민씨를 6년 만에 복귀시켜 궁중으로 들어오도록 하였고, 송시열(宋時烈) · 김익훈(金益勳) · 조사석(趙師錫) · 김수항(金壽恒) · 민정중(閔鼎重) 등 1689년(기사환국)에 화를 당하였던 노론계 인물들에게 다시 작위를 주었다. 반면 남인측은 민암 · 이의징 등이 사약을 받았고 권대운(權大運) · 목내선(睦來善) · 김덕원(金德遠) 등이 유배당하였다.

## 16 조 한영(曺 漢英)

선조 41년(1608) ~ 현종 11년(1670)

조선 후기의 문신. 자는 수이(守而) 호는 회곡(晦谷) 본관은 창녕(昌寧)으로 공조참판 문수(文秀)의 아들이며 이식(李植) · 김장생(金長生)의 문인이다.

1627년(인조5) 생원시에 합격하여 성균관유생이 되고 1637년 정시문과에 장원으로 급제하여 1639년 지평이 되고 그 이듬해에 청나라가 명나라를 공격하기 위하여 수륙군(水陸軍)의 원병을 청하는 동시에 원손을 볼모로 심양(瀋陽)에 보내라고 요청하자 이를 극력 반대하는 만언소(萬言疏)를 올렸다. 그러나 이 사실이 청나라에 알려져 척화파(斥和派)인 김상헌(金尙憲) · 채이항(蔡以恒) 등과 함께 1641년 심양으로 잡혀가 심한 고문을 받고 투옥되었음에도 굽히지 않았으며 옥중에서도 김상헌의 시문집인 <설교집(雪窖集)>의 편찬을 도왔다. 1642년 심양에서 의주 감옥으로 옮겨졌다가 풀려나 1645년 지제교 · 헌납을 역임하고 지평이 되었을 때 강빈사건(姜嬪事件)에 반대하다가 왕의 뜻에 거슬려 빛을 보지 못하였다.

효종이 즉위하면서 1650년(효종1) 부수찬이 되고 이어 헌납이 되어
시독관(侍讀官)을 겸하였으며 교리가 되어 조귀인(趙貴人)의 소생인
숭선군 징(崇善君 澂)·낙선군 축(樂善君 潚) 등에 대한 대우를 소홀
히 하여서는 안 된다고 건의하였고 암행어사로 나갔다가 사간에 임
명되었으며 집의로서 <인조실록> 편찬에 참여한 공으로 당상관에 승
서되어 1654년 승지 1656년 대사간이 되고 이어 대사성·이조참의·
승지를 역임하고 다시 대사성이 된 이듬해 <감고신성잠(鑑古愼成箴)>
180구를 지어 효종으로부터 표피(豹皮)를 하사받았다. 이후 대사간이
되고 여러 차례 이조참의를 지내면서 남인인 윤휴(尹鑴)의 등용을 적
극 반대하다가 면직된 일도 있었다.

현종이 즉위한 1659년에는 찬집청당상(撰集廳堂上)으로 <효종실
록> 편찬에 참여하였으며 호조참의·예조참의를 역임하고 다시 호조
참의가 되었을 때 김징(金澄)의 탄핵을 받아 파직되어 한때 벼슬을
떠났다가 1668년(현종9) 예조참판이 되고 이어 한성부좌윤·형조참판
으로 있다가 이듬해에 경기도관찰사로 나갔다. 이후 예조참판을 지내
고 한성부우윤에 임명되는 동시에 하흥군(夏興君)에 봉하여졌으나 경
기도관찰사로 있을 때 상녀취첩(喪女娶妾)하였다는 이유로 이옥(李
沃) 등의 탄핵을 받았다.

문장이 뛰어나 문집으로 <회곡집>이 있고 시조 2수가 전한다. 여
주의 고산서원(孤山書院)에 제향되었으며 시호는 문충(文忠)이다.

樂游原 빗긴 날에 昭陵을 브라보니
白雲 깁흔 곳에 金粟堆 보기 셟다
어늬 제 이 몸이 도라가 다시 뫼셔 놀려뇨
                        (출전: 樂學拾零, 海東歌謠)

[낙유원 비낀 날에 소능을 바라보니
백운 깊은 곳에 금율퇴 보기 섧다
어느 제 이 몸이 돌아가 다시 뫼셔 놀녀뇨]

"樂游原(중국 섬서성 장안현) 비낀 날(저문 날)에 昭陵(唐 太宗의 릉)을 바라보고 흰 구름 자욱이 가린 金栗堆(산 이름. 唐 玄宗의 무덤이 있음)을 보니 서러운 마음이 드는구나. 어느 때가 되어야 이 몸이 돌아가 다시 (임금을) 모실 수 있을까."

작자가 심양에 잡혀가 그곳에서 억류되어 있을 때 지은 것으로 중국의 황릉을 바라보며 고국과 임금을 그리워하는 소회를 표현한 작품이다.

## 17 이 정환(李 廷煥)   광해군 5년(1613)~현종 14년(1673)

조선 인조 때의 학자로 자는 휘원(輝遠) 호는 송암(松岩) 본관은 전주(全州)다.

인조 11년(1633) 생원시에 합격했으나 병자호란의 국치를 보고 (1636) 두문불출하여 국치비가(國恥悲歌) 10수를 지어 그의 저서인 <송암유고(松岩遺稿)>에 전한다.

효성이 지극하여 부모상을 당하였을 때는 6년간 죽을 먹으면서 묘를 지켰는데 이것이 조정에 알려지자 현종은 이를 치하하여 쌀을 보냈고 숙종 때 고향에 정문(旌門)이 세워졌으며 사후 지평(持平)에 추증되었다.

> 반 밤듕 혼쟈 이러 믈노라 이닉 쑴아
> 萬里 療陽을 어닉 듯 든녀 온고
> 반갑다 鶴駕仙容을 친히 뵌 듯 ᄒ여라
>
> (출전: 松岩遺稿)
>
> [반 밤중 혼자 일어 믈노라 이내 꿈아
> 만리 요양을 어느 덧 다녀 온고
> 반갑다 학가선용을 친히 뵌 듯 하여라]

　'비가'의 10수중의 하나로 심양에 볼모로 잡혀간 소현·봉림 두 왕자를 그리는 마음을 표현한 작품이다.

　"한밤중에 혼자 일어나 만리 요양(심양)을 다녀온 꿈을 꾸니 그 꿈속에서 학가선용(학가는 세자가 타는 수레, 선용은 신선의 얼굴을 뜻함, 즉 두 왕자를 지칭한 말)을 친히 만난 듯하니 반갑기 그지없다"는 것이다.

　이어 임금이 오랑캐에게 항복을 하는 치욕을 당하는 것을  보고도 나라를 위하여 죽지 못하는 처지를 한탄하면서 왕자들의 안위를 염려하는 또 한수를 살펴보기로 한다.

> 픙셜 셕거 친 날에 믓노라 北來 使者
> 小海 容顔이 언매나 치오신고
> 故國의 못 죽는 孤臣이 눈물 계워 ᄒ노라
>
> (출전: 松岩遺稿)
>
> [풍설 섞어친 날에 믈노라 북래 사자
> 소해 용안이 얼마나 추우신고
> 고국의 못 죽는 고신이 눈물겨워 하노라]

"바람과 눈이 내리는 추운 날에 심양에서 온 사자에게 물어보자. 볼모로 잡혀가 있는 우리 소해(왕세자를 뜻함)의 모습이 어떠하더냐? 얼마나 추우신고? 고국에서 죽지도 못하는 외로운 신하가 눈물겨워 한다"는 비감어린 내용이다.

작자는 이렇게 "비가" 10수를 다 짓고 다음과 같이 자신의 심경을 적고 있다.

'10수의 노래를 다 짓고 제목을 붙이니 죽지 못한 신하를 누가 가엾다 하겠는가. 스스로 읊조리고 또 답하니 나도 몰래 눈물은 수건을 적시네.(題罷十歌後 誰憐未死臣 自吟還自和 不覺淚沾布)'

## 18 유천군(儒川君)

광해군 6년(1614)~?

이름은 이정(李淀)으로 선조의 왕자인 경창군(慶昌君)의 아들이다. 글씨와 그림에 뛰어났으며 시조 2수가 전해진다.

어제도 爛醉ᄒ고 오늘도 ᄯᅩ 슐이로다
그제 ᄭᅢ엿든지 긋그제는 나 몰래라
來日은 西湖에 벗 오마니 ᄭᅵᆯ둥 말둥 ᄒᆞ여라
                    (출전: 樂學拾零, 海東歌謠)
[어제도 난취하고 오늘도 또 술이로다
그제 깨었던지 긋그제는 나 몰래라
내일은 서호에 벗 오마니 깰동말동 하여라]

어제, 오늘, 그제, 그 그제, 또 내일도 술이다. 그야말로 술독에 빠져 사는 인생이다.

작자가 이렇게 술에 절어 사는 이유가 과연 어디 있겠는가. 종친의 일원이면 아무리 재주가 뛰어나도 세상에 펼칠 기회가 아예 봉쇄되었던 사회체제에서 자신의 재능을 발휘할 기회조차 없는 작자는 이렇게 술에 기대서라도 현실을 잊어버리고 한세상을 보내야 하는 따분한 처지였던 것이다.

## 19  유 혁연(柳 赫然)
광해군 8년(1616)~숙종6년(1680)

조선 숙종 때의 무신으로 자는 회이(晦爾) 호는 야당(野堂) 본관은 진주(晋州)며 경기도수군절도사를 지낸 진양군(晋陽君) 효걸(孝傑)의 아들이다.

1644년(인조22) 무과에 급제했다. 덕산현감·선천부사를 지내고 1653년(효종4) 황해도병마절도사 다음해 수원부사를 역임했다. 효종이 북벌계획을 추진하고 있을 때 신임을 얻어 무신임에도 불구하고 승지에 발탁된 뒤 충청병사·삼도수군통제사·공조참판·어영대장 등을 두루 지냈다.

현종 때에는 훈련도감병의 경비가 많이 들자 호(戶)·보(保)로 편제되는 훈련별대(訓鍊別隊)를 만들어 급료병의 수를 줄여 재정 부담을 덜고 군액(軍額)은 그대로 유지할 수 있게 했다. 그 후 훈련대장·한성판윤·포도대장 등을 역임했다.

268

숙종 즉위 후에도 한성판윤·공조판서 등을 지냈으나 1680년(숙종 6) 남인이 정치적으로 대거 실각한 *경신대출척에 연루되어 영해에 유배된 뒤 대정으로 위리안치(圍籬安置)되어 사사(賜死)되었다.

1689년 기사환국으로 남인이 다시 정권을 잡자 신원되고 영의정에 추증되었다. 글씨와 죽화(竹畵)에 뛰어났다. 시호는 무민(武愍)이다.

> 듯는 믈 셔셔 늙고 드는 칼 보믜 셧다
> 無情 歲月은 白髮을 지촉ᄒᆞ니
> 어즈버 聖主 鴻恩을 못 갑흘가 ᄒᆞ노라
>
> (출전: 樂學拾零, 靑丘永言)
>
> [닫는 말 서서 늙고 드는 칼 보믜 꼈다
> 무정 세월은 백발을 재촉하니
> 어즈버 성주 홍은을 못 갚을까 하노라]

"잘 달리는 준마는 마구간에서 서서 늙어가고 잘 드는 칼은 보믜(녹) 꼈구나. 무정한 세월은 백발을 재촉하니 어즈버(감탄사, 아 아) 성주(성군, 임금)의 큰 은혜를 갚을 길이 없어" 안타깝다는 작자의 지극한 충성심을 표현한, 무인으로서의 기상이 엿보이는 작품이다.

* 경신대출척

> 1680년(숙종6)에 남인세력이 정치적으로 대거 축출된 사건.
> 숙종 초기에는 1674년(현종15) 예송(禮訟)에서 승리한 남인이 정권을 잡고 있었다. 이에 숙종이 남인을 견제하는 태도를 보이던 중 1680년 3월에 남인의 영수인 영의정 허적이 조부의 시호를 맞이하는 잔치에 궁중의 천막을 가져다 쓴 사건이 발생하였다. 숙종은 이날 비가 내리자 허적에게 궁정의 기름먹인 천막을 가져다 쓰라고 명하였으나 이미 가져간 것을 알고 크게 노하여 군권을 서인에게 넘기는 전격 조치를 취하게 된다. 이어 한 달

후에 재등장한 서인들로 구성된 사간원과 사헌부는 남인과 긴밀한 관계에 있던 종실 복창군·복선군·복평군을 절도(絶島)에 안치(安置)하라는 계를 올리면서 허적의 서자인 허견이 이들과 함께 역모를 꾸몄다는 고변을 하였다. 이 역모사건으로 허견이 능지처사(凌遲處死)되고 복선군이 교수형에 처해졌다. 역모와 직접 관련이 없다고 판명된 허적·오정창·윤휴·이원정·민희·유혁연 등 남인의 실권자들은 관직에서 쫓겨나 유배를 당하였다. 이 사건을 계기로 남인이 중앙 정계에서 대거 축출되고 서인이 재등장하였다.

## 20 효종(孝宗)

광해군 11년(1619)~효종 10년(1659)

조선 제 17대 왕(재위 1649~1659)으로 이름은 호(淏) 자는 정연(靜淵) 호는 죽오(竹梧)이며 인조의 둘째아들이다. 어머니는 인열왕후(仁烈王后) 한씨(韓氏)이고 비는 계곡(谿谷) 장 유(張維)의 딸 인선왕후(仁宣王后).

1626년(인조4) 봉림대군(鳳林大君)에 봉해졌으며 1636년 병자호란이 일어나자 인조의 명으로 아우 인평대군(麟坪大君)을 비롯한 왕족을 거느리고 강화도로 옮겨 장기 항전을 꾀했으나 남한산성에 고립되었던 인조가 이듬해 청나라에 항복함에 따라 형 소현세자(昭顯世子) 및 홍익한(洪翼漢)·윤집(尹集)·오달제(吳達濟) 등 강경 주전론자(主戰論者)들과 함께 청나라에 볼모로 잡혀가 선양[瀋陽]에 8년 동안 머물렀다. 1645년 2월에 먼저 귀국했던 소현세자가 그해 4월 급사하자 5월에 청나라로부터 돌아왔다. 당시 대다수의 중신들은 원손의 세자 책봉을 주장했으나 국유장군론(國有長君論)을 내세운 인조의 강한 의지에 따라 윤6월에 세자로 책봉되어 1649년 5월 인조의 뒤를 이어 즉위했다.

효종은 즉위 후 정권을 장악하고 있던 김자점(金自點) 등 친청파(親淸派)를 조정에서 몰아내고 김상헌(金尙憲)·김집(金集)·송시열(宋時烈)·송준길(宋浚吉) 등 서인계 대청(對淸) 강경파를 중용하여 북벌계획을 추진했다. 그러나 궁지에 몰린 김자점 등의 친청세력이 역관(譯官) 이형장(李馨長)을 통해 일련의 북벌계획을 청나라에 알려 청의 간섭을 유도함에 따라 즉위 초기에는 적극적인 군사계획을 펼 수 없던 차에 1651년(효종2) 조선에 대하여 강경책을 펴던 청나라의 섭정왕 도르곤[多爾袞]의 죽음으로 북벌계획이 탄력을 얻게 된다. 이에 친청파에 대한 사림세력의 대대적인 공세가 시작되어 그해 12월 *조귀인옥사(趙貴人獄事)를 계기로 김자점 등의 친청파에 대한 대대적인 숙청이 단행되었다. 아울러 1652년 북벌의 선봉부대인 어영청(御營廳)을 대대적으로 개편·강화했으며 금군(禁軍)의 기병전환, 모든 금군의 내삼청(內三廳) 통합, 수어청(守御廳)의 재 강화 등 제반 군제 개혁을 통해 군사력 강화를 모색하는 한편, 1654년에는 유명무실했던 영장제(營將制)를 강화하고 각 지방에 영장을 파견하여 직접 속오군(束伍軍)을 지휘하게 함으로써 지방 군사력의 약화를 시정하였다. 1656년에는 남방지대 속오군에 보인(保人)을 지급하여 훈련에 전념하도록 했으며 1655년에는 능마아청(能麽兒廳)을 설치하여 무장들에게 군사학을 강의했다. 또한 평야전에 유리한 장병검(長柄劍)을 제작하였으며 표류해온 네덜란드인 하멜을 통해 조총을 제작하는 등 무기의 개량에도 힘을 기울였다.

그러나 이러한 군비강화에도 불구하고 국제정세가 호전되지 않은 데다가 효종의 붕어로 북벌을 실천으로 옮기지는 못했으나 청의 요청에 따른 2차례의 나선(羅禪;러시아) 정벌에서 군비강화의 성과가 나타나기도 하였다.

효종은 경제재건에도 많은 노력을 기울였는데 당시 조선사회는 여러 차례에 걸친 전란으로 진전(陳田;묵은 밭)이 증가하고 농업생산력이 급격히 감소하는 한편, 농민들은 파산하여 유리(流離)하는 등 국가체제를 유지하기 힘들 정도로 경제질서·사회질서가 붕괴 위기에 놓여 있었다. 효종은 이러한 위기를 부세제도의 개혁, 농업생산력의 증대, 사회윤리의 강화로 극복하려고 했다. 우선 김육(金堉) 등의 건의를 받아들여 1652년에는 충청도 1653년에는 전라도 산군(山郡) 지역 1657년에는 전라도 연해안 각 고을로 대동법을 확대 실시했다. 이와 함께 전세(田稅)도 1결(結)당 4두(斗)로 고정하여 백성의 부담을 크게 경감시켰다. 한편 1655년에는 신속(申洬)이 편찬한 <농가집성(農家集成)>을 간행·보급하여 농업생산에 이용하도록 했다. 한때 군비확충에 필요한 동철(銅鐵)의 수요를 충족시키기 위해 동전의 유통에 반대하기도 했으나 김육의 강력한 주장에 따라 상평통보(常平通寶)를 주조·유통시키도록 했다. 1656년에는 소혜왕후(昭惠王后)가 편찬한 <내훈(內訓)>과 김정국(金正國)이 지은 <경민편(警民編)>을 간행·보급하여 전란으로 흐트러진 사회윤리의 재정립을 시도하기도 했다.

문화면에서는 1653년 역법(曆法)을 개정하여 24절기의 시각과 1일간의 시간을 계산하여 제작한 시헌력(時憲曆)을 사용하게 했다. 1654년 <인조실록>을, 이듬해 <국조보감(國朝寶鑑)>을 편찬·간행했으며 1657년에는 <선조실록>을 <선조수정실록>으로 개편·간행했다.

사후 선문장무신성현인대왕(宣文章武神聖顯仁大王)의 존호(尊號)가 올려지고 묘호(廟號)를 효종이라 했으며 능은 경기도 여주군 능서면 왕대리에 있는 영릉(寧陵)이다.

11수의 시조가 전해지는데 병자호란 때 청에 잡혀가면서 불렀다는 "靑石嶺 지나거냐 草河溝 어듸미오 ~"로 시작되는 시조는 당시의 참상을 잘 반영한 작품이다.

青石嶺 지나거냐 草河溝 어듸미오
胡風도 츰도 츨샤 구즌비는 무스 일고
뉘라셔 내 行色 그려내여 님 계신듸 드릴고
(출전: 樂學拾零, 靑丘永言)

[청석령 지나거냐 초하구 어디메오
호풍도 참도 찰사 궂은비는 무슨 일고
뉘라서 내 행색 그려내어 님 계신데 드릴고]

일국의 왕자가 겪기에는 초라하고도 처절하며 치욕스러운 장면이
다. 청석령(만주 요령성 동북쪽에 있는 고개이름), 초하구(만주의 고
을 명) 등 이름도 낯 설은 오랑캐 땅은 바람도 참으로 차가운데 궂
은비까지 내린다. 볼모로 끌려가는 일행의 초췌한 장면이 눈에 보이
는 듯하다.

분위기를 바꾸어 효종의 시재(詩才)를 엿볼 수 있는 작품 한 수를
더 소개한다.

淸江에 비 듯는 소릐 긔 무어시 우읍관듸
滿山 紅綠이 휘드르며 웃는고야
두어라 春風이 몃 날이리 우을듸로 우어라
(출전: 樂學拾零, 海東歌謠)

[청강에 비 듣는 소리 그 무엇이 우습관대
만산 홍록이 휘두르며 웃는고야
두어라 춘풍이 몇 날이리 웃을 대로 웃어라]

"강물에 빗방울 떨어지는 소리가 무에 그리 우습기에 온 산 가득
피어 있는 꽃과 풀이 휘두르며(몸을 흔들어 대며) 웃는 것이냐. 그대

로 두어라. 봄바람이 며칠이나 더 불겠느냐, 실컷 웃도록 하여라." 무슨 속뜻이 담겨있을 듯한 여운을 남기지만 작품만으로는 그 뜻을 알 길이 없다. 그러나 작품의 표면에서 우리는 봄산의 풍경을 수채화 한 폭에 담아낸 듯한 아름다움과 더불어 생동감을 느낄 수 있다.

특히 청강에 비 뿌리는 소리를 들은 만산 홍록이 몸을 흔들어대며 웃는다고 하는 의인화(擬人化)와 함께 시각과 청각을 두루 자극하는 표현과 착상이 참으로 기발한 수작(秀作)이다.

＊ 조귀인옥사

> 1651년(효종2) 12월에 진사 신호 등이 김자점을 역모로 고변하여 효종은 김자점의 아들 익 등을 신문하는 과정에서 인조의 후궁이자 효명옹주의 어머니인 조귀인이 자신의 며느리인 숭선군의 처 신씨를 저주한 사건이 밝혀졌다. 이에 효종은 조귀인을 사사하는 한편, 김자점 및 그의 손자이며 조귀인의 사위인 김세룡을 국문하여 처형한 사건으로 이로써 친청파인 김자점 일파가 완전히 제거되었다.

## 21 인평대군(麟坪大君)

광해군 14년(1622)~효종 9년(1658)

조선 제16대 왕 인조의 셋째 아들로 이름은 요(㴭). 자는 용함(用涵) 호는 송계(松溪) 1630년(인조8) 인평대군으로 봉해졌고 1636년 병자호란 때 인조를 남한산성까지 호종(扈從)했다. 먼저 볼모로 끌려간 소현세자(昭顯世子)·봉림대군(鳳林大君:뒤의 효종) 두 형을 이어 1640년 심양[瀋陽]에 끌려가 다음해 귀국했다. 그 후 1650년부터 4차례 사은사(謝恩使)로 청에 다녀왔다.

시·서에 뛰어나 볼모로 있을 때 울분에 찬 시나 윤선도(尹善道) 등과 주고받은 시 등이 전한다. 그림에도 뛰어나 청의 화가 맹영광(孟永光)과 가깝게 지냈고 그의 영향을 많이 받았다. 작품으로 <산수도>·<노승하관도(老僧遐觀圖)>·<고백도(古栢圖)> 등이 있다.

저서로는 <송계집>·<연행록(燕行錄)>·<산행록> 등이 있고 "브람에 휘였노라 구븐 솔 웃지 마라~" 등 시조 2수가 전한다. 효종의 묘정에 배향되었으며 시호는 충경(忠敬)이다.

> 브람에 휘엿노라 구븐 솔 웃지 마라
> 春風에 픠온 곳지 믜양에 고와시랴
> 風飄飄 雪紛紛흘 제 네야 날을 부르리라
>                         (출전: 樂學拾零, 靑丘永言)
> [바람에 휘였노라 굽은 솔 웃지 마라
> 춘풍에 픠온 꽃이 매양에 고와시랴
> 풍표표 설분분할 제 네야 날을 부르리라]

"바람에 휘었노라, 그러니 굽은 솔이라고 비웃지 마라. 봄바람에 핀 꽃이 늘 곱기만 하겠느냐. 바람 세차게 불고 눈이 어지럽게 흩날릴 때 그제서 나를 부러워하리라."

꽃의 가변성과 소나무의 불가변성을 비교하면서 소나무가 지닌 생태적 특성을 인간의 윤리적인 규범에 투영시켜 관념적으로 묘사하고 있다. 아울러 소나무를 1인칭 '나'로 지칭함으로서 작자 자신을 소나무와 일체화시키는 효과를 유발하고 있다.

## 22  이 화진(李 華鎭)

인조 4년(1626) ~ 숙종 22년(1696)

조선 중기 문신. 자는 자서(子西) 호는 묵졸재(默拙齋)·묵재(默齋)
본관은 여주(驪州)다.

1648년(인조26) 진사가 되었고 1673년(현종14) 정시문과에 급제하
여 1677년(숙종3) 동지사(冬至使)의 서장관(書狀官)으로 청(淸)나라에
다녀왔다. 그러나 이 해에 실시된 과거의 부정이 탄로 나자 시관으로
서 논죄되어 홍천(洪川)에 도배(徒配)되었으나 곧 용서되어 1679년
사은사(謝恩使)의 서장관으로 다시 청나라에 다녀왔다. 그 뒤 병조참
의를 거쳐 우부승지에 이르렀다. 경흥부사(慶興府使)로 있을 때 북로
편의14조(北路便宜十四條)를 진소하였고 여러 지방관을 지내는 동안
선정을 베풀었다.

시에 능했고 저서로 <묵졸재집>이 있으며 "壁上에 도든 가지 孤竹
君의 二子ㅣ로다~" 등 모두 3수의 시조가 전한다.

壁上에 도든 가지 孤竹君의 二子ㅣ로다
首陽山 어듸 두고 半壁에 와 걸녓는다
이제는 周武王 업스니 흐마 난들 엇더리
(출전: 樂學拾零, 海東歌謠)
[벽상에 돋은 가지 고죽군의 이자로다
수양산 어데 두고 반벽에 와 걸렸는다
이제는 주무왕 없으니 하마 난들 어떠리]

"절벽 위에 돋아 있는 저 나뭇가지는 주 무왕이 은나라를 칠 때 죽음으로써 말린 고죽군의 두 아들(백이와 숙제)이로다. 수양산을 어떻게 하고 이 절벽에 와서 걸려 있느냐. 이제는 주 무왕이 없으니 다시 살아난들 어떠랴."

절벽에 난 외로운 나뭇가지를 보고 백이숙제의 고사를 연상하여 지은 작품이다.

## 23 남 구만(南 九萬)

인조 7년(1629)~숙종 37년(1711)

조선 숙종 때의 문신으로 소론(少論)의 거두다. 자는 운로(雲路) 호는 약천(藥泉)·미재(美齋) 본관은 의령(宜寧)으로 개국공신 재(在)의 후손이고 아버지는 지방 현령이었던 일성(一星)이다.

김장생(金長生)의 문하생이었던 송준길(宋浚吉)에게 수학하였고 1656년(효종7) 별시 문과에 을과로 급제했다. 정언·이조정랑·집의·응교·사인·승지·대사간·이조참의·대사성 등을 거쳐서 1668년 안변부사·전라도관찰사를, 1674년 함경도관찰사를 지냈다.

숙종 초 대사성·형조판서를 거쳐 1679년(숙종5) 한성부좌윤을 지냈다. 같은 해 남인인 윤휴·허견 등을 탄핵하다가 남해로 유배되었으나 이듬해 경신대출척(庚申大黜陟)으로 남인이 실각하자 도승지·부제학·대사간 등을 지냈다. 병조판서가 되어 무창(茂昌)과 자성(慈城) 2군을 설치했으며 군정의 어지러움을 많이 개선했다. 이때 서인이 노론과 소론으로 나뉘자 소론의 우두머리가 되었다.

1684년 기사환국(己巳換局)으로 남인이 득세하자 강릉에 유배되었다가 이듬해 풀려났다. 1694년 갑술옥사(甲戌獄事)로 다시 영의정이 되었고 1696년 영중추부사가 되었다. 1701년 희빈 장씨를 가볍게 처벌하자고 주장했으나 숙종이 희빈 장씨를 사사(賜死)하기로 결정하자 사직하고 고향에 내려갔다. 그 후 유배·파직 등 파란을 겪다가 다시 등용되었으나 1707년 관직에서 물러나 기로소(耆老所)에 들어갔다.

문사(文詞)와 서화(書畵)에 뛰어났고 문하에 글 배우는 이가 백여 명이나 되었다 한다. 저서로는 <약천집(藥泉集)>·<주역참동계주(周易參同契註)>가 있으며 아래의 시조 1수가 전해진다. 숙종의 묘정(廟庭)에 배향되었고 강릉의 신석서원(申石書院) 등에 제향되었다. 시호는 문충(文忠).

東窓이 불갓느냐 노고지리 우지진다
쇼 칠 아희는 샹긔 아니 니러느냐
재 너머 스래 긴 밧츨 언제 갈려 흐느니
                    (출전: 靑丘永言, 樂學拾審)
[동창이 밝았느냐 노고지리 우지진다
소 칠 아해는 상기 아니 일었느냐
재 너머 사래 긴 밭을 언제 갈려 하나니]

봄날 농촌의 목가적인 풍경과 생동감 넘치는 풍경을 사실적으로 잘 묘사한 작품으로 우리에게 너무도 잘 알려진 시조이다.

"동창이 훤하게 밝아오고 종달새도 지저귀는데, 소 부리는 아이는 아직 일어나지 않았구나. 고개 너머 이랑이 긴 큰 밭은 언제 갈 것인가"

종달새는 예부터 부지런한 새로 인식되어 왔다. 따라서 이른 새벽부터 창공에 높이 떠 명징한 소리로 지저귀는 장면의 도입은 일철이 시작된 농촌의 아침풍경을 생동감 있게 대변해 주듯 이 작품에 상징적으로 묘사되었다. 또한 농사일철을 맞아 대지가 부풀어 오르듯 마음이 들뜬 주인영감이 아침 일찍부터 일꾼 채근하는 소리가 작품 속에서 웅성웅성 들려오는 듯 하다.

## 24 허 정(許 珽)

광해군 13년(1621)~?

　조선 효종 때의 문신으로 자는 중옥(仲玉) 호는 송호(松湖) 본관은 양천(陽川)이며 계(啓)의 아들이다.

　효종 2년(1651) 별시 문과에 병과(丙科)로 급제하여 벼슬이 성천부사(成川府使)를 거쳐 승지(承旨)·부윤(府尹)에 이르렀다.

　"니영이 다 거두치니 울잣신들 셩홀소냐" 등 모두 3수의 시조가 전해지며 창곡(唱曲)에도 뛰어났다.

> 니영이 다 거두치니 울잣신들 셩홀소냐
> 불 아니 쌔인 房에 긴 밤 어이 새오려니
> 아희는 世事를 모로고 이야 지야 흔다
>
> 　　　　　　　　　　　　　　　　(출전 : 靑丘永言)
>
> [이엉이 다 걸어치니 울잣인들 성할소냐
> 불 아니 땐 방에 긴 밤 어이 새오려니
> 아해는 세사를 모르고 이야 지야 한다]

　"이엉이 다 날라 갔으니 울타리나 축대인들 성하겠는가. 불도 안

땐 방에서 이 긴 밤을 어떻게 보낼 것인가. 아이는 세상일을 모르니 이런 저런 불평만 하는구나."

작자의 연대기로 볼 때 이 작품은 병자호란을 거친 후 지어졌다고 볼 수 있으며 국난을 겪은 당시 백성들의 처참한 생활을 사실적으로 묘사한 것으로 우리 옛시조 중에는 백성들의 실생활을 다룬 작품이 그리 많지 않아 그 점만으로도 이 시조의 가치는 충분하다 하겠다.


## 25  낭원군(朗原君)

인조 18년(1640)~숙종 25년(1699)


조선의 왕족으로 이름은 간(侃). 자는 화숙(和淑) 호는 최락당(最樂堂)으로 선조(宣祖)의 손자이며 인흥군(仁興君) 영(瑛)의 아들이다. 군(君)에 봉해진 뒤 도정(都正)을 거쳐 1676년(숙종2) 사은사(謝恩使)로, 1686년 동지 겸 진주사(冬至 兼 陳奏使)로 청나라에 다녀왔다. 형 낭선군(朗善君)과 함께 전서(篆書)·예서(隷書)를 잘 써서 유명했다. 편서(編書)에 <인흥군연보(仁興君年譜)> 글씨로는 평강(平康)의 <보월사중수비(寶月寺重修碑)>·승주(昇州)의 <송광사사원사적비(松廣寺嗣院事蹟碑)>·강진(康津)의 <백련사사적비(白蓮寺事蹟碑)>·영변(寧邊)의 <보현사풍담대사비(普賢寺楓潭大師碑)> 등이 있으며 시조작품은 알려진 왕실작가 중 경평군(慶平君) 이세보(李世輔)에 이어 두 번째로 많은 30여수가 전해지고 있다.

> 돌은 언제 나며 슐은 뉘 삼긴고
> 劉伶이 업슨 後에 太白이도 간듸 업다
> 아마도 무를듸 업스니 홀로 醉코 놀니라
>
>                 (출전: 樂學拾零, 靑丘永言)
>
> [달은 언제 나며 슐은 뉘 삼긴고
> 유령이 업슨 후에 태백이도 간데 업다
> 아마도 물을 데 없으니 홀로 취코 놀리라]

"달은 언제 생겨났으며 술은 누가 만들었는가. 劉伶(주덕송酒德頌을 지은 중국의 시인)이 세상을 떠난 후 태백(중국시인 이태백)도 간 곳 없다. 이렇게 (달과 술의 근원을 알만한 사람이 다 가고 없어) 물어볼 데 없으니 혼자 마시고 취하면서 놀리라."

달 아래 홀로 술을 마시며 취흥에 젖은 작자의 모습이 작품 속에 투영된다.

## 26 이 택(李 澤)

효종 2년(1651)~숙종 45년(1719)

조선 숙종 때의 무신으로 자는 운몽(雲夢) 본관은 전주(全州)이며 참판 진백(震白)의 아들이다.

숙종 2년(1676) 무과에 급제하여 선전관, 고산 첨사를 지냈다. 후에 평안도 병마절도사가 되었으나 대간(臺諫)과의 사이가 나빠 병을 핑계하고 석 달 만에 사임했다.

"감쟝새 쟉다 ᄒ고 大鵬아 웃지 마라"로 시작되는 풍자시조 등 2

수가 전해진다.

감장새 쟉다 ᄒ고 大鵬아 웃지 마라
九萬里 長天을 너도 늘고 저도 ᄂ다
두어라 一般飛鳥니 네오 제오 다르랴

(출전: 樂學拾零, 靑丘永言)

[감장새 작다 하고 대붕아 웃지 마라
구만리 장천을 너도 날고 저도 난다
두어라 일반비조니 네오 제오 다르랴]

"감장새(굴뚝새) 작다고 대붕아 비웃지 마라. 구만리 넓은 하늘을
너도 날고 감장새도 난다. 그러니 다 같은 날짐승인데 대붕이나 감장
새나 다를 게 뭐가 있겠느냐"면서 다 같이 새라는 본질적인 문제를
언급하면서 감장새와 대붕이라는 극단적으로 대조를 이루는 대상을
시적 소재로 삼았다. 이는 무관이었던 작자가 처한 당시 사회에서 극
단적인 분야인 문무, 즉 문을 숭상하고 무를 멸시하는 풍조를 풍자하
고 문관이건 무관이건 그 본질에는 다름이 없다는 것을 우회적으로
강변하며 자신의 울분을 토로한 작품으로 볼 수 있다.

## 27 박 태보(朴 泰輔)

효종 5년(1654)~숙종 15년(1689)

조선 숙종 때의 문신으로 자는 사원(士元) 호는 정재(定齋) 본관은
나주(羅州)다.

숙종 3년(1677) 알성시(謁聖試)에 장원하여 사가독서(賜暇讀書)를 하고나서 교리, 이조좌랑, 암행어사(호남지방을 순회하면서 오랫동안 쌓여진 폐단을 시정하여 참어사라는 칭송을 받음) 등을 역임하였다. 그러나 인현왕후를 폐비시키는데 반대하는 상소를 했다가 유배를 가는 도중 노량진에서 35세의 젊은 나이로 졸했다.

후에 영의정에 추증되었으며 그의 충정을 기리기 위해 정려문이 세워졌고 의정부 노강서원(鷺江書院)에 제향 되었다. 저서로는 <정재집(定齋集)>등이 있으며 시조 2수가 전해진다. 시호는 문열(文烈).

青山 自臥松아 네 어이 누엇는다
狂風을 못 이긔여 불희 져어 누엇노라
가다가 良工 만나거든 날 엣더라 ㅎ고려
(출전: 樂學拾零, 靑丘永言)
[청산 자와송아 네 어이 누웠는다
광풍을 못 이기어 뿌리 젖혀 누웠노라
가다가 양공 만나거든 날 엣더라 하고려]

"청산의 자와송(비스듬히 누운 소나무)에게 네 어이 누웠느냐 하고 묻는다면 광풍을 못 이겨 뿌리 젖히고 누웠다 하여라. 그러다 양공 (기술 좋은 목수)을 만나거든 나 여기 있노라 하여라."

작자는 위에서 언급했듯이 인현왕후의 폐비에 반대하다가 숙종의 친국에서 혹독한 단근질에 의해 귀양길에서 그 후유증으로 숨을 거두었다. 따라서 이 시조는 이러한 배경에서 씌어 진 작품으로 작품 중에 '자와송'은 작자 자신을, '광풍'은 간신 모리배를, 그리고 '양공'은 인재를 알아보는 사람을 지칭하여 작자 자신의 처지에 대한 불만스러움과 깊은 탄식을 토로한 것이라 하겠다.

## 28 김 창업(金 昌業)

효종 9년(1658)~경종 1년(1721)

조선 숙종 때의 화가이자 가인(歌人). 자는 대유(大有) 호는 노가재(老稼齋) 본관은 안동(安東)으로 병자호란 때 척화파였던 상헌(尙憲)의 후손이며 영의정을 지낸 수항(壽恒)의 넷째 아들로 역시 영의정을 지낸 큰형 창집(昌集) 둘째 형 창협(昌協) 셋째 형 창흡(昌翕)과 함께 도학(道學)과 문장(文章)으로 이름을 떨쳤다.

1681년(숙종7) 진사가 되었으나 벼슬과 명리를 싫어하여 동교송계(東郊松溪)에서 농사를 지으며 살았다. 1712년(숙종38) 형 창집이 사은사(謝恩寺)로 청나라에 갈 때 함께 다녀온 뒤 <연행일기(燕行日記)>를 썼다. 이 책은 보고 들은 것을 원숙한 필치로 자세하고 흥미롭게 묘사한 책으로 수많은 연행록 가운데서도 돋보이는 작품이다.

시문에 뛰어나 김만중(金萬重)에게 칭찬을 받았으며 그림에도 뛰어난 재주를 보였다. 그의 그림으로는 <추강만박도(秋江晚泊圖;간송미술관 소장)>, 후인이 전사(轉寫)한 <송시열 77세상;국립중앙박물관 소장)> 등이 남아 있다.

1721년(경종1) *신임사화(辛壬士禍)로 형 창집 등 노론(老論) 4대신이 섬에 유배되자 울분에 못 이겨 병이 나서 졸했다.

저서에 <연행록(燕行錄)>과 <노가재집>이 있고 "거믄고 술 쏘즈

노코 호젓이 낫즘든 제", "벼슬을 져마다 ᄒ면 農夫ᄒ 리 뉘 이시며" 등 시조 4수가 전해진다.

벼슬을 져마다 ᄒ면 農夫ᄒ 리 뉘 이시며
醫員이 病 고치면 北邙山이 져려ᄒ랴
아희야 盞 ᄀ득 부어라 내 ᄯᅬᆺ대로 ᄒ리라

(출전: 樂學拾零, 靑丘永言)

[벼슬을 저마다 하면 농부할 이 뉘 있으며
의원이 병 고치면 북망산이 저러하랴
아이야 잔 가득 부어라 내 뜻대로 하리라]

"모든 사람이 다 벼슬을 하면 농부는 누가 할 것이며 의원이 병 다 고치면 죽을 사람이 어디 있겠느냐. 아이야 잔 가득 부어라. 내 뜻대로" 살겠노라는 작자는 명실 공히 명문대가의 자손이다. 그러나 이 작품에서 느낄 수 있듯이 작자는 명문가 또는 유생들의 공통된 인식에서 벗어나 세상 만물의 근본적인 이치를 직시하는 동시에 무한한 자유로움을 추구한다.

이와 같은 작자의 가치관이 명문가의 일원으로서 집안 분위기에 편승하여 명리를 수이 얻을 수 있음에도 이를 훌훌 떨쳐버리고 일개 범부를 자청하게 되었던 것이리라.

\* 신임사화

조선 후기 1721년(경종1)과 1722년에 세자 책봉을 둘러싸고 일어난 옥사로 신축(辛丑) · 임인(壬寅) 두 해에 걸쳐 일어나 신임사화라 하며 일명 임인옥이라고도 한다.

1720년(숙종46)에 숙종이 죽고 소론(少論)의 지지를 받은 경종(景宗)이 33

세의 나이로 즉위했으나 후사가 없이 병이 많았다. 그러자 당시의 노론4대신(老論四大臣)인 영의정 김창집(金昌集), 좌의정 이건명(李健命), 영중추부사 이이명(李頤命), 판중추부사 조태채(趙泰采)가 중심이 되어 경종의 동생인 연잉군(延礽君;뒤의 영조)을 왕세자로 책봉하자고 주장했다. 소론측은 반대했지만 경종은 1721년 8월에 대비 김씨의 동의를 얻어 이를 실현시켰다. 노론측은 더 나아가 10월에 조성복(趙聖復)의 상소를 통해 세제 청정(聽政)을 주장했다. 이에 경종은 청정을 명했다가 소론의 반대에 부딪혀 환수했으며 뒤에 여러 번 번의를 거듭하는 동안 노론·소론의 대립은 격화되었고 결국 그해 12월에 사직(司直) 김일경(金一鏡) 등이 소를 올려 세제 청정을 상소한 조성복과 이를 행하게 한 노론4대신을 파직시켜 유배 보냈다. 이외에도 다수의 노론 측 인물들이 삭직되어 소론이 정권을 잡게 되었다. 이후에도 소론의 강경파들이 노론숙청을 요구했는데 마침 1722년 3월 노론측이 세자 시절의 경종을 시해하려 했다는 목호룡(睦虎龍)의 고변이 있자 소론측은 이를 기화로 노론4대신을 사사(賜死)하게 하고 수백 명의 노론을 제거했다. 그러나 경종이 즉위 4년 만에 죽고 노론의 추대를 받았던 영조가 즉위하자 왕위계승문제를 둘러싼 당쟁으로 일어난 신임사화를 생각하고 노론·소론을 함께 등용하여 당쟁을 막으려 했으나 신임사화의 진상을 규명하는 과정에서 김일경과 목호룡을 처형하는 등 소론을 배척하고 노론을 불러들이는 정미환국(丁未換局)을 일으켰다.

▶정미환국(丁未換局): 영조가 즉위할 때에는 소론이 정권을 잡고 있었으나 곧 이전에 노론 4대신을 역적으로 몰아 신임사화를 일으켰던 소론의 김일경과 목호룡을 처단하고 영의정 이광좌, 우의정 조태억 등을 유배시킴으로써 민진원·정호 등의 노론이 정권을 잡게 되었다. 이듬해에는 노론의 요청에 따라 신임사화를 무옥(誣獄)으로 판정하고 신임사화 때 처벌된 노론 피화자(被禍者)를 신원하는 을사처분(乙巳處分)을 단행했다. 이 상황에서 영조는 노·소 양파의 당쟁을 조정하고자 탕평책을 실시했다. 그러나 노론정권이 왕의 탕평책에는 잘 따르지 않고 소론 공격에만 급급하자 영조는 정미년인 1727년에 소론에 대한 보복을 고집하던 민진원과 정호 등을 파면하고 이광좌·조태억 등을 비롯한 소론을 다시 정권에 참여시켰는데 이를 정미환국이라고 한다.

## 29 유 숭(俞 崇)

조선 후기의 문신. 자는 원지(元之) 본관은 창원(昌原)으로 회일(晦一)의 아들이다.

음보(蔭補)로 기용되어 별검으로서 1699년(숙종25) 증광문과에 을과로 급제하여 정언·지평·문학·장령을 역임하였고 1713년에 사간이 되어 호남 연해고을의 수령을 무신으로 임명할 것을 청하였고 편당(偏黨)의 폐를 없애기 위하여 이조판서직을 윤번으로 임명할 것을 진언하였다.

1715년 동지부사로 청나라에 파견되었는데 돌아올 때 역관 김유기(金有基) 등이 궁각(弓角)을 몰래 사들여오다 청나라 관리에게 발각되어 그 책임으로 정사 진평군(晉平君) 택(澤)과 함께 파직 당하였다가 곧 복직되어 집의·승지 등을 거쳐 1719년에 강원도관찰사가 되고 이어서 대사간을 거쳐 1723년(경종3)에 함경도관찰사가 되었으나 신임사화로 파직되어 강진에 유배되었다. 이듬해 영조의 즉위로 풀려나 1725년(영조1) 공조참의에 이어 다시 함경도관찰사가 되었을 때 북변고을의 수령을 누구나 기피하므로 이곳 수령으로서 허물이 있는 자는 파직시키지 말고 결장(決杖;곤장으로 형벌을 다스림)으로 다스리도록 청하여 실시하게 하였다. 그 후 다시 대사간이 되고 도승지·호조참판 등을 거쳐 1727년에 경기도관찰사가 되어 정미환국으로 소론들이 등용되자 이를 반대하다가 파직되어 문외송출(門外送黜) 당하였다가 이듬해 이인좌(李麟佐)의 난이 일어나자 호서소모사(湖西召募使)로 기용되고 이어서 도승지·대사간·공조참판 등을 역임하였다.

"간 밤 오던 비에 압 닉히 물 지거다~" 등 시조 2수가 전한다.

간 밤 오던 비에 압 닉히 물 지거다
등 검고 슬진 고기 보들 넉시 올늣고야
아희야 그믈 닉여라 고기 잡기 흐자셔라
　　　　　　　　　　　(출전: 樂學拾零, 海東歌謠)
[간 밤 오던 비에 앞 내에 물 지거다
등 검고 살진 고기 보들 넜에 올랏고야
아희야 그믈 내어라 고기잡기 하자셔라]

"간밤에 오던 비로 앞내의 물이 불어났구나. 살 오른 고기들이 수양버들 뿌리가 너겁을 이룬 곳에 떠올라가 모였구나. 아이야, 그물을 가져오너라. 고기잡이를 나가자꾸나."

강호생활의 한 단면을 사실적으로 묘사한, 한가롭고도 평화스러운 정취가 흠씬 배어나는 작품이다.

## 30  안 서우(安 瑞羽)　　현종 5년(1664)~영조 11년(1735)

조선 숙종, 영조 때의 학자로 자는 봉거(鳳擧) 호는 우락옹(雨樂翁)·양기재(兩棄齋) 본관은 광주(廣州)다.

어려서부터 문명을 떨쳐 숙종 17년(1691) 생원시 숙종 20년(1694) 별시에 급제하였으나 벼슬은 울산부사에 그쳤다. 이후 무주(茂朱)에서 홀로 산수를 사랑하며 글을 짓고 지내다가 첨지중추부사(僉知中樞府事)에 임명되었으나 나아가지 않았다.

"文章을 ᄒ쟈 ᄒ니 人生識字 憂患始오" 등 19수의 시조가 그의 문집 <양기재산고(兩棄齋散稿)에 실려 전해지고 있다.

文章을 ᄒ쟈 ᄒ니 人生識字 憂患始오
孔孟을 비호려 ᄒ니 道若登天 不可及이로다
이내 몸 쓸 ᄃ 업스니 聖代 農甫 되오리라
                                    (출전: 兩棄齋散稿)

[문장을 하자 하니 인생식자 우환시오
공맹을 배우려 하니 도약등천 불가급이로다
이내 몸 쓸 데 없으니 성대 농보 되오리라]

"글을 익히자 하니 식자우환이라는 말처럼 섣불리 글을 안다는 것이 오히려 사는데 근심거리의 시초가 될 것 같고 공자·맹자를 배우려 하니 도에 이르기가 하늘에 오르기만큼이나 어려우니 어리석은 이 몸은 제 분수대로 태평성대에 농부나 되리라"는 작자의 안빈낙도(安貧樂道)의 소박한 생활자세를 느낄 수 있다.

## 31 장 붕익(張 鵬翼)

?~영조 11년(1735)

조선 영조 때의 무장으로 자는 운거(雲擧) 본관은 인동(仁東)이다.

1699년(숙종25) 무과에 급제하여 선전관, 어영대장, 훈련대장, 형조 판서를 역임하며 전선(戰船)의 개조도(改造圖)를 올리는 등 국방대책에 주력하였다.

1721년(경종1) 신임사화(申任史禍) 때에 파직되어 한때 함경북도 종성(鍾城)에 유배된 적도 있다.

사후 좌찬성에 추증되었으며 시호는 무숙(武肅). "나라히 太平이라 武臣을 ᄇ리시니"로 시작되는 시조 1수가 전해진다.

> 나라히 太平이라 武臣을 ᄇ리시니
> 날 ᄀ툰 英雄은 北塞에 다 늙거다
> 아마도 爲國 精忠은 나 ᄲᆞᆫ인가 ᄒ노라
>
> (출전: 樂學拾零, 詩歌)
>
> [나라히 태평이라 무신을 버리시니
> 날 같은 영웅은 북새에 다 늙거다
> 아마도 위국 정충은 나뿐인가 하노라]

"나라가 태평하여 무신을 저버리니 나 같은 무인은 북녘 변방에서 다 늙어 버리겠네."하며 알아주는 이 없는 변방에서 속절없이 세월만 보내는 무인으로서 현실은 불만스럽지만 아무리 그러한 상황일지라도 국가에 대한 지극한 충성심을 버리지 않고 있음을 역설(力說)한다.

이와 같이 이 시조는 초·중장에 펼쳐놓은 정서를 종장에 반전시킴으로서 결국 작자가 강조하고 싶은 자신의 일관된 충성심을 독자에게 더욱 강하게 각인시키는 효과를 낳고 있다.

## 32 윤 두서(尹 斗緒)

현종 9년(1668)~숙종 41년(1715)

조선 중후기의 선비이자 화가로 겸재(謙齋) 정선(鄭敾) · 현재(玄齋) 심사정(沈師正)과 함께 조선 후기의 삼재(三齋)로 불린다. 자는 효언(孝彦) 호는 공재(共齋) · 낙봉(駱峰) 또는 종애(鐘厓) 본관이 해남(海南)으로 고산 윤 선도의 증손이며 덕희(德熙)의 아버지이다.

1693년(숙종19) 진사시에 합격했으나 남인계열이었고 당쟁의 심화로 벼슬을 포기하고 학문과 시 · 서 · 화로 생애를 보냈다.

경제 · 병법 · 천문 · 지리 · 산학 · 의학 · 음악 등 각 방면에 능통했으며, 새롭게 대두되던 실학에도 관심을 기울였다.

그림은 산수 · 인물 · 영모 · 초충(草蟲) · 풍속 등 다양한 소재를 다루었는데 <자화상> · <노승도(老僧圖)>를 통해 인물화에서 뛰어난 재능을 발휘했음을 알 수 있다. 산수화풍은 절파계 양식을 수용한 과도기적 작품과 남종화풍으로 그린 작품으로 대별된다. 그 외에 <선차도(旋車圖)> · <채애도(採艾圖)>는 18세기 후반 김홍도(金弘道) 등에 의해 유행한 풍속화를 예시해준 것이며 그의 실학적 태도를 엿볼 수 있다. 또한 <패하백로도(敗荷白鷺圖;간송미술관)>는 이색적인 화조화로 풍속화와 함께 조선 후기 화단의 새로운 경향을 예시해주는 선구적인 면을 보여준다. <팔준도(八駿圖)> · <백마도(白馬圖)> 등의 말 그림은 중국산 말들을 약간 변화시켜 생동감 있게 묘사하고 있다. 이러한 그의 화풍은 아들인 덕희와 손자인 용(愹)에 의해 계승되었다.

현재 해남 종가(宗家)에 전하는 유품 가운데 <고씨역대명인화보(顧氏歷代名人畵譜)>는 남종화풍과의 접촉을 알려주며 동국여지도나 일본지도, 천문학과 수학에 관한 서적 등은 그의 실학에 대한 관심을 보여준다.

공민왕 이래의 명장이라는 평까지 받았으나 제작태도가 고고하여
반드시 마음이 내켜야만 붓을 들었으므로 세상에 전해오는 작품이
그리 많지 않아 <채애도>·<선차도>·<백마도> 등 60여 점의 소품
으로 꾸며진 <해남윤씨가전고화첩(보물 제481호)>에 전하고 있으며
<노승도(老僧圖)>·<심득경초상(沈得經肖像)>·<출렵도(出獵圖)>·
<우마도권(牛馬圖卷)> 등은 국립중앙박물관에 소장되어 있다.

저서로 <기졸(記拙)>·<화단(畵斷)>이 있으며, 시조 1수가 전해진다.

옥에 흙이 뭇어 길 ᄀ에 볼엿신니
오ᄂᆞ 니 가ᄂᆞ 니 흙이라 ᄒᆞᄂᆞᆫ고나
두어라 알 리 이실씬이 흙인 드시 잇걸아

(출전: 樂學拾零, 海東歌謠)

[옥에 흙이 묻어 길가에 버렸으니
오는 이 가는 이 흙이라 하는구나
두어라 알 이 있을지니 흙인 듯이 있거라]

초야에 묻혀 세상에 알려지지 않은 인재라 할지라도 알아줄 사람
은 있을 것이나 굳이 나서려 할 것이 무엇이겠느냐. 흙 속에 묻혔어
도 옥은 옥이라.

어쩌면 작자 자신을 두고 한 말인 듯싶다. 당시 시대상은 극심한
당쟁으로 옥사가 줄을 잇고 무고한 선비들이 줄줄이 희생되던 흉흉
한 세상을 살아감에 있어 자중·자애·자숙을 강조한 일종의 자계
(自戒)의 글로 보아야 할 것이다.

## 33 권 섭(權 燮)

현종 12년(1671)~영조 35년(1759)

조선 영조 때의 문인. 자는 조원(調元), 호는 옥소(玉所)·백취옹(百趣翁)·무명옹(無名翁)·천남거사(泉南居士), 본관은 안동(安東)으로 할아버지는 집의(執義) 격(格) 아버지는 증 이조참판 상명(尚明) 어머니는 용인 이씨(龍仁李氏)로 좌의정 세백(世白)의 딸이다. 아우는 대사간 형(螢)이며 큰아버지는 학자 상하(尚夏) 작은아버지는 이조판서 상유(尚遊)다. 16세에 경주 이씨(慶州李氏) 이조참판 세필(世弼)의 딸과 혼인하였다.

14세에 아버지와 사별했기에 백부의 각별한 보살핌과 훈도를 받으며 수학하는 한편, 외숙인 영의정 이 의현(李宜顯), 처남인 좌의정 이태좌(李台佐) 등과 함께 면학하기도 하였다.

1689년(숙종15) 기사환국 때는 19세로 소두(疏頭)가 되어 소를 올리는 등 한 때 시사에 관심을 갖기도 하였으나 송 시열(宋時烈)을 위시한 주변 인물들의 사사(賜死) 또는 유배의 참극을 겪은 뒤 관계(官界)진출의 길보다는 문필 쪽을 택하였다. 이후 일생을 전국 방방곡곡 명승지를 찾아 탐승(探勝)여행을 하며 보고 겪은 바를 문학작품으로 승화시켰다. 따라서 그의 작품세계는 내용이 다양하고 사실적이며 깊이가 있다. 게다가 폭넓은 대인관계로 다른 사람의 작품에서 보기 드문 특성을 내포하고 있다.

문학을 생활화했기 때문에 그의 문필유산 가운데에는 한시·시조·가사작품 외에도 유행록(遊行錄)·기몽설(記夢說) 등이 있어, 그 내용이 광범위하고 섬세함을 보여주고 있다.

시만 해도 방대한 양을 남기고 있어 오늘날 전해진 것만도 한시

3,000여 수, 시조 75수, 가사 2편이 된다. 시조 75수는 연시조가 많은 것으로 보아 그의 창작자세가 진지했음을 알 수 있다. 특히 <황강구곡가(黃江九曲歌)>는 주자의 <무이도가(武夷櫂歌)>와 이 이(李珥)의 <고산구곡가(高山九曲歌)>의 맥을 이은 작품으로 시사적 의의가 큰 것으로 평가된다. 또한 1704년에 지은 기행가사 <영삼별곡(寧三別曲; 영월에서 삼척까지의 여정을 노래)>과 1748년에 지은 <도통가(道統歌;중국과 우리나라 유학의 도통을 노래)>는 다른 도학적 시가들과 달리 교훈적 내용을 겉으로 내세우지 않으면서도 도학의 맥락을 노래한 작품으로 이들은 각기 그 나름대로의 특색을 지닌 작품이다.

그의 시는 주제·소재·시어·기법 면에서 모두 파격적 참신함을 보여 준 점에서 그 나름의 특성을 평가받고 있다. 전통의 터전 위에서 새롭게 열리는 근대기를 내다보면서 새로운 시세계를 창조해 낸 점이나 시기적으로 정 철(鄭澈)·박 인로(朴仁老)·윤 선도(尹善道)의 시의 주맥(主脈)을 이은 점에서 시문학사에 그가 점유하는 비중은 크다 할 수 있겠다.

말년에 가의대부(嘉義大夫)의 예우를 받았다. 저서로는 간행본<옥소집(玉所集)> 13권 7책과 필사본 <옥소고(玉所稿)>가 있다.

그는 서울에서 출생하였으나 조선 대표적 성리학자였던 백부 수암 권상하가 모든 관직을 사양하고 청풍 황강으로 내려오면서 제천과 인연을 맺어 단양군 장회리 옥소산에 묻혔다. 이와 같은 인연으로 오늘날 충북 제천에서는 "옥소예술제"라는 행사를 개최하여 선생의 문학혼을 기리고 있다.

하하 허허 흔들 내 우음이 졍 우음가
하 어쳑업서셔 늣기다가 그리 되게
벗님닉 웃디들 말구려 아귀 뼉여디리라

(출전: 玉所稿)

[하하 허허 한들 내 웃음이 정 웃음가
하 어쳑없어서 느끼다가 그리 되게
벗님네 웃지들 말구려 아귀 찟어지리다]

"하하 허허 하고 웃고 있다고 내 웃음이 정말 우스워서 웃는 것이 겠는가? 하도 어처구니가 없어 흐느끼다가 그리 된 것이네. 벗님네들이여, 웃지들 말구려 (어이없는 세상의 우스운 꼴을 볼 때마다 웃는다면) 입이 어지리다."

일명 "笑矣"라고 불리는 이 시조는 내용과 같이 세상일에 환멸을 느껴 그것을 공허한 거짓 웃음으로 표현할 수밖에 없는 심정을 노래한 것이다. 그리고 이 시기까지의 여타 시조와는 달리 다듬어지지 않은 일상어가 그대로 표현되었으며 내용도 상스럽게 느껴지기까지 한다. 따라서 이는 양반시조의 품위가 서서히 무너져 가고 있음을 반영하는 것으로 변하는 시대상이 반영된 작품으로도 볼 수 있다.

이와 같이 "소의"에는 벼슬을 외면한 사대부계층의 신분으로 이러한 파격적인 표현을 통하여 자기가 속한 사회와 자신에 대한 환멸을 나타내면서 사대부 시조의 규범을 무너트리는 충격을 주었던 것으로 볼 수 있겠다.

## 34 주 의식(朱 義植)　　생몰연대미상

조선 숙종 때의 가인으로 자는 도원(道源) 호는 남곡(南谷) 본관이

나주(羅州)다.

숙종 때 무과에 급제하여 철원현감을 지냈으며 가객으로 이름이 높았고 그림에도 능하여 묵매(墨梅)를 잘 그렸다.

김 천택은 그에 대하여 <청구영언>에서 "시조에 쓴 말을 보고 생각하건대 그는 반드시 속세 사람이 아닐 것이며 시조에만 능할 뿐 아니라 몸을 공검하게 하였고 처신을 맑게 하여 군자의 풍모가 있었다"고 말했다.

시조 14수가 전해진다.

하늘이 놉다 호고 발 져겨 셔지 말며
짜히 두텁다고 무이 넓지 마롤 거시
하늘 짜 놉고 두터워도 내 조심호리라
　　　　　　　　　　　　(출전: 樂學拾零, 靑丘永言)
[하늘이 높다 하고 발저겨 서지 말며
따이 두텁다고 마이 밟지 말을 것이
하늘 따 높고 두터워도 내 조심하리라]

"하늘이 높다 하여 발꿈치 들고 서지 말 것이며 땅이 두텁다고 함부로 밟지 말라"며 아무리 염려할 것이 없는 경우라 하더라도 조심해야 한다. 즉 매사 신중을 기하는 것이 군자의 몸가짐이라는 것을 강조한 자계(自戒)의 글이다. 이어 한 수 더 짚어보기로 한다.

말 호면 雜類라 호고 말 아니면 어리다 호니
貧寒을 눔이 웃고 富貴를 새오느니
아마도 이 호늘 아릭 사룰 일이 어려왜라
　　　　　　　　　　　　(출전: 樂學拾零, 靑丘永言)

[말 하면 잡류라 하고 말 아니면 어리다 하니
빈한을 남이 웃고 부귀를 새오느니
아마도 이 하늘 아래 사를 일이 어려왜라]

　"말하면 잡것이라 경멸하고 말을 하지 않으면 어리석다 하니 또 가난함을 남들이 비웃고 부귀를 시기하니 이 하늘 아래에서 살아갈 일이 참으로 어려운 일이다"라며 말 많고 탈 많은 세상살이에 대하여 염증을 느끼고 현실로부터 도피하고 싶은 작자의 심상을 엿볼 수 있다. 또한 매사 조심스럽고 소심한 작자의 성품을 위의 두 시조만으로도 미루어 짐작할 수 있다.

## 35　김 삼현(金 三賢)

생몰연대 미상

　조선 숙종 때의 시인. 주의식의 사위이고 벼슬은 절충장군(折衝將軍)으로 삼품(三品)에 이르렀으나 장인과 함께 벼슬을 그만두고 강호에 은거하여 시를 지으며 세월을 보냈다.
　시조 6수가 <해동가요>·<청구영언>·<가곡원류> 등에 전하는데 그의 작품은 세속을 떠난 자연예찬, 일신의 한정(閑靜), 노탄(老歎) 등을 내용으로 명랑하고 향락적이다.

綠楊 春三月을 자바 민야 둘 거시면
센 머리 쏩아 닉여 춘춘 동혀 두련마는
올 히도 그리 못ᄒ고 그저 노화 보닉거다

(출전: 樂學拾零, 靑丘永言)

[녹양 춘삼월을 자바 매야 둘 거시면
센 머리 뽑아 내여 찬찬 동여 두련마는
올 해도 그리 못하고 그저 놓아 보내거다]

"늘어진 버들가지가 바람에 나부끼는 춘삼월을 잡아매어 둘 수 있다면 흰 머리카락이라도 뽑아 꼭꼭 동여매어 두련만 올해도 또 잡아매놓지 못하고 어물어물 놓아 보내고야 말았구나."

가는 세월을 잡아 둘 수 없는 불가항력적인 사실을 마치 자신의 소극적 대처로 잡아두지 못한 것처럼 묘사한 종장부에 작자의 시적 역량이 잘 나타나 있다.

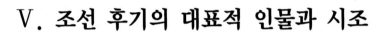

# Ⅴ. 조선 후기의 대표적 인물과 시조

## 1 윤 유(尹 游)

현종 15년(1674)~영조 13년(1737)

조선 영조 때의 문신으로 자는 백수(伯修) 호는 만하(晚霞) 본관은 해평(海平)이다.

1702년(숙종28)에 생원 숙종 44년(1718) 정시에 급제하여 벼슬은 형조·이조·호조판서에 이르렀으며 글씨를 잘 써 당대의 명필이다.

"大同江 달밝은 밤의 碧漢槎를 씌워두고~" 등 2수의 시조가 전해진다. 시호는 익헌(翼憲).

> 淸流壁에 비를 미고 白銀灘에 그믈 걸고
> 자 나문 고기를 눈살곳치 膾쳐 노코
> 아희야 盞 가득 부어라 終日 醉를 흐리라
>
> (출전: 樂學拾零, 海東歌謠)
>
> [청류벽에 배를 매고 백은탄에 그물 걸고
> 자 넘는 고기를 눈살같이 회쳐 놓고
> 아희야 잔 가득 부어라 종일 취를 하리라]

작품의 내용을 보면, 암벽이 병풍처럼 둘러쳐진 "청류벽 아래 배를 매어놓고, 백은탄(능라도 때문에 둘로 갈라져 대동강의 동쪽 물줄기가 능라도 남쪽에서 서쪽 물줄기로 달려드는 여울목)에 그물을 쳐" 천렵을 한다. 이렇게 잡은 한 자도 넘는 고기를 흰 눈살같이 신선하게 회를 쳐서 안주하여 술에, 풍광에, 종일토록 취하겠노라 하였으니 신선놀음이 따로 없겠다.

이와 같이 평양의 대동강에서 풍류를 읊은 또 하나의 작품을 마저 소개한다.

大同江 달 붉은 밤에 碧漢槎를 씌워두고
練光亭 醉흔 술이 浮碧樓에 다 씌거다
아마도 關西佳麗는 옛샏인가 ᄒ노라

(출전: 樂學拾零, 海東歌謠)

[대동강 달 밝은 밤에 벽한사를 띄워두고
연광정 취한 술이 부벽루에 다 깨거다
아마도 관서가려는 예뿐인가 하노라]

달 밝은 밤 대동강에서 뱃놀이를 하며 그 풍광에 감탄하여 씌어진 작품으로 초장의 벽한사(碧漢槎)라는 시어를 동원한 것이 이채롭다.

'벽한사'의 '벽한'은 푸른 하늘과 은하수를 지칭함이니 하늘을 말한다. 즉 신선이 타고 하늘을 날아다니는 뗏목이 '벽한사'이니, 당시 작자는 '연광정'에서 '부벽루'에 이르는 동안 그곳의 경치에 도취되고 취흥에 겨워 마치 자신이 신선이 된 듯한 기분이었음이라. 이에 작자는 종장에다 '관서지방(평안도)의 아름다운 경치'는 이 곳 뿐이라면서 최고의 찬사를 아끼지 않았으니 그 아름다움이 어느 정도일까, 가서 직접 눈으로 보지 않고는 상상할 수 없겠구나.

## 2 이 정작(李 庭綽)

숙종 4년(1678)~영조 34년(1758)

조선 후기의 문신. 자는 경유(敬裕) 호는 회헌(晦軒) 본관은 전의(全義)로 아버지는 만봉(萬封) 어머니는 조익구(趙益九)의 딸이다.

1714년(숙종40) 증광문과에 급제하여 대교에 임명되었으며 1727년 (영조3) 중시문과에 장원하여 병조·예조참의·진주목사·도승지를 지내고 이어 이조·형조·공조의 참판을 역임했다. 성품이 청렴하여 지방관일 때는 *삼정(三政)을 단속하여 농민의 고통을 덜어주었으며 퇴임 후에는 후세의 교육에 힘썼다.

김만중의 <구운몽>·<사씨남정기>를 참고하여 한문소설 <옥린몽 (玉麟夢)> 15권을 저술했는데 앞의 두 소설보다 사건의 설정이나 구성이 치밀한 편이다. 소설이 천대받던 시대에 사대부의 신분으로 소설을 창작했다는 점에서 의미 있게 평가된다.

逍遙堂 둘 불근 밤에 늘 爲ᄒ야 안즈는고
솔바람 시니 쇼리 둣고 지고 내 草堂에
져 둘아 故鄕에 빗최거든 이 늬 소식 傳ᄒ렴
(출전: 詩歌, 靑丘永言)
[소요당 달 밝은 밤에 늘 위하여 안자는고
솔바람 시내 소리 듣고 지고 내 초당에
저 달아 고향에 비취거든 이 내 소식 전하렴

달 밝은 밤 홀로 앉아 솔숲 사이로 불어오는 바람소리와 졸졸 흐르는 시냇물 소리를 듣고 있자니 고향생각과 함께 고향에서 자신을 염려할 가족들에게 자신의 소식을 전하고 싶은 심정을 노래한 작품이다.

작자가 지방관으로 임지에 나갔을 때 가족과 떨어져 지내면서 당시의 향수어린 서정을 표현한 작품으로 볼 수 있겠다.

\* 삼정

조선 후기에 국가 또는 공공기관에서 백성으로부터 수취한 전결세·군역·환곡을 중심으로 한 조세운영 과정의 일반을 일컫는 말.

## 3  윤 순(尹 淳)

숙종 6년(1680)~영조 17년(1741)

조선 후기를 대표하는 글씨의 대가로 시문과 그림에도 뛰어났으며 양명학(陽明學)을 연구하였다. 자는 중화(仲和) 호는 백하(白下)·학음 (鶴陰)·나계(蘿溪)·만옹(漫翁) 본관은 해평(海平)으로 두수(斗壽)의 5대손이며 아버지는 지평 세희(世喜) 어머니는 승지 이동규(李同揆) 의 딸이다.

1712년(숙종38) 진사시에 장원급제하고 이듬해 증광문과에 급제하 여 부수찬에 등용되었고 1723년(경종3) 응교로 사은사의 서장관(書狀 官)이 되어 청(淸)나라에 다녀왔다. 1727년 이조참판으로 대제학을 겸 임하고 이듬해 이인좌(李麟佐)의 난 때 감호제군사(監護諸軍使)가 되 었으며 1729년 공조판서·예조판서를 지냈다. 1735년 원자보양관(元 子輔養官) 1739년 경기도관찰사를 지냈으며 1741년 평안도관찰사로 있을 때 순찰 도중 벽동(碧潼)에서 졸했다.

조선시대 양명학의 태두 정제두(鄭齊斗)의 문인으로 양명학에 심취 했으며 정제두의 제문(祭文)을 써서 양명학이 치양지(致良知)의 심학 (心學)임을 지적했다. 그는 <잡식(雜識)>이라는 글에서 산림(山林) 선 비들의 타락상을 개탄하고 이를 당쟁 때문이라고 규정했으며 당시 북벌을 주장하던 송시열(宋時烈) 등 노론의 허위성을 폭로했다. 양명 학을 기반으로 실학파와 제휴하여 실심(實心)·실견(實見)·실득(實 得)·실정(實政)을 강조하고 시정을 개혁할 것을 주장하는 등 노론에 대항할 이론을 제공했다.

그는 시문과 산수·인물·화조 등의 그림도 잘 그렸지만 특히 글 씨에 뛰어났다. 18세 때부터 글씨 공부를 시작하여 한국의 서법과 중국의 서법을 아울러 익혔으며 독특하고 한국적인 서풍을 일으켰다. 문하에 이광사(李匡師)가 배출되어 이를 계승했다. 글씨는 주로 중봉법(中鋒法)을 고수했고 세속적 유행을 철저히 배격했다. 동기창(董其昌)·문징명(文徵明)·미불(米芾)·소식(蘇軾)·왕희지(王羲之) 등 옛 사람의 서체를 자유자재로 구사했는데 특히 미불의 서체를 가장 많이 쓴 듯하다. 행서(行書)는 각 가(家)의 장점을 조화시켜 일가를 이루었다. 그가 쓴 비갈(碑碣)로는 강화의 <고려산적석사비(高麗山積石寺碑)>, 광주(廣州)의 <기백윤훤표(箕伯尹喧表)>·<영상홍서봉비(領相洪瑞鳳碑)>·<응교심유갈(應敎沈濡碣)>·<이창발묘갈(李昌發墓碣)>·<이판서현석비(李判書玄錫碑)>·<좌상이태좌표(左相李台佐表)>·<호참송징은비(戶參宋徵殷碑)>, 양주의 <풍릉조문명표(豊陵趙文命表)>, 장단의 <예참서문유비(禮參徐文裕碑)>·<참찬윤순지표(參贊尹順之表)> 등이 있다. 저서로는 <백하집>이 있으며 "뉘집이 白鶴山中 날 츠즐 리 뉘 이시리~"로 시작되는 시조 1수가 전한다.

> 뉘집이 白鶴山中 날 츠즐 리 뉘 이시리
> 入我室者 淸風이오 對我飮者 明月이라
> 庭畔에 鶴 徘徊ᄒ니 내 벗인가 ᄒ노라
>
> (출전: 樂學拾零, 海東歌謠)
>
> [내 집이 백학산중 날 찾을 이 뉘 있으리
> 입아실자 청풍이요 대아음자 명월이라
> 정반에 학 배회하니 내 벗인가 하노라]

"내 집은 백학산의 깊은 산중이니 나를 찾아올 사람이 누가 있겠는가. 나를 찾아 방으로 들어오는 자는 맑은 바람이요 나와 함께 술을 마시는 자는 밝은 달이로다. 뜨락에 학이 오락가락 거닐고 있으니 그것이 나의 벗인가 하노라."

글의 내용 그대로 산중에 은거하여 지내는 작자의 적요한 심경을 사실적으로 묘사해 놓은 작품이다.

## 4  신 정하(申 靖夏)

숙종 7년(1681)~숙종 42년(1716)

조선 숙종 때의 문신으로 자는 정보(正甫) 호는 서암(恕庵) 본관은 평산(平山)이고 영의정 완(琓)의 아들이며 김 창협(金 昌協)의 문인이다.

1705년(숙종31) 증광시(增廣試)에 급제하여 부교리(副校理)에 이르렀다.

1715년 헌납(獻納) 재직 중 유상기(兪相基)가 간행한 <가례원류(家禮原流)>의 발문(跋文)에 소론(少論)의 영수 윤승을 비난한 글이 문제되어 노소론(老少論)이 대립되자 발문의 필자인 노론의 정호(鄭澔)를 탄핵하다가 숙종이 소론을 추방할 때 그도 파직되었다.

"前山昨夜雨에 ᄀ득흔 秋氣로다~", "諫死흔 朴坡州ㅣ야 주그라 셜워마라~", "벼슬이 貴타 흔들 이 내 몸에 비길소냐~" 등 3수의 시조와 <서암집(恕庵集)>이 있다.

諫死흔 朴坡州야 죽으라 셜워 마라
三百年 綱常을 네 혼ᄌ 붓들거다
우리의 聖君 不遠復이 네 죽긴가 흐노라
(출전: 樂學拾零, 靑丘永言)

[간사한 박파주야 죽으라 설워 마라
삼백년 강상을 네 혼자 붙들거다
우리의 성군 불원복이 네 죽긴가 하노라]

인현왕후 민비를 폐출하는 것이 옳지 않다고 임금(숙종)께 "간(諫)을 하다가 죽은 박파주(박태보가 파주목사를 지냈기에 이렇게 불리었으며 그는 인현왕후 폐비사건에 소를 올려 세 번의 혹형 끝에 죽음)여 죽음을 서러워 마라. 그대의 죽음은 조선 창업 이래 300년 동안 강상(3綱5常, 즉 삼강오륜을 뜻함)을 혼자 붙들어 지킨 것이나 진배없다. 우리의 성군(숙종)께서 얼마 안 가 다시 복위시킨 것은 그대가 죽었기 때문이 아닌가" 하는 박 태보에 대한 추모시조로 당시 군왕의 반윤리적인 행태와 한 의로운 신하의 죽음에 대한 작자의 의분(義憤)이 작품 저변에 깔려 있음을 알 수 있다.

## 5 김 천택(金 天澤)

생몰연대미상

조선 영조 때의 가객(歌客). 자는 백함(伯涵) 또는 이숙(履叔) 호는 남파(南波)로 사대부들이 즐겼던 시조가 중인 가객들에게까지 확산되는 데 선구적 역할을 했으며 당시 많은 가객들처럼 그도 중인계층으로서 젊었을 때 잠시 관직에 있었을 뿐 거의 평생을 가객으로 지낸 것 같다.

김수장과 더불어 *경정산가단(敬亭山歌檀)을 조직해 후진을 양성하였고 1728년(영조4)까지 노래로만 불리고 기록되지 못했던 역대 시조를 모아 최초의 가집인 <청구영언>을 편찬했다. 그 서문에서 국문시가인 시조도 한시 못지않게 중요한 가치가 있다고 주장했다. 평시조 외에도 '만횡청류(蔓橫淸類)'라는 이름 아래 사설시조 111수를 수집해놓아 사설시조 연구에 도움을 주고 있다.

그의 작품은 진본(珍本) <청구영언>에 30수, 주씨본(朱氏本) <해동가요>에 57수가 실려 있다. 이 가운데 14수가 겹쳐 있으므로 전체 작품수는 73수 정도이며 모두 평시조로 작품세계는 크게 둘로 나뉜다.

첫 번째는 강호한정가(江湖閑情歌)들이다. 여기에 속하는 작품들은 대개 조선 전기 사대부 시조의 주류인 강호가도(江湖歌道)의 관습적 표현을 빌려 쓰고 있다. 그러나 단순한 차용과 답습에 그치지 않고 창조적 변용을 이루고 있다. 그의 시조에 나타나는 자연은 성리학적 도(道)의 공간이 아니라 중세의 신분질서에 의한 굴레나 갈등이 존재하지 않는 이상적인 공간의 의미를 지니고 있다. 이것은 중세의 신분구조 속에서 김천택이 느낀 제약이 자연에 투영된 것이라 할 수 있다.

두 번째 부류의 작품들은 망해가는 세상을 탄식하는 노래들이다. 이 작품들은 세상의 어떤 가치도 부정하면서 단지 술과 음악 속에서만 의미를 찾고자 하는 내용들로 이루어져 있다. 이것은 그가 신분갈등 때문에 절망에 빠졌음을 보여준다. 그는 창작에서도 조선 후기 중인층의 의식의 한 면을 뚜렷하게 보여줌으로써 시조사에서 새로운 영역을 개척한 작가로 꼽힌다.

> 江山 죠흔 景을 힘 센 이 닷톨 양이면
> 닉 힘과 닉 分으로 어이 ᄒ여 엇들쏜이
> 眞實로 禁ᄒ 리 업쓸씌 나도 두고 논이로라
>
> (출전: 海東歌謠)

[강산 좋은 경을 힘 센 이 다툴 양이면
내 힘과 내 분으로 어이하여 얻을소니
진실로 금할 이 없을새 나도 두고 노니노라].

위 작품세계에서 언급했듯이, 위 작품은 작자의 첫 번째 유형의
작품이다.

"강산의 좋은 경치를 힘 센 사람들이 차지하려 다툰다면 나같이
힘없는 사람이 어떻게 얻겠는가, 하지만 금할 사람이 없으니 나 같은
사람도 즐길 수 있다"하며 신분제약에 억눌린 작자의 처지를 이렇게
신분질서가 존재하지 않는 자연을 끌어들여 표현해 놓았다.

書劍을 못 일우고 쓸찍 업쓴 몸이 되야
五十 春光을 희옴 업씨 지내연져
두어라 언의 곳 靑山이야 날 씰 쭐이 잇시랴
(출전: 海東歌謠)
[서검을 못 이루고 쓸데없는 몸이 되어
오십 춘광을 해옴 없이 지내연저
두어라 어느 곳 청산이야 날 낄 줄이 있으랴]

이 작품은 작자의 작품세계에서 두 번째 유형에 속한다.

초·중장에서 작자는 "책과 칼, 즉 문무 어느 쪽에도 입신하지 못
하고 아무짝에도 쓸모없는 몸이 되어 오십을 살도록 이루어 놓은 것
이 아무것도 없다"면서 살아 온 지난 좌절의 시대에 대한 회한과 탄
식을 자학적인 표현을 동원하여 서술하였다. 이어 종장에서는 "어느
곳의 청산이라 한들 나를 꺼리겠느냐(싫어하겠느냐)"며 세상은 나를
받아들이지 않지만 청산은 나를 꺼려 밀어내지 않는다면서 세상에

대한 체념과 자연으로부터의 위안이 복합적으로 작용할 수 있도록 마무리하여 당시 세상에 대한 작자의 절망이 체념의 경지에 다다랐음을 느낄 수 있게 한다.

## ✳ 경정산가단

조선 영·정조 때 김천택·김수장을 중심으로 존재했다고 추정되는 가인(歌人)들의 모임이다.

이 가단은 조윤제가 <조선시가사강(朝鮮詩歌史綱;1937)>에서 주장한 뒤 오랫동안 학계에서 정설로 받아들여졌으나 최근 그 존재 여부가 의심받고 있다. 그동안 경정산가단의 존재를 주장한 학자들은 <해동가요>의 장복소(張福紹) 후서(後序)의 "김군수장(金君壽長)은 남파(南坡) 김천택과 더불어 경정산으로서 상대했으니 양옹(兩翁)은 곧 당세의 뛰어난 가자(歌者)이다. 미묘하고 호상(豪爽)한 절(節)과 부침골몰(浮沈汨沒)하는 이치가 모두 양 문하에서 나왔다"는 데에 근거를 두고 있다. 경정산가단이라는 이름도 이 대목을 보고 학계에서 붙인 것이다.

그러나 반론을 펴는 학자들은 장복소의 서문만으로 두 사람의 교분이 밀접했다고 보기는 어렵다는 점, 김천택은 사설시조를 수집하기만 했고 직접 짓지 않았음에 비해 김수장은 사설시조를 적극적으로 창작했다는 점과 둘의 작품경향이 매우 이질적이라는 점, 또 김천택은 주로 자신을 포함하여 '여항 6인(閭巷六人;김천택·장현·주의식·김삼현·어은·김유기)'이라 불리는 그룹과 어울렸는데 비해 김수장은 노가재(老歌齋)를 중심으로 다른 부류의 가객들과 어울렸다는 점 등을 들어 경정산가단의 존재를 부인하고 있다. 이 견해는 학계에서 타당성을 인정받아 1980년 이후에 나온 문학사에서는 경정산가단이라는 이름을 사용하지 않는 경우가 많다. 김천택은 여항 6인이라고 불리는 18세기 전반기 가객들, 김수장은 노가재가단이라 불리는 18세기 후반에 활동한 가객들과 결부되어 논의된다.

## 6  김 유기(金 裕器)

생몰연대 미상

조선 숙종 때의 가객. 자는 대재(大哉). 1717년 무렵에 작고한 것으로 보이며 전라도 남원(南原) 출신이다.

서울에 올라와 김천택(金天澤)·김성기(金聖器) 등과 교유하며 가곡공연활동을 벌였고 1715년 경상도 대구에 내려가 한유신(韓維信) 등 여러 제자에게 가곡창을 가르쳤고 밀양에 내려갔다가 객사하였다. 그는 한시에도 능하였으며 숙종 때 가곡 명창으로 세상에 이름이 널리 알려졌다. 김천택을 그를 평하여 "마음속의 정경(情境)을 말로 다 하였으며 음률이 고루 조화가 됐다"고 했다. 시조 12수가 전한다.

> 오늘은 川獵ᄒ고 來日은 山行 가시
> 곳다림 모릭 ᄒ고 講信으란 글픠 ᄒ리
> 그글픠 便射會 ᄒᆯ 제 各持壺果 ᄒ시소
>
> (출전: 樂學拾零, 靑丘永言)
>
> [오늘은 천렵하고 내일은 산행가세
> 곳다림 모레 하고 강신으란 글픠 하리
> 그글픠 편사회 할 제 각지호과 하시소

"오늘은 물고기 천렵하러 가고 내일은 산으로 사냥을 가세. 꽃다림 들놀이는 모레 하고 향청에서의 강신모임일랑 글픠 하고 그 다음날은 활터로 올라가 편을 짜 활쏘기를 할 터인데 그때는 각자 술항아리와 과일을 가져오기로 합시다."

천렵·사냥·화전놀이·강신제·편사회 등 우리 민족의 민족놀이가 소개된 작품으로 선조들의 풍속과 여유로운 생활의 한 단면이 잘 그려져 있다.

## 7 문 수빈(文 守彬)

생몰연대미상

조선 숙종 때의 가객(歌客)으로 시조 1수가 전해진다.

淸冷浦 둘 붉은 밤에 어엿븐 우리 님군
孤身 隻影이 어드러 가신건고
碧山中 子規 哀怨聲이 나를 졀로 울닌다
(출전: 樂學拾零, 靑丘永言)
[청령포 달 밝은 밤에 어여쁜 우리 임금
고신척영이 어디로 가신건고
벽산중 자규의 애원성이 나를 절로 울린다]

'청령포 달 밝은 밤에 가엾은 우리 임금, 그 외로운 몸에 외로운 그림자는 가신 걸까. 푸른 산속 소쩍새의 애절한 원망소리에 나도 모르게 눈물 자아내게 한다.'

이 시조는 단종의 슬픈 운명과 함께 세월의 덧없음을 노래하였다. 그러면서 단종 사후 작자는 이 작품을 지을 때까지 300여년의 세월이 흘렀음에도 바로 엊그제 일처럼 회상하는 것으로 마무리를 하였다.

이는 단종애사가 역사적으로 얼마나 비극적인 사건이었나를, 그리하여 얼마나 많은 사람들이 이를 애달파 하며 먼 훗날까지 두고두고 회고하였나를 나타내주는 작품이어서 당시 사람들의 역사의식을 가늠하게 한다.

## 8 김 진태(金 振泰)

생몰연대미상

조선 영조 때 가인(歌人)으로 자는 군헌(君獻)이다.

영조 42년(1766) 증보한 <해동가요> 부록 <청구가요>에 김 수장은 그에 대하여 "작품의 뜻이 뛰어나고 향운(香雲)이 매우 맑아 시속에 물들지 않았다"고 평했듯이 속세에 때 묻지 않은 정서를 노래한 시조 20여수가 전해지는데 이는 18세기 가객 중 김 천택·김 수장 다음으로 많은 작품이다.

> 歲月이 如流ᄒ니 白髮이 졀로 난다
> 쏩고 쏘 쏩아 졈고져 ᄒ는 뜻은
> 北堂에 在親ᄒ시니 그를 두려 ᄒ노라
> (출전: 樂學拾零, 靑丘歌謠)
> [세월이 여류하니 백발이 졀로 난다
> 뽑고 또 뽑아 젊고자 하는 뜻은
> 북당에 재친 하시니 그를 두려 하노라]

"세월이 물 흐르는 것 같이 흐르니 흰 머리칼이 저절로 나는구나. 이 흰 머리칼을 뽑고 또 뽑아 젊고자 하는 것은 북당(어머니 계시는 방)에 어머니가 살아계시니 그를 두려워함이다."

이는 자식 된 몸으로서 부모님 앞에서 늙어 보인다는 것이 부모님의 마음을 어둡게 하는 일이니 일종의 불효가 아닐 수 없다는 뜻으로 새치를 뽑는 행위에 대한 당위성을 당시 사회의 의식구조에 맞추어 작품에 표현하였다.

初生에 빗친 달이 낫 갓치 ㄱ으다가
보름이 돌아오면 거을 갓치 들엿ㅎ다
암아도 人之盛衰가 졀어ㅎㄴ가 ㅎ노라

(출전: 靑丘歌謠)

[초생에 비친 달이 낫 같이 가늘다가
보름이 돌아오면 거울 같이 두렷하다
아마도 인지성쇠가 저러한가 하노라]

이 작품에서 작자는 초승달을 낮에, 보름달을 거울에 비유하면서
이렇게 달이 차고 기우는 것을 인간의 흥망성쇠에 비유하였다.
자연의 이법에 순응하려는 작자의 내면을 보여주는 작품이다.

## 9 김 성기(金 聖器)

생몰연대미상

조선 영조 때의 가인(歌人)으로 자는 자호(子湖) 호는 조은(釣隱)
또는 어은(漁隱)이며 일명 성기(聖基)다.

빈한한 평민출신으로 원래 상방(尙房)의 궁인(弓人)이었으나 활을
버리고 거문고를 배웠으며 퉁소·비파·창곡(唱曲)에 뛰어났다.

서호(西湖; 서강, 즉 지금의 서강대교가 놓안 마포근처의 한강)에
배를 띄우고 삿갓과 도롱이에 일간죽(一竿竹;낚싯대)으로 소일하며
금소(琴簫;칠현금과 피리의 일종인 관악기)를 벗했으며 당시의 시조
작가 김 천택과 가까이 지냈다.

악기연주에 뛰어나 잔칫집마다 그를 초빙하였으나 그는 일생 가난

속에서 살았다. 그러나 기개가 꼿꼿하여 당시의 세도가이자 신임사화의 밀고자 목호룡이 청하여 거문고를 듣고자 하였으나 비파를 차버리며 "가서 호룡에게 전하라. 내가 70세인데 두려울 게 뭐 있겠느냐. 네가 고변을 잘 하니 나를 고변하여 죽여보아라"며 호통을 쳤다. 이 말을 전해들은 호룡은 그만 술자리를 파했고 이윽고 영조가 즉위하던 해 무고혐의가 드러나 옥중에서 죽었다.

이렇게 기개 있는 인물이었으니 가난이나 시류에 굴하지 않고 자신의 예술혼을 지켰던 그의 작품은 <강호가(江湖歌)> 5수와 기타 3수가 전해진다.

紅塵을 다 썰치고 竹杖芒鞋 집고 신고
瑤琴을 빗기 안고 西湖로 드러가니
蘆花에 쩨 만흔 갈며기는 늬 벗인가 ᄒ노라
(출전: 樂學拾零, 海東歌謠)
[홍진을 다 떨치고 죽장망혜 짚고 신고
요금을 빗기 안고 서호로 들어가니
노화에 떼 많은 갈매기는 내 벗인가 하노라]

세속 잡사를 등진 한 예술가의 행보가 작품 속에 그대로 투영되어 있는 강호가 5수중 1수다.

"홍진(붉은 먼지, 곧 속세를 이름)을 다 떨치고 대지팡이를 짚고 짚신을 신고 거문고를 비스듬히 안고 서호로 들어가니 갈대꽃에 떼 많은 갈매기가 내 벗인가 하노라"는 이 작품은 초장에 길을 나서는 순간 독자에게 자연에의 귀의를 암시하여 결국 자연과 일체가 되는 일련의 과정이 잘 묘사되어 있다. 또한 그 속에서 연주되는 거문고소리까지 상상할 수 있도록 중장에 장치되어 묘한 흥취와 함께 독자로 하여금 덩달아 함께하고 싶은 마음까지 생기게 한다.

## 10 김 수장(金 壽長)

숙종 16년(1690)~?

조선 숙종·영조 때 활약한 대표적 가객·시조작가로 자는 자평(子平) 호는 노가재(老家齋)이다. 숙종 때 기성서리(騎省書吏)를 지냈다.

<청구영언>의 뒤를 이어 오랜 세월에 걸쳐 3대 시조집의 하나인 <해동가요>를 편찬했다. 1746년 편찬하기 시작해서 1755년 제1차 편찬사업을 마쳤다. 이것이 을해본(일명 박씨본)이며 1763년 이를 고쳐 계미본(일명 주씨본)을 펴냈다. 그 후로도 80세가 넘도록 이 책의 개수(改修)를 계속했다.

1769년에는 부록으로 노가재에서 활동하던 가객들의 작품만을 실은 <청구가요(靑丘歌謠)>를 편찬했다. 1760년 서울 화개동(花開洞)에 집을 지어 노가재라 이름하고, 그곳을 중심으로 탁주한(卓柱漢)·김우규(金友奎)·박문욱(朴文郁)·김중열(金重說)·김묵수(金默壽)·김태석(金兌錫) 등과 *노가재가단을 형성하여 김천택과 더불어 18세기 시조사의 쌍벽을 이루었다. 또한 김천택과 마찬가지로 창작활동도 힘써서 많은 작품을 남겼다. 주씨본 <해동가요>에 120수, 다른 가집에 50수가 있는데 중복된 것을 빼면 모두 125수이다.

김천택이 사설시조를 적극 수집했으면서도 평시조만을 창작했음에 비해 김수장은 40여 수 정도의 사설시조를 직접 창작했다. 따라서 그의 작품세계 역시 김천택과는 많은 차이가 있다.

그의 작품이 폭넓은 내용들로 이루어진 것은 그가 김천택보다는 신분질서에서 오는 굴레에서 상대적으로 벗어나 있었고 예술가로서의 자신에 대한 긍지를 가지고 있었기 때문으로 보인다. 그러한 자유분방함이 다양함과 생동감이 담긴 작품들을 낳게 했으며 이것은 시조사에서 그가 개척한 새로운 영역이라 하겠다.

검으면 희다 ᄒ고 희면 검다 ᄒ네
검거나 희거나 올타 ᄒ리 젼혀 업다
츨하로 귀 막고 눈 감아 듯도 보도 말리라

(출전: 樂學拾零, 海東歌謠)

[검으면 희다 하고 희면 검다 하네
검거나 희거나 옳다 할 이 전혀 없다
차라리 귀 막고 눈 감아 듣도 보도 말리라]

이 시조는 당 시대의 사회현상에 따른 인심이 반영된 작품으로 흑백논리에 의한 흉흉한 세태를 풍자한 것이다. 흑백 양단간의 일방적이고도 결사적인 단순논리만이 존재하는 상황에서 합리적이고 정당한 비판을 가할 수 있을 리 만무하고, 따라서 외면하는 것이 차라리 낫겠다는 소견을 표현하였다.

道詵이 碑峯에 올라 國都를 定ᄒ올ᄉ·
子坐午向으로 城闕을 이엿ᄂ듸 左靑龍 右白虎와 南朱雀 北玄武는
貴格으로 벌어 잇고 前帶河 漢江水는 與天地 根源이라 太祖는 可
左ᄒ고 社壇은 可右로다 三峰이 秀麗ᄒ니 人傑이 豪俊ᄒ고 臥牛
山 有德ᄒ니 民食이 豊足이라 聖繼神承ᄒ야 億萬年之無疆이샷다
하늘이 주오신 ᄯᆺ을 받들어 萬萬歲를 누리소셔

(출전: 海東歌謠)

[도선이 비봉에 올라 국도를 정하올제
자좌오향으로 성궐을 이뤘는데 좌청룡 우백호와 남주작 북현무는
귀격으로 벌여 있고 전대하 한강수는 여천지 근원이라 태조는 가
좌하고 사단은 가우로다 삼봉이 수려하니 인걸이 호준하고 와우
산 유덕하니 민식이 풍족이라 성계신승하여 억만년지무강이샷다
하늘이 주오신 뜻을 받들어 만만세를 누리소셔]

도선 스님이 일찍이 정하신 나라의 도읍지인 한양에 도읍한 조선
조의 무궁한 발전을 기원한 작품으로 송강 이후 시도되었던 사설시
조의 한 전형이기에 여기에 소개한다.

無極翁은 긔 뉘런고 흐늘 ᄯᅡ 님지런가
언제 언의 ᄲᅵᆫ예 어드러셔 낫거이고
처음도 나종도 모른이 無極일시 올토다

(출전: 海東歌謠)

[무극옹은 긔 뉘런고 하늘 땅 임자런가
언제 어느 때에 어드러셔 낫거이고
처음도 나종도 모르니 무극일시 옳도다]

"무극옹(우주를 만든 신), 그는 누구인가, 하늘 땅의 임자인가. 언
제 어느 때에 어디에서 난 것인가. 처음(시작)도 나중(끝)도 모르니
무극(태극의 맨 처음 상태)일 것이 옳겠구나."

이 시조를 접하는 순간 옛시조에서 흔히 다루어진 소재나 주제와
는 현저하게 다른 느낌을 받을 수 있을 것이다.

이는 우주의 근원에 대한 사색, 즉 인간이 품는 가장 원초적인 의
문인 시작과 끝에 대한 범 우주적이고도 철학적인 거대담론을 시조
의 틀에 안치시킨 당시 시풍(詩風)과는 아주 거리가 먼 특이하면서도
새로운 각도의 작품이기 때문이다.

＊ 노가재가단

조선 숙종에서 영조 무렵 김수장(金壽長)을 중심으로 활약한 가객(歌客)
들의 모임으로 당시 가악계의 중추로서 시조의 창작과 창의 발달에 크게
이바지했다고 평가된다.

노가재가단이라는 이름은 김수장이 71세 되던 해인 1760년(영조36) 서울 화개동에 노가재를 지어 여러 가객이나 풍류객들이 모일 수 있게 열어놓았던 데서 비롯한다. 그러나 이 모임이 당시 이 이름으로 불렸던 것은 아니다. 가단의 구성원이나 모임의 형태 및 활동에 대해서 구체적으로 알려져 있지는 않으나 김수장과 친했던 김우규 등의 여러 가객들이 이 모임에 참여했던 것으로 보인다. 이들의 활동 가운데 눈여겨볼 만한 것으로는 <해동가요>의 부록인 <청구가요>의 편찬을 꼽을 수 있다. <청구가요>는 김수장이 노가재가단에서 이루어진 작품을 뽑아 엮은 가집으로, 각 작가의 작품 끝에 붙어 있는 후서(後序)는 당시 가악계의 형편을 살펴 볼 수 있는 중요한 자료이다.

## 11 박 문욱(朴 文郁)

생몰연대 미상

조선 숙종 · 영조 때의 가인(歌人). 자는 여대(汝大). <해동가요>에 실린 고금창가제씨(古今唱歌諸氏) 56명 중 한 사람으로 김수장 · 김천택 등과 같은 가단(歌壇)에 있었던 것으로 보인다. 여러 형식의 시조를 남겼는데 어휘구사가 다양했다. <청구가요>에 17수의 시조가 전한다.

夕陽에 미를 밧고 닉 건너 山 너머 가셔
썽 날리고 미 부르니 黃昏이 거의로다
어듸셔 반가온 방을소리 구름 밧긔 들리더라

(출전: 樂學拾零, 靑丘歌謠)

[석양에 매를 밧고 내 건너 산 너머 가서
꿩 날리고 매 부르니 황혼이 거의로다
어디서 반가운 방을 소리 구름 밖에 들리더라]

"석양 무렵에 매를 받쳐 들고 개울 건너 산을 넘어 꿩 날리고 매를 부르다 보니 어느덧 황혼이 다 되었는데 어디인지 꿩을 잡았다는 매의 반가운 방울 소리가 구름 밖에서 들리는구나."

매사냥 하는 모습을 실감나게 묘사하였다. 내를 건너 산을 넘고 꿩을 날리며 매를 부르는 일련의 사냥과정이 역동적으로 전개된 작품이다.

## 12 김 치우(金 致羽)

생몰연대 미상

조선 영조 때의 가인. 자는 운거(雲擧) 호는 호호암(浩浩庵). 세상에 나아가지 않고 노래로 자적(自適)했다고 한다.

江邊에 그물 멘 스름 기러기는 잡지 마라
塞北 江南에 消息인들 뉘 傳ᄒ리
아모리 江村 漁夫ㄴ들 離別조ᄎ 업스랴

(출전: 樂學拾零, 詩歌)

[강변에 그물 멘 사람 기러기는 잡지 마라
새북 강남에 소식인들 뉘 전하리
아무리 강촌 어부인들 이별조차 없으랴]

"강변에 그물을 멘 사람아 기러기 일랑은 잡지 마라. 기러기를 잡으면 북쪽 변방의 소식을 누가 전하겠느냐. 아무리 강마을에서 고기나 잡는 어부지만 이별이야 없겠는가.(그럴 때 기러기가 없으면 먼 곳의 소식을 누가 전해 주겠느냐)"

　조류 중에서도 기러기는 소식을 전달하는 의미를 갖고 있다. 따라서 작자는 기러기를 작품의 소재로 삼아 누군가에게 작자 자신의 사연을 전해야 할 의지를 간접적으로 표현하고 있다.

## 13 김 묵수(金 黙壽)

생몰연대 미상

　조선 영조 때의 가객. 자는 시경(始慶). 노래에 능하고 글씨를 잘 썼다고 전하며 8수의 시조가 전한다.

> 落葉聲 츤 ㅂ롬에 기러기 슬피 울 지
> 夕陽 江頭에 고은 님 보늬오니
> 釋迦와 老聃이 當흔들 아니 울고 어이리
>
> 　　　　　　　　　（출전: 樂學拾零, 靑丘永言）
>
> [낙엽성 찬 바람에 기러기 슬피 울 제
> 석양 강두에 고은 님 보내오니
> 석가와 노담이 당한들 아니 울고 어이리]

　"찬 바람에 낙엽 구르고 기러기 슬피 울며 날아가는데 석양 무렵 강머리에서 고운 님을 보내니 이런 일을 당하면 석가모니나 노자라도 울지 않을 수 없을 것이다."
　이별의 슬픔을 노래한 시조다. 작품에 낙엽·기러기·낙조 등의 암울한 소재의 나열함으로서 시적 분위기를 더욱 서글프게 하면서 석가 노자 등 성인군자를 동원하여 자신의 슬픔을 당연시할 뿐만 아니라 이 상황을 더욱 강조하고 있다.


## 14  김우규(金友奎)

숙종 17년(1691)~?


조선 영조(英祖) 때의 가객. 자는 성백(聖伯) 호는 백도(伯道). 어려서부터 가곡에 재능이 있어 박상건(朴尙健)에게 노래를 사사한 뒤 명창으로 이름을 떨쳤다.

<고금창가제씨(古今唱歌諸氏)>에도 이름이 실려 있으며 당시의 유명한 가객 김수장(金壽長) 등과도 교분이 두터웠으며 12수의 시조가 전한다.


織女의 烏鵲橋를 어이 구러 허러다가
우리 님 계신 곳에 건네 노하 두고라쟈
咫尺이 千里 궃트니 그를 슬허 ᄒ노라
                    (출전: 樂學拾零, 靑丘歌謠)
[직녀의 오작교를 어이 구러 허러다가
우리 님 계신 곳에 건네 노하 두고라자
지척이 천리 같으니 그를 슬허 하노라]


"직녀가 견우를 만나기 위해 건넌다는 오작교를 어떻게 해서라도 헐어다가 우리 임 계신 곳에 건너 놓아두고 싶구나. 가까운 곳에 있어도 만날 수 없어 천 리 먼 곳에 있는 것 같아 그것이 슬프구나."

견우직녀의 전설을 작품에 도입한 시적발상이 돋보이는 작품이다.

작자의 나머지 작품들도 이와 같이 비교적 평이한 일상의 소재를 다루었다.

## 15 유 세신(庾 世信)

생몰연대 미상

조선 영조 때의 가객. 호는 묵애당(默靉堂)이며 시조 6수가 전한다.

> 님의게셔 오신 片紙 다시금 熟讀ᄒ니
> 無情타 ᄒ려니와 南北이 머러세라
> 죽은 後 連理枝 되여 이 因緣을 이으리라
>
> (출전: 樂學拾零, 樂府)
>
> [님에게서 오신 편지 다시금 숙독하니
> 무정타 하려니와 남북이 머러세라
> 죽은 후 연리지 되어 이 인연을 이으리라]

"님에게서 온 편지를 읽고 또 읽네. 편지만 보내주는 님이 무정하다고 하겠지만 남북이 멀어 어쩔 수 없는 노릇이라. 살아서 만나지 못한다면 죽어서라도 連理枝(두 나무가 맞닿아 결이 통한 것; 화목한 부부)가 되어 이 인연을 이으리라."

죽어서도 인연의 끈을 놓지 않겠다는 연인의 완고한 일편단심, 그리고 상대에 대한 배려와 그리움을 충분히 느끼게 하는 연가(戀歌)다.

## 16 이 유(李 柔)

조선 영조 때 가객. 호는 소악루(小岳樓) 본관은 전주(全州)로 숙종 때 현감(縣監)을 지냈으며 <자규삼첩>이라 불리는 시조 3수가 전한다.

> 不如歸 不如歸하니 도라갈만 못하거늘
> 어엿분 우리 님군 무스 일로 못 가신고
> 至今에 梅竹樓 들 빗치 어제론 듯 하여라
> (출전: 樂學拾零, 海東歌謠)
> [불여귀 불여귀하니 돌아감만 못하거늘
> 어여쁜 우리 임금 무슨 일로 못 가신고
> 지금에 매죽루 달빛이 어제론 듯 하여라]

"(不如歸;자규울음소리의 한자표기)돌아감만 못하다, 돌아감만 못하다 하니 (정말로)돌아감만 못하였는지 가엾은 우리 임금은 무슨 까닭에 못 돌아가셨는가? 지금의 매죽루 달빛을 보니 지난 일이 새로워지는구나."

영월에 유배되었다가 사사(賜死)된 단종을 생각하며 지은 시조이다. 매죽루는 단종이 밤잠을 이루지 못하여 서성이다가 마침 자규의 울음소리를 듣고 단장곡인 자규시를 읊었다는 곳으로 작자는 마치 당시의 비통한 일을 다시 겪는 듯 작품 전반에 걸쳐 비감이 서려있다.

## 17 이 정신(李 廷藎)

생몰연대 미상

조선 영조 때의 가인. 자는 집중(集仲) 호는 백회재(百悔齋)·백회옹(百悔翁). 현감(縣監)을 지냈으며 시조 13수가 전한다.

> 남이 害흘지라도 나는 아니 겨로리라
> 참으면 德이오 겨로면 즛투리니
> 구부미 제게 잇거니 결을 줄이 이시랴
> (출전: 樂學拾零, 靑丘永言)
> [남이 해할지라도 나는 아니 겨루리라
> 참으면 덕이오 겨루면 같으리니
> 굽음이 제게 있거니 겨룰 줄이 이시랴]

남이 나에게 시비를 걸어와도 더불어 다투면 같은 사람이 되는 것이니 다투지 않겠다며 다투는 일 자체가 그릇된 일이라고 볼 때 자신에게도 잘못이 있을 터인즉 맞서 다툴 까닭이 없다고 하였다. 인내의 미덕을 강조한 교훈적인 시조다.

## 18 조 현명(趙 顯命)

숙종 16년(1690)~영조 28년(1752)

조선 영조 때의 문신. 자는 치회(稚晦) 호는 귀록(歸鹿)·녹옹(鹿翁)

본관은 풍양(豊穰)으로 아버지는 도사(都事) 인수(仁壽)이며 어머니는
김장생(金長生)의 후손인 만균(萬均)의 딸이다. 집안의 당색은 서인이
었고 뒤에는 소론에 속했다. 또한 그의 외가는 전통적인 노론 가문으
로서 그는 노론과도 일정한 연계를 맺을 수 있었다. 그의 아버지는
박세채(朴世采)의 문인이었으며 그도 박세채의 파붕당설(破朋黨說)의
영향을 받아 탕평을 지향하는 정치적 입장을 지니게 되었다.

1713년(숙종39) 진사시에 합격하고 1719년 증광문과에 급제하여 검열을
지냈다. 1721년(경종1) 연잉군(延礽君;뒤의 영조)이 왕세제(王世弟)로 책봉
되자 이를 둘러싸고 노론과 소론이 격심하게 대립한 신임사화가 일어났
다. 이때 그는 겸설서(兼說書)로서 송인명(宋寅明)과 함께 세제보호론을
주창하면서 소론의 핍박으로 곤경에 처해 있던 왕세제 보호에 힘썼다.
영조 즉위 후 용강현령·지평 등을 지냈으며 이때 탕평을 주장하
는 만언소(萬言疏)를 올렸다. 1728년(영조4) *이인좌(李麟佐)의 난 때
도순무사(都巡撫使) 오명항(吳命恒)의 종사관(從事官)으로 공을 세워
분무공신(奮武功臣) 3등이 되고 풍원군(豊原君)에 봉해졌다. 같은 해
부제학으로 승진했고, 이어 동지의금부사·도승지를 거쳤다. 1730년
경상도관찰사가 되어 영남의 남인을 무마하고 기민(飢民)의 구제에
힘썼다. 1732년 쓰시마 섬[對馬島]의 화재로 조정에서 위문미(慰問米)
를 보내려고 하자 이에 반대하다가 파직되었으나 다시 1733년 전라
도관찰사로 기용되고 총융사·공조참판 등을 거쳐 1736년 이조판서
에 올랐다. 이어 예조판서에 전임하여 이듬해 형정(刑政)의 불공평함
을 상소하고 다시 파직 당했다가 1738년 이조판서로 복직하였고 그
후 좌참찬·한성부판윤·공조판서·호조판서·병조판서를 지냈으며
1740년 우의정이 되고 뒤이어 좌의정이 되었다.
1742년 양역사정청(良役查正廳)을 다시 설치하게 했고 문란한 양역
행정의 체계화를 위한 기초 작업으로서 군액(軍額) 및 군역부담자의

실상을 파악해 이를 1748년 <양역실총(良役實總)>으로 간행하게 했다. 1750년 영의정에 올라 균역법의 재정을 총괄하고 감필(減疋)에 따른 재정손실을 보충하는 대책을 마련했다. 그 내용은 군액을 줄이고 진보(鎭堡)를 없애 재용(財用)을 절약한다는 것이었으나 왕과 여러 신하들의 반대로 채택되지 못했으며 감필에 따른 재정손실의 책임을 묻는 대사간 민백상(閔百祥)의 탄핵을 받아 영돈녕부사로 물러났다가 1751년 좌의정에 전임되어 균역청당상(均役廳堂上)으로서 박문수(朴文秀)와 함께 그 구체적 절목(節目)을 결정하여 양역의 합리적 개혁을 보게 했다. 그 후 병을 이유로 벼슬을 사양하고 낙향하여 부친의 묘를 지키다가 졸했다.

그는 조문명(趙文命)·송인명과 함께 영조대 전반기의 완론(緩論) 세력을 중심으로 한 노·소 탕평을 주도한 정치가였다. 그의 탕평론은 대체로 분등설(分等說)·양비설(兩非說)·호대설(互對說)로 정리될 수 있다. 한편 그는 민폐의 근본이 양역에 있음을 지적하고 군문·군액의 감축, 양역재정의 통일, 어염세(漁鹽稅)의 국고환수, 결포제(結布制) 실시 등을 그 개선책으로 제시한 경세가이기도 했다. 효행으로 정문(旌門)이 세워졌다. 시조 1수가 전해지며 저서로 <귀록집>이 있고 편서로 <양역실총>이 있다. 시호는 충효(忠孝).

헌 삿갓 자른 되롱이 삽 집고 호뮈 메고
논쑥에 믈 보리라 밧 기음이 엇더터니
아마도 朴將碁 보리술이 틈 업슨가 ᄒ노라
　　　　　　　　　　　(출전: 樂學拾零, 海東歌謠)
[헌 삿갓 자른 되롱이 삽 짚고 호미 메고
논뚝에 믈 보리라 밭 기음이 어떻더니
아마도 박장기 보리술이 틈 없은가 하노라]

"헌 삿갓 머리에 쓰고 짧은 도롱이 걸쳐 입고 삽과 호미를 들고 논두렁에 물고를 보랴 밭에 기음메기(호미로 잡초를 제거하는 행위) 한 것은 어떠하든가. 아마도 박장기(박 조각으로 만든 장기) 두면서 보리술 마실 겨를조차 없을 것 같구나."

비가 멎을 때쯤 옛 농촌의 들녘에서 바삐 움직이는 농부들의 풍경을 생동감 있게 그려 놓았다.

## ✳ 이인좌의 난

1728년(영조4) 소인과 남인의 일부세력이 영조와 노론을 제거하고 밀풍군(密豊君) 탄(坦)을 추대하고자 했던 반정으로 이인좌가 거병했으므로 '이인좌의 난'이라 하며 무신년(戊申年)에 발생했으므로 '무신란'이라고도 한다.

1724년 경종의 죽음으로 영조가 즉위하여 김일경(金一鏡) 등이 제거되고 노론정권이 성립하자 김일경파의 박필현(朴弼顯)·이유익(李有翼) 등은 비밀조직을 결성하여 영조와 노론을 제거하여 정치에 진출하고자 영조는 숙종의 친아들이 아니며 경종을 독살했다는 등 영조의 왕위계승부당성을 선전하며 명분을 확보하고 밀풍군 탄을 추대하기로 하여 경중내응은 준소·탁남·소북계 세력이, 외방기병은 정세윤·이인좌의 지도 아래 외방토호와 재지사족층이 하기로 했다. 그런데 이때 영조와 탕평파는 정미환국(丁未換局)을 일으켜 노론의 일부를 후퇴시키고 소론·남인을 무마하고 삼남흉황과 유민의 속출 등 노론의 민정실패에 따른 외방의 동요에 대처하고자 했다. 이로써 반남인·반소론적인 영조와 노론을 제거한다는 명분이 약화됨에 따라 일단 서울의 주도층은 거사준비를 중지하고 사태추이를 관망했으나 이인좌·정세윤 등의 재지사족들은 거사준비를 계속했다. 한편 정미환국으로 재기용된 온건소론에 의해 정변모의가 노출되어 봉조하(奉朝賀) 최규서(崔奎瑞) 등이 각지의 취군상황에 대해 고변하자 영조는 친국을 설치하고 삼군문에 호위를 명했다.

1728년 3월초 이인좌를 대원수로 한 반란군은 안성·양성에서 거병하여 3월 15일 충청병사 이봉상(李鳳祥), 영장 남연년(南延年), 군관 홍림(洪霖)을 죽이고 청주성을 함락하면서 영·호남지역으로 확산되었다. 그러나 3월 24일 안성·죽산에서 관군에게 격파되어 이인좌·권서봉·목함경(睦涵敬)이 잡혔으며 청주에 남아 있던 반군세력은 의사인 박민웅(朴敏雄)에게 체포되었다. 이 소식은 영·호남 지방에도 알려져 잔존했던 반군세력이 소멸되면서 난이 진압되었다.

## 19 이 정보(李 鼎輔)

숙종 19년(1693)~영조 42년(1766)

조선 영조 때의 학자이며 문신. 자는 사수(士受) 호는 삼주(三州)·
보객정(報客亭) 본관은 연안(延安)으로 아버지는 호조참판 우신(雨臣)
어머니는 승지 윤빈(尹彬)의 딸이다.

1721년(경종1) 진사시에 합격하여 익릉참봉이 되었으나 곧 사퇴했고
1732년(영조8) 정시문과에 급제하여 검열이 되었으나 1736년 사헌부
지평으로서 탕평책을 반대하여 파직되었다. 후에 다시 부수찬에 기용
되어 부제학·대사간·대사성·승지를 역임했고 1750년(영조26) 다시
탕평책을 반대하여 인천부사로 좌천되었듯이 성품이 엄하고 강직하여
바른 말을 잘하여 여러 번 파직 당했다. 그 후 이조판서·대제학·예
조판서 등을 역임했고, 만년에 벼슬이 판중추부사에 이르렀다.

문에서는 사륙문(四六文;4자 또는 6자의 對句를 많이 써서 읽는 사
람에게 美感을 주는 화려한 문체)에 뛰어났고 시조에서는 평시조뿐
만 아니라 사설시조와 엇시조에도 능했다. 총 99수의 시조가 여러 시
조집에 실려 있으며 그의 시조는 회고류가 가장 많다. 이 가운데 역
사상 뛰어난 인물에 대한 회고와 추모를 나타낸 20여 수는 착상이
독특하다. 이외에도 탈속의 경지와 흥취 있게 노는 것을 동경하거나
늙어 감을 서러워하고 애정을 노래하는 등의 다양한 주제로 되어 있
다. 소재나 시어도 다채롭고 개성적이다. 특히 사설시조는 내용과 소
재·시어의 면에서 파격적이라 할 만큼 사대부 시조로서의 기풍을
벗어났다. 이는 위항의 가객들과 가까이 하며 시조를 즐겼기 때문에
시풍이 근엄한 격조에서 벗어나 당시 유행하던 풍류적 경향에 가깝
게 된 것으로 보인다.

　　조선 영조대를 최후로 장식한 사대부 시조작가로서 시조의 주축을 평
민층으로 옮기는 교량 역할을 했다는 평가를 받는다. 시호는 문간(文簡).

> 菊花야 너는 어이 三月 東風 다 보닉고
> 落木 寒天에 네 홀노 픠엿ᄂᆞ다
> 아마도 傲霜孤節은 너 ᄲᅵᆫ인가 ᄒᆞ노라
> 　　　　　　　　　　　(출전: 樂學拾零, 海東歌謠)
> [국화야 너는 어이 삼월 동풍 다 보내고
> 낙목 한천에 네 홀로 피었는다
> 아마도 오상고절은 너 뿐인가 하노라]

　　국화를 소재로 한 작품 중에서도 꽤나 후세에 잘 알려진 작품이다.
“국화야, 너는 어찌하여 (모든 꽃들이 다투어 피는) 따뜻한 봄을
다 보내고 낙엽 지는 추운 날 네 홀로 피었는가. 아마도 매운 서리
이겨내는 높고 굳센 절개를 가진 자는 너뿐인가 한다.”처럼 이 작품
은 ‘국화’라는 자연물에 인격을 부여해 마치 대화를 나누듯 시를 전
개함으로서 작자는 물론 옛 선인들로부터 사군자의 하나로 사랑받는
‘국화’의 품격을 자연스럽게 높이는 효과를 거두고 있다. 또한 작자
의 주관적 의지를 논리적으로 전개함으로서 독자도 이에 동의할 수
있도록 하였다.

> 꿈에 님을 보려 벼기에 지혀시니
> 半壁 殘燈에 鴛衾도 춤도 츨샤
> 밤中만 외길억의 소릭예 줌 못 일워 ᄒᆞ노라
> 　　　　　　　　　　　(출전: 樂學拾零, 海東歌謠)
> [꿈에 님을 보려 베개에 지혔으니

> 반벽 잔등에 원금도 참도 찰사
> 밤중만 외기력의 소리에 잠 못 이뤄 하노라]

　"꿈에 님을 보려 베개에 의지하였으나 반벽잔등(벽 한쪽에 걸어놓은 꺼져가는 등)에 원금(원앙 수놓은 이불)이 참으로 차구나. 이 한밤 외기러기 소리에 잠 못 이뤄 하노라"는 이 시조는 임을 여읜 한 여인의 외로움과 그리움을 노래한 것으로 비춰진다.

　이 작품은 작자의 이력으로 추론하여 볼 때 파직 또는 좌천 시 임금에 대한 연군의 정을 노래한 것으로 볼 수 있겠으나 남성이 쓴 것으로 보기 어려울 정도로 여성적인 섬세함과 정서가 돋보인다.

　이와 같이 작자의 작품이라 보기 어려운 여성적이고도 외설적인 사설시조 한 수 더 살펴보기로 한다.

> 간 밤의 자고 간 그 놈 아마도 못 이쪄라
> 瓦얏놈의 아들인자 즌 흙에 쏨늬 드시 江ㄱ놈의 뎡녕인지 沙
> 於썬로 지르드시 두더쥐 녕식인지 곳곳지 뒤지드시 평생에
> 처음이오 흉증이도 야롯지라
> 前後에 나도 무던이 격거시되 춤 盟誓ᄒ지 간 밤 그 놈은 춤
> 아 못닛저 ᄒ노라
>
> 　　　　　　　　　　　　　　（출전: 樂學拾零, 海東歌謠）
> [간 밤의 자고 간 그 놈 아마도 못 잊어라
> 와얏놈의 아들인지 진흙에 뽐내듯이 강공놈의 정녕인지 삿대
> 로 찌르듯이 두더지 영식인지 곳곳이 뒤지듯이 평생에 처음
> 이요 흉증에도 야릇해라
> 전후에 나도 무던히 겪었으되 참 맹서하지 간 밤 그 놈은 차
> 마 못 잊어 하노라]

어떤 수다스러운 여인네가 자신이 겪었던 성희(性戱)의 기억을 풀어놓은 듯한 작품으로 당시 사회의 사대부로서 특히 남성으로서 이러한 글을 지었다는 것은 감히 생각할 수 없기에, 어쩌면 구전되어오던 노래들을 정리한 구비문학의 한 전형이 아니겠는가 하는 의문부호를 던져둔다.

## 20 정 민교(鄭 敏僑)

숙종 23년(1697)~영조 7년(1731)

조선 숙종 때의 시인으로 자는 계통(季通) 호는 한천(寒泉)이며 본관은 하동이다.

청구영언(靑丘永言)의 서문을 쓴 정내교(鄭來僑)의 아우로 29세에 진사가 되었으나 부모를 섬기고 뜻을 펴기에 마땅치 못함을 깨닫고 집에 들어앉아 뜻있는 선비들과 사귀었다.

일찍이 관서(關西)의 해세감(海稅監)이 되었는데 마침 흉년이 들어 백성들이 누더기를 걸치고 아우성치는 것을 보고 그 세를 하나도 받지 않았다고 하며 효자로도 이름이 널리 알려졌다.

학질을 앓다가 35세에 요절했으며 저서로 <한천유고(寒泉遺稿)>가 전해진다.

간 밤에 부던 브름 滿庭桃花 다 지거다
아히는 뷔를 들고 쓰로려 흐는괴야
落花인들 고치 아니랴 쓰러 므슴 흐리오

(출전: 樂學拾零, 靑丘永言)

[간 밤에 부던 바람 만정도화 다 지거다
아해는 비를 들고 쓸려 하는구나
낙환들 꽃이 아니랴 쓸어 무삼 하리오]

"지난 밤 불던 바람에 뜰에 가득하던 복숭아꽃이 다 떨어져 버렸다. 아이는 비를 들고 쓸어버리려 하는구나. (아서라) 낙화인들 꽃이 아니랴. 쓸어 무엇 하겠느냐."

일명 '석춘가(惜春歌; 가는 봄을 아쉬워하는 노래)'라 불리는 이 시조는 뜰에 가득하던 복사꽃이 하룻밤 사이에 다 떨어져 바닥에 나뒹구는 모습을 본 시인이 가는 봄을 아쉬워하며 낙화라도 그대로 두고 보면서 봄을 그곳에 붙들어 두고 싶은 마음을 표현한 것으로 볼 수 있겠으며 떨어진 꽃까지 사랑할 수 있는 작자의 순수하고도 아름다운 성품을 능히 짐작해 볼 수 있는 작품이다.

## 21 조 명리(趙 明履)

숙종 23년(1697)~영조 32년(1756)

조선 영조 때의 문신. 자는 원례(元禮)·중례(仲禮) 호는 노강(蘆江)·도천(道川) 본관은 임천(林川)으로 할아버지는 부사 현기(顯期)이고 아버지는 정서(正緒)이다.

어려서 경자사서(經子史書)에 통했고 1730년(영조6) 사마시에 합격하여 교관(教官)으로 있다가 이듬해 정시문과에 급제하여 봉교·정언을 거쳐 1734년 지평이 되었다. 이듬해 지평 이태중(李台重)이 유배되자 그를 예문관에 추천했다 하여 삭직되었다. 1737년 교리로 기용되었으나 그해 이광좌(李光佐)의 일당이라 하여 다시 유배되었다가 1739년 풀려나와 경기도심리사(京畿道審理使)를 거쳐 이듬해 동부승지가 되었다. 이후 의주부윤·대사성을 거쳐 1747년 부제학(副提學)으로 있으면서 <광묘어제훈사(光廟御製訓辭)>를 찬집한 공으로 가선대부(嘉善大夫)가 되었고 1750년 도승지로 영흥흑석리(永興黑石里) 비각을 서사(書寫)하여 그 공으로 다시 가자(加資)되었다. 이조참판·강원도관찰사·대사헌을 거쳐 1755년 한성부판윤이 되었다. 그해 찬집당상(纂輯堂上)으로 1721년에 영조가 세제로 책봉된 것의 정당성을 밝힌 <천의소감(闡義昭鑑)>을 편찬했다.

  문명(文名)이 있었고 글씨를 잘 썼다. 저서로 <도천집>이 있으며 "기러기 다 나라가고 서리는 몃번 온고" 등 시조 4수가 전해진다. 시호는 문헌(文憲).

> 기러기 다 나라가고 서리는 몃 번 온고
> 秋夜도 길고 길샤 客愁도 하다 하다
> 밤즁만 滿庭 月色이 故鄉 본 듯 ᄒ여라
>                           (출전: 樂學拾零, 海東歌謠)
> [기러기 다 날아가고 서리는 몇 번 온고
> 추야도 길고 길샤 객수도 하다 하다
> 밤즁만 만정 월색이 고향 본 듯 하여라]

  "기러기 다 날아가고 서리는 몇 번이나 왔는가, 가을밤은 길고 길어 객지의 쓸쓸함만 더하는구나. 한 밤중 뜰을 가득 채운 달빛이 고향에서 본 달빛과 다름없구나."
  이와 같이 이 작품은 어느 객지에서 맞은 깊은 가을, 그 가을밤의 목가적인 풍광 속에 고향을 그리는 작자의 정서가 잘 융화된 수작이다.

## 22  위 백규(魏 佰珪)

영조 3년(1727)~정조 22년(1798)

조선 후기의 실학자·문인. 자는 자화(子華) 호는 존재(存齋)·계항 거사(桂巷居士)며 본관은 장흥으로 진사 문덕(文德)의 아들이다.

손이 귀한 집안의 첫째 아들로 태어나 어릴 때 작은할아버지 세린 (世璘)에게 사랑을 받으며 일찍 문자에 눈을 떠 20세 무렵에는 문중 의 자제를 모아 가르쳤다.

1751년(영조27) 봄에 윤봉구를 사문(師門)으로 정하고 스승이 있는 충청도 덕산까지 천리 길을 오가며 성리학에 힘썼다. 그러나 덕산에 실제 머문 기간은 얼마 되지 않으며 대부분 천관산의 장천재(長川齋) 에서 경전탐구와 과거공부에 매달렸다. 이 기간에 <의례문답(疑禮問 答)>·<대학차의(大學箚義)>·<고금(古琴)> 등이 완성되고, <정현신 보(政鉉新譜)>·<환영지(寰瀛誌)> 등의 초고가 준비되었다.

1757년에는 스승에게 <시폐십조(時弊十條)>를 지어 올렸다. 이때 선대의 유훈(遺訓)을 정리·발굴하는 데도 힘썼다. 1765년 생원복시 에 합격하였으나 과거에 대한 뜻을 단념했다. 1767년 독경병행(讀耕 竝行)의 문중결사인 사강회(社講會)를 결성하여 문중결속을 꾀했으며 이로부터 자영농업적인 처사의 생활로 들어갔다. 또한 가중사시회(家 中四時會)라는 가족모임도 결성하여 성리학적 규범에 입각한 가정상 을 세우고자 했다.

1781년(정조5) 모친상을 당하자 독경병행에서 물러나 독서인으로 돌아와 다산정사(茶山精舍)를 짓고 후진을 가르치면서 저작활동을 하여 <사성록(思成錄,1781)> 전·후편과 1786년 전후에 <만언봉사(萬言奉事)>를 완성했다. 또한 <환영지(1787)>·<거병서(去病書,1789)>·<정현신보(1791)>·<사서차의(四書箚義,1791)>·<격물설(格物說,1791)> 등을 완성했으며 1794년(정조18) 그의 나이 68세 때 서영보의 천거를 받아 처음으로 벼슬길에 올랐다.

1796년(정조20) 2월 그의 저술을 본 정조의 요청에 의해 백성의 실상과 그 해결책을 논한 <만언봉사>를 올렸다. 정조는 그에게 옥과현감을 제수했는데 승지 윤숙과 헌납 한홍유가 <만언봉사>는 사투리를 마구 써서 임금의 귀를 더럽힌 무엄한 것이라고 성토했고 성균관 유생들 또한 자기들을 비판했다면서 이에 항의하기도 하였다.

옥과현감에 부임해서는 향약을 설치·시행하고 청렴하게 일했으나 그해 말 고과(考課)에 걸려 그로 인해 계속 사직 상소를 올렸지만 정조는 들어주지 않았다. 1797년(정조21) 2월 중풍으로 눕게 되어 6월의 고과에서 최하등을 받게 되자 정조는 이러한 고과에 불만을 나타내고 "하고(下考)는 우선 지워버리고 경직(京職)에 자리 나는 것을 보아 올리도록 하라"고 명했으나 정조의 배려에도 불구하고 병이 악화되어 1798년(정조22) 세상을 떠났다.

그는 18세기 향촌사회에서 일생을 보낸 전형적인 향촌사족의 한 사람으로서 사회현실의 모순을 비판하고 향촌사회의 자율성을 모색했다. 또한 그의 문학관은 철저히 재도론(載道論;문장이란 道를 전하는 도구)적 입장에 있었으며 현실비판적 문학을 높게 평가했다. '보리' 연작시와 <연년행(年年行)> 연작, 구황식물연작 등의 한시, <농가구장(農家九章)>의 시조 9수, 그리고 가사 <자회가(自懷歌)>는 모두 농촌사회의 현실을 반영한 시들이다. 문집으로 <존재집(存齋集)>이 있으며 그의 글을 총망라해서 모아놓은 <존재전서(存齋全書)>가 있다.

> 돌라 가쟈 도라 가쟈 히 지거단 도라 가쟈
> 溪邊의 손발 싯고 홈의 메고 돌아올 제
> 어듸셔 牛背草笛이 흠씌 가쟈 비아는고
>
> (출전: 三足堂歌帖)
>
> [돌아가자 돌아가자 해지거든 돌아가자
> 계변에 손발 씻고 호미 메고 돌아올 제
> 어디서 우배초적이 함께 가자 배아는고]

"돌아가자 돌아가자 해 지거든 돌아가자. 시냇가에서 손발 씻고 호미 메고 돌아올 제 어느 소잔등에서 불어대는 풀피리소리가 함께 가자 재촉하는가."

농촌생활의 단면들을 사실적으로 묘사한 작품인 '농가 9장' 중의 여섯 번째 장으로 일을 마치고 개운하게 귀가하는 농부의 흥겨운 마음을 시조 고유의 정확한 운율에 맞춰 리듬감 있게 잘 표현하였다.

## 23 황 윤석(黃 胤錫)

영조 5년(1729)~정조 15년(1791)

조선 영조 때의 학자. 자는 영수(英叟) 호는 이재(頤齋) 본관은 평해(平海)로 참봉 전(廛)의 아들이다.

미호(渼湖) 김원행(金元行)의 제자로 1759년(영조35)에 사마시(司馬試)에 합격하여 유일(遺逸)로 천거되어 벼슬이 익찬(翊贊)에 이르렀으며 순조 때 도내(道內)의 선비들이 그의 사당을 짓고 제향하였다.

그의 저서 <이재유고(頤齋遺稿)>에는 <화음방언자의해(華音方言字義解, 권25 雜著)>와 <자모변(字母辨, 권26 雜著)>이 들어 있어 오늘날에 와서 국어연구에 귀중한 자료가 되고 있다. 또 그의 저서 <이재난고(頤齋亂稿)>에는 <목주잡가(木州雜歌)> 속에 "고흘도 적다 말고 物力도 窘타 말고~"로 시작되는 시조를 비롯하여 28수의 시조가 전한다.

고흘도 젹다 말고 物力도 窘타 말고
내 ᄆᆞᆷ 다 ᄒᆞ오며 國恩을 가푸려니
슬프다 勢 업슨 微臣이라 뜻과 달나 어이 ᄒᆞ랴

(출전: 頤齋亂稿)

[고흘도 젹다 말고 물력도 군타 말고
내 마음 다 하오며 국은을 갚으려니
슬프다 세 없는 미신이라 뜻과 달라 어이하랴]

"다스리는 고을이 적은 것도 아니고 재물이 궁한 것도 아니고 마음을 다 하여 나라의 은혜를 갚으려 해도 힘없고 지위 낮은 신하인지라 만족스럽지 못해 슬프구나."

이와 같이 작자는 군주의 생일 또는 기일, 벼슬제수 등 군은(君恩)과 관련된 작품을 비롯하여 기타 작품에서 선산의 빼어난 풍수적 가치와 선대의 훌륭한 행적, 가문의 전통, 출생 및 가족관련 사항, 그리고 인간 심성의 특성 및 심신의 수양과 유교적 실천윤리 관련 사항들의 내용으로 창작되었다.

## 24  강 응환(姜 膺煥)

영조 11년(1735)~정조 19년(1795)

조선 후기의 무신으로 애국애족을 주제로 한 글을 썼다. 자는 명서(命瑞), 호는 물기재(勿欺齋)이다.

본관은 진주로 희맹(希孟)의 9대손이며 전라도 무송(茂松:지금의 高敞)에서 태어났고 경과정시(慶科庭試)에 합격하여 사헌부감찰·칠원현감·초계군수·고령진첨사·창성부사·동래부사 등을 지냈다. 창성부사를 지낼 때는 근처의 지도를 만들어 불의의 변에 대비하기도 했다.

문집으로 족종손(族從孫) 우만(宇萬)이 엮은 <물기재집> 2권 1책이 전하는데 이 가운데 시조 <창성감고가(昌城感古歌)>는 창성에 귀양살이할 때 지은 작품으로 요동의 옛 땅을 되찾지 못하는 통분함을 노래했다. 책의 끝부분에서는 명나라를 그리워하며 청나라를 배척하는 뜻을 보여 사대관념을 드러냈으나 사실적 표현과 씩씩한 기상이 조화를 이루었다.

<고령진민선정가(高嶺鎭民善政歌)>는 고령진첨사가 되어 민정을 잘 살피자 백성이 그의 공적을 찬양한 가사이다.

白頭山 나린 물이 鴨綠江이 되얏도다
크고 큰 天地에 分果는 무삼 닐고
슬푸다 遼東 옛 匹흘 뉘라서 츠질소냐

(출전: 勿欺齋集)

[백두산 나린 물이 압록강이 되얏도다
크고 큰 천지에 분과는 무삼 일고
슬프다 요동 옛 땅을 뉘라서 찾을소냐]

<창성감고가>라는 이름의 위의 시조는 그가 창성에 이배(移配) 되었을 때 지은 작품으로 요동의 옛 땅을 되찾지 못하는 통분함과 애국정신을 표현하였다. 그는 임진왜란에 이은 병자호란 후의 피폐한 시대상에 비통해하였으며 이러한 의식 때문에 그의 시조 외의 여타 작품에서도 애국애족을 주제로 하는 것이 대부분이다.

## 25 김 홍도(金 弘道)

영조 21년(1745)~?

조선 후기의 대표적 화가. 산수·도석인물(道釋人物)·풍속·화조 등 여러 분야에 걸쳐 뛰어난 재능을 발휘했으며 그의 화풍은 조선 후기 화단에 큰 영향을 끼쳤다.

자는 사능(士能) 호는 단원(檀園)·서호(西湖)·취화사(醉畫士)·고면거사(高眠居士)·첩취옹(輒醉翁)·단구(丹邱) 본관은 김해(金海)로 만호를 지낸 진창(震昌)의 손자인 석무(錫武)의 아들로 태어났고 화원 집안인 외가로부터 천부적 재질을 물려받은 듯하다.

어려서는 경기도 안산에 칩거 중이던 당대 최고의 문인화가이며 이론가인 강세황(姜世晃)의 문하에서 그림을 배워 20대에 도화서의 화원이 되었으며 28세 때인 1773년에는 어용화사로 발탁되어 영조어진과 왕세자의 초상을 그리고 이듬해 감목관(監牧官)의 직책을 받아 사포서(司圃署)에서 근무했다.

1777년 별제(別提)로 있으면서 강희언(姜熙彦)·김응환(金應煥)·신한평(申漢枰)·이인문(李寅文) 등과 함께 그림제작에서 두드러진 활동을 했다. 1781년에는 한종유(韓宗裕)·신한평 등과 함께 정조어진 익선관본(翼善冠本) 도사(圖寫)의 동참화사로 활약하고 그 공으로 경상도 안동 부근 안기(安奇)역의 찰방(察訪)을 제수 받았다. 이 무렵부터 명(明)의 문인화가 이유방(李流芳)의 호를 따라 '단원'이라 자호했다.

1788년 김응환과 함께 왕명으로 금강산 등 영동 일대를 기행하고 그곳의 명승지를 수십 장(丈)이나 되는 긴 두루마리에 그려 바쳤다. 1791년에 다시 어용화사로 선발되어 정조어진 원유관본(遠遊冠本) 제작에 참여한 공으로 그해 겨울 충청북도 연풍 현감에 임명되어 1795년 정월까지 봉직했다. 현감 퇴임 후의 만년에는 지방의 권농(勸農)을 지내기도 했는데 병고와 가난이 겹친 생활고 속에서 1810년경을 전후하여 타계한 것으로 추정된다.

그의 작품은 현재 200여 점 정도 알려져 있는데 화풍상의 변화는 50세를 중심으로 전후 2기로 크게 나누어 살펴볼 수 있다.

산수화의 경우에는 전기에는 원체화적(院體畵的) 경향을 띤 정형산수를 많이 그렸는데 1778년 작인 <서원아집도(西園雅集圖)> 6폭 병풍과 선면화(扇面畵) 등에 잘 나타난다. 50세 이후의 후기에는 한국적 정서가 담긴 진경산수를 즐겨 그리면서 단원법(檀園法)이라 불리는 보다 개성이 강한 화풍을 이룩하였다. 그의 후기 산수화풍은 석법(石法)과 수파묘(水波描) 등에서 정선(鄭敾)·심사정(沈師正)·이인상(李麟祥)의 영향이 부분적으로 발견되지만 고도의 회화감각으로 처리된 탁월한 공간구성과 변형된 하엽준(荷葉) 수묵의 능숙한 처리 강한 먹선의 강조와 맑고 투명한 담채의 효과 등을 통해 독창성을 발휘하였다. 또한 그는 만년에 이르러 명승의 실경에서 농촌이나 전원 등 생활주변의 풍경을 사생하는 데로 관심을 바꾸었으며 이러한 사경산수 속에 풍속과 인물, 영모화조 등을 그려 넣어 한국적 서정과 정취가 물씬 풍기는 일상사의 점경으로 승화시키기도 했다.

산수뿐만 아니라 도석인물화에서도 자신만의 특이한 경지를 개척했다. 도석인물은 전기에는 주로 신선도를 많이 그렸는데 굵고 힘차면서도 거친 느낌을 주는 옷주름과 바람에 나부끼는 옷자락 그리고 티 없이 천진한 얼굴모습 등으로 특징지어지는 이 시기의 신선묘사법은 1776년에 그린 <군선도병(群仙圖屛;호암미술관 소장, 국보 제139호)>에서 전형적으로 찾아볼 수 있다. 후기가 되면 화폭의 규모도 작아지고 소방하면서 농익은 필치로 바뀌게 된다.

 김홍도의 회화사적 비중을 한결 높여주고 있는 분야는 풍속화이다. 조선 후기 서민들의 생활상과 생업의 광경을 간략하면서도 짜임새 있는 구도 위에 풍부한 해학적 감정과 더불어 표현된 그의 풍속화들은 정선이 이룩했던 진경산수화의 전통과 나란히 조선 후기 화단의 새로운 경향을 가장 잘 대변해준다. 당시 속화체(俗畵體)로도 불렸던 그의 풍속화풍은 현실적인 소재를 소박한 생활정서와 풍류적 감성이 가미된 생동감 넘치는 기법으로 창출했다는 점에서 높게 평가된다.

> 먼듸 닭 우러느냐 꿈의 든 님 가랴 ᄒᆞ니
> 이제 보내고도 반 밤이나 남아시니
> ᄎᆞ라리 보내지 말고 남은 졍을 펴리라
>
> (출전: 靑丘永言)
>
> [먼데 닭 울었느냐 꿈에 든 님 가려 하니
> 이제 보내고도 밤 밤이나 남았으니
> 차라리 보내지 말고 남은 정을 펴리라]

 새벽녘이 되어 품고 자던 임은 가려하고 보내고 나면 남은 밤이 허전하여 보내고 싶지 않다는 속내를 솔직하게 풀어놓은 작품이다. 새벽녘 남의 눈에 띌 새라 돌아가야 하는 님과 작자는 어떤 사이일까. 흥미로운 상상을 유발한다.

 이처럼 우리는 조선 미술사에 너무나 큰 족적을 남긴 화가 단원의

작품을 접하면서 작품의 문학적인 가치를 떠나 당시 사회에서 신분
계층이나 직업·성별을 막론하고 시조가 얼마나 일상화되었는가를
미루어 짐작할 수 있게 한다.


## 26 신 위(申 緯)

영조 45년(1769)~헌종 13년(1847)


19세기 전반에 시(詩)·서(書)·화(畵)의 3절(三絶)로 유명했던 문인
이며, 시에 있어서는 김택영이 조선 제일의 대가라고 칭할 만큼 당대
를 대표하는 시인 중의 한 사람이었다. 자는 한수(漢叟) 호는 자하(紫
霞)·경수당(警修堂) 본관은 평산(平山)이다.

1799년(정조23) 문과에 급제하여 벼슬길에 나갔는데 10여 년 간 한
직(閑職)에 머물거나 파직·복직을 되풀이하는 등 기복이 많았다. 그
후 이조참판·병조참판을 지냈으며 당시 국내외의 저명한 예술가·
학자와 폭넓은 교유를 했다.

1812년(순조12) 중국에 가서 옹방강(翁方綱)을 비롯한 그곳의 학자
들을 만나고 돌아온 이후 그 전에 쓴 자신의 시들을 다 태워버렸다 하
며 우리나라 시인과 그 작품을 7언절구의 형식으로 논평한 일종의 시
평집(詩評集) <동인논시절구(東人論詩絶句)>, 시조를 한역한 <소악부(小
樂府)>, 그리고 판소리 연행을 한시화한 <관극절구(觀劇絶句)> 등의
작품이 유명하다. 이외에도 중국 신운설(神韻說)의 대표적인 인물인
왕사정(王士禎)의 <추류시(秋柳詩)>를 본떠 지은 <후추류시(後秋柳詩)>,
신분제도·화폐개혁 등 현실문제를 다룬 <잡서(雜書)> 등이 있다.

그의 시는 전(前)시대에 활약했던 이서구(李書九) 등의 시풍을 계승하면서 한말 4대가인 강위·황현·이건창·김택영 등에게 많은 영향을 미친 것으로 보인다.

그림에 있어서는 묵죽(墨竹)에 특히 능하여 이정·유덕장과 함께 조선시대 3대 묵죽화가로 꼽힌다. 그의 대나무 그림은 강세황에게 큰 영향을 받았는데 단아한 기품과 우아한 아름다움이 특징이다. 그는 남종화의 기법을 이어받아 추사파 화가들에게까지 영향을 미쳤다.

대표적인 작품으로는 <방대도(訪戴圖)>·<묵죽도(墨竹圖)>가 있다. 그의 화풍은 아들 명준(命準)과 명연(命衍)에게 이어졌다. 또한 그의 서풍(書風)은 기름지고 윤기 있는 청나라의 새로운 풍조를 받아들여 한국의 습기(習氣)와 속기(俗氣)에서 벗어났다고 평해진다.

문집으로 시 4,000여 수를 수록한 <경수당집(警修堂集)>(16책 85권)이 전한다. 당시(唐詩) 가운데 화의(畵意)가 풍부한 작품만을 뽑아 편집한 <당시화의(唐詩畵意)>가 있으며 그 밖에 김택영이 중국에서 간행한 <신자하시집(申紫霞詩集)>(2책)이 있다.

> 뭇노라 져 禪師야 關東 風景이 엇더터니
> 明沙十里에 海棠花 블것ᄂᆞᆯ듸
> 遠浦에 兩兩白鷗ᄂᆞᆫ 飛躁雨를 ᄒᆞ더라
>
> (출전: 樂學拾零, 詩歌)
>
> [믇노라 저 선사야 관동 풍광이 어떻더니
> 명사십리에 해당화 붉었는데
> 원포에 양량백구는 비소우를 하더라]

"주유천하하는 스님에게 관동의 풍경을 물었더니 명사십리(관동팔경중 하나, 함남 원산에 위치한 해변으로 하얗게 고운 모래가 10리에 걸쳐있다)에 해당화는 붉었는데 먼 포구에는 쌍쌍이 무리 진 갈매기가 부슬부슬 내리는 빗속을 날아다니더라"는 내용과 같이 관동의 아름다운 풍경에 대하여 단순하게 스님에게 들은 바 그대로 옮긴 작품임을 알 수 있다.

## **27 박 효관(朴 孝寬)**
정조 5년(1781)~고종 17년(1880)

조선 말기의 가객으로 자는 경화(景華) 호는 운애(雲崖)이다. 신분에 대하여는 정확히 알 수 없으나 중인신분일 것으로 추정되며 제자이자 동료인 안민영(安玟英)과 더불어 <가곡원류(歌曲源流)>를 편찬했다.

이 가집은 전대의 가집들과는 달리 구절(句節)의 고저와 장단의 점수(點數)를 매화점으로 일일이 기록한 창(唱) 중심으로 엮은 가집으로서 11편의 이본이 있을 정도로 당대 가곡계의 표본이 되었다. 그는 이 가집의 발문(跋文)을 통해 '노래는 본디 태평한 기상의 원류로서 예전에는 재상에서부터 서민에 이르기까지 뜻이 높고 속되지 않은 사람들이 짓고 노래 불렀으나 근속(近俗)에는 녹록모리지배(碌碌謀利之輩)가 무근지잡요(無根之雜謠)와 학랑지해거(謔浪之駭擧)를 일삼아 비루한 습속에 빠지게 되었음을 한탄하면서 군자의 정음(正音)을 회복할 것'을 강력히 표방했으며 이는 19세기 시조의 흐름을 단적으로 보여주는 좋은 예다.

그는 노인계(老人契)와 승평계(昇平契)라는 가단을 조직하여 당대의 풍류인사 및 예능인들과 교류했다. 이 가단을 통해 그가 사귄 사람들은  안경지(安慶之)·김군중(金君仲)·김사준(金士俊)·김성심(金聖心)·함계원(咸啓元)·신재윤(申在允) 등의 가객들과 기생 계월(桂月)·연연(姸姸)·은향(銀香) 등을 비롯한 일등공인(一等工人)들이었다. 이밖에도 상류부호층과의 친교가 두터웠는데 그중에는 대원군과 그의 아들 우석공을 비롯한 왕실귀족들도 있다. 대원군과는 각별히 가까워 그의 호를 대원군이 지어주기도 했다.

<가곡원류>에 남아 있는 그의 시조는 모두 평시조 15작품으로 사설시조를 하나도 짓지 않은 것은 '정음지향적 시가관'과 깊은 관계가 있는 것으로 보인다. 내용은 고종의 등극이나 장수(長壽)를 노래한 송축류(頌祝類), 효와 충의 윤리가 무너지는 세태에 대한 경계, 애정과 풍류, 인생무상, 별리의 슬픔 등으로 다양하다. 그 가운데 사랑과 이별의 노래들은 표현력이 아주 뛰어나다. 대표적으로 "공산(空山)에 우는 접동 너는 어이 우지는다/ 너도 나와 같이 무음 이별(離別) 하였느냐/ 아무리 피나게 운들 대답(對答)이나 하더냐"의 작품을 들 수 있다.

空山에 우는 접동 너는 어이 우지는다
너도 날과 갓치 무슴 離別 ᄒ얏느냐
아무리 피나게 운들 對答이나 ᄒ더냐

(출전: 歌曲源流)

[공산에 우는 접동 너는 어이 우짖는다
너도 날과 같이 무슨 이별 하였느냐
아무리 피나게 운들 대답이나 하더냐]

"빈산에 우는 소쩍새야, 너는 어찌 우짖느냐, 너도 나와 같이 무슨 이별이라도 하였느냐, 아무리 피나게 운들 대답이나 하더냐."

　사랑과 이별을 주제로 한 작품을 잘 구사하였던 작자의 섬세한 감성을 엿볼 수 있는 작품으로 우리 전통의 정서라 할 수 있는 한(恨)이 이 작품의 정서적 배경이 되어 이별에 대한 회한이 더욱 사무치게 독자의 가슴에 와 닿게 하고 있다.

> 님 그린 相思夢이 蟋蟀의 넉시 되야
> 秋夜長 깁푼 밤에 님의 房에 드럿다가
> 날 닛고 깁피 든 즘을 씨와 볼ㄱ가 ᄒ노라
>
> 　　　　　　　　　　　　　　　(출전: 歌曲源流)
>
> [님 그린 상사몽이 실솔의 넋이 되어
> 추야장 깊은 밤에 님의 방에 들었다가
> 날 잊고 깊이 든 잠을 깨워 볼까 하노라]

　"님을 그리다 꾼 꿈이 귀뚜라미의 넋이 되어 긴긴 가을 깊은 밤에 그리던 님의 방에 들어가 날 잊고 깊이 잠든 님을 깨워 볼까"하는 남녀간의 애틋한 그리움을 표현한 작품이다.

　당시의 통속적(通俗的) 관념에 의하여 자신의 감정을 겉으로 드러내 상대방에게 전할 수 없어 애타는 마음을 귀뚜라미를 등장시켜 이를 극복하고 그리움의 대상과 교감하고자하는 착상(着想)이 기발하다.

## 28 김 상옥(金 尙玉)

생몰연대 미상

　조선 정조 때의 무인(武人). 해풍(海豊)사람으로 무과에 등제하여 병마사의 벼슬을 지냈으며 아래의 시조 1수가 전한다.

靑山아 말 무러 보자 古今 일을 네 알니라
萬古 英雄이 멋 멋치나 지니엿노
이 後에 뭇느 니 잇거든 나도 함씌 닐러라

(출전: 靑丘永言, 古今歌曲)

[청산아 말 물어 보자 고금 일을 네 알리라
고금 영웅이 몇 몇이나 지내었노
이 후에 묻는 이 있거든 나도 함께 일러라]

"푸른 산아 말 좀 물어 보자. 예로부터 지금까지 벌어졌던 일들을 너는 알고 있으리라. 만고에 영웅을 몇 사람이나 겪었는가. 이후로 너에게 묻는 사람이 있거들랑 그 영웅 반열에 내 이름도 함께 넣어라."

세상에 대한 오만함이랄까, 자신감이랄까. 무인인 작자의 호기가 작품 전반에 충만해 있다.

## 29 김 영(金 煐)

생몰연대 미상

조선 정조~순조 때의 무신. 자는 경명(景明) 본관은 해풍(海豊)으로 김상옥(金尙玉)의 아들이다.

정조 때 무과에 등제하여 순조 때 형조판서에 이르렀다.

"關雲長의 靑龍刀와 ~"로 시작되는 사설시조를 비롯하여 "빈 배의 셧는 白鷺 碧波의 씨서 흰가~" 등 시조 7수가 전한다.

> 눈 플플 蝶尋紅이요 슬 릉릉 蟻浮白을
> 거문고 당당 노릭 ᄒ니 두름이 등등 춤을 춘다
> 兒禧야 柴門에 기 즛즈니 벗 오시나 보아라
>
> (출전: 歌曲源流)
>
> [눈 플플 접심홍이요 슬 릉릉 의부백을
> 거문고 당당 노래 하니 두루미 등등 춤을 춘다
> 이희야 시문에 개 짖으니 벗 오시나 보아라]

"나비가 꽃을 찾는 것이 마치 눈이 펄펄 날리는 것 같고 술 빛깔이 충충한(맑지 못한) 것이 마치 개미가 떠 있는 술 같구나. 거문고를 당당 치면서 노래를 부르니 두루미가 흥에 겨워 덩실덩실 춤을 춘다. 아이야 사립문에 개 짖으니 벗이 오시나 나가 보아라."

이 시조는 중장이 다소 길어진 엇시조의 형식을 취하고 있으며 '풀풀' '릉릉' '당당' '둥둥' 등과 같은 의성어와 의태어를 적절히 구사함으로서 독자의 마음을 덩달아 들뜨게 할 정도로 재미있고 흥겨운 분위기를 연출하고 있다.

## 30 김 문근(金 汶根)

순조 1년(1801)~철종 14년(1863)

조선 후기의 문신으로 안동김씨 세도정치의 중심인물. 자는 노부(魯夫) 본관은 안동(安東)으로 인순(麟淳)의 아들이며 이조판서 수근(洙根)의 아우이나 이순(頤淳)에게 입양되었고 철종의 장인이다.

1841년(헌종7) 음보(蔭補;조상의 덕으로 벼슬을 얻음)로 가감역(假監役)이 된 뒤 현감을 지냈다. 1851년(철종2) 딸이 왕비로 책봉되어 영은부원군(永恩府院君)에 봉해지고 영돈녕부사가 되었다. 그 뒤 금위대장·총융사·훈련대장 등의 군사 요직을 거쳤다.

1862년에는 돈녕부 도정 이하전(李夏銓)의 역모를 빨리 다스리도록 청하여 유력한 왕족을 제거하는 등 안동김씨의 세도정치를 강화하기 위해 노력했다.

몸이 비대하여 포물부원군(包物府院君)이라는 별명이 있었으며 "南極壽星도 다 잇고 勸酒歌로 祝壽로다"로 시작되는 시조 1수가 전한다. 영의정에 추증되었고 시호는 충순(忠純)이다.

---

南極壽星도 다 잇고 勸酒歌로 祝壽로다
오늘날 老人들은 서로 노자 勸ᄒ는고야
이 後란 花朝月夕에 每樣 놀녀 ᄒ노라

(출전: 歌曲源流)

[남극수성도 다 잇고 권주가로 축수로다
오늘날 노인들은 서로 노자 권하는고야
이 후란 화조월석에 매양 놀려 하노라]

---

"南極壽星(노인성이라 하며 인간의 수명과 관계된 별로 전해짐), 즉 인간수명의 한계도 다 잊어버리고 술 권하는 노래를 부르며 한없이 오래 살기만을 기원하는구나. 지금 이 시대 노인들은 서로 놀기만을 권하는구나. 이 후에도 花朝月夕(꽃이 핀 아침과 달뜨는 저녁이란 뜻으로'경치가 좋은 시절'을 이르는 말)에 늘 놀려고 하겠구나."

당시 사회의 사표라고도 할 수 있는 노인들의 무분별한 행락추구에서 국운이 쇠한 조선 말기 사회분위기의 한 단면을 엿볼 수 있을 것만 같다.

## 31 익종(翼宗)

조선 제23대 순조의 세자이며 헌종의 아버지이다. 이름은 영(旲). 자는 덕인(德寅) 호는 경헌(敬軒). 어머니는 순원왕후 김씨(純元王后 金氏)로 조순(祖淳)의 딸이다.

1812년(순조12) 왕세자에 책봉되었으며 1819년 영돈령부사 조만영(趙萬永)의 딸과 가례(嘉禮)를 올려 1827년 헌종을 얻었다. 같은 해 부왕인 순조의 명령으로 대리청정(代理聽政)을 하면서 왕실과 인척관계를 맺지 않은 인물을 중심으로 현재(賢才)를 널리 등용하여 권력의 새로운 기반을 조성하고 왕권강화에 노력했으나 대리청정을 시작한 지 4년 만에 졸했다.

이후 왕실의 두 외척인 김조순과 조만영 가문의 정권투쟁이 심화되어 왕실의 약화를 가져왔다.

시조에 뛰어나 "고을샤 月下步에 깁 스민 브롬이라" 등 모두 9수의 시조가 전해지며 헌종이 즉위한 뒤 익종으로 추존되었다. 묘호(廟號)는 문호(文祜)이며 능은 양주에 있는 수릉(綏陵)이다. 시호는 효명(孝明).

고을샤 月下步에 깁 스미 부름이라
곳 앏히 셧는 態度 님의 情을 맛져세라
아마도 舞中 最愛는 春鶯囀인가 ᄒ노라

(출전: 歌曲源流)

[고을사 월하보에 깃 소매 바람이라
꽃 앞에 섰는 태도 님의 정을 맛져세라
아마도 무증 최애는 춘앵전인가 하노라]

"고운 달빛아래 옮기는 발자욱은 옷깃과 소매에 이는 바람이라, 꽃 앞에 서 있는 몸가짐에서 님의 정을 느끼겠구나, 아마도 춤 중에서 가장 사랑스러운 춤은 춘앵전인가 하노라."

춘앵전은 조선 순조 때의 궁중무용의 일종이다. 효명세자가 꾀꼬리소리에 도취되어 그것을 무용화 한 것으로 한 사람의 무희가 화문석을 깔고 그 위에서 음악에 맞춰 추는 춤이다.

이 시조는 글의 내용에서 알 수 있듯이 무희의 춤동작에 매료된 작자가 이를 실감나게 묘사하고 예찬한 작품이다.

## 32 안 민영(安 玟英)

순조 16년(1816)~?

조선 철종 때의 가객으로 자는 성무(聖武)·형보(荊甫) 호는 주옹(周翁)이고 광주(廣州)생이며 서얼 출신으로 성품이 고결하고 멋이 있으며 산수(山水)를 좋아하고 명예나 이익을 찾지 않았다.

　박효관의 문하에서 창법을 배웠으며 떠돌아다니며 노래를 짓고 음률(音律)에 정통했다. 고종 13년(1876)에 스승 박효관과 함께 시가집 <가곡원류(歌曲源流)>를 편찬 간행하여 근세 시조문학을 총 결산하는데 공헌했다.

　그는 주로 즉흥적인 풍경을 노래했고 제재를 넓게 썼는데 그 중에서도 매화를 주제로 한 것이 가장 많다. 특히 "매화사(梅花詞)" 8수는 그의 뛰어난 시재를 보여주는 대표작으로 <가곡원류>에 시조 <영매가(咏梅歌)>를 비롯한 26수가 실려 있다.

　저서로는 <주옹만필(周翁漫筆)>과 개인가집 <금옥총부(金玉叢部)>가 있으며 시조 185수가 전해진다.

> 어리고 셩권 柯枝 너를 밋지 아녓더니
> 눈 期約 能히 직혀 두세송이 퓌엿고나
> 燭 줍고 갓가이 스랑헐제 暗香좃ᄎ 浮動터라
> 　　　　　　　　　　　　(출전: 金玉叢部, 歌曲源流)
> [어리고 성긴 가지 너를 믿지 않았더니
> 눈 기약 능히 지켜 두세송이 피었구나
> 촉 잡고 가까이 사랑할 제 암향조차 부동터라]

　"가냘프고 드문드문 난 가지에서 무슨 꽃이 피겠는가 하고 의심하였더니 눈 속에서 한 약속을 지켜서 두 세 송이 피었구나. 촛불을 들고 가까이 가서 감상할 제 가만히 알 듯 모를 듯 풍기는 그윽한 향기가 떠도니(暗香浮動) 제구실을 다 하는구나."

　"매화사" 8수중 한 수로 널리 알려진 작품이며 감각적인 언어구사가 돋보이는 절창이다.

氷資 玉質이여 눈 속에 네로구나
ᄀ마니 香氣 노아 黃昏月을 期約하니
아마도 雅致高節은 너 샏인가 흐노라

(출전: 金玉叢部, 歌曲源流)

[빙자 옥질이여 눈 속에 네로구나
가만히 향기 놓아 황혼월을 기약하니
아마도 아치고절은 너 뿐인가 하노라]

"얼음과 구슬처럼 맑고 깨끗하고 아름다운 자질을 지닌 것은 눈 속에 피어난 너로구나. 가만히 향기를 풍기면서 저녁달 뜨는 것을 알려주니 아마도 그 우아한 풍치와 높은 절개를 지닌 것은 너뿐인가 하노라."

이 작품은 눈 속에서 피어난 매화의 아름다움을 노래한 '매화사' 8수중 한 수로 매화예찬의 극치를 보여준다.

ᄇ람이 눈을 모라 山窓에 부딪치니
챤 氣運 시여 드러 좀 든 梅花를 侵掳흔다
아무리 어루려 흔들 봄뜻이야 아슬소냐

(출전: 金玉叢部, 歌曲源流)

[바람이 눈을 몰아 산창에 부딪치니
찬 기운 새어 들어 잠 든 매화를 침노한다
아무리 얼우려 한들 봄뜻이야 앗을소냐]

"바람이 눈을 몰아다가 산방 창문에 부딪치니 찬 기운이 안으로 새어들어 잠 든 매화를 침범한다. 겨울이 아무리 매화를 얼게 하려 한들 봄기운(자연의 섭리)을 빼앗을 수 있겠느냐."

"매화사" 8수중 한 수로 매화를 매체로 하여 거스를 수 없는 대자연의 이법을 주제로 하였으며 작품 전반에 동원된 차가운 시어들(바람, 눈, 찬 기운, 얼우려)로 추운 이미지가 강하게 전달되고 있다. 특히 한자어를 배제하고 평범한 생활 속의 우리말을 시의적절하게 구사하였고 문장의 흐름 또한 유려하여 읽는 이로 하여금 작품에 대한 접근을 편안하게 해주고 있다.

## 33 이 세보(李 世輔)

순조 32년(1832)~고종 32년(1895)

조선 후기의 문신·시조작가. 옛시조를 창작한 조선 후기의 마지막 대가 중 한 사람으로 자는 좌보(左甫) 본관은 전주(全州)로 능원대군(綾原大君)의 7대손이며 아버지 단화(端和)와 어머니 해평윤씨 사이의 4형제중 맏아들로 태어났다. 1851년(철종2) 풍계군(豊溪君) 당(唐)의 후사(後嗣)가 되어 이름을 호(晧)로 바꾸었고 철종으로부터 경평군(慶平君)이라는 작호를 받았다.

1857년 동지사로 청(淸)나라에 다녀왔고 김좌근과 김문근을 비난한 탓으로 안동김씨가의 미움을 받아 작호를 빼앗겼으며 1860년 신지도에 유배되어 3년간 유배생활을 하였다가 고종이 즉위한 해 풀려나서 지종정경·한성판윤·공조판서·판의금부사 등의 벼슬을 하였고 1895년(고종32) 명성황후 시해사건을 듣고 통곡하다가 병을 얻어 졸했다.

근래에 개인 시조집 <풍아(風雅)>·<시가(詩歌)> 등이 발견되어 남긴 작품이 459수임이 판명되었다. 그는 언어를 다듬지 않고 쉽게 썼기에 많은 작품을 남길 수 있었으며 형식을 제대로 갖춘 경우에 맨 마지막 음절을 생략한 것으로 보아 시조창을 전제로 창작했음을 알 수 있다. 또한 시조를 풍류로 즐기는데 그치지 않고 사대부의 시조가 관념적인 수사에서 벗어나 현실인식을 바탕으로 참신하게 표현할 수 있음을 보여주었다.

그의 작품은 관리들의 부정부패 및 현실을 신랄하게 비판한 시조 (61수)와 애정을 주제로 한 시조가 많고(104수), 그밖에도 유배생활 (78수)·도덕(24수)·기행(16수)·회고(35수)·유흥(41수)·농사(10수)·월령체(19수) 등 일상생활에서 접하는 모든 사물이나 경험을 시조작품으로 형상화하였다고 볼 수 있을 만큼 그의 시계(視界)는 다양했다. 또한 월령체(月令體)의 시조를 새롭게 시도하는 등 기존의 전통적인 평시조의 형식과 내용에도 새로운 변화를 주었다.

옛 선비들이 생활 속에서 많은 양의 한시(漢詩)를 남긴 것은 어렵지 않게 찾아볼 수 있으나 사대부로서 국문시가인 시조를 이렇게 많이 남긴 경우는 그가 유일한 인물로 꼽히고 있다. 이는 시조창작을 생활의 중요한 한 부분으로 인식했음이 틀림없으며 시조사적으로도 시조창작의 주체가 사대부에서 평민으로 옮겨진 조선 후기에 사대부로서 현실의 다양한 사건을 소재로 하여 왕성하게 창작활동을 했다는 점에서 주목할 만하다.

> 빅셩을 알나흐면 아젼이 야속이요
> 아젼을 알나흐면 빅셩이 원망이라
> 엇지타 인간의 싱이가 다 각각
>
> (출전: 風雅)
>
> [백성을 알려하면 아전이 야속이요
> 아전을 알려하면 백성이 원망이라
> 어쩌다 인간의 생애가 다 각각]

　수령의 자리에서 "백성을 두둔하자니 아전이 야속하다 할 것이고 아전의 편에 서면 백성이 원망하니 어쩌다 인간의 생애가 이렇게 각각 다르게 되었는가"라고 읊은 이 시조는 현실비판류의 작품 중에서 감사(監司)라든가 수령(首領), 또는 아전(衙前)과 같이 어느 특정 벼슬아치를 지칭하지 않고 인간관계로부터 발생되는 심적 갈등구조를 풍자한 작품이다.

　억울한 백성의 편은 정의의 편이요, 아전의 편은 부정 불의의 편이라는 기본 개념 하에서 비록 수령의 위치에 있지만 아전의 도움 없이는 수령으로서의 임무수행에 어려움이 수반되므로 어쩔 수 없이 아전의 편에서 정사를 펼칠 수밖에 없음을 강변하는 듯이 당시의 세정(世情)을 풍자해서 지은 것으로 볼 수 있다.

> 궁흐면 흐날이오 병드러 부모라 흐니
> 궁하고 병든 명을 챵텬의 비나이다
> 얶졔나 명련이 감동흐스 싱홛고토
>
> 　　　　　　　(출전: 新島日錄)
>
> [궁하면 하늘이오 병들어 부모라 하니
> 궁하고 병든 명을 창천에 비나이다
> 언제나 명천이 감동하사 생환고토]

　위 시조는 유배지에서 지어진 작품 중에 하나로 사람들은 "궁한 처지에 이르면 하늘을 찾게 되고 병이 들었을 때면 부모밖에 없다고 이르는데 자신은 주위에 돌봐줄 사람이 아무도 없어 오직 기댈 곳은 하늘밖에 없으니 이제 궁하고 병든 명을 창천에 빌어 이에 명천(하늘)이 감동하여 생환되기를 기원"하는 내용의 작품이다.

　유배지에서 남긴 작품은 이렇게 해배되어 귀향되기를 간절하게 기원하는 내용뿐만 아니라 유배지에서 겪는 생활의 어려움·회한·원망·그리움·고독 등 인간의 근본적인 정서를 주제로 하였다.

> 그리고 못 보는 님을 이져 무방ᄒᆞ것마는
> 든 정이 병이 되여 스르느니 간쟝이라
> 엇지라 유독이 무독갓치 샹스불견
>
> (출전: 風雅)
>
> [그리고 못 보는 님을 잊어 무방하것마는
> 든 정이 병이 되여 사르느니 간장이라
> 어쩌다 유족이 무족같이 상사불견]

"그리워만 하고 만나보지 못하는 임을 잊어도 무방하겠지만 깊이 든 정으로 인하여 그것이 병이 되어 마치 불사르는 것 같이 애태우는 것은 오직 간장뿐이니 어쩌다 발은 있으되 발 없는 사람처럼 서로 생각만 하면서 만나지 못하게 되었는가"하는 내용의 애정시조다.

이처럼 작자의 애정시조에서 나타나는 특징은 애정에서 오는 희열이나 쾌락을 읊은 것이 아니라 애정으로 인하여 파생되는 어려움이나 갈등, 그리고 그로부터 발생하는 고뇌를 사실적으로 묘사하였다.

## 34 김 민순(金 敏淳)
생몰연대 미상

조선 말기 가객(歌客). 자는 신여(愼汝) 호는 매옹(梅翁)·매월송풍(梅月松風) 본관은 안동(安東). 벼슬은 현감을 지냈다고 전한다. 비교적 다양한 작품 경향에 다작의 작가로서 <청구영언(靑丘永言)>에 사설시조(辭說時調) 3수를 포함한 42수의 시조가 전한다.

> 닉게는 病이 업셔 줌 못 드러 病이로다
> 殘燈이 다 盡ㅎ고 둙이 우러 싀오도록
> 寤寐에 님 싱각노라 즘든 젹이 업셰라
>
> (출전: 靑丘永言)
>
> [내게는 병이 업셔 잠 못 들어 병이로다
> 잔등이 다 진하고 닭이 우러 새오도록
> 오매에 님 생각노라 잠든 적이 업셰라]

　"내게는 육체적인 병은 없으나 밤에 잠을 못 이루는 것이 병이다. 등잔불이 다 닳아 꺼지고 닭이 울어 새벽이 다 되도록 자나 깨나 임 생각 하느라 잠을 이룰 수 없구나."

　그리운 임 생각에 잠 못 이루고 괴로운 밤을 보내는 심정을 노래한 작품이다.

## 35 송 종원(宋 宗元)

생몰연대 미상

　신원미상의 조선시대 가인. 자는 군성(君星).

　인생의 짧음과 향락 도취, 타향에서 겪는 외로움 등을 주제로 한 시조 9수가 전한다.

人生이 긔 언마오 白駒之過隙이라
어려서 혬 못나고 혬이 나쟈 다 늙거다
어즈버 中間 光景이 씩 업슨가 ᄒ노라

(출전: 歌曲源流)

[인생이 긔 언마오 백구지과극이라
어려서 혬 못나고 혬이 나자 다 늙거다
어즈버 중간 광경이 때 업슨가 하노라]

"인생의 길이가 얼마인가? 그것은 흰 망아지가 빨리 달리는 것을 문틈 새로 보는 것 같이 순식간이라. 어려서는 사리분별을 못하였고 사리분별이 생기자 다 늙어 버렸다. 아, 그 중간의 모습은 너무 짧기만 하구나."

인생의 짧음을 한탄한 작품으로 작자의 기타 작품도 이러한 범주를 벗어나지 않는다.

## 36 신 희문(申 喜文)

생몰연대 미상

신원미상의 조선시대 가인. 자는 명유(明裕)이며 14수의 시조가 전한다.

그린 듯흔 山水間의 風月노 鬱을 삼고
煙霞로 집을 삼아 詩酒로 벗지 되니

> 아마도 *樂是幽居*을 알 니 적어 ᄒ노라
>
> (출전: *靑丘永言*)
>
> [그린 듯한 산수간의 풍월로 울을 삼고
> 연하로 집을 삼아 시주로 벗이 되니
> 아마도 낙시유거를 알 이 적어 하노라]

"그림 같은 산과 물이 있는 곳에 청풍명월로 울타리를 삼고 저녁 연기와 노을로 집을 삼아 시를 지으며 술을 마시니 아마도 참된 즐거움이 그윽하고 한적한 곳이 있다는 것을 알 사람이 적으리라."

이렇듯 소박한 풍류를 즐길 줄 아는 작자의 기타 작품에서도 낙천적이면서 안빈낙도(安貧樂道)의 여유로움과 평안함을 독자에게 제공한다.

## 37 호 석균(扈 錫均)

생몰연대 미상

신원미상의 조선시대 시조작가. 호는 수죽재(壽竹齋)·수모춘(壽暮春)이며 시조 16수가 전한다.

> 님 *離別*ᄒ엿다 ᄒ고 웃지 마라 *海棠花*야
> *東君*이 미양 잇셔 *百年*이나 괴일너야
> 우리는 *酒國*에 *有長春*ᄒ니 버시 될가 ᄒ노라
>
> (출전: *歌曲源流*)

[님 이별하였다 하고 웃지 마라 해당화야
동군이 매양 잇셔 백년이나 괴일너야
우리는 주국에 유장춘하니 벗이 될까 하노라]

"내가 임을 이별하여 슬퍼하는 것을 보고 비웃지 마라 해당화야. 東君(태양, 봄)이 언제나 그 자리에 있으면서 너를 사랑해 줄 줄 아느냐." 내가 임과 이별하듯이 머지않아 너도 봄과 이별하여 초라한 신세가 될 것이다. 그러기에 "술에 취한 상태로라도 봄을 길게 느끼려 하니 우리 서로 벗이 되는 것이 어떠하겠는가."

이 시조는 독특하게도 해당화를 의인화(擬人化)하여 대화를 하듯 문장에 대화체를 구사해 놓음으로서 독자로 하여금 생동감을 느낄 수 있게 하는 작품이다.

# Ⅵ. 기녀들과 시조

**1** **홍장(紅粧)**

생몰연대 미상

고려 말엽 강릉(江陵)지방의 기생이다.

일화로 강릉 부사가 경포의 뱃놀이에서 홍장을 선녀같이 꾸며 다른 배에 태우고는 안렴사(按廉使) 박신(朴信)에게 강릉의 명기 홍장이 그대를 그리다가 죽어 선녀가 되어서 오늘 밤 찾아왔노라고 혹한 일이 있다고 한다.

이후 홍장과 박신의 이러한 일화에 관계에 대하여는 송강 정철의 "관동별곡"에 홍장고사(紅粧故事)로 등장하기도 한다. 또한 조선 효종 때 신후담(愼後聃)이 지은 한문소설로 "홍장전(紅粧傳)"이 전해지는데 이는 고려 말 우왕(禑王) 때, 강원도 안렴사 박신과 강릉의 기생 홍장과의 정사(情事)를 그린 애정소설이다.

"寒松亭 둘 붉은 밤에 ~"로 시작하는 시조 1수가 전해진다.

> 寒松亭 둘 붉은 밤에 鏡浦臺에 물썰 잔 제
> 有信흔 白鷗는 오락가락 흐건마는
> 엇더타 우리의 王孫은 가고 아니 오는고
>
> (출전: 樂學拾零, 海東歌謠)
>
> [한송정 달 밝은 밤에 경포대에 물결 잔 제
> 유신한 백구는 오락가락 하건마는
> 어떻다 우리의 왕손은 가고 아니 오는고]

한송정은 강릉에 있는 정자 이름으로 예로부터 시가(詩歌)에 많이 오르내리는 명승의 하나로 자연스럽게 작품에 도입함으로서 서정적 분위기를 연출하는 동시에 작품 전반의 안정성을 확보하였다. 또한 가서는 오지 않는 사람과 달리 변함없이 오락가락 하는 갈매기가 오히려 신의가 있다고 역설하면서 연인에 대한 긴 기다림과 그 원망스러움을 우회적으로 잘 표현한 작품이다.

종장의 '엇더타'는 옛시조 종장 첫머리에 잘 쓰이는 감탄사인데 여기서는 '어째서'의 의미로 해석함에 무리가 없다. 그리고 임금의 후손이나 귀공자의 뜻으로 쓰이는 '왕손'의 주인공은 전해지는 일화나 고사로 말미암아 박신으로 미루어 짐작할 수 있겠다.

## 2 소춘풍(笑春風)

생몰연대 미상

조선 성종 때의 함흥 명기로 재색을 겸비하였으며 인생을 달관한 듯 자유분방하게 살았다고 전해진다.

함경도 두메산골의 박색 과부와 떠도는 노승과의 하룻밤 사랑으로 태어났다고 하며 어릴 적부터 총명하여 다섯 살부터 쌍룡사에서 불경을 배워 열 살 무렵에는 무불통달의 경지에 이르렀다고 한다. 그러다 이 절에 불공을 드리러 온 어느 기생의 수양딸이 되어 영흥으로 나와 기생이 되었다.

가무와 시가가 빼어나고 해학과 풍자에 능하였기에 선상기(選上妓: 골라 뽑아서 바치는 기생)가 되어 성종의 총애를 받았다.

한양에서 4년을 살며 성종의 지극한 사랑을 받다가 성종이 38세로 승하하자 한양을 떠나 출가하였다. 입산 시 28세였다 하며 법명은 운심(雲心)이다.

　그녀의 시조작품은 모두 3수가 전해지나 모두 중국의 역사를 소재로 읊어 문학적 가치는 약하나 시조에 따른 일화가 흥미로워서 유명해졌으며 형식이 정제되었거나 표현이 새롭지는 않다. 그러나 다음 시대 황진이로 대표되는 기녀시조의 흐름에 있어 그 초기적 양상을 보여준다는 점에서 그 의의를 지닌다.

> 唐虞를 어제 본 듯 漢唐宋 오늘 본 듯
> 通古今 達理事ㅎㄴ 明哲士를 엇더타고
> 저 설 의 歷歷히 모르는 武夫를 어이 조츠리
>
> (출전: 海東歌謠, 樂學拾零)
>
> [당우를 어제 본 듯 한당송 오늘 본 듯
> 통고금 달사리하는 명철사를 어떻다고
> 저 설 데 역력히 모르는 무부를 어이 쫓으리]

　"당우(陶唐氏와 有虞氏, 곧 요임금과 순임금을 지칭하며 여기서는 요순시대를 말한다.)를 어제 본 듯 한당송(중국의 한·당·송나라로 학문이 크게 성했던 시대)을 오늘 본 듯한데 고금 일을 통달하고 사리에 밝은 총명한 선비를 마다하고 제 설자리도 분간 못하는 무신들을 어떻게 따르겠느냐"는 내용의 시조이다.

　학문과 풍류를 좋아했던 성종 임금이 문무백관과 더불어 연회를 베풀 때 소춘풍을 불러 술을 따르게 하였다. 이 때에 문관인 영상 앞에서 술을 따르며 이 시조를 읊었다. 문신들은 좋았겠으나 상대적으로 무신들의 분위기는 자연 일그러질 수밖에 없었을 것이다. 그러자 그녀는 무신들 앞으로 나아가 태연히 술잔을 올리면서 다음과 같은 시조를 읊었다.

前言은 戱之耳라 내 말슴 허믈 마오
文武一體ㄴ 줄 나도 暫間 아옵거니
두어라 赳赳武夫를 아니 좃고 어이리
(출전: 樂學拾零, 海東歌謠)
[전언은 희지이라 내 말씀 허믈마오
문무일체인줄 나도 잠간 아옵거니
두어라 규규무부를 아니 좇고 어이리]

"전에 한 말은 웃자고 한 것이니 내 말 나무라지 마오. 문관과 무관이 한결같음을 나도 조금은 알거니 용맹스러운 무인을 어떻게 따르지 않겠는가"라고 하니 무신들의 분위기가 누그러졌음은 물론이다. 이어 그녀는

齊도 大國이오 楚도 亦大國이라
됴고만 滕國이 間於齊楚 ᄒ여시니
두어라 何事非君가 事齊事楚 ᄒ리라
(출전: 樂學拾零, 海東歌謠)
[제도 대국이요 초도 역대국이라
조고만 등국이 간어제초 하였으니
두어라 하사비군가 사제사초 하리라]

"제나라도 대국이요 초나라 역시 대국이니 조그만 등국(서남쪽에 초, 동북쪽에 제와 접해 있던 작은 나라로 여기서는 자신을 비유.)이 제와 초 사이에 위치하였으니 어느 쪽에 치우치지 않고 제와 초 다같이 섬기리라"며 앞의 두 노래로 어색해진 분위기를 이 노래로서 일순간에 좌중을 화락한 분위기로 돌려놓았으니 그녀의 처세와 시적

순발력이 얼마나 대단하였는가를 짐작해 볼 수 있는 작품들이다. 이에 성종은 그녀에게 비단과 호피 등을 상으로 내렸다 한다.

## 3 황진이(黃眞伊)

생몰연대 미상

조선 중종대 개성의 기생. 일명 진랑(眞娘)이라 하며 기명(妓名)은 명월(明月)로 박연폭포, 서경덕과 함께 송도3절(松都三絶)이라 일컫는 재색을 겸비한 조선조 최고의 명기이다.

개성 황진사의 서녀라고도 하고 맹인의 딸이라고도 하는데 일찍이 개성의 관기가 되었다. 15세 때 이웃의 한 서생이 황진이를 사모하다 병으로 죽게 되었는데 영구가 황진이의 집 앞에 당도했을 때 말이 슬피 울며 나가지 않아 황진이가 속적삼으로 관을 덮어주자 말이 움직여 나갔다 하며 이 일이 있은 후 기생이 되었다는 야담이 전한다.

그녀는 기생이 된 후 뛰어난 미모, 활달한 성격, 청아한 소리, 예술적 재능으로 인해 명기로 이름을 날렸다. 화장을 안 하고 머리만 빗을 따름이었으나 광채가 나 다른 기생들을 압도했다. 송공대부인(宋公大夫人) 회갑연에 참석해 노래를 불러 모든 이의 칭송을 들었고 다른 기생들과 송공 소실들의 질투를 한 몸에 받았으며 외국 사신들로부터 천하절색이라는 감탄을 받았다. 또한 어디를 가든 선비들과 어깨를 겨누고 대화하며 뛰어난 한시나 시조를 지었고 당대 가야금의 묘수(妙手)라 불리는 이들까지도 그녀를 선녀(仙女)라고 칭찬했다.

성격이 활달해 남자와 같았으며 협객의 풍을 지녀 남성에게 굴복하지 않고 오히려 남성들을 굴복시켰다. 30년간 벽만 바라보고 수도에 정진하는 지족선사(知足禪師)를 찾아가 미색으로 시험해 결국 굴복시키고 말았다는 일화는 유명하다. 시정의 돈만 아는 사람들이 천금을 가지고 유혹해도 돌아보지 않았으나 서경덕이 처사(處士)로 학문이 높다는 말을 듣고 찾아가 시험 하다가 그의 높은 인격에 탄복하여 평생 서경덕을 사모했다. 거문고와 술·안주를 가지고 자주 화담정사를 방문해 담론하며 스승으로 섬겼다. 종실(宗室) 벽계수가 황진이를 만나보기를 원했으나 황진이는 명사가 아니면 만나주지 않아 친구 이달에게 의논했다. 이달은 "진이의 집을 지나 누(樓)에 올라 술을 마시고 한 곡을 타면 진이가 곁에 와 앉을 것이다. 그때 본 체 만체하고 일어나 말을 타고 가면 진이가 따라올 것이나 다리를 지나도록 돌아보지 말라"하고 일렀다. 벽계수는 그의 말대로 한 곡을 타고 다리로 향했다. 황진이가 이때 "청산리 벽계수야 수이감을 자랑마라/ 일도창해(一到滄海)하면 다시 오기 어려웨라/ 명월이 만공산(滿空山)하니 쉬어간들 어떠리"라는 시조를 읊었다. 이것을 들은 벽계수는 다리목에 이르러 뒤를 돌아보다 말에서 떨어졌다. 황진이는 웃으며 "명사가 아니라 풍류랑(風流郎)이다"라고 하며 돌아 가버렸다고 한다.

또한 소세양이 황진이의 소문을 듣고 "나는 30일만 같이 살면 능히 헤어질 수 있으며 추호도 미련을 갖지 않겠다"라고 장담했다. 그러나 황진이와 만나 30일을 살고 이별하는 날 황진이가 작별의 한시 <송별소양곡(送別蘇陽谷)>을 지어주자 감동하여 애초의 장담을 꺾고 다시 머물렀다고 한다.

명창 이사종과는 그의 집에서 3년, 자기 집에서 3년, 모두 6년을 같이 살고 헤어졌다. 풍류묵객들과 명산대찰을 두루 찾아다니기도 해 재상의 아들인 이생과 금강산을 유람할 때는 절에서 걸식하거나 몸을 팔아 식량을 얻기도 했다고 하며 죽을 때 곡을 하지 말고 고악(鼓樂)으로 전송해 달라, 산에 묻지 말고 큰 길에 묻어 달라, 관도 쓰지 말고 동문 밖에 시체를 버려 뭇 버러지의 밥이 되게 하여 천하여자들의 경계를 삼게 하라는 등의 유언을 했다는 야담도 전한다.

임제가 평안도사가 되어 부임하는 도중 황진이의 무덤에 제사를 지내면서 지었다는 "청초 우거진 골에…"로 시작되는 시조가 전한다. 그녀는 "동짓달 기나긴 밤을…"로 시작하는 시조를 포함해 모두 8수 가량의 시조를 남겼고 <별김경원(別金慶元)>·<영반월(詠半月)>·<송별소양곡>·<등만월대회고(登滿月臺懷古)>·<박연(朴淵)>·<송도(松都)> 등의 한시를 남겼는데 그녀의 시는 기교와 낭만 속에 의지와 정회가 굽이치는 독특한 애정관을 탁월한 솜씨로 보여주었기에 한 수 한 수가 당대 최고 걸작이며 여성 시조의 백미라 할 수 있는 작품이기에 남녀를 통 털어 조선 시조시인 중 우리 국문학사에서 차지하는 비중 또한 매우 크다.

<식소록(識小錄)>·<어우야담>·<송도기이(松都紀異)>·<금계필담(錦溪筆談)>·<동국시화휘성(東國詩話彙成)>·<중경지(中京誌)>·<조야휘언(朝野彙言)> 등의 문헌에 황진이에 관한 일화가 실려 전한다.

동지ㅅ둘 기나긴 밤을 한 허리를 버혀내어
春風 니불 아리 서리 서리 너헛다가
어론님 오신 날 밤이여든 구뷔구뷔 펴리라
　　　　　　　　　(출전: 靑丘永言, 樂學拾零)
[동짓달 기나긴 밤을 한허리를 베어내어
춘풍 이불아래 서리서리 넣었다가
어른님 오신 밤이어든 굽이굽이 펴리라]

"연중 밤이 가장 긴 동짓달, 홀로 지새야 하는 그 괴롭고 길기만 한 밤의 그 긴 허리 한가운데를 베어 봄바람처럼 따스한 이불 속에 잘 서리어 두었다가 정든 임께서 오신 날 밤에 굽이굽이 펴서 짧게만 느껴질 그 밤을 길게 지내보리라"는 그야말로 속정 깊은 여인의 지극한 마음이 곳곳에 묻어나는, 예술적 향기가 가득한 주옥같은 작품이다.

특히 동짓달 긴 밤의 절반을 잘라낸다거나, 그 절반을 잘라 낸 밤을 그리는 임과 운우지락(雲雨之樂)을 함께 나눌 이불 속에 잘 갈무리 해 두었다가 그 임이 오시어 함께 보낼 짧게만 느껴질 그 밤을 길게 이어서 보내고 싶다는 기발한 시적 발상과 표현은 가히 당대의 최고봉이라 할 수 있다.

이 시조는 황진이가 6년을 함께 살던 명창(名唱) 이 사종(李 士宗)과 헤어진 뒤 그를 그리워하며 지은 작품이다.

이 사종은 그녀가 27세 때 어느 냇가를 지나다가 그의 노랫소리를 듣고 처음 만나 서로를 연모하게 되어 각자의 집에서 3년씩 함께 살기로 하고 부부의 연을 맺었다. 이후 약속대로 6년이 되던 해에 두 사람은 헤어졌으나 이 작품으로 보아 이 사종에 대한 연정은 여전히 그녀의 가슴속에 남아있던 것으로 보인다.

어져 내 일이야 그릴 줄을 모로던가
이시라 흐더면 가랴마는 제 구틱야
보내고 그리는 情은 나도 몰라 흐노라
　　　　　　　　　　(출전: 樂學拾零, 靑丘永言)
[어져 내 일이야 그럴 줄을 몰랐던가
있으라 하더면 가랴마는 제 구태여
보내고 그리는 정은 나도 몰라 하노라]

"아! 내가 하는 일이여, 그렇게 될 줄을 몰랐던가. 있으라고 하였더라면 제가 구태여 가려 하였겠느냐마는 보내고 그리는 마음을 나도 모르겠다"며 사랑하는 임을 떠나보낸 후 그에 대한 그리움과 떠

372

날 당시 잡지 못한 것에 대한 후회스런 마음을 묘사한 작품으로 자신의 속내를 겉으로 드러낼 수 없었던 당시 여인의 복잡한 내면의 세계를 진솔하게 표현하였다.

현대시조의 거장 가람 이병기 선생도 이 시조가 하도 좋아 시조 공부를 시작하게 되었노라고 회고하며 "이 한 수의 시조가 나의 스승"이라고 격찬하였다.

> 靑山裏 碧溪水ㅣ야 수이 감을 쟈랑 마라
> 一到 滄海ᄒ면 다시 오기 어려오니
> 明月이 滿空山ᄒ니 쉬여 간들 엇더리
> (출전: 樂學拾零, 靑丘永言)
> [청산리 벽계수야 수이 감을 자랑마라
> 일도 창해하면 다시 오기 어려우니
> 명월이 만공산하니 쉬어간들 어떠리]

"푸른 산속을 흐르는 맑은 시냇물아 쉽게 흘러가는 것을 자랑하지 마라. 한번 흘러가 바다에 이르면 다시 오기 어려우니 밝은 달도 빈 산에 가득 차 있는데 쉬어서 달도 구경하며 천천히 가면 어떻겠느냐."라며 덧없이 흘러가는 인생인데 급히 서두르지 말고 쉬엄쉬엄 천천히 즐기면서 가자는 내용이지만 실제적으로는 그녀가 맞이한 현장 상황을 교묘하게 비유한 작품으로 잘 알려져 있다.

이는 당시 왕족이었던 벽계수 이창곤이 하도 근엄하여 다른 여자를 절대 가까이 하지 않기로 소문이 자자하였는데 마침 그가 개성에 와서 나귀를 타고 만월대를 산책하고 있음을 안 황진이가 일부러 따라가서 이 노래를 지어 부르며 유혹하니 순간 벽계수가 넋을 잃은 채 저도 모르게 나귀에서 내려 그녀와 하룻밤 시흥을 돋우었다는 유명한 일화가 내포되어 있는 작품이기도 하다.

山은 녯 山이로딕 물은 녯 물이 아니로다
晝夜에 흐르거든 녯 물이 이실소냐
人傑도 물과 ᄀᆞᆺ도다 가고 아니 오노믜라
(출전: 樂學拾零, 海東歌謠)
[산은 옛 산이로되 물은 옛 물이 아니로다
주야에 흐르거든 옛 물이 이실소냐
인걸도 물과 같도다 가고 아니 오노매라]

"산은 예나 지금이나 다름없건만 물은 옛 물이 아니로구나. 주야로 흐르는데 옛 물이 남아 있겠는가. 인걸도 물과 같아서 가면 아니 오는구나."라는 내용으로 초장에 '자신을 산, 자신을 거쳐 간 모든 인연들을 물'이라 비유하면서 자신의 처지에 대한 회한과 삶의 덧없음을, 중장에서는 그에 대한 필연성을, 그리고 종장에서는 그러한 현실에 대하여 체념으로 마무리하면서 작품의 완성도를 높이고 있다.

이 시조는 작자가 송도삼절 중 하나로 꼽았던 화담 서 경덕 선생의 죽음을 애도하며 지은 작품으로 알려져 있다. 하지만 이 작품에서의 인걸은 작품의 전반적인 의미구조로 보아 화담뿐이 아닌 그녀가 상대했던 시인·묵객·석학 등 당대를 풍미했던 인물들을 모두 지칭한 것으로 해석할 수 있겠다.

화담은 황진이의 일생에 가장 중요한 부분을 차지하는 인물이다. 10년 면벽수도로 정진하여 생불의 호칭을 받던 지족선사, 종친의 한 사람으로 근엄하기 이를 데 없는 벽계수 이 창곤 등 당시의 콧대 높은 남정네들이 그녀에게 마음을 빼앗겼지만 화담만은 예외였다.

어느 날 그녀가 일부러 비를 흠뻑 맞고 화담정사(精舍)에 찾아가 그를 유혹하였으나, 이 도학자는 책에서 눈도 떼지 않은 채 요지부동이었다. 그러다 "추울 터이니 옷을 벗어 말리도록 해라."는 한마디로 그녀의 유혹을 물리치니 그녀는 그 기품에 눌려 다소곳해질 수밖에 없었다. 이후 그녀는 화담을 깊이 존경해 사제의 연을 맺고 때때로 찾아 가 술과 거문고로 스승을 기쁘게 해 드렸다 한다. 화담의 시조 "ᄆᆞᄋᆞᆷ 이 어린 後ㅣ니~"는 이 무렵 그녀를 그리며 읊은 시조로 전해진다.

## 4  매창(梅窓)

선조 6년(1573)~광해군 2년(1610)

전북 부안의 기생으로 개성의 황진이와 쌍벽을 이뤘다.

본명은 이향금(李香今) 호는 매창(梅窓)이다. 하급관리의 서녀로 계 유년에 태어났다 하여 계생(癸生)·계랑(癸娘)이라고도 했다.

시문과 거문고에 뛰어나 당대의 문사인 유 희경(劉 希慶)·허 균· 이 귀 등과 교유가 깊었다. 촌은(村隱) 유희경과 20세에 만나 깊은 사랑을 나누었으나 짧은 만남으로 끝났고, 교산 허균과는 문학적으로 깊은 교감을 나누었다.

37세로 요절했으며 시조 여러 수와 한시 70여수가 전해진다. 사후 58년 만에 생전 그녀가 자주 놀러갔다는 개암사(開岩寺)에서 목판본 <매창집>을 펴냈다 하나 전하지 않는다.

1974년 부안 서림공원에 시비가 세워졌다.

梨花雨 훗샐릴 제 울며 잡고 離別ᄒᆞᆫ 님
秋風 落葉에 저도 날 싱각는가
千里에 외로온 쑴만 오락 가락 ᄒᆞ노매

(출전: 樂學拾零, 靑丘永言)

[이화우 흩뿌릴 제 울며 잡고 이별한 님
추풍 낙엽에 저도 날 생각는가
천리에 외로운 꿈만 오락 가락 하노매]

'봄'에 헤어져 '가을'이 다 저물도록 만나지 못한 천리 멀리 떨어진 연인에 대한 그리움을 시공(時空)에 시각적 요소('이화우, 추풍낙엽')를 가미하여 영상미를 극대화시키면서 작자의 감정을 적절하게 이입한 절창이다.

이 시조는 매창이 연인 유 희경을 그리워하며 지은 작품으로 촌은 유 희경은 중인 신분이었지만 한시에 능하여 문명(文名)이 높았다.

그들의 인연은 촌은이 부안을 지나다가 그녀를 처음 찾았을 때로 그녀의 나이 20세였으며 촌은은 48세였으나 서로의 명성을 익히 알고 있던 터라 어렵지 않게 가까워졌고 정분을 나누게 되었다. 그러나 두 사람의 만남은 길지 못했다. 임진왜란의 의병으로 출전하기 위해 촌은은 열흘정도를 머물다 서울로 올라가 버렸고 그 후 그녀는 서울로 그를 찾아갔지만 만날 수 없었다. 이후 세월이 한참 지난 후에야 촌은이 다시 부안으로 내려와 짧은 재회를 나눈 후 헤어져 다시는 볼 수 없게 되었다. 그리하여 그녀는 그리움으로 가슴앓이를 하다가 37세의 나이로 요절했지만 유 희경은 그보다 26년을 더 살다가 91세로 자택에서 졸하였다.

\* 허균이 매창의 죽음을 슬퍼함

이는 조선 중기의 문인 허균(許筠, 1569-1618)의 시문집 <성소부부고(惺所覆瓿藁)>에 실린 자료로, 계생(桂生)·계랑(桂娘) 등의 호를 쓰기도 하였던 부안(扶安)의 기생 매창(梅窓)에 대한 허균의 평가와 매창이 죽었을 때 허균이 슬퍼하며 지은 시 두 수를 소개하고 있다.

계생(桂生, 매창)은 부안(扶安) 기생인데 시에 능하고 글도 이해하며 또 노래와 거문고도 잘했다. 그러나 천성이 고고하고 개결하여 음탕한 것을 좋아하지 않았다. 나는 그 재주를 사랑하여 교분이 막역하였으며 비록 담소하고 가까이 지냈지만 난(亂)의 지경에는 미치지 않았기 때문에 오래가도 변하지 않았다. 지금 그 죽음을 듣고 한 차례 눈물을 뿌리고서 율시 2수를 지어 슬퍼한다.

妙句堪擒錦(묘구감금금) 신묘한 글 솜씨는 비단결보다도 낫고
淸歌解駐雲(청가해주운) 청아한 노래 소리에 구름도 머무는가
偸桃來下界(투도래하계) 천도 훔쳐 속세로 내려와서는
竊藥去人群(절약거인군) 선약 훔쳐 이승을 떠나갔구나
燈暗芙蓉帳(등암부용장) 부용꽃 장막 속 어둔 등불에
香殘翡翠裙(향잔비취군) 비취색 치마에는 향기만 남아
明年小桃發(명년소도발) 내년 이맘 복사꽃 새로 피어도
誰過薛濤墳(수과설도분) 그 누가 설도 무덤 찾을 것인가?

悽絶班姬扇(처절반희선) 처절한 반첩여(班婕妤)의 부채 신세요
悲凉卓女琴(비량탁녀금) 비량한 탁문군(卓文君)의 거문고일세
飄花空積恨(표화공적한) 속절없이 피는 꽃에 한을 쌓으며
衰蕙只傷心(쇠혜지상심) 시들어버린 난초에 마음 상할 뿐이네
蓬島雲無迹(봉도운무적) 봉래섬에 구름은 자취도 없고
滄溟月已沈(창명월이심) 차가운 바다에 달은 이미 잠기었으니
他年蘇小宅(타년소소택) 다른 해에 봄이 와도 소소의 집엔
殘柳不成陰(잔류불성음) 버드나무 잔 그늘도 못 드리울 것이네

# 5 한우(寒雨)

생몰연대 미상

조선 선조 때의 평양 기생으로 백호(白湖) 임 제(林 悌)와 가까웠다. "어이 어러 자리 무스 일 어러 자리~"라는 시조 1수가 전해지는데

이 시조는 임 제의 "北天이 묽다커늘 우장 업시 길을 나니~"의 시조
에 화답한 것이라 전해진다.

어이 어러 자리 무스 일 어러 자리
鴛鴦枕 翡翠衾을 어듸 두고 어러 자리
오늘은 츤 비 마자시니 녹아 잘까 ㅎ노라
　　　　　　　　　　　(출전: 海東歌謠, 樂學拾零)
[어이 얼어 자리 무슨 일 얼어 자리
원앙침 비취금을 어디 두고 얼어 자리
오늘은 찬비 맞았으니 녹여 잘까 하노라]

"어째서 무슨 일로 얼어 잔다는 말씀인가. 원앙침 비취금을 어디다
두고 얼어 잔단 말씀인가. 오늘은 찬비(한우 자신을 지칭)를 만나 몸
이 얼었으니 녹여 재우겠노라."는 농염(濃艶)한 작품이다.

한량 임 백호가 벼슬도 마다하고 천하를 편력하다가 재색겸비의
기생 한우를 만나 "北天이 맑다커늘 우장 없이 길을 나니/ 산에는 눈
이 오고 들에는 찬비로다/ 오늘은 찬비 맞았으니 얼어 잘까 하노라"
며 일명 한우가(寒雨歌)를 지어 주니 기생 한우는 즉석에서 이 한 수
의 시조로 응수하였다 한다. 당대의 풍류객 백호의 추파를 기꺼이 접
수하겠다는 한우의 멋진 화답이 아닐 수 없다.

## 6 진옥(眞玉)

생몰연대 미상

평북 강계의 기생으로, 당시 그곳에 귀양살이 온 송강 정 철을 정성으로 섬기어 마침내 그의 소실이 되었다.

천성이 총명하고 가야금과 노래를 잘 하였다고 전해지며 송강 정철과의 외설적인 내용의 화답시조로 잘 알려져 있다.

鐵이 鐵이라커늘 섭鐵만 너겨쩌니
이제야 보아ᄒ니 正鐵일시 분명ᄒ다
내게 골블무 잇던니 뇌겨 볼가 ᄒ노라

(출전: 槿花樂府, 樂學拾零)

철이 철이라커늘 섭철만 여겼더니
이제야 보아하니 정철일시 분명하다
내게 골플무 있으니 녹여볼까 하노라

"철이 철이라 하기에 섭철(불순물이 섞인 철)쯤으로 여겼더니, 이제 보니 진짜 철이 분명하다. 내게 골풀무(불을 피우는데 바람을 일으키는 도구)가 있으니 녹여보겠다"는 이 시조는 "옥이 옥이라커늘 번옥만 여겼더니/ 이제야 보아하니 진옥일시 적실하다/ 내게 살송곳 있으니 뚫어볼까 하노라."라는 송강의 육담에 가까운 외설시조에 대한 진옥의 화답이다.

작품성보다는 시조의 형식을 빌려 언어의 유희를 즐길 줄 아는 두 사람의 재치를 엿볼 수 있는 대목이다.

## 7  홍 랑(洪 娘)

생몰연대 미상

조선 선조 때의 기생으로 홍원(洪原;함경남도 중부 해안지대에 위치한 군)에서 출생하였다.

1573년(선조6) *삼당시인(三唐詩人) 고죽(孤竹) 최경창(崔慶昌)이 북평사(北評事)로 경성(鏡城;함경북도 중앙부 동해안에 위치한 군)에 있을 때 그 막중(幕中)에 머물렀다.

이듬해 봄, 벼슬이 바뀌어 서울로 올라가게 되었을 때 쌍성(영흥)까지 천리 길을 따라와 작별하고 돌아가다가 함관령에 이르러 시조한 수를 지어 고죽에게 보냈다.

그 뒤 3년간 소식이 끊겼다가 고죽이 병석에 누웠다는 말을 듣고는 그날로 길을 떠나 이레 동안 2천리나 되는 길을 밤낮으로 걸어 서울에 도착하여 그의 병을 간호했다. 때마침 국상기간(인순왕후 심씨)이라 이것이 문제되어 고죽은 파직되고 홍랑은 고향으로 돌아갔다.

이후 고죽이 45세로 객사하여(반대정파에 의해 암살) 파주 교하면 청석리 산기슭에 묻히자 다시 달려와 초막을 짓고 9년 동안 그의 묘를 지키다가 죽어서는 그의 옆에 묻혔다. <해동시선>에 한시 한 수가 전해진다.

묏버들 갈히 것거 보내노라 님의 손딕
자시는 窓 밧긔 심거 두고 보쇼셔
밤 비예 새닙 곳 나거든 날인가도 너기쇼셔

(출전: 吳氏藏傳寫本)

[묏버들 가려 꺽어 보내노라 님의손대

자시는 창밖에 심어 두고 보소서
밤비에 새잎 곧 나거든 날인가도 여기소서]

"산버들 좋은 것으로 골라 꺾어 님에게 보내니 주무시는 창 밖에 심어 두고 보소서. 그리하여 그 버들가지에 새잎 나거든 나인 줄 생각하소서"라는 내용의 이 시조는 고죽이 경성을 떠나 서울로 향할 때, 홍랑이 영흥까지 배웅한 후 함관령에 이르러 날은 저물고 궂은비까지 내리는 속에서 그에 대한 애틋한 정한의 표시로 일명 '이별가'라고 불리는 이 노래와 함께 버들가지를 꺾어 보냈다고 한다. 버들가지는 봄에 가장 잎이 빨리 나기에 빨리 돌아오라는 뜻으로 이별할 때 꺾어 주었다고 하는데 이는 중국 한나라 장안 북동쪽에 있는 다리에서 친구들을 전송하면서 흔히 다리 주변의 버들을 꺾어 주면서 이별을 아쉬워했다는데서 유래되었다고 한다.

고시조에서는 드물게 순수 우리말로 이루어진 이 작품을 무애 양주동은 고시조 중 최고의 걸작이라 평했으며 작가 이태준도 이 작품에 대하여 그 뜻의 그윽함과 더불어 소리가 매끄러우면서도 사각거리는 것이 묘미라며 극찬한 바 있다.

\* 삼당시인

조선 중기 문인 이달(李達)·최경창(崔慶昌)·백광훈(白光勳)을 묶어서 지칭하는 것으로 삼당이라는 용어가 확실하게 사용된 것은 신위(申緯)의 <동인론시절구(東人論詩絶句)>에서다. 임상원의 <손곡집서(蓀谷集序)>에도 삼당이라는 구절이 보이며 삼당이란 말을 쓰지는 않았지만 허균은 이들의 공통적 시 경향을 묶어서 언급했다. 그 당시부터 이들의 시는 전대의 송(宋) 시풍과는 다른 지향과 성취를 지녔음을 인정받았다.

이달은 교리를 지낸 이수함(李秀咸)의 서얼로서 어머니는 관기(官妓)였다. 젊어서 읽지 않은 책이 없을 정도로 박학하고 문장에도 능했지만 신분 때문에 방랑과 좌절의 불우한 일생을 보냈다. 그는 처음에는 정사룡(鄭士龍)에게 소동파·황산곡의 시를 익혀 강서파(江西派)의 시풍을 지녔으나 박순(朴淳)·최경창·백광훈을 만나면서 그전의 시를 불살라버리고 5년에 걸친 각고 끝에 당시(唐詩)의 특색을 지닌 작품들을 짓게 되었다.

최경창은 29세에 대과에 합격한 후 북평사(北評事)·사간원정언(司諫院正言)을 지냈다. 그의 시는 동서 분당(分黨)으로 대립되었던 혼탁한 정치현실에 대해 비판적 태도를 드러낸 작품이 많으며, 속세에서 떨어져 있는 고고한 삶을 읊었으며 만년에는 일상적·경험적 정감을 노래하는 것으로 바뀌기도 했다. 1557년에 지은 장편의 고시(古詩) <기군환락우성서작(棄郡還洛寓城西作)>에서는 그해를 휩쓴 전염병, 기근과 더불어 부도덕한 정치현실에 적응하지 못하는 자신의 고고함과 그 때문에 생긴 가난을 읊으면서 자신의 가치관을 지키겠다는 결의를 드러냈다.

백광훈은 일생 동안 궁핍했으면서도 과거를 통한 출세의 길을 포기했다. 그의 시는 현실에서의 패배를 체념한 것과 전원에서의 평온한 삶을 노래한 것의 2가지가 있다.

삼당파 시인들은 비애와 고독, 좌절과 불만을 주로 그렸는데 이는 현실을 암담하고 혼탁한 것으로 본 그들의 세계관과 맞아떨어진다. 이들의 문학사적 의의는 당시의 시들이 표절과 논리에 치우치고 난삽했던 경향에서 벗어나 당시풍(唐詩風)의 창작활동을 통해 인간적 정서를 진술하게 표현했다는 데 있다.

그들은 시를 기교와 현학의 과시나 심성 수양의 한 방편으로 여기던 풍조에 맞서고 삶의 구체적 체험을 바탕으로 한 정감을 충실하게 드러냈다.

## 8 소백주(小栢舟)

생몰연대 미상

조선 광해군 때의 평양기생으로 재기 넘치는 명기로 알려졌으며 아래의 시조 1수가 전해진다.

相公을 뵈온 後에 事事를 밋ㅈ오매
拙直호 ᄆᆞ음에 病들가 念慮ㅣ러니
이리마 져리챠 ᄒᆞ시니 百年同抱 ᄒᆞ리이다
(출전: 樂學拾零, 靑丘永言)
[상공을 뵈온 후에 사사를 믿자오매
졸직한 마음에 병들가 염려이러니
이리마 져리차 하시니 백년동포 하리라]

　"대감을 한번 뵌 뒤로 만사를 믿을 따름이었는데 (그간 아무말씀
이 없어)옹졸한 마음에 (사랑을 잃어버릴 것 같은 걱정으로)병이 날
지경이던 차에, 이렇게 하마, 저렇게 하자 며 (자상하게)말씀하시니
평생 모시겠다"는 내용의 이 시조는 광해군 때 평양 감사로 있던 박
엽(朴燁)이 손님과 장기를 두면서 자신이 아꼈던 기생 소백주에게 장
기의 기물 이름을 넣어 노래를 부르라 하자 즉석에서 지어 불렀다
한다.

　대감에 대한 소백주(小栢舟) 자신의 연정(戀情)과 믿음을 장기의
기물을 열거하며 표현하였음에도 불구하고, 비유와 어휘의 구사가 적
절하여 작자의 재기를 엿볼 수 있는 아주 뛰어난 작품이다. '상공(相
公)'은 장기의 상(象)과 궁(宮)을, '사사(事事)'는 사(士)를, '졸(拙)'은
졸(卒)을, '병(病)'은 병(兵)을, '동포(同抱)'는 포(包)를, '이리마'는 마
(馬)를, '저리차'는 차(車)를 뜻한다. 이렇게 동음을 이용하여 중의적
(重義的)으로 작품 전체를 이끌어가는 즉흥적인 착상이 대단하다.

## 9 　매화(梅花)

생몰연대 미상

조선 영조 때 황해도 곡산출신의 기생으로 해주감사 홍 시유(洪時裕)와의 정사(情史)가 전해진다. 일설에는 평양기생이라고도 한다.

"살들헌 닉 마음과 알들헌 남의 졍을~" 등 시조 6수가 전해지는데 작품들이 몹시 편애(偏愛)적이며 감성적이다.

> 梅花 녯 등걸에 春節이 도라 오니
> 녯 퓌던 가지에 퓌염즉 ᄒ다마ᄂ
> 春雪이 亂紛紛ᄒ니 필동말동 ᄒ여라
> 　　　　　　　　　　(출전: 樂學拾零, 靑丘永言)
> [매화 옛 등걸에 춘절이 돌아오니
> 옛 피던 가지에 피엄직 하다마는
> 춘설이 난분분하니 필동말동 하여라]

"매화나무 옛 등걸에도 새 봄이 돌아오니 예전에 꽃피우던 가지인 지라 다시 피울 것도 같건마는 봄눈이 하도 어지럽게 휘날리니 다시 피우게 될지 말지 모르겠구나"며 머리카락이 희끗희끗하게(춘설) 늙어가는 자신을 한탄하는 내용의 시조이다.

일설에는 위 시조가 유춘색이라는 사람이 평양감사로 부임해 매화와 가까이 지냈으나 나중에는 춘설이라는 기생을 가까이 하자 매화가 원망하며 지었다는 유래가 전해지는 작품이다.

## 10 강강월(康江月)

생몰연대 미상

평안남도 맹산의 기생이며 자(字)가 천심(天心)이라고 알려져 있으며 아래의 시조작품 3수가 전한다.

> 千里에 맛낫다가 千里에 離別ᄒ니
> 千里 꿈 속에 千里 님 보거고나
> 꿈 ᄭᅵ야 다시금 生覺ᄒ니 눈믈 졔워 ᄒ노라
> (출전: 樂學拾零, 樂府)
> [천리에 만났다가 천리에 이별하니
> 천리 꿈 속에 천리 님 보겠구나
> 꿈 깨어 다시금 생각하니 눈물겨워 하노라]

"천리 밖에서 만났다가 천리 밖에서 이별하였으니 천리 밖 꿈에서나 천리 밖의 임을 보겠구나. 꿈 깨어 다시 생각하니 흐르는 눈물을 주체할 수 없구나."

작자의 작품 3수는 모두 만남과 이별, 그리고 기약 없는 기다림을 표현한 애정시조다. 그런데 위 작품에서 특이하게도 초·중장에 '천리'라는 단어를 4번이나 반복적으로 사용하였는데, 이는 만남과 이별의 과정이 매우 힘들었음을 강조하는 효과와 함께 기다림 또한 멀게 느껴지도록 기능을 한다. 또한 '천리'라는 거리개념은 물리적 거리라기보다는 심리적인 거리로 임과의 재회에 대한 비관적 현실을 암시하면서 그 절실함을 더욱 강하게 하는 장치로서의 역할을 하기도 한다.

기러기 우는 밤에 닉 홀노 줌이 업셔
殘燈 도도혀고 輾轉不寢 ㅎ는 츳에
窓 밧긔 굴근 비 소릭예 더옥 茫然하여라
(출전: 樂學拾零, 樂府)
[기러기 우는 밤에 나 홀로 잠이 업셔
잔등 도도혀고 전전불침 하는 차에
창 밖의 굵은 비 소리에 더욱 망연하여라]

"기러기 우는 밤에 나 홀로 잠 못 이루고 꺼져가는 등잔불 돋워가며 뒤척이던 차에 창밖의 굵은 빗소리까지 더하니 (님 생각에서) 헤어날 길이 없구나."

時時로 生覺ㅎ니 눈물이 멋 줄기오
北天 霜雁이 언의 쩌여 도라올고
두어라 綠分이 未盡ㅎ면 다시 볼가 ㅎ노라
(출전: 樂學拾零, 樂府)
[시시로 생각하니 눈물이 몇 줄기오
북천 상안이 어느 때여 도라올고
두어라 녹분이 미진하면 다시 볼까 하노라]

"때때로 생각이 나니 눈물이 몇 줄기를 흘렸는가. 북쪽하늘 서릿 기러기는 어느 때가 되어야 돌아올까. 두어라 인연이 다하지 않았다면 다시 볼 수 있겠지."

**11  송대춘(松臺春)**

생몰연대 미상

18세기 후반에 살았던 것으로 추정되는 평남 맹산(孟山)의 기생으로 아래의 시조 2수가 전해진다.

> 漢陽셔 써 온 나뷔 百花叢에 들거고나
> 銀河月에 좀간 쉬여 松臺에 올라 안져
> 잇다감 梅花春色에 興을 계워 ᄒ노라
>
> (출전: 樂學拾零, 樂府)
>
> [한양서 떠 온 나비 백화총에 들었구나
> 은하월에 잠깐 쉬어 송대에 올라 앉아
> 이따금 매화춘색에 흥을 겨워하노라]

"한양서 날아 온 나비 꽃무더기에 들었구나. 은하수에 뜬 달에 잠깐 쉬었다가 소나무 언덕에 올라 앉아 이따금 매화 핀 봄의 아름다움에 흥겨워 한다."

이 시조에 등장하는 은하월·송대·매화춘 등은 작품의 내용으로 볼 때 기생이름을 지칭한 것으로 보이며 한양서 온 어느 한량이 여러 기생들과 번갈아가며 놀아나는 행태를 묘사하였음을 알 수 있다.

> 님이 가신 後에 消息이 頓絶ᄒ니
> 窓 밧긔 櫻桃花가 몃 번이나 픠엿는고
> 밤마다 燈下에 홀노 안즈 눈물 계워 ᄒ노라
>
> (출전: 樂學拾零, 樂府)

[님이 가신 후에 소식이 돈절하니
창밖의 앵도화가 몇 번이나 피었는고
밤마다 등하에 홀로 앉아 눈물 겨워하노라]

"님이 떠난 후 소식이 아주 끊어져 창밖의 앵두꽃이 몇 번이나 피었는지 모르겠구나. 밤마다 등잔 밑에 홀로 앉아 눈물겨워"하는 내용으로 임을 기다리는 여인의 애절한 마음이 잘 표현된 작품이다.

## 12  구지(求之)

생몰연대 미상

연대 미상의 평양기생으로 자신의 애부(愛夫) 유 일지(柳 一枝)를 위하여 지었다는 시조 1수가 전해진다.

長松으로 빈를 무어 大同江에 흘니 띄여
柳一枝 휘여다가 구지구지 민야시니
어듸셔 妄怜엣 거슨 소혜 들나 ㅎㄴ니
                                    (출전: 樂學拾零, 海東歌謠)
[장송으로 배를 무어 대동강에 홀로 띄워
유일지 휘어다가 구지구지 매었는데
어디서 망령엣 것은 소에 들라 하나니]

"큰 소나무로 배를 만들어 대동강에 홀로 띄우고 버드나무 가지를 휘어다가 굳게굳게 매었는데 어디서 망령된 것들이 다시 소(沼)에 들라고 하는가.”

이 시조는 자신의 애부 유 일지에 대한 변함없는 마음을 표현한 작품이다. 여기서 장송으로 만들어 대동강에 띄운 배는 구지 자신을 뜻하고 그 배를 버드나무가지로 꽁꽁 묶었다는 것은 유일지에 마음을 모두 주었다는 의미이다. 그러니 소에 들라고 꾀는 ‘망령엣 것(뭇 남성)’에 어찌 마음을 주겠는가. 한 여인의 꿋꿋한 의지를 엿볼 수 있는 작품이다. 또한 ‘유일지’와 ‘구지’를 애부(愛夫) 유 일지와 자신의 이름으로 의미를 중첩시킨 이른바 중의법을 써서 절묘하게 표현한 것이라든가 작품 전반에 선택된 어휘들에서 작자의 언어구사가 얼마나 섬세하고도 감각적인가를 알 수 있는 대목이다.

## 13 다복(多福)

생몰연대 미상

신원미상의 기녀로 시조 1수가 전해진다.

北斗星 기우러지고 五更 五點 즈자 간다
十洲 佳期ᄂᆞᆫ 虛浪타 ᄒᆞ리로다
두어라 煩友ᄒᆞᆯ 님이니 싀와 무슴 ᄒᆞ리오

(출전: 樂學拾零, 海東歌謠)

[북두성 기우러지고 오경 오점 잦아간다
십주 가기는 허랑타 하리로다
두어라 번우한 님이니 새와 무슴 하리요]

"북두성이 기울어지고 오경오점(하룻밤을 오경, 경을 다시 오점으로 나눔)이 다해간다. 십주가기(십주는 신선이 산다는 10곳의 선경, 가기는 아름다운 때 또는 기약, 즉 사랑의 보금자리)는 허망한 것이로구나. 두어라 벗들과 바쁜 님이니 시샘하여 무엇 하겠는가."

다시 음미해보면 북두성이 다 기울도록 밤을 하얗게 지새워도 기다리는 임은 오질 않는데 원앙금침을 펴 놓고 기다리는 것도 다 허망한 것이고 임에게는 다른 여자들도 많을 텐데 시새워 무엇 하겠느냐는 기다림에 지친 한 여인의 체념과 자조의 심리가 잘 묘사된 작품이다.

## 14 명옥(明玉)

생몰연대 미상

연대 미상의 화성(華城;지금의 수원) 명기로 알려져 있으며 시조 1수가 전해진다.

> 쑴에 뵈는 님이 信義업다 ᄒ건마는
> 탐탐이 그리올 제 쑴 아니면 어이 보리
> 져 님아 쑴이라 말고 ᄌ로 ᄌ로 뵈시쇼
> (출전: 靑丘永言, 古今歌曲)
> [꿈에 뵈는 님이 신의없다 하건마는
> 탐탐이 그리울 제 꿈 아니면 어이 보리
> 저 님아 꿈이라 말고 자로 자로 뵈시소]

"꿈에 뵈는 님이 믿을 수 없다 하겠지만 몹시 그리울 때는 꿈 아니면 어떻게 보겠는가. 님이시여, 꿈이라 생각지 말고 자주 자주 뵙게 해주십사.”

　남녀의 애정관계에 있어서 남성에 의해 일방적일 수밖에 없었을 당시 여인네의 정인에 대한 그리움을 애틋하고도 정감 있게 표현한 작품이다.


## 15 송이(松伊)

생몰연대 미상

　신원 미상의 강화 기생으로 해주 선비 박준한(朴俊漢)을 사랑하였다는 이야기가 전해진다.

> 솔이 솔이라 ᄒᆞ니 무슴 솔만 너기는다
> 千尋 絶壁에 落落長松 내 긔로다
> 길 아릭 樵童의 졉낫시야 걸어볼 줄 이시랴
> 　　　　　　　　　　(출전: 樂學拾零, 海東歌謠)
> [솔이 솔이라 하니 무슨 솔만 여기는다
> 천심 절벽에 낙락장송 내 긔로다
> 길 아래 초동의 졉낫이야 걸어볼 줄 있으랴]

　“솔이 솔이라 하니 나를 무슨 솔이라 여기는가, 천길 절벽에 우뚝 서 있는 낙락장송이 바로 내다. 그러니 길 아래에 있는 나무꾼 아이의 하찮은 낫쯤은 걸어볼 엄두도 못 낼 것이다.”

　자신을 천길 절벽에 우뚝 선 낙락장송에 비유하면서, 도도함의 극치를 보여주고 있다.

이렇듯 조선의 이름 있는 기생들은 시·서·화 및 예능을 보유함으로서 그 시대의 지식인들과도 견줄만한 소양을 갖추었기에 어지간한 필부는 감히 범접하기조차 어려웠다. 따라서 그녀들의 이러한 지적 능력과 자유분방하면서도 자존적인 의식구조는 여성에게 철저히 폐쇄적이었던 당시의 사회적 분위기를 극복하고 여성문화의 꽃을 피웠을 뿐만 아니라 그 맥을 잇게 되었음은 두말할 나위가 없는 것이다.

## 16 천금(千錦)

생몰연대 미상

신원 미상의 기생으로 시조 1수가 전해진다.

> 山村에 밤이 드니 먼듸 기 즈져온다
> 柴扉를 열고 보니 하늘이 츠고 달이로다
> 져 기야 空山 잠든 달을 즈져 무슴 ᄒ리요
>
> (출전: 靑丘永言, 時調)
>
> [산촌에 밤이 드니 먼데 개 짖어온다
> 시비를 열고 보니 하늘이 차고 달이로다
> 저 개야 공산 잠든 달을 짖어 무슴 하리요]

"산촌에 밤이 들어 적적한데 먼데서 개 짖는 소리가 들려온다. 누군가 싶어 사립문을 열고 나가보니 차가운 밤하늘에 달만 휘영청 밝았구

나. 저 개야 빈산에 쓸쓸히 잠든 달을 보고 짖어대면 무엇하겠느냐."

산막의 숨 막힐 듯한 적막감이 연상되는 시각적인 배경 속에 홀로 사는 여인의 기약 없는 기다림과 고적함, 그에 따른 원망어린 탄식과 절망감 등의 서정이 어우러진 마치 한 폭의 그림을 떠올릴 수 있도록 표현된 작품이다.

# 부 록

## : 옛시조 수록 주요문헌

# 옛시조 수록 주요문헌

## ▷ 가곡원류(歌曲源流)

1876년(고종13) 박효관(朴孝寬)과 안민영(安玟英)이 편찬한 가집(歌集)으로 <청구영언(靑丘永言)>·<해동가요(海東歌謠)>와 더불어 시조를 전하는 3대 가집의 하나이다. 조선말기에 들어와 문란해진 가곡의 체재를 바로 잡는 한편 <청구영언>·<해동가요>를 보완하고 시조를 집대성하려는 의도에서 고구려 때 을파소의 작품에서부터 19세기 가객인 안민영의 작품까지 약 1,000년 동안의 시조작품을 수록했다. 가집의 첫머리에 송나라 오증(吳曾)의 <능가재만록(能歌齋漫錄)>에서 인용한 '가곡원류'라는 제목이 실려 있는 것으로 인해 이 계열의 가집을 가곡원류계 가집이라고 통칭하게 되었다. 이본으로는 <가사집(歌詞集)>(국립국악원본, 박씨본)·<가곡원류>(규장각본, 구황실본, 가람본, 일본동양문고본, 불란서동양어학교본)·<청구악장(靑丘樂章)>(육당본)·<청구영언>(하합본, 일석본)과 그밖에 <해동악장(海東樂章)>·<협률대성(協律大成)>·<화원악보(花源樂譜)>·<증보가곡원류(增補歌曲源流)> 등 10여 종이 있지만 표제는 다양하나 체재와 내용이 비슷하므로 같은 계열의 가집임을 알 수 있다.

원본으로 짐작되는 국립국악원본을 중심으로 체재 및 내용을 살펴보면 이 가집은 총 72장의 사본으로 856수의 시조작품과 가사(歌辭) <어부사(漁父詞)>가 실려 있다. 시조작품을 배열한 부분을 중심으로 하여 앞부분에는 <능가재만록>에서 인용한 글귀와 성휘(聲彙), 평조(平調)·우조(羽調)·계면조(界面調) 등 성률(聲律)의 성격, 가지풍도형용(歌之風度形容) 15조목, 매화점장단(梅花點長短), 장고장단점(長鼓長短點)에 대한 설

명이 있고 뒷부분에는 박효관의 발문과 <어부사>가 있다. 시조는 곡조
(曲調)에 따라 엄격히 분류했는데 같은 방식으로 이루어진 <청구영언>에
서보다 곡조가 세분되어 있다. 특히 시조작품을 남창(男唱 : 29곡조 665
수)과 여창(20곡조 191수)으로 구분하고 있는 것은 다른 가곡집에서는
볼 수 없는 점으로 가창 위주의 편찬태도가 잘 나타나 있다. 또한 시조
를 창할 때의 장단법(매화점장단)과 창조(唱調)의 성격(즉 各調體格), 노
래를 부르는 태도와 노래의 성격(가지풍도형용)을 상세히 밝히고 있고
가창방법을 나타내는 육보(肉譜)를 작품 오른쪽에 기입했다.

　명백한 논리와 정확한 어구를 토대로 가곡창의 창법에 대한 고증을
명확히 하려는 편찬의식이 두드러진다. 수록작품에 대한 위작(僞作) 여
부의 논란이 있기는 하지만 앞서 나온 두 가집에서 볼 수 없는 새로운
작품 80여 수와 후대작가를 포함하여 새로운 10여 명의 작가가 나타나
고 있다는 점에서 자료적 가치가 두드러진다.


▷ **고금가곡(古今歌曲)**


　편자와 연대 미상의 가집이다. 다만 책 끝부분에 '갑신춘 송계연월옹
(甲申春松桂煙月翁)'이라는 기록이 있어 '송계연월옹'이란 별호를 가진
자가 갑신년(1764, 영조40)에 편찬한 것으로 추정된다. 그리고 원본의 표
지가 없으므로 손진태가 송계연월옹의 작품 중에 '고금가곡'이란 문구를
따서 책이름으로 삼았으며 도남본은 302수, 가람본은 305수가 실려 있다.
　작품의 배열은 <귀거래사>·<채련곡(采蓮曲)>·<도원행(桃源行)>·<적
벽부> 등 중국의 사(辭)·부(賦)·가곡(歌曲)이 있고, 그 다음에 <어부
사>·<상저가>·<감군은>·<관동별곡>·<사미인곡> 등의 장가(長歌)·
가사(歌辭)가 실렸다. 시조는 <단가십이목(短歌十二目)>이라는 제목 아래
인륜·심방(尋訪)·한적(閑適)·연군(戀君)·염정(艶情)·이별(離別) 등 내
용에 따라 나누어 곡목을 쓰지 않은 채 실었다. 끝부분에는 송계연월옹

의 작품 14수가 실려 있고 부록으로 북변삼쾌(北邊三快) · 평생삼쾌(平生三快) · 풍악석각(楓岳石刻) 등이 실려 있다. 다른 가집과 달리 내용에 따라 나눈 점이 특이하고 <고금가곡>과 <근화악부(槿花樂府)>에만 나오는 작품이 43수나 되어 두 가집이 특별한 관계를 갖고 있는 것 같으나 구체적인 내용은 알 수 없다.

## ▷ 고산유고(孤山遺稿)

조선 중후기 문신인 윤선도(尹善道 : 1587~1671)의 시문집이다. 6권 6책의 목판본으로 1791년(정조15) 전라감사 서유린(徐有隣)이 왕명에 따라 간행했다. 지금 전하는 것은 1798년(정조22)에 전라감사 서정수(徐鼎修)가 윤선도의 본가에 있는 목판본을 대본으로 하여 개편, 간행한 것이다. 정치적으로 불우했던 윤선도는 유배와 은거생활을 많이 했는데 이 책의 많은 부분이 그때 이루어졌다. 이 가운데 <병진소(丙辰疏)> · <국시소(國是疏)> 등 당대 정치 상황에 대한 상소문, <예론소(禮論疏)> · <예설(禮說)> 등 예학에 대한 논의와 <산릉의(山陵議)> 등은 조선 정치사와 사상사 연구에 도움을 준다. 권6 하권에는 가사(歌辭)라는 표제 아래 <산중신곡(山中新曲)> · <어부사시사> 등 75수의 시조가 실려 있으므로 시가문학 연구에 없어서는 안 될 귀한 자료이다.

## ▷ 근화악부(槿花樂府)

편자 미상의 가집으로 1779년(정조3) 또는 1839년(헌종5)에 이루어졌을 것으로 추측된다. 목차와 논곡(論曲) 뒤에 초수대엽(初數大葉) · 초중대엽(初中大葉) · 이중대엽(二中大葉) · 삼중대엽(三中大葉) · 후정화(後庭化)의 차례로 되어 있다. 창법에 대해서는 도해(圖解)를 붙여 설명했다.

윤상(倫常)·송축(頌祝) 등의 주제로 모두 397수의 가곡이 실려 있고 <관동별곡>·<사미인곡> 등 가사 6편이 있다. 이 책은 다른 가집이 곡조에 따라 엮어져 있는 것과 달리 주제별로 엮어져 있다. 이능우(李能雨) 소장본이 있다.

## ▷ 금옥총부(金玉叢部)

조선 후기의 가인(歌人) 안민영(安玟英)의 개인 가집으로 <주옹만영(周翁漫英)>이라고도 한다. 그가 지은 시조 180수를 곡조에 의해 분류하고, 각 수마다 창작 동기와 날짜·장소 등을 기록하여 싣고 있다.

## ▷ 노계집(蘆溪集)

조선 선조 때 박인로(朴仁老 : 1561~1642)의 시문집으로 3권 2책의 목판본이며 1800년 초간, 1904년 중간, 1959년 3간되었다. 중간은 초간에다 내용을 일부 덧붙였고 3간은 초간 중 손상된 부분을 고쳐 새기고 새로 발견된 <입암가(立巖歌)> 7수 및 <고금가곡>에 수록된 작품을 더한 것이다.

내용 가운데 <중용성도(中庸誠圖)>·<대학경도(大學敬圖)>·<소학충효도>는 주자학의 정신을 살폈다. <안분음(安分吟)>은 가난한 생활 가운데서도 스스로 만족해하는 정신적 풍모를 나타냈고 <무하옹전(無何翁傳)>은 자전적인 삶을 그렸다. <향유청포상정문(鄕儒請褒賞呈文)>·<순상청포계장(巡相請褒啓狀)> 등에서는 충·효·우애·애민·청빈 등 삶의 태도가 잘 나타나 있다. 시조는 <오륜가>처럼 교훈적인 내용이 많고 가사는 풍부한 어휘 구사와 더불어 꼼꼼한 문장력과 구성에 있어서의 장대함이 엿보인다.

## ▷ 농암문집(聾巖文集)

조선 중기의 문인·정치가인 이현보(李賢輔; 1467~1555)의 시문집으로 10권 4책(원집 6권 2책, 속집 4권 2책)의 목판본이며 원집은 1665년, 속집은 1912년 후손들이 편집하여 펴냈다. 시는 자신의 감흥을 담담하게 토로한 서정시가 주류를 이루며 이황·이언적을 비롯한 영남 지식인들과 주고받은 시도 있다. 서(書)는 이황과 주고받은 것으로 향리에서 일어난 일들의 처리 방안과 학문연구의 문제점 등이 주요내용이다.

소(疏) 가운데 <청물추복유자광훈적소(請勿追復柳子光勳籍疏)>는 유자광을 다시 공신의 반열에 올리려는 것을 반대한 글이다. 가사에는 고려 때부터 전해오던 단가 <어부가> 10수를 5수로 고쳐 지은 <어부사>가 있는데 정치를 떠나 강호에서 유유자적하는 모습을 그린 뛰어난 작품이다.

이밖에도 도연명의 <귀거래사>에 의거한 <효빈가(效嚬歌)>, 고향산천을 노래한 <농암가> 등이 있어 국문시가 연구에 좋은 자료가 된다. 부록의 <갑자추배사실(甲子推配事實)>은 1504년 서연관(書筵官)의 비행을 논한 일로 유배당했다가 중종반정 때 복귀할 때까지의 사정을 적은 것으로 신진 사림인 지은이의 정치의식을 엿볼 수 있는 글이다. 속집은 원집에서 빠진 시와 서 등을 따로 엮은 것으로 관직을 떠나 고향으로 돌아온 후의 작품이 많다. 규장각·장서각·고려대학교 도서관 등에 소장되어 있다.

## ▷ 두곡집(枓谷集)

조선 중기의 문인이자 학자인 고응척의 문집으로 2권 1책의 필사본이다. 서와 발이 없어 편집경위와 필사연도 등을 알 수 없다. 본래 상당한 분량의 저서로 알려졌으나 임진왜란을 겪으면서 대부분 소실되고 그 나머지가 지금 전하는 것으로 보이며 이 책도 저자가 직접 쓴 원고본이 아니고 후대에 필사된 것이다.

내용은 상권에 비은발휘서(費隱發揮序)·대학개정구장(大學改正九章)·전인보감(銓人寶鑑)·신감집서(神鑑集序)·곡(曲, 시조) 28수·만사·제문·풍영루서(諷詠樓序)·부(賦)가 실려 있으며 하권에 오언 및 칠언절구와 율시·칠언고시·곡(曲)·음(吟)·부 등이 실려 있다.

이 문집이 일찍이 국문학계의 주목을 받게 된 것은 이 책의 내용 중 곡에서 시조 28수 때문인데 특히 6수와 14·15수는 사설시조로서 사설시조의 발생이 임진왜란 이전에 이미 형성되었다고 한 설의 근거를 제시한 자료로 평가된다.


## ▷ 무릉잡고 [武陵雜稿]

조선 초기의 학자 주세붕(周世鵬 : 1499~1554)의 시문집으로 20권 10책의 목판본이며 양자인 박(博)이 이황의 교정을 받아 1581년(선조14) 출간했다.

여러 차례 병란을 겪으면서 판본(板本)을 모두 잃었는데 1859년(철종 10) 후손 병항(秉恒)과 방손인 상현이 도산서원과 소수서원에 보존되어 있던 인본(印本)과 문중에 남아 있던 사본(寫本)을 바탕으로 빠지거나 잘못된 부분을 정리하여 중간(重刊)했다. 원집(原集)과 별집(別集)이 있는 것은 유치명의 발문(跋文)에 따르면 박이 처음 이황에게 초고를 보였을 때 이황이 뽑은 것을 먼저 간행하고 그 후 다시 글을 모아 간행했기 때문이라고 한다. 이 가운데 <백록동부(白鹿洞賦)>는 그가 세운 백운동서원(白雲洞書院;지금의 소수서원)을 기념하여 쓴 것으로 송나라 주희(朱熹)의 백록동서원을 사모하는 정이 담겨 있다. <도동곡(道東曲)>·<엄연곡(儼然曲)>·<육현가(六賢歌)>·<태평곡(太平曲)> 등은 경기체가 형식으로 씌어진 한글가사로 당시의 가곡 연구에 도움을 준다. 규장각에 소장되어 있다.

## ▷ 사촌집(沙村集)

조선 중기의 문신 장경세(張經世)의 시문집으로 4권 2책의 목활자본이
며 1824년(순조24) 7대손 윤이 간행하였다. 권두에 홍석주(洪奭周)·황윤
석(黃胤錫)의 서문과 이교원(李敎源)·허무(許茂)의 발문이 있고 권말에
윤의 발문이 있다.

내용은 권1에 고시 10수·오언절구 16수·칠언절구 124수·오언율시
24수, 권2에 칠언율시72수·오언배율 5수·가사(歌詞), 부록으로 만사 17
편, 권3에 기(記) 5편·서(書)·설(說)·서(序) 2편·발(跋)·행장 2편, 권4
에 제문 6편·묘지명 3편·뇌사, 부록으로 제문·묘지·주암서원실기(舟
巖書院實記)·축문·상량문 등이 실려 있다.

시는 임진왜란 이후에 지은 것이 많으며 국가와 백성을 염려하는 저
자의 마음이 잘 나타나 있고 침울한 분위기를 풍긴다. 또한 한글로 된
12곡의 가사로 이황의 <도산십이곡>을 본떠 지은 <강호연군가(江湖戀君
歌)>는 왕에게 충성하고 시국을 근심하는 마음을 표현한 동시에 주자(朱
子)를 존중하고 육구연(陸九淵)을 비판하여 학문의 정도를 밝힌 것이다.

서(序)는 동계(洞契)·문중계(門中契)의 결성과정 및 그 목적을 밝힌
글로 조선 중기 계의 운영모습을 살펴볼 수 있다.


## ▷ 송강가사(松江歌辭)

조선 선조 때의 문신·문학가인 정철(鄭澈;1536~93)의 시가집으로 1책
의 필사본과 목판본이 있는데 필사본으로 되어 있는 것은 군데군데 일
문(逸文)이 있어 온전하지 못하고 목판본에는 여러 이본(異本)이 있다.
이선본(李選本)·성주본(星州本)·관서본(關西本)·의성본(義城本)·관북
본(關北本)이 있었다고 하는데 이중 의성본과 관북본은 전하지 않는다.

이선본은 황주본(黃州本)이라고도 하고 일사본(一簑本)이라고도 한다.

이선본이라는 이름은 발문을 쓴 이선의 이름을 딴 것이고 간행된 곳이 황주이기에 원래 소장자였던 방종현이 황주본이라고 이름붙인 것이며 또 소장자인 방종현의 호를 따서 일사본이라고도 한다. 1690(숙종16)~96년 사이에 황주에서 이계상이 간행하였는데 <관동별곡>·<사미인곡>·<속미인곡>·<성산별곡>·<장진주사>의 가사 5편과 단가(短歌;시조) 51수, 그리고 이선의 발문이 실려 있다. 단가 중 3수는 성주본에 없는 작품이다. 현재는 서울대학교 도서관 일사문고에 소장되어 있다.

성주본은 성주 목사를 지냈던 정철의 5대손 관하(觀河)가 1747년(영조23) 간행한 책이다. 상·하 2권 1책이며 상권은 24장, 하권은 20장으로 총 44장이다. 상권에는 <관동별곡>·<사미인곡>·<속미인곡>·<성산별곡>·<장진주사>의 가사 5수가, 하권에는 단가 79수가 실려 있으며 정철의 현손인 천과 그의 아들 관하의 발문이 실려 있는데 고증이 가장 확실하고 믿을 만한 판본으로 평가받고 있다.

관서본은 정호(鄭澔)의 손자 실(實;송강의 6대손)이 1768년(경종44) 관서지방에서 간행했기 때문에 붙여진 이름이다. 1권 23장으로 구성되어 있는데 <관동별곡>·<사미인곡>·<속미인곡>·<성산별곡>·<장진주사>의 가사와 단가 5수, 이선의 발문, 정실의 후기(後記) 등을 수록하고 있다. 정실이 관북본을 대본으로 간행했다고 하는데 그 내용은 이선본과 크게 다르지 않다. 국립중앙도서관에 소장되어 있다.

의성본과 관북본은 정호가 간행한 책들이다. 성주본의 발문에 의하면 의성본은 정호가 의성현감으로 있던 1696년(숙종22) 5월에서 1698년 1월 사이에 간행되었다. 관북본은 정호가 관북감찰사로 있던 1704년 4월에서 1705년 1월 사이에 간행되었다. 최근에 김사엽이 필사본 <송강별집추록유사(松江別集追錄遺詞)> 2권 1책과 <문청공유사(文淸公遺詞)> 1책을 새로이 발견해 미 발견 작품을 발표한 일이 있다. 이를 통해서 보면 정철의 작품은 통틀어 가사 5편, 단가 84수가 전하는 것이 된다. 정철의 가사작품들은 관직에 나아가고 물러나는 데 따르는 고민과 기쁨이 일관되게 흐른다는 점이 특징이다. 그중에서도 강원도 원주에 관찰사로 부임해 관동팔경과 내외금강을 구경하면서 경치의 절묘함과 그 감흥을 읊은 <관동별곡>, 임금으로부터 버림받은 자신의 심정을 님을 이별한 여인의 심정에 의탁해 쓴 <사미인곡>·<속미인곡> 등은 우리말의 아름다움을 맘껏 구사하고 있어 국문시가의 표현 능력이 한시를 능가할 수 있다는 것을 보여주는 독보적인 작품으로 평가된다.

## ▷ 송암집(松巖集)

조선 중기의 학자 권호문(權好文: 1532~87)의 시문집으로 6권 2책의 목활자본이며 1680년(숙종6) 후손과 제자들이 편집·간행하였고, 서문은 이현일(李玄逸)이 썼다.

저자는 이황의 문인으로 진사시에 급제했을 뿐, 평생 관계에 나가지 않았다. 따라서 그의 글들은 대부분 산림처사의 기질을 표현한 것들이다. 권1~3은 시 500여 수, 권4는 시·부(賦)·사(詞)·장(狀)·제문(祭文), 권5는 녹(錄)·기(記)·서(書)·명(銘) 등이다. 이중 <한거록(閑居錄)>은 자신을 유일(遺逸)로 선정하여 관직에 천거하려 하자 벼슬할 뜻이 없음을 밝힌 글이다. 권6인 <잡의집록(雜儀輯錄)>은 부부·부자·형제간의 도리와 노비사역, 제사, 이웃과의 화목 등에 관해 설명한 가잠(家箴)과 술좌석의 초청·예의 등에 관해 설명한 주례(酒禮)로 되어 있다. 이외에 6권으로 구성된 <속집>이 있다. 권1~5는 모두 시로 약 390수를 수록했다. 권6은 부 4수, 문·기·묘갈·묘지 등이다. 끝에 국한문을 혼용한 <독락팔곡(獨樂八曲)>·<한거십팔곡(閑居十八曲)>을 수록했다. 규장각에 소장되어 있다.

## ▷ 시가(詩歌)

이세보(李世輔;1832~1895)의 시조집으로 1권 1책 국문 필사본이며 간행연대는 미상이다.

총 157수의 시조가 실려 있으며 대부분 <풍아>에 실린 시조와 중복되는 것으로 보아 <풍아>에서 선정 수록한 것으로 보인다.

## ▷ 신도일록(薪島日錄)

조선 철종 때 이세보(李世輔)가 안동김씨의 탄핵을 받아 전라도 강진현 신지도로 귀양을 갔을 때 귀양의 경위와 귀양생활 등을 기록한 유배일기(流配日記)다.

이 일기에는 그가 유배생활을 한 2년여의 생활만을 기록하였는데 그동안 겪은 쓰라린 곤욕과 외로운 자신의 심정을 담았다. 또한 이 책 후단에는 95수의 시조를 싣고 있는데 작자의 시조집 <풍아(風雅)>와 중복되지 않은 시조작품이 12수가 된다.

이 일기는 특성 있는 유배문학작품으로 조선 후기를 산 작자의 사상과 관념 및 현실을 직시할 줄 알았던 작자의 고뇌가 잘 표현되어 있어서 기록문학적인 측면에서도 그 의의가 크다고 할 수 있다.

## ▷ 악부(樂府)

이용기(李用基)가 편찬한 가집으로 2책 필사본이며 1930년에서 1934년 사이에 현재는 전하지 않는 이왕직아악부(李王職雅樂部)의 소장이었을 책을 필사하고 이에 다른 작품들을 적충시킨 책이다. 이본은 아니지만 이 책이 상당수 작품을 필사한 이왕직아악부 소장이었을 책을 선별적으로 필사한 책으로 <가집(歌集)> 2책과 <아악부가집(雅樂部歌集)> 4책이 있다. 편찬동기는 노래가 날로 산실되어 없어짐을 개탄하던 나머지 조선의 가요를 후세에 영원히 전하고자 기억과 견문을 열심히 기록하여 편찬하게 되었다고 하였다.

상책(上冊)은 손진태(孫晉泰)의 서문과 작품 <취시가(醉時歌)> · <영상회상> · <신래로(神來路)> · <우조(羽調)> 등 120항의 목차와 작품배열로 짜여져 있으며 하책(下冊)은 시조 2편과 동요 1편 등 203항의 목차와 작품배열로 짜여져 있고 가사 · 잡가 · 민요 322편 · 창가 · 동요 74편 · 시조 1,024편 · 한시문 20편 · 기타 18편으로 도합 1,458편이 수록되어 있어 기존 가집 중에서는 가장 다양하고 많은 작품이 수록되어 있다. 고려대 도서관에 소장.

## ▷ 악학습령(樂學拾零)

1713년(숙종39) 이형상(李衡祥)이 편찬한 시조집으로 필사본이며 편자가 자필로 기록한 저서목록에 <악학습령>으로 되어 있다. 그러나 그의 10대손인 수철(秀哲)이 소장하고 있는 표지없는 책을 보고 심재완(沈載完)이 보고 그의 <교주역대시조전서(校註歷代時調全書)>에서 가칭 <병와가곡집(甁窩歌曲集)>이라고 한 것이 그대로 통용되어 <병와가곡집>이라고도 한다.

편찬연대는 병와연보에 따르면 1713년이다. 그러나 이 책에 실린 시조작품 중에 영조 때 사람인 조윤형(曺允亨)과 조명이(趙明履)의 작품이 나오는 점과 곡목마다 끝에 이정보(李鼎輔)의 작품이 수록된 점으로 보아 편찬연대를 <해동가요>보다 늦은 정조연간으로 추정하기도 한다. 또한 <악학습령>을 필사한 필적이 이형상의 것과 다른 두서너 사람의 것으로 되어 있어 숙종 말의 이형상의 초고본에 뒤에 다른 사람이 더 가

필하여 정조대에 완성했으리라고 본다. 수록된 작품수는 총 1,109수로 유명씨 작품이 595수이며 무명씨 작품이 514수이고 수록된 실제 작가의 수는 172명인데 목록 난에는 175명으로 되어 있다.

이 책은 다른 시조집에 비해 삭대엽과 낙희조가 있는 것이 특징이다. 또한 <진본청구영언>과 <해동가요>를 보면 초중대엽부터 초삭대엽까지 각각 1수의 작품만 들고 있지만, 이 책에는 초중대엽 7수, 이중대엽 5수, 삼중대엽 5수를 실으면서 중대엽의 비중을 크게 하고 있다. 이중대엽은 숙종조까지 융성하던 것으로 시조창의 역사에서 보면 중요한 자료이다.

이렇게 중대엽이 풍부하게 실려 있다는 것과 이형상이 언급한 창작연 대를 존중하면 <악학습령>은 가장 오래된 시조집이며 가장 많은 작품이 수록된 시조집이다. 특히 제3장 음절도에 나타난 "시조"라는 명칭은 <관서악부>보다 앞선 것이라는 점에서 시조명칭을 상고하기에 좋은 자료이 며 이형상의 다른 유고들과 더불어 <병와유고(甁窩遺稿)>라는 명칭으로 보물 제 652호로 지정되어 있다.

## ▷ 이재난고(頤齋亂稿)

조선 후기의 실학자 황윤석(黃胤錫)의 유고로 전라북도 유형문화재 제 111호로 지정되어 있다. 저자가 10세부터 시작하여 63세로 서거하기 2일 전까지 듣고 보고 배우고 생각한 문학(文學)·경학(經學)·예학(禮學)· 사학(史學)·산학(算學)·병형(兵刑)·종교(宗敎)·도학(道學)·천문(天文)·지리(地理)·역상(易象)·언어학(言語學)·전적(典籍)·예술(藝術)· 의학(醫學)·음양(陰陽)·풍수(風水)·성씨(姓氏)·물산(物産)등 정치, 경제, 사회, 농, 공, 상등 인류생활에 이용되는 실사(實事)를 망라하여 일기 또는 기사체(記事體)로서 6,000장 12,000페이지 57책으로 되어 있으며 책마다 쓰기 시작한 연대와 끝낸 연대를 기록하고 <난고(亂藁)>라는 표제를 달았다.

이재난고는 그 엄청난 량뿐만 아니라 실학적인 내용과 함께 한국의 저술사상 최고의 것이라 하겠다. 여기에는 특히 속고(續藁) 간행 시에는 난고 중에서 선집(選輯)한 것도 약간은 있지만 시문(時文)이나 언어(言語)·산학(算學)·도학적(道學的)인 것에 불과하고, 그것도 난고내용의 1/5도 못되는 것이며 난고는 실학적(實學的)인 면에서 귀중한 학술연구 자료로 평가되고 있다.

## ▷ 청구가요(靑丘歌謠)

조선 영조 때 김수장(金壽長)이 편찬한 가집(歌集)으로 <해동가요> 권말에 부록되어 있으며 모두 80수의 시조가 수록되어 있다. 체제는 작품 다음에 작가명, 동일 작가의 작품이 끝나면 김수장의 발(跋)이 있고 유명씨 9인의 작품 76수와 무명씨 2인의 작품 4수가 실려 있다. 작가는 연대순으로 되어 있고 기년(紀年)을 밝힌 것이 있어 <해동가요>의 편찬과 더불어 계층적 보완작업을 한 것임을 알 수 있으며 최종의 박문욱(朴文郁) 작품에 대한 발년(跋年) 기축(己丑)은 김수장이 80세가 되던 해인 1769년(영조45)이 되므로 이 책의 편찬연대로 볼 수 있을 것이다. 아울러 이 가집에는 다른 가집에 전하지 않는 작품 39수를 포함하고 있어 자료적 가치를 지닌다.

## ▷ 청구영언(靑丘永言)

조선 후기의 가객(歌客) 김천택(金天澤)이 1728년(영조4)에 엮은 시조집으로 현존하는 시조집 가운데 가장 오래된 대표적 시조집이며 후대의 가집편찬에 많은 영향을 끼쳤다.

우리의 가사(歌詞)들이 구두송영(口頭誦詠)에 그치다가 없어져버리는 것을 애석해하고 개탄한 나머지 전해오는 작품들을 수집하고 잘못된 점은 고쳐서 편찬했다. 정윤경은 서(序)에서 가(歌)와 시(詩)가 우열을 나눌 수 없는 것이라고 하면서 우리가 문학을 숭상하고 음악을 소홀히 하는 것을 우려했다. 그리고 김천택은 당대 탁월한 가객으로 성율문예(聲律文藝)에 능하여 시조집을 편찬할 능력이 있음을 인정했다.

<청구영언>은 여러 종의 이본이 전해온다. 그 가운데 진본(珍本)은 연대가 가장 오래되었고 완비된 체제를 지녀 원본이라 추정된다. 정윤경의 서에 이어 악조별 6수, 여말(麗末) 6수, 조선왕조 203수, 열성어제(列聖御製) 5수, 여항(閭巷) 6인의 65수, 규수(閨秀) 3인의 5수, 연대흠고(年代欠考) 3인의 3수, 무명씨의 104수, 삼삭대엽(三數大葉) 55수, 낙시조(樂時調) 10수, <장진주사(將進酒辭)>·<맹상군가(孟嘗君歌)>·<만횡청류(蔓橫清類)> 116수 등 580수의 시조를 실었다. 이어 김천택의 발(跋)과 마악노초(磨嶽老樵)의 후발(後跋)을 실었다. 대체로 시조를 작가와 시대별로 배열했고 작자가 있는 것을 먼저, 다음에 무명씨 작품을 배열했다. 필사본은 현재 통문관에서 소장하고 있으며 1948년에 조선진서간행회에서 활자로 간행했다.

육당 최남선이 소장했던 육당본(六堂本)은 원본을 증보한 것으로 총 999수의 시조를 실었다. 김천택이 증보한 것이라고 보는 설과 헌종 연간에 후인(後人)이 증보한 것이라고 보는 설이 있어 편찬시기가 확실하지 않다. 이 이본은 시조를 악조별로 분류·편찬한 것이 특징이다. 26항목으로 악조를 분류했는데 한 항목에 여러 악조가 든 것과 중복된 항목을 합쳐 계산하면 이 책에서 다룬 시조의 악조는 25곡목이다. 체재 상 발문이 권두에 있으며 진본에 없는 가사(歌詞) 16편이 권말에 수록되어 있다. 장형시조가 309수나 되며 진본에는 무명씨 작으로 되어 있는 것이 유명씨 작으로 된 것보다 많다. 경성제국대학에서 1930년에, 조선문고본으로 1939년에, 통문관 신문고본으로 1946년에 출간되었다.

연민본(淵民本)은 이한진(李漢鎭;1732~?)이 1815년경에 친히 필사한 자필본(自筆本) 가집이다. 육당본의 초략본(抄略本)으로 추정되는데 257수의 시조를 수록했다. 다른 이본처럼 곡조나 작가에 의해 분류하지 않았는데 작자명과 작품의 표기에 오류가 많이 보인다. 다른 이본에 있는 서·후발·목록 등은 결여되어 있으나 다른 가집에 없는 작품 12수가 실려 있다. 1961년 한국어문학회(韓國語文學會)에서 영인·출간했다. 이세 이본 이외에도 가람본Ⅰ·가람본Ⅱ <청구영언(靑丘詠言)>, 홍재휴 본 <청구영언(靑邱永言)>, 이희승본, 등정추부(藤井秋夫)본 <청구영언(靑丘咏言)> 등이 전한다.

## ▷ 칠실유고(漆室遺稿)

조선 중기의 무신 이덕일(李德一)의 시문집으로 1책이다. 1732년(영조 8) 5대손 세집(世輯)이 편집·필사하여 놓은 것을 1985년 후손 건영(建榮)이 보충, 국역하여 영인하였다. 권두에 저자의 초상 및 건영의 서문이 있고 권말에 후손 세식(世植)의 발문이 있으며 어제문(御製文) 1편, 서(書)·소(疏) 각 2편, 가(歌) 28장(章), 부록 등으로 구성되어 있다. 그리고 끝에 족증손 인화(仁華)의 <송암집(松菴集)>이 첨부되어 있다.

이 책은 굴원(屈原;중국 전국시대의 정치가·시인)이 지은 <초사>의 체재를 본뜬 이기발(李起浡)의 한문 번사(飜辭)와 함께 한글가사 작품을 연구하는데 귀중한 자료다.

## ▷ 풍아(風雅)

조선 후기 이세보(李世輔)가 지은 시조 작품집으로 필사본이며 지금까지 알려진 것으로는 가장 많은 작품을 실은 개인 옛시조집이다.

<풍아(大)>·<풍아(小)>·<시가(詩歌)> 등 3권으로 되어 있으며 <풍아(大)>에는 422수의 시조와 가사체인 <상사별곡(相思別曲)>이 실려 있고,

<풍아(小)>에는 <풍아(大)>와 중복되는 72수의 시조가 실려 있다. <시가>에는 157수가 실려 있는데 <풍아(大)>와 중복되지 않은 시조는 15수이다. 그밖에 제본되지 않은 묶음에서 시조 8수와 이세보의 유배일기인 <신도일록>에 12수의 시조가 발견되어 모두 458수의 이세보 작품이 발굴되었다. 이 중 가장 많은 시를 담고 있는 <풍아(大)>가 원래 의도한 시조집이고 다른 것들은 그 준비과정에서 파생된 부수적인 것으로 보인다.

시조집 후단에 발문이 있는데 임술년(壬戌年;1862) 신지도에 유배당하여 지은 노래를 기록하였다고 하였다. <풍아(小)>의 표지 뒷면에는 진주민요(晉州民擾)가 일어나 심란하다는 말을 쓴 뒤 한시 한편을 기록하기도 하였다. 따라서 이러한 단편적인 기록으로 미루어 이 시조집은 왕족이었던 이세보가 안동김씨의 전횡을 논하다가 유배를 당하였던 1860년(철종11)에서 1863년 사이에 이루어진 것으로 보인다.

## ▷ 해동가요(海東歌謠)

조선 영조 때의 가객(歌客) 김수장(金壽長;1690~?)이 편찬한 시조집으로 박씨본(朴氏本)·일석본(一石本)·주씨본(周氏本;또는 六堂本) 3종의 이본이 전한다.

박씨본은 김수장 자신의 서문과 발문(1754), 그리고 장복소의 발문(1755)에 따르면 1755년(영조31)에 편찬되었다. 일석본은 표제(表題)가 원래는 <해동풍아(海東風雅)>라고 되어 있고 내제(內題)가 <해동가요>로 되어 있었다. 일석본은 1755년 당시에 이미 죽은 작가만을 수록 대상으로 삼고 있으며 1755년 이후에 쓴 서문·발문이 보이지 않기 때문에 박씨본과의 선후관계에 대한 논란이 있으나 일석본은 누락된 부분이 많아 박씨본이 앞선 것이라고 추정한다. 주씨본은 1763년에 편찬된 것으로 원래 주시경이 발굴하여 잘못된 곳을 교정하고 1909년 박겸으로 하여금 정리하게 한 사본(寫本)이다. 그러므로 원사본과 주씨본은 약간의 차이가 있다. 그러나 원사본은 행방을 알 수 없고 주씨본도 6·25전쟁 중 없어졌다. 1950년 주씨본·일석본을 교합·교주하여 간행한 김삼불의 정음사간본(正音社刊本)이 있다.

<해동가요>는 작가 위주로 작품이 배열되어 있다. 총 513수의 작품이 실려 있는 박씨본은 본문 유명씨부에서 초중대엽·이중대엽·삼중대엽·초북전(初北殿)·이북전(二北殿)·초수대엽 등 6항목의 곡목을 제시하고 열성어제(列聖御製)·여말(麗末)·본조(本朝)의 3부분으로 나누어 작품을 배열했다. 다음에는 명기(名妓) 8명의 작품과 임진·김천택·김수장 등의 작품이 실려 있다. 무명씨부에는 접소용(接騷聳)·낙시조(樂時調)·만삭(蔓數) 3항목의 곡목별로 작품이 실려 있다.

일석본은 <가지풍도형용14조목(歌之風度形容十四條目)>의 내용과 작가 92명의 이름을 열거한 후 이어서 <가지체용명이부동격(歌之體容名異不同格)>이 실려 있다. 작가 열거는 이정보에서 끝나며 작가에 관한 주(註)는 본문 란에 있다. 유명씨의 작품 320수를 비롯하여 무명씨의 작품이 실려 있어 총 626수가 실려 있다. 본문 처음에 초중대엽·이중대엽·삼중대엽·초북전·이북전·초수대엽·이수대엽의 7항목과 작가별로 작품이 실려 있다. 무명씨란에 가서 삼수대엽·낙시조·편락시조(編樂時調)·소용(騷聳)·편소용(編騷聳)·만수대엽의 6항목으로 되어 있다.

주씨본은 총 568수의 작품이 실려 있으며 권두에 <해동가요서(海東歌謠序)>·<각조체격(各調體格)>·<가지풍도형용14조목>·<가체용이별부동지격(各歌體容異別不同之格)>·<작가제씨(作家諸氏)>의 순서로 실었다. 본문 초중대엽·이중대엽·삼중대엽·초북전·이북전·초수대엽·이수대엽의 7항목으로 나누고 여조(麗朝)·본조의 작품을 나열했다. 권말에 장복소의 발문과 <고금창가제씨(古今唱歌諸氏)>의 명단을 실었다. 최근에 보고된 박씨본의 존재로 인해 <해동가요> 편찬활동에 대한 재정리 작업이 이루어지고 있다.

# 색 인

# 인물찾기

인물찾기

# 작품찾기

작품찾기

작품찾기

작품찾기

· 저자 ·

유권재    ·약 력·
경기 안성 출신의 시조시인으로 시조전문문예지 『시조문학』
의 편집장(02~06)을 지냈으며 시조의 전승 및 발전을 지향하
는 문학단체 (사)한국시조문학진흥회(www.sijomunhak.com)의
창립을 주도하였고 시조전문문예지 「시조춘추」를 창간하였다.

현) (사)한국문인협회 남북문학교류위원
   (사)한국시조문학진흥회 상임이사
   시조전문문예지 「시조춘추」 편집인


   ·저 서·
시조집 『때로는 하루도 길다』
공저 『바람의 노래』 외 다수

옛 시조
인물 모람

· 초판 인쇄    2008년 5월 1일
· 초판 발행    2008년 5월 1일

· 엮 은 이    유권재
· 펴 낸 이    채종준
· 펴 낸 곳    한국학술정보㈜
           경기도 파주시 교하읍 문발리 513-5
           파주출판문화정보산업단지
           전화  031) 908-3181(대표) · 팩스  031) 908-3189
           홈페이지  http://www.kstudy.com
           e-mail(출판사업부)  publish@kstudy.com
· 등   록    제일산-115호(2000. 6. 19)
· 가   격    27,000원

ISBN    978-89-534-9082-6 93810 (Paper Book)
        978-89-534-9083-3 98810 (e-Book)